Kate Jans

BLIZZARD

Die weiße Gabe

W0211036

DARK
DIAMONDS

Kate Jans wurde 1993 in Hamburg geboren. Inspiriert von ihren liebsten Büchern begann sie 2008 mit dem Schreiben ihrer eigenen Geschichten. Notizbücher und Caramel Macchiatos sind seitdem ihre treuen Wegbegleiter. In ihrer Freizeit zeichnet die Autorin digitale Bilder, ist als Make-up Artistin tätig, schaut Serien (am liebsten Animes) und führt auf Instagram einen Account rund um Bücher, das Schreiben und den alltäglichen Wahnsinn.

Für Papa, meinen Helden.

Prolog

Mein größter Traum

Die Magie war schon immer ein Teil von mir. Als Kind spielte ich anstelle von Puppen mit Eisskulpturen und der Boden unter meinen Füßen glich stets einer Schlittschuhbahn.

All das und anderen Unfug hatte mich mein Vater gelehrt. Er selbst war einer der begnadetsten Magier in ganz Glossoria, half Menschen mit seiner Gabe und bewirkte Gutes in dieser Welt.

Ich lächelte bei der Erinnerung an ihn und an meine Kindheit.

Manchmal war er wochenlang unterwegs, aber jedes Mal, wenn er heimkehrte, erzählte er mir Geschichten von den Abenteuern, die er erlebt hatte. Von den fremden, weit entfernten Städten, von Magiern mit den unterschiedlichsten Kräften, von Monstern und Dämonen, die so groß waren wie eine Kleinstadt.

Und er erzählte mir von Blizzard, der Gilde, in die nur die stärksten Magier beitreten durften. In der *er* Mitglied war.

Eine warme, von Wildblumen geschwängerte Brise fuhr mir durchs offene Haar und brachte die Blätter im Wald zum Rascheln. Mein Lächeln verblasste und ich nahm einen tiefen zittrigen Atemzug, während ich wie gebannt auf meine Hände starrte.

Wenn mein Vater mich jetzt sehen könnte, wenn er wüsste, dass ich seit geschlagenen zwanzig Minuten versuchte, meine Magie zu entfesseln und es mir einfach nicht gelang. Er wäre enttäuscht.

Aber in letzter Zeit fiel es mir immer schwerer, in den kurzen heimlichen Momenten, die mir blieben, Magie anzuwenden. Früher fiel es mir so leicht wie das Atmen und nun brachte ich nicht einmal mehr den kleinsten Eiskristall zustande.

Mein Bauch kribbelte vor Scham, doch ich schob die trüben Gedanken beiseite. Wenn ich in die Fußstapfen meines Vaters treten wollte, wenn ich bei

Blizzard aufgenommen werden wollte, musste ich mich zusammenreißen und trainieren. Musste Momente wie diese nutzen, wenn meine Mutter für einige Stunden auf dem Wochenmarkt verweilte und mich allein ließ. Andere Möglichkeiten blieben mir nicht.

Ich faltete meine Hände ineinander und konzentrierte mich wieder ganz auf mein Training. Ich hatte mich an meiner Lieblingsstelle niedergelassen; eine kleine Lichtung mitten im Wald, umringt von dicht bewachsenen Sträuchern, meterhohen Bäumen und festem Gestrüpp. Der perfekte Ort, um ungestört zu trainieren. Wenn es denn klappte.

Ein- und ausatmen, ein und aus. Ich konzentrierte mich auf meine Atmung, spürte wie meine Körpertemperatur sank, bis auch die letzte Zelle in mir mit Kälte erfüllt war.

Ein Hauch machtvoller Magie pulsierte unter meiner Haut, lockte mich und brachte meine Muskeln vor Anspannung zum Beben.

Ich war bereit. Es konnte losgehen.

Ich ließ mich in das weiche Gras fallen und umfasste eine Baumwurzel, die aus dem Boden ragte. Mit ausgebreiteten Handflächen fuhr ich über das raue Holz und ließ die Kälte durch meine Adern fließen, bis meine Fingerspitzen anfingen zu kribbeln.

Und dann erstarrte die Baumwurzel zu Eis.

Zufrieden tätschelte ich die glatte Oberfläche und lächelte, als sich mit jeder neuen Berührung das Eis ausbreitete, bis die Hälfte des Baumes mit der spiegelnden Oberfläche bedeckt war. Ich sprang auf die Beine und wirbelte zu dem gegenüberliegenden Baum. Auch dieses Mal klappte es.

Mein Lächeln wurde breiter, als ich drei weitere Bäume, einen Strauch und den Boden erstarren ließ.

»War doch gar nicht so schwer«, murmelte ich und blickte in den strahlend blauen Sommerhimmel. Und ich wurde das Gefühl nicht los, dass mein Vater mir von oben zugesehen hatte.

***

In unserer Hütte bemerkte ich zu spät, dass meine Mutter bereits vom Wochenmarkt zurück war. Sie saß auf ihrem Lieblingsplatz vor dem Kamin und strickte. Als sie mich bemerkte, ließ sie die Wolle fallen und sprang von ihrem Sessel auf.

»Ami! Ich wäre beinahe gestorben vor Sorge. Du wolltest doch hier auf mich warten. Wo warst ... « Ihre Stimme versagte, als sie vor mir stehen blieb und mich mit offenem Mund anstarrte.

Ich wusste, dass es keinen Zweck hatte, es zu leugnen. Meine Mutter kannte die Anzeichen von Magie, wenn sie eingesetzt wurde. Sie kannte sie von meinem Vater, wusste wie Brandlöcher durch Eis an der Kleidung aussahen und wie meine Hände erst einige Minuten später wieder einen normalen Hautton annahmen.

»Mutter, ich –«

Die Wucht ihres Schlages und die Wärme ihrer Hand ließen meine Wange brennen. Tränen schossen mir in die Augen und ich presste wütend die Zähne aufeinander.

Es war das zweite Mal, dass meine Mutter Hand an mich legte. Das erste Mal war kurz nach dem Tod meines Vaters gewesen und im gleichen Atemzug hatte sie mir erklärt, dass wir fortziehen würden. Seitdem lebten wir in diesem mickrigen, abgelegenen Dorf, welches voller Menschen war, die Magie hassten. Die *mich* hassten.

»Wie konntest du nur?« Ihre Unterlippe bebte und ihr Atem kam stoßweise. »Wie konntest du nur deine Magie benutzen? Du weißt, dass ich dir das nicht erlaube!«

Ich rieb mir die Wange. »Vater hätte nicht gewollt, dass ich die Magie seinetwegen sein lasse. Er hätte gewollt, dass ich Gutes in der Welt vollbringe. Dass ich Blizzard beitrete und –«

»Sprich nie wieder in diesem Haus von Blizzard! Die Gilde hat deinen Vater das Leben gekostet.« Ihre Stimme war nur noch ein Schluchzen. »Hast du das etwa vergessen?«

»Es tut mir leid«, flüsterte ich und senkte den Blick. Ich wollte nicht, dass die Erinnerungen an den Verlust meines Vaters wieder aufkeimten. Es war bereits zehn Jahre her, seit er nicht mehr heimgekehrt war, aber die Wunde klaffte noch immer in ihr. Und in mir.

Trotzdem war das Leben, das wir führten, nicht lebenswert. Mir die Magie zu verbieten, kam mir dem Tod gleich. Ich hatte es versucht, ihretwegen, doch ich spürte, wie jeden Tag ein Stückchen mehr von mir starb. Wäre meine Mutter kein gewöhnlicher Mensch, hätte sie Kräfte, so wie ich sie habe, dann wüsste sie, wie sich das anfühlte. Dann wüsste sie, dass sie von mir das Unmögliche verlangte.

Einige Sekunden vergingen, ohne dass einer von uns etwas sagte. Dann kehrte sie mir den Rücken zu und setzte sich wieder in den Ohrensessel. Mit dem Strickzeug in der Hand blickte sie über die Schulter, die Augen so kalt und starr wie meine Eismagie. »In einem Jahr wird sich dein Leben verändern, Ami. Dann bist du endlich neunzehn und bereit, die Ehe einzugehen und eine Familie zu gründen. Dann wirst du nie wieder einen Gedanken an deine Magie oder an diese verfluchte Gilde verschwenden.«

Ich sagte kein Wort, widersprach ihr nicht einmal, denn meine Worte würden sowieso nicht zu ihr durchdringen, würden nicht ihr Herz erreichen. Das hatte ich bereits all die Jahre versucht. Vergeblich.

Doch zwischen all dem Unsinn, den sie erzählte, gab es eine Wahrheit. Mein Leben würde sich verändern, wenn ich neunzehn geworden war. Nicht durch eine Heirat oder Kinder, sondern weil ich dann endlich alt genug war, um mich der Gilde vorzustellen.

Blizzard.

Kapitel 1

Grüne Augen

Ein Jahr später
Es waren nur zwei Sätze auf das Papier geschrieben worden. Zwei Sätze, die mein Leben verändern konnten. *Verändern mussten.*

Ich fuhr mit meiner Fingerspitze über die schwarze Tinte, kannte bereits den Schwung der Buchstaben und jeden einzelnen Tintenfleck auswendig.

Das Schriftstück hatte ich heimlich einem fahrenden Händler abgekauft, als Mutter damit beschäftigt war, ein paar Beeren für unser Abendmahl auszusuchen. Das war bereits zwei Wochen her. Seitdem hütete ich es wie ein Drache sein Ei.

Die ersten Sonnenstrahlen fielen in die Kutsche, durchfluteten den dunklen Innenraum mit Licht und tauchten das Papier in meinen Händen in ein Meer aus glitzernden Punkten. Wie Sterne.

Ich lächelte und las den Brief erneut:

Magier von Glossoria!
Am 13. Tag im Monat des Löwen ist jeder Magier herzlich willkommen, sich unserer Gilde vorzustellen.
Wir erwarten Euch von Sonnenauf- bis Sonnenuntergang, in den großen Hallen von Mistress, Hauptsitz von Blizzard.
Hochachtungsvoll
Meister Jiji

Bereits als Kind hatte ich diesen Tag herbeigesehnt und konnte es immer noch nicht fassen, dass es heute so weit war. Ich würde mich der Gilde vorstellen. Endlich.

Mein Bauch zog sich vor Aufregung zusammen. Was ist, wenn ich versagte, wenn ich nicht gut genug war? Zurück zu meiner Mutter wollte ich nicht. Sie würde mich sofort mit dem erstbesten Mann vermählen lassen, wie sie es mir schon so oft angedroht hatte. Keine Magie, keine Gilde, kein Eis. Und über meinen Vater würde ich Schande bringen und ...

Ich stoppte meine wirren Gedanken und atmete tief durch, während die Bäume und Sträucher an mir vorbeizogen.

Ob Mutter bereits bemerkt hatte, dass ich fort war? Vielleicht hatte sie schon meinen Brief gelesen, den ich ihr auf der Kommode hinterlassen hatte. Und vielleicht würde sie es irgendwann verstehen, warum ich fortgegangen war. Vielleicht, eines Tages.

Der Wind blies mir meine schneeweißen Haare ins feuchte Gesicht und ich trocknete meine Tränen mit dem Ärmel meiner Tunika.

Ich hatte die richtige Entscheidung getroffen, für mich. Und nun lag alles daran, bei der Gilde aufgenommen zu werden. Meine Magie hatte ich in den letzten Wochen beinahe täglich trainiert. Ich war stärker und fokussierter als je zuvor und ich wusste, dass ich es schaffen konnte.

Mein Blick glitt wieder auf die vorbeiziehende Landschaft, auf die sattgrünen Wiesen und die buttergelben Felder, die sich bis zum schimmernden Horizont erstreckten.

Weit konnte es nicht mehr nach Mistress sein, der Hauptstadt von Glossoria. Ich war bereits seit Mitternacht unterwegs, hatte dem Kutscher einen Haufen Bronzemünzen gezahlt, damit er mich diskret dorthin fuhr. Wir rasteten kaum und seine Pferde galoppierten so schnell, dass ich mir fast sicher war, dass hier Magie im Spiel sein musste. Denn es gab weitaus mehr Magie als nur die Elementare. Magie, mit der man die Zeit beeinflussen konnte, Gefühle, Schnelligkeit und so vieles mehr. Und es gab Magie, die so dunkel war, dass selbst die Geister nicht davon sprachen.

Ich blickte erneut zu dem Schriftstück, las es wieder und wieder, und gab mich ganz meinen Gedanken hin, als ich plötzlich ein seltsames Geräusch vernahm. Ein Räuspern? Ich reagierte nicht, bis es kurz darauf wieder zu hören war, deutlicher und drängender als zuvor.

Ein warmer Schauer glitt über meine Haut. Dann noch einer.

»Du bist anscheinend sehr beschäftigt«, raunte eine männliche Stimme genervt. »Aber es wird kalt hier drin.«

Erschrocken fuhr ich hoch und blickte in zwei grüne Augen, die mich gereizt anstarrten.

Was zum ... ? Ich wich zurück und fragte mich einen Herzschlag lang, ob ich mir das einbildete oder ob wirklich ein junger Mann vor mir saß.

Ich tendierte zu Letzterem.

Er sah aus, als sei er nicht viel älter als ich Seine schwarzen Haare waren verwuschelt, als hätte er einen langen Schlaf hinter sich und die gebräunte Haut hob sich wunderbar von seinen Augen ab, die so aussahen, als würden sich grüne Flammen in ihnen winden. Wie ungewöhnlich und ... wie schön.

»Ich steh nicht besonders auf Eis«, fing er erneut an und entfernte sich einen unsichtbaren Fussel von der nachtschwarzen Tunika, die so viel feiner aussah als meine. Die warme Sommersonne brachte die goldenen Nähte an seinem Kragen zum Schimmern.

Himmel, seit wann war er in dieser Kutsche? Ich konnte mich nicht daran erinnern, dass wir vor Kurzem angehalten hatten und er zugestiegen war. Wie unheimlich.

Mein Blick fiel auf das prunkvolle Schwert, das neben ihm am Polster lehnte. Die Spitze war vollkommen verbogen, doch auf dem Griff funkelten Edelsteine in den unterschiedlichsten Farben und Formen. Es musste eine Menge Wert sein. Vielleicht gehörte er einer Adelsfamilie an?

Er beugte sich vor und der Duft von frischem Regen, Erde und tosenden Blättern stieg mir in die Nase. Er roch wie ein Herbststurm im Wald. Das Grün in seinen Augen flackerte auf. »Ich mag es nicht, wenn man mich anstarrt.«

Langsam sickerten seine Worte zu mir durch, während ich mir seine markanten Gesichtszüge einprägte. Ich wich so schnell zurück, dass ich mir den Hinterkopf an dem Holz der Kutsche anstieß. Ich errötete bis in den Haaransatz und strich mir über die pulsierende Stelle. Konnte es noch peinlicher werden? »Ich habe nicht ... also ich wollte nicht ... starren«, stammelte ich vor mich hin und wusste gar nicht, wohin ich sehen sollte. »Ich habe mich nur gewundert, dass noch jemand hier ist.«

Er seufzte schwer und lehnte sich wieder zurück. Es schien, als habe er so eine Reaktion schon hunderte Male erlebt. Und als würde sie ihm gehörig auf die Nerven gehen. »Du warst die letzte Stunde auch ziemlich beschäftigt.« *Die letzte Stunde?!* Solange saß er schon hier?! »Ich hatte sogar schon Mitleid mit dir und wollte dir den Brief einfach vorlesen.«

Er wollte mir den Brief vorlesen? Ich brauchte einige Wimpernschläge, bis ich begriff, was er meinte. Ich schüttelte heftig den Kopf. »Nein, also, ich kann lesen. Ich war nur etwas vertieft, das ist alles.«

»Wie du meinst.« Er verschränkte die muskulösen Arme vor der Brust und sah mich erwartungsvoll an. Unter seinem eindringlichen Blick geriet mein Herz ins Stolpern. Noch nie war ich so einem gut aussehenden Mann begegnet – weder im Dorf noch auf dem Markt – und bei keinem anderen hatten meine Alarmglocken dermaßen laut angeschlagen wie bei ihm.

Er könnte dir dein Herz brechen, wenn du es zulässt. Die Stimme kam tief aus meinem Inneren und obwohl ich noch nie verliebt war, glaubte ich meiner Eingebung aufs Wort.

Sein Blick – diese smaragdgrünen Augen – fixierte mich noch immer, als würde er auf etwas warten. »Also ... ?«

»Also was?«, fragte ich heiser und versuchte zu lächeln. Es musste so verkrampft aussehen, wie es sich anfühlte, denn er hob eine dunkle Augenbraue.

»Da du ja jetzt fertig bist mit dem *nicht Starren* und dem *Lesen*. Wärst du dann so freundlich, deine Eismagie nicht in dem Innenraum einer Kutsche zu entfesseln, in der noch andere Personen sitzen?« Er deutete mit einem knappen Nicken auf meine Sitzbank.

Ich blickte ihn fragend an und folgte dann der Richtung seiner Kopfbewegung. Und tatsächlich, ich hatte nicht nur meinen Platz, sondern auch den Boden unter unseren Füßen und die Decke zu Eis erstarren lassen.

Meine Wangen brannten und ich wedelte entschuldigend mit meinen Händen herum. Warum musste mir das ausgerechnet jetzt passieren, wenn ich auf dem Weg nach Mistress war und sich jemand in der Kutsche befand? Für Ärger hatte ich nun wirklich keine Zeit.

»Das tut mir leid«, krächzte ich und erschreckte mich selbst über die schrille Tonlage meiner Stimme. »Manchmal passiert mir das, wenn ich aufgeregt bin und so viel anderes im Kopf habe.«

»Das Eis beruhigt mich irgendwie«, fügte ich noch schnell hinzu, als würde das alles erklären. Aber es war die Wahrheit. Das Eis war immer für mich da. Es war meine Zuflucht, in die ich mich einhüllen konnte, die mich beschützte, egal wie dunkel und grau die Welt um mich herum auch sein mochte.

Sein Gesichtsausdruck war unergründlich. Schließlich fragte er eine Spur sanfter als zuvor: »Und kannst du es auch wieder entfernen?«

»A… aber natürlich.« Ich schnipste mit den Fingern und die dünne Eisschicht zerbrach in feine glitzernde Einzelteile. Von der Decke fiel es herab, als würde es schneien. Es war bezaubernd.

Feine Eiskristalle klebten an seinen Haaren, in seinen dichten Wimpern und auf seiner edlen Tunika.

Ich musste beinahe lachen, als ich begriff, dass ich die Situation noch schlimmer gemacht hatte, als sie ohnehin schon war. Magie ohne jeglichen Grund in der Öffentlichkeit anzuwenden und dabei Menschen zu belästigen, konnte ein schweres Vergehen sein. Aber allmählich war ich genervt. Dieser Kerl machte eine Miene, als hätte ich ihm gerade die nächsten zwanzig Jahre seines Lebens versaut. Dabei war es doch nur ein bisschen Eis.

Er wuschelte sich durchs schwarze Haar und klopfte sich die Tunika ab. Seine dunklen Brauen waren zornig zusammengeschoben.

»Tut mir leid«, murmelte ich und konnte mir nur schwer das Lachen verkneifen. Es war so absurd.

»Ach, das findest du witzig?« Er starrte auf das Schriftstück, das auf meinen Oberschenkeln lag. Seine grünen Augen flammten belustigt. »Ich finde es viel amüsanter, dass jemand wie du versucht, bei Blizzard aufgenommen zu werden.«

Das Lächeln auf meinen Lippen erstarb und ich schob das Papier zurück in meine Umhängetasche. Was bildete der Kerl sich ein?

»Ich wüsste nicht, was es dich angeht«, zischte ich und funkelte ihn wütend an. »Du kennst mich doch überhaupt nicht!«

Seine Mundwinkel zuckten. »Die eine Stunde mit dir war schon ziemlich aufschlussreich. Und für eine Magierin, die weder ihre Kräfte beherrschen noch lesen kann, hast du ziemlich hohe Erwartungen.«

»Ich. Kann. Lesen.« Meine Stimme zitterte vor Wut. »Und das hier«, ich fuchtelte mit meinen Händen vor dem Eis herum, »war nur ein Versehen. Und ich habe mich dafür entschuldigt.«

»Wie auch immer«, raunte er. Ein halbes Lächeln glitt über seine sinnlichen Lippen. Es machte mich wahnsinnig. »Es ist wirklich niedlich, wie wütend du werden kannst.«

Er fand es niedlich? *Niedlich*?!

Ich fauchte und wollte ihm etwas an den Kopf werfen, das überhaupt nicht niedlich war, da klopfte er mit dem Knauf des Schwertes gegen die Decke. Einmal. Zweimal. Ich hörte Pferdehufen, ein Wiehern, und dann blieb die Kutsche so abrupt stehen, dass ich einen Satz nach vorne machte.

Als ich mich aufgerappelt hatte, stand er bereits mit einem Fuß aus der Tür. Auf seinem Gesicht lag nun ein breites Grinsen. »Ein gut gemeinter Rat, kleine Eisprinzessin. Vergiss Blizzard und suche dir eine Gilde auf deinem Niveau. Andernfalls hoffe ich, dass du auf Enttäuschungen stehst.«

Wie bitte?! Ich ballte die Hände zu Fäusten und hätte am liebsten noch eine Portion Eis auf ihn fallen lassen. Oder gleich einen ganzen Berg.

»Du blöder Mistkerl«, rief ich ihm entgegen, doch als die Worte meine Lippen verließen, war er bereits verschwunden.

Kapitel 2

Eine Portion Glück

Die letzten Minuten der Kutschfahrt bekam ich kaum noch mit. Ich war viel zu sehr damit beschäftigt, den Kerl in meinen Gedanken erstarren, erfrieren oder vereisen zu lassen. Und selbst das beruhigte meine aufgewühlten Gedanken kaum.

Suche dir eine Gilde auf deinem Niveau. Seine Worte hallten in mir auf wie ein wütendes Unwetter. Dieser Idiot hatte kein Recht, so etwas zu behaupten, nicht das geringste! Er kannte weder mich noch meine Kräfte. Und überhaupt, was wusste er schon von Blizzard?!

Meine schlechte Laune löste sich erst auf, als ich die Tür der Kutsche öffnete und das prächtige Mistress erblickte.

Die Stadt war gigantisch. Überall tummelten sich Menschen und Magier, die eilig durch die Straßen liefen oder an den unzähligen Verkaufsständen stehenblieben. Tulpen, Lilien und Zauberglöckchen blühten farbenfroh am Wegesrand und die heiße Sommerluft trug eine heitere Melodie zu mir herüber.

Zögerlich kletterte ich aus der Kutsche, hievte meinen Koffer vom Träger und bedankte mich bei dem Kutscher für die Fahrt. Er lachte, wünschte mir viel Erfolg bei meiner Unternehmung und fuhr davon.

Ich blickte der Kutsche nach, bis sie nicht mehr zu sehen war. Mein Bauch kribbelte vor Aufregung und meine Beine wurden weich. Ich hatte es getan. Ich war wirklich hier. Freudentränen sammelten sich in meinen Augen und entschlossen ballte ich die Hände zu Fäusten. Nun lag es an mir, mein Können zu beweisen und zu zeigen, *wie sehr* diese Gilde meinem Niveau entsprach.

Vorsichtig bahnte ich mir den Weg durch die Menge und ließ es mir nicht nehmen, hier und dort stehenzubleiben, um Glaskugeln, Zaubertränke und andere magische Gegenstände zu bewundern.

Solch eine riesige Auswahl war mir fremd. In meinem Dorf lebten nicht mehr als hundert Einwohner. Nahrung, Kleidung und andere Dinge, die wir benötigten, tauschten wir untereinander oder erwarben es auf dem Wochenmarkt, der jeden Sonntag stattfand. Aber diese Vielfalt, die es hier in Mistress gab, hatte ich noch nie zuvor gesehen und egal, in welche Richtung ich schaute, konnte ich mir das Staunen nicht verkneifen.

Die Häuser waren aus Stein erbaut und schimmerten in den unterschiedlichsten Farben. Über den Eingangstüren hingen Schilder aus Birkenholz, auf denen verschiedenste Symbole eingraviert waren. Ich versuchte, das Zeichen für Blizzard ausfindig zu machen, konnte es aber nirgends entdecken.

So ein Mist. Ich hätte nicht gedacht, dass es so schwierig sein würde, die Gilde zu finden. Schließlich war sie die Berühmteste des Landes!

»Entschuldigt, Sir«, sprach ich einen vorbeilaufenden Mann an. Er wurde langsamer, blieb jedoch nicht stehen. »Könnt Ihr mir sagen, wo ich die Gilde Blizzard finde?«

Er sagte nichts, hob lediglich einen Finger und deutete über meinen Kopf hinweg in den Himmel.

Er wollte mich wohl auf den Arm nehmen. Blizzard lag im Himmel? Ich hob fragend eine Augenbraue, doch ehe ich nachhaken konnte, war der Mann in der Menge verschwunden.

»Danke«, murmelte ich ihm hinterher. Die Menschen in Mistress waren anscheinend nicht sehr freundlich gesinnt. Aber als ich mich umdrehte und in die Richtung blickte, in die er gezeigt hatte, war ich sprachlos.

Der Hauptsitz von Blizzard befand sich am Ende der Straße. Er war so riesig, dass ich sogar aus dieser Entfernung meinen Kopf in den Nacken legen musste, um ihn vollständig sehen zu können. Die weißen Marmorsteine schimmerten in der Mittagssonne, große einladende Fenster, wohin man auch sah und dieser runde, verschnörkelte Balkon ...

Er glich einem Palast. Wahrlich, einem riesigen glanzvollen Palast. Wie hatte ich ihn nur übersehen können?

Mein Blick verharrte einen Moment auf der Fahne, die über dem Eingang wehte. Ein schwarzer Phönix, umhüllt von lodernden Flammen. Das Wappen der Gilde.

Ich biss mir auf die Unterlippe, damit ich erwachte, falls dies nur ein Fiebertraum sein sollte. In wenigen Augenblicken würde ich dort sein. Wirklich und wahrhaftig.

Ich setzte mich wieder in Bewegung, meinen Blick starr auf Blizzard gerichtet, als eine alte Frau sich mir in den Weg stellte. Ich wäre beinahe in sie hineingelaufen, hätte ich nicht in letzter Sekunde abgebremst.

Das blutrote Gewand klebte an ihrem spindeldürren Leib und dickes, stahlgraues Haar fiel ihr über den gekrümmten Rücken. Ihre Wangen waren eingefallen und hohl, die Haut schrumpelig und matt.

Mein Magen verkrampfte sich. Wüsste ich es nicht besser, dann hätte ich sie für eine Hexe gehalten. Aber das war … unmöglich.

Hexen waren tot. Vor über neunhundert Jahren aus unserer Welt gebannt, nachdem sie den grauenvollsten Krieg aller Zeiten verloren, den sie selbst heraufbeschworen hatten. Und obwohl mir das bewusst war, hielt ich gebührenden Abstand zu der alten Frau.

»Eine Portion Glück, eine Portion Glück«, rief sie mir entgegen und fixierte mich mit ihren trüben, hinterlistigen Augen. In ihren knochigen Fingern hielt sie ein Kristallfläschchen, das mit einer grünen Flüssigkeit gefüllt war. Das Grün erinnerte mich an die Augenfarbe des Vollidioten und ich presste bei der Erinnerung an ihn wütend die Zähne aufeinander.

»Nein, danke«, erwiderte ich so freundlich wie möglich und versuchte um sie herumzugehen, doch sie stellte sich mir erneut in den Weg. »Bist du sicher, Kindchen? So ein Angebot kriegst du nie wieder.«

Als ich nicht antwortete, trat sie noch näher an mich heran. Der beißende Geruch von Weihrauch und Kresse stieg mir in die Nase. Ihre eingerissenen Lippen verzogen sich zu einem tückischen Lächeln und entblößten zersplitterte, gelbe Zahnstümpfe. Ich wollte nicht wissen, an wem oder was sie genagt hatte.

»Für dich gibt es einen Sonderpreis. Fünf Goldmünzen, statt zehn.«

Ich schüttelte unnachgiebig den Kopf. Ich hatte weder das Interesse noch das Geld, um mir derartiges zu leisten. So viele Goldmünzen. Meine Mutter verdiente mit ihrem Schneiderhandwerk eine Goldmünze im Monat. Und die Hexe verlangte fünf?

»Um bei Blizzard aufgenommen zu werden, brauchst du aber eine Portion Glück. Vertrau mir.« Sie hielt mir das Fläschchen entgegen, hätte es beinahe gegen meine Brust gepresst, wäre ich nicht einen Schritt zurückgewichen.

Allmählich ging sie mir auf die Nerven. Diese grüne Flüssigkeit, die in dem Kristallfläschchen hin und her schwappte, konnte unmöglich Glück sein. Es erinnerte mich eher an zähen glitschigen Krötenschleim.

»Das, was ich brauche«, entgegnete ich mit fester Stimme und entschlossenem Blick, »ist kein Glück, sondern Können. Also nein danke, ich verzichte auf Euer Angebot!«

Sie krächzte boshaft, bevor sie mich herablassend von Kopf bis Fuß musterte. »Nenne es wie du willst, Kindchen. Aber du kannst davon eine Menge gebrauchen. Du siehst viel zu schwach und unbedeutend aus, um bei so einer mächtigen Gilde wie Blizzard aufgenommen zu werden.«

Schwach und unbedeutend? Ich biss mir auf die Zunge, um die Worte zurückzuhalten, die ich ihr entgegenwerfen wollte. Was wusste diese alte Hexe schon?!

Wütend stapfte ich an ihr vorbei und war froh, dass sie mich dieses Mal ungehindert durchließ. Doch ehe ich einen weiteren Schritt gegangen war, spürte ich ein kurzes Ziehen am Hinterkopf. Es war, als hätte man mir ein Haar entrissen.

Ich wirbelte herum und wollte sie zur Rede stellen, doch hinter mir war niemand mehr. Die Hexe stand etliche Meter entfernt und drängte einem anderen Magier ihre verlogene Ware auf.

Hatte ich mir das nur eingebildet? Sie konnte unmöglich so schnell von der einen zur anderen Stelle gekommen sein, dafür war sie viel zu alt. Und was sollte sie auch schon mit einem einzelnen Haar anfangen?

Ich rieb mir den Hinterkopf, verfluchte die Hexe mit ihrem Krötenschleim und setzte mich wieder in Bewegung.

Nach einigen Minuten erreichte ich endlich das Anwesen von Blizzard und seufzte bei dem Anblick, der sich mir darbot. Aus der Nähe wirkte es noch faszinierender.

Mein Blick fiel auf die breite, weiße Steintreppe, die ich emporsteigen musste, um in das Gebäude zu gelangen. Beinahe hätte ich gestöhnt. Vor mir lagen mindestens tausend Stufen. Wie sollte ich die überwinden, ohne völlig erschöpft oben anzukommen?

Einige Magier, die um mich herumstanden, stellten sich anscheinend dieselbe Frage. Vielleicht konnte ich mich mit meiner Magie irgendwie hinaufbefördern? Mein Blick fiel auf das Schild neben der Treppe und mein Plan war dahin: ›*Diese Stufen werden auf die altmodische Art gemeistert. Jegliche Magie ist auf der Treppe unwirksam.*‹

Eine verzauberte Treppe? Wer kam denn auf diese schwachsinnige Idee? Aber von mir aus, dann eben aus eigener Kraft. Ich wollte gerade die Treppe hinaufsteigen, da entdeckte ich einen kleinen Hund neben mir. Er jaulte und kratzte mit seiner Pfote gegen die unterste Stufe. Wieder und wieder hörte ich seine Krallen auf dem Stein.

Es gab sicherlich einen Grund, weshalb er so unbedingt hinaufwollte und sicher auch einen, wieso er hier unten zurückgelassen wurde. Vielleicht war sein Herrchen dort oben? Er trug kein Halsband, aber sein pechschwarzes Fell glänzte sauber in der Mittagssonne.

Niemand beachtete ihn. Die Magier stiegen einfach über ihn hinweg, als wäre er ein Hindernis und streiften dabei seinen kleinen Körper mit ihren Schuhen. Und wahrscheinlich hätte es mich auch nicht kümmern sollen, doch ich gehörte nie zu denjenigen, die so etwas kalt ließ. Und dieser hilflose Blick von dem kleinen schwachen Hund zu meinen Füßen …

»In Ordnung«, flüsterte ich und ging in die Hocke. »Ich trage dich.«

Als ob der Hund nur darauf gewartet hätte, sprang er mir direkt in die Arme und schleckte an meinem Hals. Sein wuscheliger Schwanz wedelte und schlug mir wie sanfte Hiebe gegen die Rippen.

»Hör auf, dich zu freuen«, ermahnte ich ihn lachend und bekam als Antwort noch einen Schlecker. Grinsend schüttelte ich den Kopf und sah hinauf zu den Stufen. Na dann los!

Der Anstieg war alles andere als ein Kinderspiel. Mit dem Hund in meinem linken Arm, meinem Koffer in der rechten Hand und meiner Umhängetasche auf dem Rücken, glich ich dem Abbild eines Packesels. Meine Kondition hatte ich in den letzten Jahren vernachlässigt und das bekam ich jetzt mit aller Kraft zu spüren.

Mich überholten etliche Magier, die nun alle vor mir in der Schlange stehen würden und auch vor mir die Gelegenheit bekamen, ihre Künste unter Beweis zu stellen. Einige von ihnen kicherten, als sie an mir vorbeigingen, aber niemand bot mir seine Hilfe an. Wahrscheinlich wollten sie so wenig Energie wie möglich verschwenden oder aber es interessierte sie schlichtweg nicht, wenn jemand Hilfe brauchte.

Die Treppe kam mir endlos vor. Stufe für Stufe schleppte ich mich nach oben. Der kleine Hund wedelte noch immer mit dem Schwanz und seine Zunge hing zufrieden herunter. Er sah verdammt niedlich aus, aber mittlerweile hatte ich Mühe, ihn mit einem Arm zu tragen. Bildete ich mir das ein oder wurde der Hund mit jeder Stufe schwerer? Ich konnte mich nicht daran erinnern, dass er so schwer gewesen war, als ich ihn hochgehoben hatte. Aber wahrscheinlich verließen mich auch nur allmählich meine Kräfte.

Als ich endlich die letzte Stufe überwunden hatte, ließ ich mein Gepäck fallen und ging erschöpft in die Hocke, um den kleinen Hund abzusetzen, der mir nun nicht mehr so klein vorkam. Er sah mich mit intelligenten Augen an, leckte mir ein letztes Mal über den Hals und sprang dann von meinem Arm.

Ich sah ihm hinterher, wie er zwischen den Beinen der Magier hindurchlief und im Inneren des Gebäudes verschwand. Ich musste lächeln, auch wenn mir die gute Tat viel Kraft abverlangt hatte.

»Ich hoffe, du findest deinen Besitzer«, flüsterte ich ihm hinterher. Dann rappelte ich mich auf, sammelte mein Gepäck zusammen und betrat das Gebäude.

***

Die Eingangshalle war beeindruckend. Alles war in Weiß und Gold gehalten und der Teppich unter meinen Füßen war so weich, dass meine Schuhe bei jedem Schritt einsackten. Unzählige Ölgemälde, Wandteppiche, Schwerter und Wappen hingen an den Wänden.

Kostbar. Alles sah so kostbar und edel aus, als würden hier Könige residieren.

Ich folgte den anderen Magiern in den üppigen, einladenden Speisesaal, der zum Warteraum umfunktioniert wurde. Die rustikalen Bänke und Stühle waren zur Seite geschoben worden und eine lange Schlange hatte sich durch den Saal hinweg gebildet.

Ich stellte mich hinten an und seufzte. Es konnte sich nur um Stunden handeln, dabei war ich extra früh aufgebrochen, um eine der Ersten zu sein. Blizzard hatte seine Tore bis Mitternacht geöffnet und wie viele Magier noch kommen würden, wollte ich mir erst gar nicht vorstellen.

Ich stellte mich auf die Zehenspitzen und versuchte, einen Blick auf die Jury zu erhaschen, doch ich war zu weit entfernt, um auch nur das Geringste erkennen zu können.

Ich gab es auf und beobachtete stattdessen die Magier, die lachend, schwatzend oder in sich gekehrt um mich herumstanden. Noch nie zuvor hatte ich so viele Magier auf einen Schlag gesehen.

Die Elementarmagier konnte ich schnell unter ihnen ausmachen. Wassermagier bemalten ihre Haut mit Kreisen und Wellen in den unterschiedlichsten Farben. Pflanzenmagier hatten die Angewohnheit, in Grün gekleidet zu sein und Blumen wie Schmuckstücke an ihren Körpern zu tragen. Das Mädchen vor mir war eindeutig eine, denn bei ihr ragten kleine Blüten aus der Hosentasche. Feuermagier strahlten eine Hitze aus, bei der ich am liebsten das Weite gesucht hätte. Und Luftmagier waren am schnellsten von allen auszumachen, denn sie trugen Glatzen und ihre Körper waren von Kopf bis Fuß mit Piercings übersät.

Hinter mir stand einer von ihnen, jung und schlaksig, mit Piercings an beiden Armen, an seiner Lippe und über seinen buschigen Augenbrauen. Seine karamellfarbene Haut brachte das Gold seiner Piercings nur noch mehr zum Strahlen. Er lächelte, als er meinen Blick bemerkte.

»Schöne Piercings«, flüsterte ich und erwiderte sein Lächeln, wenn auch verkrampft.

Er rieb sich verlegen die Glatze. »Ach, das ist nichts. Du müsstest meinen Großvater sehen, der ist voll davon. Aber deine Haare sind spitze!«

Ich schob mir eine Strähne hinters Ohr und spürte Wärme in meine Wangen steigen. Meine Haare waren weiß. Das Eis in mir hatte sie verfärbt, seit die Gabe in mir erwacht war. Und ich hasste meine Haare, weil ich mit ihnen aufgefallen war wie ein weißer Wolf. Großmutter, Eishexe und Schneeoma waren nur eine kleine Auswahl an Namen, mit denen mich die Kinder im Dorf beschimpften. Aber hier, inmitten der ganzen Magier, die genauso auffallend waren wie ich, fühlte ich mich wohl.

»Bist du sehr aufgeregt?«, fragte mich der Luftmagier leise und zupfte sein dunkelblaues Gewand zurecht, das viel zu groß für seinen schlaksigen Körper war.

»Schon irgendwie«, antwortete ich zögerlich. Das war die Untertreibung des Jahrhunderts, aber zu viel Aufregung würde mich schwach erscheinen lassen. Immerhin waren wir Konkurrenten.

Er spielte mit seinem Augenbrauenpiercing herum. »Geht mir genauso. Seit meiner Kindheit lausche ich den Geschichten, die mir mein Großvater über die Gilde erzählt. Und jetzt, da ich endlich neunzehn bin, versuche ich mein Glück.«

»Klingt fast genauso wie bei mir. Irgendwie ist es komisch, dass wir heute hier sind.«

Er sah mich einen Moment lang an. Das Braun in seinen Augen hatte eine Wärme, die mir ein Lächeln ins Gesicht zauberte.

»Ich bin übrigens Ted.« Er reichte mir die Hand. »Ami«, erwiderte ich und ergriff die seine.

Ich war froh, mit jemandem Bekanntschaft geschlossen zu haben. Ted war die erste nette Person, der ich heute begegnet war. Ich verdrängte die Gedanken an den Idioten aus der Kutsche und die unheimliche Hexe.

Wir unterhielten uns die nächsten Stunden miteinander. Er erzählte mir von der Stadt, in der er aufgewachsen war, von seinem Großvater und seiner

Magie. Ich war froh, dass er das Wort ergriff und ich die meiste Zeit nur zuhören musste. Und wenn ich doch sprach, dann erzählte ich ihm das Nötigste von mir, erwähnte aber weder meinen Vater noch meine Mutter. Und schon gar nicht, dass ich von zu Hause weggelaufen war. Das würde ich für mich behalten.

»Was glaubst du, wie viele werden heute der Gilde beitreten?«, fragte ich nach einer Weile.

Er blickte sich um und biss sich auf sein Lippenpiercing. »In den letzten Jahren haben es immer nur ein bis zwei Magier geschafft, in der Gilde aufgenommen zu werden. Ich denke nicht, dass das heute anders ablaufen wird.«

Nur ein bis zwei Magier. Ich hatte mir so etwas schon gedacht, aber trotzdem löste diese Information ein Ziehen in meinem Bauch aus. Hier waren so viele Magier mit den unterschiedlichsten Fähigkeiten und nur zwei wurden genommen. Wenn Ted oder ich es schaffen würden, wäre das kein Glück, sondern Schicksal, so viel stand fest.

Vor uns war eine Lücke in der Schlange entstanden und wir schlossen auf. Dabei konnte ich einen Blick auf die Jury erhaschen. Ein wunderschönes Mädchen mit feuerroten Haaren saß allein an einem langen Tisch. Auf ihrem linken Handrücken war das Zeichen von Blizzard tätowiert – ein schwarzer Phönix umringt von lodernden Flammen.

Mein Herz schlug heftig gegen meine Brust. Sie war diejenige, die entschied, wer aufgenommen wurde und wer nicht. Sie musste ich überzeugen, von mir, meinen Fähigkeiten und meinem Talent.

»Das ist Minako«, flüsterte Ted über meine Schulter hinweg. »Sie ist die rechte Hand des Meisters und eine der besten Schwertkämpferinnen im ganzen Land. Ihre Magie ist die Vorhersehung. Sie kann die Attacken ihres Gegenübers vorausahnen und so Schlägen und sogar Magieangriffen ausweichen. Eine ziemlich seltene Begabung.«

Ich nickte beeindruckt und speicherte die Informationen in meinem Gedächtnis ab. Minako war also die rechte Hand des Meisters, aber ich hatte weder von ihr noch von ihrer Gabe gehört. Kein Wunder, dass sie zu einer der Stärksten zählte, wenn sie allem ausweichen konnte.

Gerade, als ich Ted fragen wollte, ob er auch über die anderen Magier von Blizzard Bescheid wusste, erregte etwas meine Aufmerksamkeit.

Vor Minako stand ein bulliger Mann, die Ärmel seiner verschmutzten Tunika waren bis zu den dicken Oberarmen hochgekrempelt. Eine Stahlkette lag wie eine giftige Schlange um seinen Hals. Mit verschränkten Armen blieb er vor ihr stehen, während sie ihn entschuldigend anlächelte. Mehrmals deutete sie in die Richtung des Ausganges, doch so wie es aussah, hatte der Mann nicht vor zu gehen. Er rührte sich nicht von der Stelle und fing an herumzupöbeln.

»Das soll wohl ein Witz sein. Ich bin der Stärkste von allen und ausgerechnet *ich* darf eurer bescheuerten Gilde nicht beitreten?«

»Es tut mir leid«, sagte Minako. Ihre samtweiche Stimme klang mitfühlend. »Aber wir haben schon einen Stahlmagier unter uns, der dieselben Fähigkeiten besitzt wie du. Es gibt noch genügend andere Gilden, die deine Fähigkeiten gut gebrauchen könnten.«

Der bullige Magier schlug auf den Tisch und ein verblüfftes Raunen ging durch die Reihen. Nun sah jeder zu den beiden.

»Du verdammtes Weib, ich will mit deinem Meister sprechen. Er wird mein Potenzial erkennen. Er wird sehen, wie viel ich wert bin.«

Minako blieb immer noch ruhig und verschränkte lediglich die dünnen Arme vor der Brust. »Das ist nicht möglich.«

»Bist du schwerhörig? Bring ihn mir endlich. Ansonsten mache ich dich hier vor den ganzen Leuten einen Kopf kleiner. Dann wird jeder sehen, wie schwach die Magier von Blizzard wirklich sind. Willst du das etwa?«

Sie schloss die Augen und seufzte nur. Wie konnte sie so entspannt bleiben, während ein Mann, der mindestens zwei Köpfe größer war als sie, solche Dinge sagte und sie bedrohte? Ich ließ die Kälte durch meine Adern fließen, nur für den Fall, doch Ted umfasste mein Handgelenk. »Nicht eingreifen, damit würdest du sie nur bloßstellen. Sie ist stärker als wir alle zusammen. Du weißt doch noch, was ich dir über ihre Fähigkeiten erzählt habe?«

Ich nickte, doch es fiel mir schwer, tatenlos herumzustehen, während so ein aggressiver Mann eine Frau bedrohte. Hoffentlich behielt Ted recht. Hoffentlich.

Einige endlose Sekunden vergingen und eine tödliche Stille lag in der Luft. Niemand wagte es, sich zu bewegen und auch ich war wie erstarrt.

Bitte tue ihr nichts. Bitte.

Ein lauter wutverzerrter Schrei hallte durch den Saal und zerriss die Stille. Und dann, im selben Moment, holte der Stahlmagier aus. Voller Wucht schlug er zu. Seine Faust war so groß wie ihr hübsches, freundliches Gesicht.

Er verfehlte sie um Längen. Auch der nächste Schlag ging ins Leere. Spielerisch wich sie allen weiteren Attacken aus, indem sie lediglich ihren Kopf nach links und rechts neigte. Ihre rote Mähne flog in Sekunden von der einen zur anderen Seite. Wie ... wie war das möglich?

Minako kicherte, während der Mann nach Luft schnappte. Er umklammerte wütend seine Stahlkette. »Du Miststück, hör auf zu lachen. Ich werde dich mit meiner Magie zu Kleinholz –«

»Genug.« Eine männliche Stimme hallte durch den Saal. »Es reicht jetzt.«

Ich wusste nicht, woher die Stimme kam, aber einige Mädchen fingen an zu kreischen. Und aus jeder Ecke des Saals hörte man, wie ein Name gerufen wurde. Immer wieder ertönte derselbe Name. Als stünde er für Hoffnung, Gerechtigkeit und Frieden. Für all das Gute in dieser Welt.

Jake.

Der bullige Mann erstarrte. Und Grund dafür war der dunkelhaarige Magier, der nun direkt vor ihm stand. Sein Gesicht war von der Menge abgewandt, aber ich war mir ziemlich sicher, dass das dieser Jake sein musste, von dem alle sprachen. Eine seiner Hände steckte lässig in der Hosentasche, aber in der anderen hielt er eine Flamme. Eine grüne Flamme, die wie Wasser um seine Finger glitt. Solch ein Feuer hatte ich noch nie zuvor gesehen. Unglaublich.

»Es gehört sich nicht, so mit einer Dame zu sprechen.« Jakes Stimme war kalt, rau und kam mir verdammt bekannt vor. »Entschuldige dich bei ihr.«

Der Stahlmagier trat einige Schritte nach hinten, stolperte fast über seine eigenen Beine und murmelte eine Entschuldigung. Der Blick war starr auf die grüne Flamme gerichtet, als wüsste er, was ihn erwartete, wenn er nicht gehorchte.

Jake ballte seine Hand zur Faust und die Flamme wurde größer. »Eigentlich müsste ich dir eine Lektion erteilen, weil du versucht hast, Minako zu schlagen. Und weil du unsere Gilde mit deinen Worten beschmutzt hast.«

»Bitte nicht, bitte nicht«, stammelte der Mann und schlug flehend die Hände vor sein rot angelaufenes Gesicht. »Ich war nicht ich selbst, ich –«

»Ach wirklich? Dann solltest du lieber dein Hirn einschalten, bevor du so große Töne spuckst und wild um dich schlägst. Hat dir denn niemand Manieren beigebracht?« Jake seufzte schwer. »Und jetzt verschwinde endlich.« Er machte eine abfällige Handbewegung in Richtung des Ausganges. Die grüne Flamme um seine Finger war verschwunden. »Aber sei dir gesagt, solltest du noch einmal ›nicht du selbst sein‹, werde ich dich finden. Und dann gibt es einen Kampf, an den du dich lange zurückerinnern wirst. Verstanden?«

Der Bullige nickte hektisch, murmelte etwas Unverständliches und stolperte dann aus dem Saal.

»Jake«, kreischte das Mädchen vor mir erneut. Und als er sein Gesicht in die Menge drehte, setzte mein Herz einen Schlag aus.

Es war der Kerl aus der Kutsche.

Kapitel 3

Es kommt schlimmer …

Nein. Nein. Nein. Nein.

Fassungslos starrte ich Jake an, der seinen Blick durch die Menge gleiten ließ. Sogar aus dieser Entfernung konnte ich das Grün in seinen Augen flackern sehen. In meinem Kopf sprangen die Gedanken von einem zum anderen und alle waren sie gleich wirr. Was tat er hier? Warum konnte er *grüne* Flammen beschwören? Wieso kannte jeder seinen verdammten Namen? Was hatte das alles bloß zu bedeuten?!

Als sein Kopf in meine Richtung glitt, versteckte ich mich panisch hinter der Pflanzenmagierin, die vor mir stand.

Nach etlichen Sekunden lugte ich an ihrer Schulter vorbei und sah Jake dabei zu, wie er lässig um den langen Tisch herumging und sich neben Minako auf die Bank fallen ließ.

Das gab mir den Rest. Ich stand kurz vor einem nervlichen Zusammenbruch.

»Atme«, befahl mir Ted lachend und schob mich weiter nach vorne. Weiter zu *ihm*.

Mein Magen verkrampfte sich. »Wer … wer ist das?«, stotterte ich und umklammerte meine Arme, um das Zittern zu unterdrücken. Es gelang mir nicht.

Ted grinste verschwörerisch. »Ach, du hast keine Ahnung, nicht wahr? Kein Wunder, dass du so auf ihn reagierst. Tun wahrscheinlich alle beim ersten Mal.«

»Ich verstehe nicht …«

Er strich sich mit einer Hand über die Glatze, mit der anderen deutete er in die Menge. »Dann schau dir die Magier hier mal genauer an.«

Verwirrt sah ich mich um und blickte in unzählige verträumte Gesichter.

Frauen und Männer schmachteten Jake gleichermaßen an und zogen ihn regelrecht mit ihren Blicken aus.

Und dann fiel es mir wie Scheuklappen von den Augen. Dachte Ted allen Ernstes, ich würde wegen Jakes unwiderstehlichem Aussehen so neben mir stehen? Gut, er sah wirklich verdammt heiß aus. Und ja, der Auftritt von eben war auch nicht schlecht. Aber das alles hatte rein gar nichts mit meinem jetzigen Verhalten zu tun. *Überhaupt nicht.*

Meine Miene verfinsterte sich, als ich mich wieder Ted zuwandte. »Also«, fing ich erneut an und ignorierte seine Anspielung von eben. Diesmal klang meine Stimme etwas gefasster als zuvor. »Sagst du mir nun, wer der Kerl ist, oder muss ich dich erst mit meiner Eismagie foltern?« Demonstrativ bewegte ich meine Finger in seine Richtung.

»Schon gut, schon gut. Ich verrate es dir ja«, sagte er lachend und hob beide Hände. »Als Eis am Stiel möchte ich nun wirklich nicht enden.«

Ich kicherte und bewegte meine Hände wieder auf ihn zu, als er nicht mit der Sprache herausrückte. Er holte tief Luft, ehe er antwortete. »Das, meine liebe Ami, ist Jake.«

»Aber das weiß ich doch schon. Verrate mir lieber, was er in der Jury zu suchen hat.«

Er schwieg einen Moment und sah in Jakes Richtung. In seinem Blick lag ein Ausdruck von Ehrfurcht und Bewunderung. Na toll. Ted war also auch dem Jake-Charme verfallen. »Du musst wissen, Jake hat das größte Recht von allen dort zu sitzen«, sagte er schließlich. »Er ist der Sohn des Meisters.«

»Er ist was?!« Ich verschluckte mich an der Luft, die ich atmete. Das konnte nicht wahr sein! Das durfte nicht wahr sein! Denn wenn das stimmte, dann hatte ich ein Problem – ein ernsthaftes Problem. Ich erinnerte mich an unsere Begegnung in der Kutsche und errötete bis in den Haaransatz.

Ted zuckte mit den Schultern. »Jake ist nicht so übel. Jedenfalls sind die meisten Magier heute wegen ihm gekommen.«

Nicht so übel. Beinahe hätte ich hysterisch angefangen zu lachen. Der Jake, der sich in meiner Kutsche befunden hatte, war nicht nett, ganz und gar nicht. Und wenn er nicht einen freundlichen Zwillingsbruder besaß, der heute die Entscheidungen traf, dann sahen meine Chancen ziemlich schlecht aus.

Die letzten Minuten bekam ich kaum noch mit. Ted erzählte mir etwas und ich nickte nur, ohne hinzuhören. Vielleicht hatte Jake mich vergessen? Er hatte ja schließlich heute in unzählige Gesichter geblickt und ebenso viele Magier kennengelernt. Warum sollte er sich also ausgerechnet an mich erinnern können?

»Hallo?« Ted schüttelte mich sanft und riss mich aus meinen Gedanken. »Ami, träumst du?«

»Wie bitte?«

»Du bist dran«, flüsterte er und pikste mir ins Schulterblatt. »Du musst nach vorne.«

Erst da fiel mir auf, dass wir bereits ganz vorne standen. Minako strahlte mich an und legte ihren Kopf schräg. Die Farbe ihrer Lockenmähne sah aus dieser Entfernung noch beeindruckender aus. Wie ein Himmel bei Sonnenaufgang.

Mein Blick fiel auf Jake, der glücklicherweise nicht in meine Richtung schaute. Er war in ein Schriftstück vertieft, das vor seiner geraden, lächerlich perfekten Nase lag. Es war nur eine Frage der Zeit, bis er aufsehen würde.

Mein Magen verkrampfte sich und ich wirbelte zu Ted. Panik schnürte mir die Kehle zu und ich brachte nur ein Gehauchtes *Ich lass dir den Vortritt* über die Lippen.

»Auf gar keinen Fall.« Ted schüttelte unnachgiebig den Kopf. Hinter uns hörte ich einige Magier genervt aufstöhnen, weil es nicht weiterging. Das schürte meine Angst nur noch mehr. Wenn ich jetzt einfach hinauslaufen würde, dann ...

»Ami, kommt nicht in Frage, dass du jetzt einen Rückzieher machst. Das ist dein Traum, seit du klein bist. Gib jetzt nicht so kurz vor dem Ziel auf. Du schaffst das.«

Einige Herzschläge vergingen, bis seine Worte zu mir durchdrangen. Und ... er hatte recht. Ich hatte nicht mein ganzes Leben damit verbracht, für

Blizzard zu trainieren, um im letzten Moment wegen diesem dämlichen Vollidioten zu kneifen.

Ich hob das Kinn und straffte die Schultern. Mit meinen Lippen formte ich das Wort »Danke«, ehe ich langsam nach vorne ging.

»Viel Glück«, hörte ich Ted hinter mir flüstern. Mein Bauch zog sich vor Aufregung zusammen und meine Knie waren so weich wie Pulverschnee. Trotzdem ging ich unaufhaltsam auf Minako und Jake zu.

Bitte hab mich vergessen. Noch fünf Schritte.

Bitte erkenn mich nicht. Noch zwei.

Nun stand ich direkt vor dem Tisch und blickte zwischen den beiden hin und her. Er sah noch immer nicht auf und ich betete zu allen heiligen Magiern gleichzeitig, dass das auch so bleiben würde.

Das Klimpern von Metall zog meine Aufmerksamkeit wieder zu Minako. An ihren dünnen Handgelenken baumelten etliche Armreifen aus geflochtenem Silber und auch an ihren schlanken Fingern steckte jeweils ein mit Perlmutt und Jade besetzter Ring.

Mir kam das Bild des bulligen Stahlmagiers in den Sinn. Wie hatte er nur so eine zierliche Frau angreifen können?

Minako schenkte mir ein Lächeln und fuhr sich spielerisch durch die rote Lockenmähne. »Wie heißt du?«

»A... Ami«, stotterte ich. Nicht einmal meinen Namen brachte ich flüssig zustande.

»Freut mich. Ich bin Minako und das hier«, sie pikste Jake mit ihrem Bleistift in den Arm, »ist Jake.«

Er sah auf und rieb sich die Stelle. »Minako, wofür sollte–« Er verstummte, als seine grünen Augen auf mich trafen.

Habe mich vergessen. Habe mich vergessen.

Auf seinen Lippen breitete sich ein schiefes Lächeln aus, das mir einen Moment die Sprache verschlug. Vielleicht sah er jedes Mädchen so an, das sich vorstellte, redete ich mir ein. Es hat rein gar nichts mit mir ...

»Eisprinzessin!«

Oh nein. Meine Hoffnungen waren mit einem Mal zerschlagen. Er hatte mich tatsächlich erkannt. Aber die Art, wie er mich ansprach, vertrieb die Aufregung in mir.

Eisprinzessin. So hatte er mich bereits in der Kutsche genannt und das gefiel mir überhaupt nicht.

»Hallo«, sagte ich kühl und ohne jede Erschütterung in meiner Stimme.

Minakos Augen strahlten, während sie zwischen Jake und mir hin und her sah. »Kennt ihr euch etwa?«

»Nein«, sagte ich, während Jake gleichzeitig mit »Ja« antwortete. Seine Mundwinkel zuckten belustigt und ich verschränkte die Arme vor der Brust. Das waren ja tolle Aussichten auf das Gespräch. Er ging mir bereits jetzt schon auf die Nerven.

»Okay, ist auch nicht so wichtig«, murmelte Minako sichtlich verwirrt und strich sich über ihr trägerloses, honiggelbes Sommerkleid. »Ami, damit ich mir ein Bild von dir machen kann, würde ich dir gern ein paar Fragen stellen. Bist du bereit?«

Ich nickte und versuchte, Jakes Blick zu ignorieren, der eindeutig noch auf mir lag.

»Also Ami, wie alt bist du?«

Das war eine einfache Frage. »Ich bin letzte Woche neunzehn geworden.«

»Sehr gut, das entspricht schon einmal den Anforderungen.« Sie notierte sich etwas auf ihrem Notizblock. »Und woher kommst du?«

»Aus einem kleinen Dorf nahe der Stadt.« Das war eine Lüge. Mein Dorf lag etliche Stunden von Mistress entfernt, aber ich hatte nicht vor, jemandem meine wahre Herkunft zu verraten. Zu groß war die Angst, meine Mutter könnte in irgendeiner Weise kontaktiert werden. Fahrende Händler reden viel, wenn sie auf dem Wochenmarkt sind. Aber wahrscheinlich konnte sie sich denken, wo ich war, auch wenn ich es nicht in meinem Brief erwähnt hatte.

»Und wo genau liegt das Dorf?« Jake stützte das Kinn auf die Handfläche und sah mich neugierig an. In seiner harmlosen Frage schwang eine gute Portion Schärfe mit, die mich misstrauisch machte.

»Es liegt in Denwill«, log ich und schenkte ihm ein zuckersüßes Lächeln. Kampflos würde ich mich nicht geschlagen geben.

Sein Blick war so intensiv, dass ich Mühe hatte, ihm standzuhalten. Die Flammen loderten gefährlich in seinen Augen. »Interessant. Dort war ich auch schon etliche Male. Welches der schnuckeligen Häuser gehört denn dir?«

So genau hatte ich mir die Lüge nicht zurechtgelegt. Jake musste mir förmlich ansehen, wie mein Gehirn arbeitete, denn sein Lächeln wurde breiter. So ein Idiot. Anscheinend hatte er mich durchschaut. Aber so leicht ließ ich mich nicht beirren.

»Es ist das kleine Häuschen inmitten des Dorfes.«

Minako wollte etwas sagen, doch Jake kam ihr zuvor. Sein Lächeln verriet nichts Gutes.

»Die Häuser in deinem Dorf sind so schön bunt. Mich würde interessieren, welche Farbe wohl dein Haus hat.«

Bitte was?! Welche Farbe mein Haus hat? Das konnte nicht sein Ernst sein. Allmählich ging er mir mit seinen dämlichen Fragen gehörig auf die Nerven. Gereizt funkelte ich ihn an.

»Blau. Kaltes, starres Blau.« Meine Stimme zitterte bereits vor Wut. Ich fühlte mich bloßgestellt und ließ ihn das auch spüren. »Soll ich dir noch erzählen, welche Blumen in unserem Garten wachsen?«

Das Grün in seinen Augen flammte verführerisch auf. »Wenn du möchtest, Eisprinzessin.«

»Ok, ich denke, das genügt uns als Antwort«, schaltete sich Minako endlich ein und warf Jake einen mahnenden Blick zu, bevor sie mit samtweicher Stimme fortfuhr. »Ami, welche Art von Magie besitzt du?«

»Ich kann das Eis bändigen«, presste ich hervor und versuchte, das Verlangen zu ignorieren, Jake auf der Stelle einzufrieren.

Ihre Armreifen klimperten, als sie fröhlich in die Hände klatschte. »Das hatte ich mir schon fast gedacht.« Sie deutete auf meine weißen Haare. »Du bist die erste Eismagierin, die sich seit einer langen Zeit hier bewirbt.«

Die Erste seit einer langen Zeit? Hatten wirklich so wenig Eismagier Interesse daran, bei Blizzard aufgenommen zu werden? Gut, wenn man Jake mit seinen seltsamen Flammen betrachtete, konnte ich es irgendwie nachvollziehen.

Jake verschränkte seine muskulösen Arme vor der Brust und lehnte sich zurück. Der Stoff seiner Ärmel spannte um seinen Bizeps. »Dann erteile uns doch eine kleine Kostprobe deiner mächtigen Kräfte, Eisprinzessin.«

Ich schluckte den Zorn, den ich über meinen Kosenamen verspürte, herunter. Ebenso die Tatsache, dass in seiner Aufforderung mehr Sarkasmus mitschwang, als mir lieb war. Ich würde es ihm schon beweisen, wozu eine Eismagierin fähig war. Er würde schon sehen.

Ich nickte schließlich und konzentrierte mich auf die Aufgabe, die vor mir lag. Das Eis beschwören. Das konnte ich. So oft hatte ich es heimlich im Wald geübt.

Ich atmete tief ein und ließ die Kälte durch meine Adern fließen, bis meine Fingerspitzen anfingen zu kribbeln. In meinen Gedanken stellte ich mir etwas Schönes vor, das ich Minako überreichen wollte. Sie liebte Schmuck, vielleicht würde sie auch Blumen lieben? Ein Versuch war es wert.

Jake würde mit leeren Händen auskommen müssen – oder mit eingefrorenen. Letzteres zauberte mir ein Lächeln ins Gesicht.

Kleine Eiskristalle wirbelten durch die Luft und formten sich zu einer Rose aus purem, schimmernden Eis. Doch ehe ich Minako die Rose überreichen konnte, quietschte Holz über den Marmorboden.

Jake stand auf und ging um den Tisch herum. Langsam wie eine Raubkatze kam er auf mich zu. Seine Hose hing ihm tief auf der Hüfte und das weiße Hemd schmiegte sich um jeden seiner antrainierten Muskeln.

Hitze durchflutete meinen Körper, als ich mich beim Starren erwischte. Was tat ich hier nur? Oder besser, was tat *er* hier?

Jake war mir so nah, dass ich unbehaglich einen Schritt zurückwich. Er trat einen vor und ich einen zurück. Die grünen Flammen in seinen Augen loderten gefährlich, anziehend, fordernd. Und ich war kurz davor, mich in ihnen zu verlieren.

Auf einmal stieß ich mit meinen Oberschenkeln gegen einen harten Widerstand. Mit der freien Hand ertastete ich meine Blockade, ohne Jake dabei aus den Augen zu lassen.

Der Tisch. Ich hatte mich tatsächlich um meine eigene Achse gedreht. Die

Kante drückte sich in meine Haut, als ich mich zurücklehnte. Jake blieb direkt vor mir stehen und beugte sich vor. Uns trennte nur noch eine Handbreite voneinander. Der herbe Geruch eines Herbststurms erfüllte meine Sinne, meine Gedanken, nahm alles von mir ein.

Die Luft zwischen uns fing an zu knistern, wie Eis, das auf Feuer traf. Jake umfasste meine Hand, in der die Rose lag. Meine Haut kribbelte wohlwollend unter seiner Berührung. Und dann löste sich die Rose zischend in Wasser auf und klatschte zu Boden. Dichter Dampf breitete sich zwischen uns aus.

Wie hatte er mein Eis schmelzen können, ohne eine seiner Flammen zu benutzen? Verwirrt starrte ich auf die Pfütze und streichelte mir gedankenverloren über die Stelle, die er eben noch berührt hatte. Meine Haut kribbelte noch immer.

Jake beugte sich vor, sein Gesicht trat durch den Dunst. Er legte seine Lippen an mein Ohr und sein Atem strich zärtlich über meine Haut. »Verschwinde von hier«, hauchte er. »Blizzard ist nichts für dich.«

Mit diesen Worten und einem klopfenden Herzen ließ er mich stehen. Ich blickte ihm nach, bis sich der Dunst zwischen uns aufgelöst hatte.

Mit jedem Schritt, den er sich von mir entfernte, wurde mir die Bedeutung seiner Worte bewusster. Ich starrte zur Pfütze, dann wieder zu ihm. Das konnte doch nicht sein Ernst sein! Er konnte doch nur mein Eis zum Schmelzen bringen, weil er mich mit seiner Nähe aus dem Konzept gebracht hatte. Deshalb durfte ich nicht bei Blizzard aufgenommen werden? Deshalb sollte ich verschwinden?!

So ein Idiot. So ein dämlicher, arroganter Vollidiot! Ich wollte ihm hinterher stapfen, ihm noch eine Kostprobe meiner Kräfte demonstrieren, die nichts mehr mit bezaubernden Rosen zu tun hatte, da gab mir Minako ein Zeichen.

»Einen Moment, Ami«, rief sie mir zu, als würde sie die Attacke vorausahnen, die ich mir in meinem Kopf zurechtgelegt hatte. »Ich müsste kurz mit Jake sprechen.« Dann griff sie nach seinem Oberarm und zog ihn einige Meter weg. Sie flüsterten, trotzdem bekam ich ein paar Gesprächsfetzen mit: *Idiot. Eis. Weißes Haar. Idiot. Meister. Egoist. Idiot.*

Also war ich nicht die Einzige, die ihn für einen Idioten hielt. Diese Erkenntnis zauberte mir zum ersten Mal seit langem ein aufrichtiges, breites Lächeln auf die Lippen. Und so wie es aussah, setzte Minako sich in diesem Moment sogar für mich ein. Das machte sie umso sympathischer. Aber Jakes Miene war unergründlich, kalt und distanziert.

Ich wendete meinen Blick ab und erstarrte. Erst jetzt fiel mir auf, dass ich zu der Menge gewandt stand. Wütende, eifersüchtige und mitfühlende Gesichter musterten mich gleichermaßen. Sogar Ted sah erschüttert aus und sein Mund klappte wie bei einem Fisch auf und zu. Allem Anschein nach war ich zur Hauptattraktion des Tages gekürt worden und hatte den aggressiven Stahlmagier vom Thron gestoßen. Na klasse.

Ich wirbelte herum, als die Stimmen von Jake und Minako wieder lauter wurden.

»Aber Jake«, rief Minako ihm nach, als er sich von ihr abwandte und in meine Richtung schlenderte.

»Das ist mir egal«, sagte er genervt und kam auf mich zu. Anscheinend war das Gespräch unglücklich verlaufen. Sie hatte ihn nicht umstimmen können.

Dieses Mal wich ich nicht zurück. Ich trat einen Schritt nach vorne. Was ich genau sagen wollte, wusste ich nicht. Ihn anflehen, mir noch eine Chance zu geben? Ihm Beleidigungen an den Kopf werfen?

Letzteres hätte mir eindeutig besser gefallen als das, was nun von meinen Lippen kam.

»Bitte«, krächzte ich. »Lass mich beweisen, dass ich doch in diese Gilde –«

»Eisprinzessin.« Seine Augen flammten erneut auf. »Du kannst mich nicht umstimmen. Und sage nicht, ich hätte dich nicht gewarnt. Ich wünsche dir eine gute Heimreise nach *Denwill.*« Er betonte dabei Denwill so stark, dass ich wusste, dass er mir nicht geglaubt hatte. Wütend ballte ich die Hände zu Fäusten. Wenn ich seinen Arm berühren würde, könnte ich ihn einfrieren. Verdient hatte er es allemal. Aber ich warf ihm nur einen vernichtenden Blick zu, drehte mich um und ging, ehe ich meine Tränen nicht mehr zurückhalten konnte.

»Du kannst nächstes Jahr wiederkommen«, rief Minako mir hinterher, doch ich erwiderte nichts. Was würde mir das nächste Jahr nützen? Solange Jake in der Gilde war, würde ich niemals aufgenommen werden, ganz gleich, wie viele Jahre vergingen.

Ich lief an der Schlange vorbei und ignorierte die Blicke, die mir die Magier zuwarfen. Meine Aufmerksamkeit war starr auf den Boden gerichtet.

»Ami«, hörte ich Ted hinter mir rufen, doch ich blieb nicht stehen. Ich wollte mit niemandem sprechen, wollte nur weg. Meine Tränen sammelten sich in meinen Augen, verschleierten mir die Sicht.

Plötzlich stieß ich gegen etwas Robustes und taumelte einige Meter zurück. Gerade noch fand ich mein Gleichgewicht wieder, bevor ich auf den glänzenden, harten Marmorboden gefallen wäre.

»Verzeihung«, murmelte eine sanfte Stimme. Ich blinzelte die Tränen davon und starrte in das Gesicht eines Mannes, gegen den ich anscheinend gelaufen war. Seine Haare waren an den Seiten ergraut und neben den Falten prägte eine breite, wulstige Narbe die Hälfte seines Gesichtes. Sie fing an der Stirn an, verlief über sein rechtes Auge, das er geschlossen hielt, und endete an seinem Kieferknochen. Wer hatte ihm bloß so eine schlimme Narbe verpasst?

Als sich unsere Blicke trafen, weitete sich sein gesundes Auge und seine Brauen schossen in die Höhe. Es war, als würde er ein Gespenst in mir sehen. Wie seltsam. Und doch war ich nicht in der Verfassung, mich darüber zu wundern.

»Tut mir leid«, stammelte ich und lief an dem seltsamen Herren vorbei, lief durch den langen Korridor, aus dem Gebäude und die unzähligen Stufen hinunter. Einige Magier kamen mir entgegen, die nur fragend die Stirn runzelten. Ich ignorierte sie und lief einfach weiter.

In der Stadt ließ ich mich in einer schmalen Gasse gegen eine Hausmauer fallen. Und als ich es realisierte, als ich meine Gedanken zuließ, konnte ich meine Tränen nicht mehr unterdrücken.

Mein Traum war zerplatzt.

Kapitel 4

Hexen, Träume und andere Hindernisse

Mit angewinkelten Beinen hockte ich noch immer auf dem Boden. Die Sonne verschwand bereits hinter den Dächern der Stadt und ein Schatten – kalt und erbarmungslos – legte sich über die Gasse.

Ich hatte mich nicht mehr gerührt, seit ich vor etlichen Stunden aus dem Gebäude gestürmt war. Aber wohin sollte ich auch gehen? Zu meiner Mutter wollte ich nicht zurück, auch wenn ich wusste, dass sie mich wieder bei sich aufnehmen würde. Aber was blieb mir anderes übrig?

Ich blickte in den kürbisgelben und fliederfarbenen Himmel. Alles, was ich wollte, alles, was ich mir erträumt hatte, war Blizzard. Es gab nie etwas anderes, das für mich in Frage kam, nicht einen einzigen Moment in meinem Leben. Und nun war mein Traum dahin wie meine geschmolzene Rose aus Eis. Und daran war dieser Jake schuld!

Komm nächstes Jahr wieder, hatte mir Minako hinterhergerufen. Doch ich brauchte es nicht noch einmal zu versuchen. Nicht, solange Jake in der Gilde war. Und als Sohn des Meisters würde er Blizzard mit Sicherheit übernehmen. Es war aussichtslos.

Ich lehnte meine Stirn gegen die Knie, hatte genug von den Farben und der Freude, die der Himmel versprühte. Die Worte meines Vaters lagen mir in den Ohren: »Irgendwann wirst du Blizzard beitreten und Unglaubliches erleben.«

Meine Reise war vorbei, ehe sie angefangen hatte. Was mein Vater wohl denken würde, wenn er mich jetzt sehen könnte? Wenn er wüsste, dass ich versagt hatte?

Das Eis um mich herum breitete sich aus, so wie der dunkle Schatten auf meinem Herzen. »Vater, ich werde niemals in deine Fußstapfen treten können. Niemals. Es tut mir … «

Ein Klimpern und Klirren riss mich aus meinem Selbstmitleid. Ich hob den Kopf und betrachtete die Bronzemünzen, die vor meinen Füßen lagen. Und dann fiel noch eine vom Himmel herab. Seit wann regnete es Münzen? Fragend hob ich den Kopf und blickte auf den Saum eines weißen, sauberen Kleides.

Eine junge Frau stand vor mir, mit einem geflochtenen Strohkorb in der Hand. Ihr Gesicht war hinter einem Schleier versteckt, doch ich spürte ihren bemitleidenden Blick auf mir. Blondes gelocktes Haar fiel ihr über die dünnen Schultern.

Sie warf mir noch eine Bronzemünze vor die Füße und sprach dabei ein Gebet. Anscheinend hielt sie mich für eine Obdachlose, aber ich konnte es ihr nicht verübeln. Genau genommen *war* ich obdachlos.

»Das ist sehr freundlich von Euch, aber Ihr braucht mir nichts zu schenken«, sagte ich und sammelte die Münzen ein. Doch als ich wieder hochsah, war die junge Frau bereits verschwunden.

So ein Mist.

Ich sprang auf die Beine und stöhnte. Meine Muskeln waren vom vielen Sitzen total versteift und ich brauchte einen Moment, bis ich der Frau hinterherlaufen konnte. Als ich endlich aus der dunklen Gasse trat, hielt ich Ausschau nach ihr. Doch es war zwecklos. Es waren immer noch viel zu viele Leute unterwegs, die mir die Sicht versperrten. In dem Gewusel konnte ich sie unmöglich finden.

Ich betrachtete die Bronzemünzen, warf sie ein paar Mal in die Höhe und steckte sie schließlich in meine Tasche.

»Sieh mal einer an, wer nicht bei Blizzard aufgenommen wurde«, trällerte eine Stimme hinter mir. Ich wirbelte herum und blickte in das faltige Gesicht der Hexe. Sie trug immer noch dasselbe blutrote Gewand, nur die spitze Kapuze war aufgerichtet und ragte wie eine Sense von ihrem Kopf. Das hatte mir noch gefehlt.

»Findest du das etwa amüsant?«, fauchte ich und hatte Mühe, ihr nicht an die Gurgel zu springen.

Sie lachte, schrill und krächzend, dass es mir kalt den Rücken herunterlief. »Aber natürlich, Kindchen. Warum sollte ich sonst lachen?«

Selbstbeherrschung. Disziplin. Ruhe.

Ich zählte in meinen Gedanken all die Dinge auf, die mich besänftigten, ehe ich einen Fehler begehen würde. Ich wusste zwar nicht, wie ich meine Zeit in Zukunft gestalten wollte, verdammt, ich wusste nicht einmal, wo ich heute Nacht schlafen würde, aber eines wusste ich ganz genau: Ich wollte nicht in einer Zelle schmoren, weil ich dieser Hexe den Mund zugefroren hatte.

Die alte Hexe schlug ihre Kapuze zurück und kratzte sich mit ihren langen schwarzen Fingernägeln an der Kopfhaut. Bei dem Geräusch stellten sich mir die Nackenhaare auf. »Hättest du mein Glück gekauft, dann wärst du nicht den halben Tag damit beschäftigt gewesen, dir die Seele aus dem Leib zu heulen.«

In ihren Worten lag keinerlei Mitgefühl oder Sanftmut, nur Spott. Hatte sie mich etwa beobachtet? Diese verfluchte alte Hexe! Und wie es aussah, wollte sie mir immer noch ihren Schleim andrehen. Die gab wohl nie auf.

»Lass mich in Ruhe!«, fauchte ich. »Deinen dämlichen Krötenschleim kannst du behalten!«

»Dämlicher Krötenschleim«, wiederholte sie meine Worte und verzog das Gesicht zu einer grauenvollen Grimasse. »Du bist gar nicht so dumm, wie du aussiehst.«

Das reichte! Ich hatte keine Lust mehr, mich von der Hexe beschimpfen zu lassen. Mit kraftvollen Schritten ging ich an ihr vorbei.

»In der Nacht lauert an jeder Straßenecke eine Gefahr, Kindchen«, rief sie mir trällernd hinterher. »Dann kriecht das Böse aus seinen Löchern, bereit, dumme schwache Mädchen zu verschlingen.«

Ich wusste nicht, ob das eine Warnung oder eine Drohung sein sollte, aber mir war es gleich. Aus ihrem Mund war sowieso alles erstunken und erlogen, wie auch ihre Portion Glück.

Während ich mich auf den Weg in eine nahegelegene Gaststätte machte, wurde ich das Gefühl nicht los, dass ihre gerissenen Augen mir nachsahen.

***

»Es tut mir leid, aber wir haben kein Zimmer mehr frei.« Die ältere Frau hinter der Theke lächelte entschuldigend. »Schon seit Wochen sind wir um diese Tage ausgebucht, weil Blizzard seine Tore geöffnet hat. Am besten, Ihr versucht es woanders nochmal.«

»Verstehe«, murmelte ich und konnte meine Enttäuschung kaum verbergen. »Trotzdem, vielen Dank.«

Ich verließ die kleine Gaststätte und umklammerte den Gurt meiner Umhängetasche. Das war meine letzte Chance gewesen. Ich hatte mittlerweile alle Gaststätten abgeklappert, die sich in Mistress befanden und ansatzweise bezahlbar waren. Die Sonne war bereits untergegangen und ich hatte keine Ahnung, wo ich schlafen sollte.

Einige Magier liefen an mir vorbei und ich musste unwillkürlich an Ted denken. Wie es ihm wohl ergangen war? Ob er es geschafft hatte, aufgenommen zu werden?

Vielleicht hätte ich dableiben und abwarten sollen, anstatt davonzulaufen. Schließlich hatten wir uns gerade etwas angefreundet. Und vielleicht hätte er mir auch eine Unterkunft für die Nacht zur Verfügung stellen können. Doch nun war es zu spät.

Während ich ziellos durch die Straßen streifte, kam ich an einer alten Holztafel vorbei, an der mehrere Schriftstücke hingen. Die Papiere waren ausgefranst, vergilbt und die Schrift durch das Sonnenlicht kaum noch lesbar. Mein Herz wurde schwer, als ich entschlüsselte, um was es sich dabei handelte.

Vermisstenanzeigen.

Die Gesichter der Personen waren kaum zu identifizieren und so wie es aussah, hingen die Anzeigen schon etliche Monate, vielleicht sogar Jahre dort an der Wand. Was war mit ihnen geschehen? Vielleicht waren einige von ihnen weggelaufen, so wie ich es war, um ihren Träumen nachzujagen. Ob meine Mutter auch eine Anzeige für mich aufgeben würde, die irgendwo an einer Wand hängen und über die Zeit ausbleichen würde?

Plötzlich traurig geworden lief ich weiter.

Nach etlichen Stunden setzte ich mich auf die Umrandung eines Springbrunnens und betrachtete die Stadt. Bei Nacht war sie noch schöner als am

Tage. Alte Laternen säumten die Straßen und durch die Milchglasfenster schien sanftes, buntes Licht.

Kaum jemand war noch unterwegs. Nichts deutete mehr auf das Getümmel von vor einigen Stunden hin.

Ich würde die heutige Nacht einfach hier am Springbrunnen verbringen und morgen früh dann gleich die erste Kutsche nehmen – wohin auch immer sie mich brachte.

Ich zog mit meinen Fingerspitzen Schlieren durch das Wasser und formte kleine Seerosen aus Eis, die ich behutsam auf die schimmernde Wasseroberfläche setzte.

Was tat man, wenn ein Traum zerplatzte? Sich einen Neuen suchen? Das klang nicht richtig. Es war, als würde ich mich mit diesen Worten selbst verraten. Mich, meinen Vater und meinen Traum, auf den ich mein ganzes Leben hingearbeitet hatte. Und doch führte mich mein Weg nicht zu Blizzard.

Ich seufzte und betrachtete den Mond, der sich auf der Wasseroberfläche spiegelte und das Eis meiner Seerosen zum Glitzern brachte.

Ich konnte mich immer noch bei einer anderen Gilde bewerben. Außerhalb der Stadt gab es zahlreiche kleinere Gilden. Vielleicht würde eine von ihnen meine Fähigkeiten zu schätzen wissen und mich bei sich aufnehmen. Auch wenn diese Gilde nicht Blizzard sein würde.

Mein Blick fiel auf das Gebäude am Ende der Straße. Sogar aus dieser Entfernung konnte ich die Lichter erkennen, die aus den unzähligen Fenstern schienen. Es war, als würde die Feier für die Auserwählten schon im vollen Gange sein. Und ich freute mich für diejenigen, die es geschafft hatten, auch wenn nicht ich es war.

Etwas riss mich aus meinen Gedanken und durchbrach die Stille. Es klang nach einem Knurren, tief und gefährlich.

Mein Puls beschleunigte sich und ich sprang auf die Beine. Panisch sah ich mich um. Keine Menschenseele war mehr unterwegs und in den engen dunklen Gassen konnte ich ebenfalls nichts erkennen. Was sollte hier auch schon herumschleichen?

Die Worte der Hexe schossen mir in den Sinn: In der Nacht lauert das Böse, bereit, mich zu verschlingen.

Nein, sie konnte damit nicht recht haben! *Es war nur ein Hund,* versuchte ich mir einzureden. *Ein kleiner süßer Hund, der –*

Wieder ertönte das Knurren, dieses Mal so laut, dass das Wasser im Springbrunnen vibrierte.

Nur. Ein. Hund.

Doch dann sah ich es und mein Herz setzte einen Schlag aus.

Am Ende der Straße schlich ein Schatten auf mich zu. Ein riesiges Ungeheuer mit pechschwarzem, glänzendem Fell. Je näher es kam, desto mehr erkannte ich die Züge einer todbringenden, wilden Bestie.

Sein Maul war weit aufgerissen und entblößte eine Reihe spitzer Zähne. Zähne, mit denen er mühelos durch Fleisch und Knochen beißen konnte. Und seine dunklen, intelligenten Augen fixierten mich.

Und dann, ehe ich meine Eismagie entfesseln konnte, sprang die Bestie auf mich zu.

Kapitel 5

Der Moment der Wahrheit

Einen Herzschlag später stand mir das Biest gegenüber. Heiße Schwaden traten aus seiner Schnauze und sein Knurren vibrierte in meiner Brust.

Ich wagte es nicht, mich zu rühren, geschweige denn zu atmen. Eine falsche Bewegung konnte meinen Tod bedeuten, so viel stand fest. Und trotzdem konnte ich das Zittern meiner Hände nicht unter Kontrolle bringen.

Das Wesen glich dem Abbild eines riesigen Wolfes. Er war mindestens doppelt so groß wie ich und im Schein der Straßenlaterne kamen seine sehnigen, stahlharten Muskeln zum Vorschein. Die Ohren waren angelegt und das Fletschen seiner Reißzähne versprach nichts Gutes.

Er war erschaffen, um zu töten. Und ich war sein Abendessen.

Angst, nackte, schwarze Angst schlug über mir zusammen. Wenn ich nicht schnell etwas unternahm, würde die Kreatur mich mit Haut und Haaren verschlingen.

Ich wog meine Chancen zwischen zwei rasenden Herzschlägen ab.

Weglaufen kam nicht infrage, die Bestie würde mich einholen, noch bevor ich den ersten Schritt gesetzt hatte. Und auf Hilfe konnte ich ebenfalls nicht bauen. Bis jemand meinen Schrei gehört hätte und aus seinem Schlafgemach gekrochen kam, wäre ich schon längst nicht mehr am Leben.

Eis! Ich musste mein Eis beschwören, dann könnte ich ihn einfrieren und …

Eine schwere Pfote drückte mich nieder und stieß mir die Luft aus den Lungen. Ich keuchte und versuchte mich zu befreien, zerrte und riss an der Pfote, die mich an Ort und Stelle hielt.

Es war zwecklos. Unter dem Gewicht des Untiers konnte ich mich keinen Millimeter bewegen.

Krallen blitzten zwischen seiner Pfote hervor und hingen mir rasiermesserscharf an der Kehle.

Ich erstarrte.

Das Biest beugte sich zu mir herunter und ich blickte direkt in eines seiner dunklen, intelligenten Augen. Es stieß meinen zitternden Körper mit seiner Schnauze an und schnüffelte mehrmals an mir. Das furchteinflößende Knurren erstickte, doch im nächsten Moment riss er sein Maul weit auf und ...

Eine riesige raue Zunge fuhr mir über das Gesicht. Einmal. Zweimal. Keine Zähne, keine Schmerzen. Was zum ...?

Verwirrt sah ich zu, wie das Wesen mir wieder und wieder über das Gesicht und den Hals schleckte. Sein riesiger Schwanz wedelte vergnügt von der einen zur anderen Seite und riss dabei Pflastersteine von der Straße. Staub und Schotter flogen durch die Luft.

Und plötzlich, ohne Vorwarnung, schrumpfte die Kreatur. Die Pfote, die mich niederdrückte, wurde schmaler und leichter. Und als ich den Staub aus meinen Augen blinzelte, lag auf meinem Bauch zusammengerollt ein kleiner, niedlicher Hund.

Ich rang nach Luft und betrachtete das kleine Wesen. Nur sein schwarzes Fell und die intelligenten Augen erinnerten noch an die Bestie, die mich vor einigen Sekunden beinahe zerquetscht hätte.

Und dann erkannte ich ihn: Es war der hilflose Hund, den ich die Stufen zu Blizzard hinaufgetragen hatte. Aber wie war das möglich?

Einige Sekunden vergingen, in denen nichts passierte. Der Kleine sah zu mir auf und stupste mich mit seiner kalten Schnauze an. Eine überdeutliche Aufforderung, ihn zu streicheln.

Ich löste mich aus meiner Starre und tätschelte vorsichtig seinen Kopf. Er schmatzte zufrieden.

»Du hast mir aber einen Schrecken eingejagt«, flüsterte ich und sog die warme Sommerluft ein. Mein Herz beruhigte sich langsam und nahm wieder einen gleichmäßigen Rhythmus an.

Er war ein magisches Wesen, daran bestand kein Zweifel. Und wie es aussah, hatte er nicht mehr vor, mich zu fressen oder anderweitig zu töten.

Vorsichtig setzte ich ihn auf den Boden und hievte mich auf die Beine.

Mein Bauch schmerzte von der riesigen Pfote, mit der er mich zu Boden gedrückt hatte.

Langsam ging ich zurück zum Springbrunnen und hörte, wie der Kleine mir folgte. Als ich mich hinsetzte, blieb er vor meinen Füßen stehen und stupste mein Bein an.

Mir war klar, dass er auf meinen Schoß wollte, aber ich schüttelte unnachgiebig den Kopf. Ich wollte nicht riskieren, dass er sich auf meinem Schoß in das Untier zurückverwandelte. Seine Pfote hatte mich schon bewegungsunfähig gemacht, kaum vorstellbar, was sein ganzes Gewicht anrichten würde.

Doch meine Mauer bröckelte, als er mich mit demselben hilflosen Blick ansah, mit dem er mich auch schon an der Treppe um den Finger wickeln konnte.

»Na schön, in Ordnung«, flüsterte ich und tippte mit meinem Zeigefinger auf seine Schnauze. »Aber wehe, du verwandelst dich in das riesige Ungeheuer zurück.« Ich hob ihn auf meinen Schoß und bekam als Antwort ein paar Schlecker über den Arm.

Mein Lächeln verblasste, als mir plötzlich ein warmer Schauer über die Haut fuhr, bis tief in mein Innerstes. Als wäre dort ein Band, das gestrafft und gespannt wurde. Es war dasselbe Gefühl, wie in der Kutsche und bei der Aufnahmeprüfung, kurz bevor dieser Idiot ...

»Ihr habt aber ein Chaos angerichtet«, murmelte der besagte Idiot amüsiert. Erschrocken starrte ich in die Richtung, aus der seine raue Stimme kam. Jake lehnte einige Meter entfernt an einem Laternenpfahl. Die Hände waren in den Taschen seiner abgetragenen, dunklen Hose verschwunden und sein weißes Hemd hatte er gegen ein schwarzes getauscht, das seinen durchtrainierten Körper umschmeichelte.

Er löste also dieses seltsame Kribbeln und Ziehen aus. Es schien, als würde zwischen uns eine Art Verbindung bestehen – warum auch immer.

»Wie lange bist du schon hier?«, schoss es aus mir heraus. Er legte den Kopf schief und lächelte. Das war Antwort genug.

»Du hast alles mit angesehen und hast es nicht für nötig gehalten, mir zu helfen?« Entsetzt starrte ich ihn an.

Jake zuckte gelassen mit den Schultern. »Du hattest doch alles bestens im Griff, Eisprinzessin.«

»Das nennst du alles bestens im Griff haben?« Ich deutete wütend auf die zerstörte Straße. »Ich hatte überhaupt nichts im Griff!«

Er lachte. »Fluffy hatte nicht vor, dir Schaden zuzufügen.«

»Nicht vor, mir Schaden zuzufügen?! Ich wäre beinahe –« Ich stoppte mitten im Satz. Hatte er Fluffy gesagt? Ich blickte zwischen ihm und dem Hund hin und her.

»Das ist dein Hündchen, nicht wahr?« Ich lachte bitter, als er nickte. Das wurde ja immer schöner. War ja klar, dass er etwas damit zu tun hatte, wenn mich eine Bestie fast erdrückte.

Jakes Augen funkelten belustigt. »Hündchen ist übrigens eine sehr nette Umschreibung für einen Höllenhund.«

Einen was? Das erklärte so einiges.

»Du hast deinen Höllenhund auf mich gehetzt?!« Das Blut rauschte mir bereits in den Ohren und ich rang fassungslos nach Atem. »Reicht es dir nicht, dass du meinen Traum zerstört hast, auf den ich mein ganzes Leben lang hingearbeitet habe? Musst du mich nun auch noch zerquetschen lassen?!«

Zu meiner Verwunderung fing Jake an zu lachen. Herzhaft, aufrichtig und wunderschön. Es machte mich rasend.

»So etwas traust du mir zu?« Er fasste sich theatralisch an die Brust. »Das bricht mir das Herz, kleine Eisprinzessin.«

»Ich traue dir alles zu.«

»Zurecht, aber hilflose Mädchen zerquetschen zu lassen, steht nicht auf meiner Tagesordnung. Da muss ich dich leider enttäuschen.« Er fuhr sich durch sein schwarzes Haar. »Fluffy hat sich lediglich gefreut, dich zu sehen.«

»So drückt er seine Freude aus?« Ich wollte gar nicht wissen, wie er jemanden begrüßte, den er hasste.

Jake legte den Kopf schräg. »Höllenhund eben.«

»Fluffy heißt du also.« Ich tätschelte ihn hinter seinen Ohren und er strampelte zufrieden mit seinem linken Bein. Meine Wut ebbte in seichten Wellen ab, während ich das kleine Wunderwerk auf meinem Schoß betrachtete. »Schade nur, dass du so einen Idioten als Herrchen hast.«

Jake lachte und stieß sich von der Laterne ab. Mit den Händen in den Hosentaschen schlenderte er auf mich zu. Mein Bauch fing an zu kribbeln und ich hasste mich dafür.

»Idiot, hmm?« Er setzte sich neben mich an den Springbrunnen. »Außer Minako hat mich schon lange niemand mehr so genannt. Sonst heißt es immer: Jake, der Tapfere; Jake, der Gutaussehende; Jake, der –«

»Ok, ich hab's verstanden«, unterbrach ich ihn lachend und schüttelte den Kopf. Sein Ego kannte wirklich keine Grenzen. »Was ist dann der Grund für dein Erscheinen, du ach so mächtiger Feuermagier?«

»Die Anrede gefällt mir.« Ein schiefes Lächeln glitt über seine Lippen und das sanfte Licht der Laterne tauchte seine Züge in einen goldenen Schein.

Hör auf zu starren, ermahnte ich mich in Gedanken. Schließlich hatte er mir vor wenigen Minuten seinen Höllenhund auf den Leib gehetzt und sich wahrscheinlich in einer Ecke vor Lachen kaum eingekriegt, als ich vor Angst um mein Leben gebangt hatte.

Und obwohl mir das bewusst war, löste sein Antlitz ein verschwörerisches Flattern in meiner Magengegend aus. Warum brachte er mich bloß so aus dem Konzept?

»Ich gehe mit Fluffy spazieren«, sagte er schließlich. »Höllenhunde brauchen auch ihren Auslauf, andernfalls können sie echt unangenehm werden. Du weißt schon, Feuer speien und so.«

»Er kann Feuer speien?« Verblüfft sah ich zu Fluffy, der nun friedlich auf meinem Schoß schlief. Ich spürte keinerlei Hitze bei ihm, die auf eine Feuermagie hindeutete. Weder in seiner kleinen Hundegestalt noch als er die riesige Bestie war.

Jake grinste. »Es sind eher Aschewolken als Flammen, aber auch damit hat er schon viel Unfug angestellt.«

Das glaubte ich ihm aufs Wort. Dann fiel mir noch etwas ein. »Haben Höllenhunde nicht immer drei Köpfe?«

Die Funken in Jakes Augen tanzten vergnügt. »Fluffy nicht. Aber wer weiß, vielleicht wachsen die noch nach. Dann werde ich mehr Arbeit haben, ihn zu streicheln.«

Ich schmunzelte. Die Vorstellung war einfach zu amüsant – Jake, der versucht, drei Köpfe gleichzeitig zu streicheln. Und dabei völlig überfordert war.

Er lehnte sich zurück und schob eine Seerose durch das Wasser. Dieses Mal schmolz das Eis nicht, als er es berührte. »Wie oft hast du mich heute schon in deinen Gedanken zu Eis erfrieren lassen?«

Demonstrativ begann ich, mit meinen Fingern zu zählen. »Meinst du vor, während oder nach Blizzard?«

Er grinste verführerisch und legte den Kopf schief. »Das hört sich nach einer Menge Eis an, das zum Schmelzen gebracht werden möchte.«

Er wollte mein Eis ... zum Schmelzen ... bringen? Seine Worte ließen meine Wangen brennen. Das sollte wohl ein schlechter Scherz sein! Für wie naiv hielt er mich? Erst führte er sich auf wie der allerletzte Arsch und klopfte dann solche Sprüche?

Nicht mit mir!

»Hier möchte überhaupt nichts zum Schmelzen gebracht werden.« Ich senkte den Blick und versteckte mein glühendes Gesicht hinter meinen Haaren. »Bilde dir ja nichts ein. Ich kann Idioten wie dich nicht ausstehen!«

Zwischen uns wurde es still. Jake erwiderte nichts und ich vergrub meine Hände in Fluffys weichem Fell. Mein Blick war starr auf den zerstörten Boden gerichtet. War ich zu weit gegangen?

Als die Stille so bedrückend wurde, dass es mir fast wehtat, sah ich zu ihm auf, direkt in seine strahlend grünen Augen.

»Du magst mich also nicht?«, flüsterte er und verringerte den Abstand zwischen uns. Langsam streckte er eine Hand nach mir aus. Mein verräterisches Herz beschleunigte sich, während seine Fingerspitzen sanft über meine Wange strichen und dort einen Augenblick lang verharrten. Seine zärtliche Berührung setzte meine Haut in Brand und mein Atem geriet ins Stocken. Warum reagierte mein Körper nur so stark auf ihn?

Dann zog er etwas aus meinem Haar. Ich starrte auf das Blatt, das er zwischen seinen Fingern hielt, ehe er sich wieder zurücklehnte. Ein breites Grinsen lag auf seinen Lippen, während er das Blatt anzündete und ins Wasser gleiten ließ. »Keine Sorge, Eisprinzessin, das beruht auf Gegenseitigkeit. Ich kann dich auch nicht ausstehen.«

Ich schnaubte und verspürte das dringende Bedürfnis, ihm eine zu knallen. Doch ich fand meine Beherrschung wieder und wedelte stattdessen mit einer Hand in Richtung der Gilde. Warmes, fröhliches Licht strahlte aus den riesigen Fenstern. »Da das nun geklärt ist ... Was machst du dann noch hier? Willst du dich nicht amüsieren gehen?« Meine Stimme klang schärfer als beabsichtigt. Er sollte auf keinen Fall denken, dass mich sein Geständnis gekränkt hätte. Denn das hatte es nicht. Überhaupt nicht.

»Aber ich amüsiere mich doch.«

Ich rollte mit den Augen. Mein Herz schlug immer noch ungleichmäßig. »Das meine ich nicht. Musst du nicht auf einer Feier sein?«

Er blickte zu Blizzard. Seine Miene verhärtete sich. »Doch müsste ich. Als Sohn des Meisters wird meine Anwesenheit bei Zeremonien und Feiern verlangt. Aber ...«, er schob sich eine widerspenstige Strähne aus der Stirn, »es gehört nicht zu meinen Lieblingsbeschäftigungen.«

Er wirkte traurig, so wie er dasaß und zur Gilde blickte. Als Sohn des Meisters hatte er sicherlich eine Menge Aufgaben, die mir völlig fremd waren.

»Aber sag mal«, fing er an und musterte mich von der Seite. »Was tust du eigentlich nach Mitternacht allein am Springbrunnen? Hat dir niemand beigebracht, dass es im Dunkeln gefährlich werden könnte?«

Ich ignorierte seine letzte Bemerkung und fuhr liebevoll über Fluffys Kopf. Der Kleine schlief immer noch tief und fest. »Ich bin halt gerne im Freien.«

Jake versuchte, ein Lächeln zu unterdrücken. Es gelang ihm nicht. »Du hast kein freies Zimmer mehr bekommen.«

Es war eine Aussage, keine Frage, trotzdem beantwortete ich sie kleinlaut. »Nein, habe ich nicht. Aber es ist nicht schlimm, ich hatte sowieso nicht vor, heute ein Auge zuzutun.«

Jake sah mir im nächsten Moment tief in die Augen. Sein Gesicht wurde ernst. »Es gibt noch einen Grund, warum ich hier bin.«

»Möchtest du doch noch wissen, welche Blumen vor meinem Haus wachsen?«

Jetzt lachte er – ein kehliges, warmes Lachen, das mir einen wohligen Schauer über den Rücken gleiten ließ. »Ich bin wegen dir gekommen.«

Wegen mir? Warum sollte er mich aufsuchen wollen?

»Um dich zu Blizzard zu bringen«, beantwortete er meine unausgesprochene Frage.

»Wieso sollest du das tun?« Ungläubig hob ich beide Augenbrauen. Er hatte mir mehr als deutlich zu verstehen geben, dass ich unerwünscht war. Das ergab keinen Sinn.

Er schwang sich auf die Beine und blieb vor mir stehen. »Weil du es geschafft hast. Ab heute bist du ein Mitglied von Blizzard.«

Ich bin was?! Nur langsam sickerten seine Worte zu mir durch. Das war ein Traum. Oder ein Scherz. Es konnte einfach nicht wahr sein.

Ich betrachtete Jake prüfend, doch er verzog keine Miene. »Wenn das ein Scherz sein soll ...«

Er zuckte mit den Schultern. »Es ist wahr.«

Ich starrte ihn misstrauisch an. »Ich dachte, du änderst deine Meinung nicht.«

»Habe ich auch nicht. Ich denke nach wie vor, dass du nicht bei Blizzard aufgenommen werden solltest. Du bist dem nicht gewachsen. Zu schwach und unerfahren, um gefährliche Aufträge anzunehmen. Aber –« Er machte eine lange Pause. »Mein Vater ist da anderer Meinung.«

»Meister Jiji?«

Er nickte. »Du bist ihm nach unserem Gespräch über den Weg gelaufen.«

Ich rief mir die Geschehnisse, die ich versucht hatte zu verdrängen, wieder in mein Gedächtnis. Das unglückliche Gespräch mit Jake, meine Flucht aus dem Gebäude, der Zusammenstoß ... »Halt warte, der alte Mann mit der Narbe im Gesicht? Das war Meister Jiji?«

»Ja, das klingt nach meinem Vater. Aber erwähne ›alter Mann‹ bloß nicht in seiner Gegenwart.« Er grinste, wurde dann aber sofort wieder ernst. »Er möchte, dass du ein Teil unserer Gilde wirst, nicht ich. Aber er ist der Meister und sein Wort zählt. Also …« Er deutete eine Verbeugung an. »Willkommen bei Blizzard, Eisprinzessin.«

Kapitel 6

Inferno

Als ich am nächsten Morgen meine Augen aufschlug, blickte ich gegen eine meterhohe, mit Mustern überzogene Decke. Es dauerte einige Herzschläge, bis ich realisierte, wo ich mich befand. Ein riesiges Lächeln breitete sich auf meinen Lippen aus und ich griff nach einem der senfgelben Kissen, die auf meinem Bett lagen, und schrie aus Freude hinein.

Es war also kein Traum gewesen, keine Einbildung. Ich war hier. Ich hatte es tatsächlich geschafft. Nach all dem, was ich gestern erlebt hatte, glich es einem Wunder.

Aufgeregt schlug ich die dünne Sommerdecke zur Seite und kletterte aus dem riesigen, weichen Bett. Ein flauschiger Teppich dämpfte meine Schritte, als ich mich im Zimmer umsah. Die holzgetäfelten Wände, der massive Kleiderschrank und die gemütliche Sitzecke wirkten bei Tageslicht noch beeindruckender als noch vor einigen Stunden bei Kerzenschein.

Mein Blick fiel auf ein deckenhohes Bücherregal, das die eine Seite der Wand für sich beanspruchte und voller dicker Wälzer war, von deren Titeln ich noch nie zuvor gehört hatte. Ich würde jedes Einzelne lesen!

Mein Herz klopfte wie verrückt, während ich mich um meine eigene Achse drehte und jedes noch so kleine Detail in mir aufnahm. Hier würde ich ab sofort residieren. Kaum vorstellbar.

Zwei Türen grenzten an mein Zimmer. Die eine führte hinaus in den Flur und die andere in ein riesiges glanzvolles Badezimmer. Die weißen Kacheln waren mit denselben filigranen Mustern bemalt worden wie die Decke aus meinem Schlafzimmer. Verschiedenste Öle und Seifen standen aufgereiht auf einer breiten, freistehenden Wanne, die die Hälfte des Raumes für sich einnahm. Wie sehr ich mich jetzt nach einem wohltuenden Bad sehnte …

Über dem Waschbecken hing ein ovaler Spiegel und mein Anblick ließ mich zurückschrecken.

Du siehst schrecklich aus, Eisprinzessin, hatte Jake mir auf dem Weg hierher grinsend vorgehalten. Und er hatte nicht untertrieben! Mein Gesicht war von Dreck besudelt, dunkle Ringe befanden sich unter meinen verheulten Augen und meine Haare? Vorsichtig zog ich Zweige und zersplittertes Gestein heraus. Wie eklig.

Es klopfte an der Tür und ich hielt inne. »Ich bin es, Minako«, hallte es zu mir durch, »darf ich reinkommen?«

»Einen Moment, bitte«, rief ich und stolperte aus dem Badezimmer. Hektisch fuhr ich mit den Fingern durch mein wirres Haar, aber es war ein hoffnungsloses Unterfangen. Nach einigen Sekunden gab ich es auf und rief: »Herein.«

Die weiße Tür öffnete sich langsam und Minako lugte hindurch. Die roten Locken fielen ihr über die Schulter. »Nur, wenn es dir passt. Ich kann sonst auch später wiederkommen.«

»Nein, schon in Ordnung. Komm herein.«

Ein köstlicher Duft von frisch gepresstem Orangensaft und gebackenem Brot erfüllte den Raum. Minako trat herein, in ihren Händen hielt sie ein silbernes Tablett mit all den Köstlichkeiten. An ihren Unterarmen baumelten noch immer unzählige funkelnde Armreifen.

»Ich dachte, du hast vielleicht Hunger«, sagte sie und stellte das Tablett auf dem runden Tisch meiner Sitzecke ab. »Ich wusste nicht, was du magst, also habe ich dir einfach von allem etwas mitgebracht.«

Mein Magen knurrte, als ich das üppige Frühstück betrachtete. »Das ist perfekt. Vielen, vielen Dank.«

»Ach, nicht dafür.« Sie schenkte mir ein warmes Lächeln und ließ sich auf einem der Ohrensessel fallen, ehe sie mich eingehend musterte. »Wie fühlst du dich?«

»Ich kann es noch gar nicht fassen, dass ich wirklich hier bin«, gestand ich und trank einen Schluck Orangensaft. Er war köstlich und glitt mir kühl die Kehle hinunter.

Minako nickte leicht. Der Stoff ihres cremefarbenen Kleides raschelte, als sie ihre langen Beine übereinanderschlug. »Ich konnte es auch nicht fassen. Nach dem Gespräch mit Jake hätte ich nicht gedacht, dass du jemals ein Teil unserer Gilde wirst. Aber umso mehr freue ich mich, dass es doch geklappt hat.« Sie grinste über beide Ohren. »Wie findest du dein Zimmer?«

Ich suchte nach den passenden Worten, die dieses traumhafte Zimmer beschreiben konnten.

Minako musste mein Zögern falsch verstanden haben, denn aus ihrem Mund sprudelten die Worte: »Wenn es dir nicht gefällt, kann ich dir ein anderes zuteilen. Wir haben größere Zimmer, die dir vielleicht mehr zusagen. Jake hat dich einfach hier hereingesteckt und –«

»Ich liebe dieses Zimmer«, unterbrach ich sie lachend. »Es ist perfekt.«

»Wirklich?« Sie atmete hörbar aus. »Da bin ich aber beruhigt. Du sollst dich ja schließlich wohl bei uns fühlen.«

Ein Lächeln kam über meine Lippen, während ich in Minakos erleichtertes Gesicht schaute. Sie war so unfassbar nett und bemüht, es allen recht zu machen.

Der Stahlmagier schlich sich in meine Sinne und die Bilder von gestern tauchten vor meinem inneren Auge auf. Wie er ausholte und sie zu Brei schlagen wollte.

Ich stellte den Orangensaft ab und verschränkte meine Finger ineinander. »Gestern im Speisesaal«, murmelte ich verlegen. »Da warst du unglaublich! Als der Stahlmagier dich angriff, bist du ruhig geblieben. Du hattest keine Angst, nicht einen Moment.«

Sie blickte mich fragend an und legte den Zeigefinger an ihr Kinn. Es schien, als wäre das Erlebnis so unbedeutend, dass sie es sich erst wieder ins Gedächtnis rufen müsste. »Ach das«, murmelte sie schließlich und zuckte mit den Schultern. »Das war nichts Besonderes. Ich bin es gewohnt, von Männern angegriffen zu werden, die körperlich stärker sind als ich. So was bringt mich nicht mehr aus der Fassung.«

»Ich hätte das nicht hingekriegt«, gab ich zu und zerkleinerte eine Brotkruste auf meinem Teller. »Ich wäre in Panik verfallen.« So wie bei Fluffy letzte Nacht. Ob Jake ihr davon erzählt hatte?

»Das ist in Ordnung«, sagte sie mit sanfter Stimme. »Jeder hat vor etwas Angst.«

»Auch du?«

Sie schwieg einen Moment und umfasste ihre vielen Armreifen. Unwillkürlich fragte ich mich, was der Schmuck ihr wohl bedeutete. Als sie schließlich aufsah, lagen dunkle Schatten unter ihren wunderschönen Augen. »Ich fürchte mich vor Donner, aber verrate es keinem.«

Ich blinzelte überrascht. Sie fürchtete sich vor Donner? Das klang irgendwie so ... absurd. Ich wusste nicht, ob sie tatsächlich die Wahrheit sagte oder mich bloß aufmuntern wollte, doch die Worte erzielten ihre Wirkung. Lächelnd bedankte ich mich bei ihr.

»Kein Problem«, erwiderte sie und schwang sich auf die Beine. Ihre Gesichtszüge erhellten sich wieder. »Ich wollte auch nicht lange stören. Wenn es dir passt, würde ich dich gerne später herumführen. Sagen wir so gegen zwei?«

Mein Bauch zog sich augenblicklich zusammen. Endlich würde ich das Gebäude erkunden und andere Mitglieder von Blizzard kennenlernen. »Sehr gerne.«

»Super.« Sie ging zur Tür. Die Armreifen an ihrem rechten Handgelenk klimperten, als sie mir zum Abschied zuwinkte. »Dann bis später.«

***

»Die Bilder sind wunderschön«, entgegnete ich, während wir durch die Gänge von Blizzard streiften. »Ich wusste gar nicht, dass es hier solche tollen Ölgemälde gibt.«

Schon seit einer Stunde führte Minako mich durch die Gilde und in fast jedem Zimmer hingen diese prächtigen Bilder. Die Pinselstriche schienen sich beinah zu bewegen, so sanft verschmolzen sie miteinander und einige Farben erblickte ich zum ersten Mal, weil sie so einzigartig waren.

Minako lächelte. »Wunderschön, nicht wahr? Das ist der Familienbesitz unseres Meisters. Überall auf dem Anwesen wirst du welche entdecken.«

Ich blieb vor einem der Gemälde stehen. Es zeigte einen einsamen Schwan, der bei Vollmond auf einem verlassenen See schwamm. Dieses Werk schien anders zu sein als die anderen, die so voller Freude und Farbenpracht waren. Ein Kloß bildete sich in meinem Hals, während ich mich in der Schönheit des traurigen Bildes verlor.

Nach etlichen Augenblicken stupste mich Minako sanft mit ihrem Ellenbogen an. »Ich wusste nicht, dass du dich so für Kunst interessiert.«

»Ich glaube, ich hatte bisher nie die Gelegenheit, solche wunderschönen Ölgemälde zu bewundern.« Die Hütte, in der meine Mutter und ich hausten, war schlicht gehalten. Es hingen lediglich einige selbstgemalte Bilder an den Wänden. Einfach Kritzeleien, die jedes Kind zu Papier brachte. Meine Leidenschaft fürs Malen ging nie über Strichmännchen, Sonnenblumen und karge Bäume hinaus.

»Komm«, forderte Minako mich auf. »Ich zeige dir jetzt etwas, das noch beeindruckender ist als die Ölgemälde, die prächtige Bibliothek oder die magische Schatzkammer.« Sie machte eine bedeutungsschwere Pause. »Du wirst gleich das Herz von Blizzard zu sehen bekommen.«

»Das Herz von Blizzard?«, wiederholte ich ihre Worte und löste meinen Blick von dem einsamen Schwan, der mich immer noch traurig stimmte. »Was hat man denn darunter zu verstehen?«

»Wirst du gleich sehen.« Voller Enthusiasmus hakte sie sich bei mir ein und zog mich mit sich. Ihr Lächeln wurde breiter, als wir uns dem Speisesaal näherten. »Aber zuerst stelle ich dir einige Mitglieder vor. Jedenfalls diejenigen, die anwesend sind. Die meisten sind um diese Tageszeit unterwegs und erledigen Aufträge.«

Ich nickte nervös und umklammerte ihren Arm fester. Auf den Fluren waren wir zwar schon einigen Magiern begegnet, aber mehr als einen freundlichen Gruß hatten wir nicht ausgetauscht. Alle waren schrecklich in Eile gewesen.

Mein Bauch kribbelte vor Aufregung, als wir den Speisesaal betraten. Die rustikalen Bänke und Tische waren nun wieder mittig in den Raum geschoben worden und der lange Tisch auf der Anhöhe war verschwunden. Der Tisch, bei dem mir Jake so nahe gekommen war. Bei der Erinnerung an ihn wurden meine Wangen warm.

Keines der zehn Mitglieder schenkte uns einen Blick, als wir durch den Saal schritten.

Minako blieb stehen und positionierte mich neben sich.

»Hallo Leute«, rief sie in die Runde. Keiner der Anwesenden hob seinen Kopf. Sie lachten und unterhielten sich weiter miteinander, als wären wir überhaupt nicht da.

Minako stützte die Hände in die Hüften und beugte sich vor. Sie holte tief Luft und brüllte: »Halloooo Leuteeee!«

Vor Schreck sprang ich zur Seite. Ich wusste nicht, dass sie zu solch einer Tonlage fähig war. Aber ihr Gebrüll erzielte seine Wirkung. Die Gespräche verstummten und alle Blicke schossen gleichzeitig zu uns.

Minako fasste sich an ihre Schläfen und seufzte. »Immer dasselbe mit euch Chaoten.« Dann hob sie ihren Kopf und deutete auf mich. »Wie ihr vielleicht schon mitbekommen habt, ist das Gerücht wahr. Wir haben zu später Stunde noch eine weitere Magierin aufgenommen. Ami ist von nun an ein festes Mitglied unserer Gilde. Sie ist eine begabte Eismagierin. Sollte also einer von euch Schwachköpfen ihr auf die Nerven gehen, wird sie euch einfach einfrieren.«

Entsetzt sah ich zu Minako und lief rot an. Ich würde doch nie auf die Idee kommen, jemanden einzufrieren, bloß weil er mir auf die Nerven ging – außer Jake vielleicht.

Zu meinem Erstaunen lachten alle auf. Ein kräftiger Mann stand auf und schwenkte seinen Krug in meine Richtung. »Willkommen, Ami.« Bier tropfte auf seine Hand, was ihn nicht zu kümmern schien. »Wann gibt es deinen Einstand?«

»Du denkst auch nur ans Saufen, Edgar«, rief Minako belustigt und schüttelte erneut den Kopf. »Die Feier wird es geben, aber zu einer anderen Stunde.«

Es würde eine Feier geben? Meinetwegen? Bitte nicht. Wenn ich eins nicht wollte, dann im Mittelpunkt stehen. »Ich dachte, die Feierlichkeiten fanden gestern statt?«

»Das schon, aber du warst nicht dabei. Jake hat dich ja sofort in dein Zimmer verfrachtet, ohne dass dich überhaupt jemand zu Gesicht bekommen hat.«

Und wenn ich an meinen Anblick von heute Morgen dachte, war ich mehr als froh darüber.

»Wo ist er überhaupt?«, fragte ich so beiläufig wie möglich und winkte Edgar und den anderen Magiern zu, bevor sie sich wieder ihren Gesprächen widmeten.

»Jake?« Sie zuckte mit den Schultern. »Das frage ich mich auch. Ich habe noch wichtiges mit ihm zu besprechen. Doch bevor ich mich auf die Suche nach ihm begebe ...« Sie griff nach meinem Unterarm und zog mich einige Meter zur Seite. Vor einer meterlangen, mit Kork überzogenen Wand blieben wir stehen. »Möchte ich dir das Herz unserer Gilde zeigen!«

Minako machte eine ausholende Geste. Ihre Ringe funkelten im Sonnenlicht, das durch die großen einladenden Fenster schien. »Darf ich vorstellen, unser Request-Board. Hier werden alle Aufträge ausgehängt, die bei uns eingehen.«

Meine Augen weiteten sich. So ein riesiges Request-Board hatte ich noch nie zuvor gesehen. Es hingen weit über hundert Aufträge daran. Unglaublich.

Minako nahm einen in die Hand und tippte mit ihrer Fingerspitze drauf. »Hier steht geschrieben, um was es geht, wo es stattfindet und wie viel für dich dabei herausspringt. Einige Quests sind schwieriger als andere. Das erkennst du an den Sternen, die den jeweiligen Aufträgen zugeteilt sind. Ein Auftrag mit nur einem Stern wäre am leichtesten, wo hingegen ein Fünf-Sterne-Auftrag nur für äußerst starke, erfahrene Magier bestimmt ist. Je höher der Schwierigkeitsgrad, desto größer ist die Belohnung. Aber Obacht, bei einem Fünf-Sterne-Auftrag müssen Dämonen oder andere schreckliche Kreaturen besiegt werden. Nicht selten verliert ein Magier bei solch einem Auftrag sein Leben.«

»Man verliert ... sein Leben?« Meine Stimme zitterte. Ob es auch ein Fünf-Sterne-Auftrag gewesen war, der meinen Vater das Leben gekostet hatte? Die Männer in Schwarz hatten es mir damals nicht verraten wollen und meine Mutter sprach seit dem Tag nie wieder über meinen Vater. Möglich wäre es.

Minako trat einen Schritt nach vorn und riss mich aus meinen Gedanken. »Ganz richtig, man spielt dabei mit seinem Leben, weswegen man das Einverständnis von Meister Jiji, Jake oder mir braucht. Ohne unsere Erlaubnis darf solch eine Quest nicht angenommen werden. Niemals! Also überschätze dich bitte nicht.«

»Verstehe.« Ich trat an das Request-Board heran und überflog mehrere Einbis Drei-Sterne-Aufträge: *Rette meine Katze; Suche den Dieb meiner Halskette; Finde meinen Jungen*. Unter Letzterem hing das Bild eines kleinen Jungen, mit weißen Haaren – ein Eismagier. Laut dem Schreiben ist er seit einem Jahr als vermisst gemeldet. Mein Herz wurde schwer und ich blickte zu Minako. »Darf ich mir schon einen Auftrag aussuchen?«

Sie fasste sich an den Ellenbogen und schüttelte leicht den Kopf. »Das geht leider noch nicht. Eine Anweisung unseres Meisters.«

Eine Anweisung vom Meister? Ich schluckte schwer. »Wie lange darf ich denn keine Aufträge annehmen?«

Minako sah mich mitleidig an. Wie eine Mutter, die ihrem Kind das Spielzeug verwehrte. »Darüber habe ich leider keine weiteren Informationen, tut mir leid.«

Verdammt, das klang gar nicht gut. Wie sollte ich mir das Frühstück oder das Abendessen leisten, das täglich im Speisesaal gereicht wurde? Und die Miete für mein Zimmer betrug hundert Silbermünzen. *Hundert!* Wie sollte ich die Münzen zusammenkriegen, wenn ich keine Aufträge annehmen durfte?

Ich war fast pleite. Alles, was ich über die Jahre angespart hatte, ließ ich bei meiner Mutter im Dorf zurück. Ihr sollte es an nichts fehlen, wenn ich fort war.

Minako bemerkte meinen panischen Blick und lächelte sanft. »Keine Angst, die erste Zeit übernimmt die Gilde die Kosten. Das wurde alles schon geregelt. Den Rest wird dir unser Meister erzählen, der dich übrigens«, ihr Blick glitt aus dem Fenster zur großen Turmuhr, »jeden Augenblick erwartet. Mist, ich habe die Zeit aus den Augen verloren.«

»Meister Jiji erwartet mich? Jetzt gleich?«

Sie nickte und pinnte den Auftrag zurück an das Brett. »Wir sollten uns sofort auf den Weg machen. Wir sind viel zu spät dran!«

Ohne eine weitere Erklärung lief sie voraus. Ich folgte ihrer feuerroten Mähne, während meine Gedanken weiter um ihre Worte kreisten. Die Gilde würde also vorerst die Kosten für meinen Aufenthalt übernehmen. Weder gefiel mir die Vorstellung noch verstand ich sie. Warum wurde ich aufgenommen, wenn ich keine Aufträge ausführen durfte?

Vor einer doppelflügeligen Tür aus dunkelrotem Kirschholz blieben wir stehen. Nervös betrachtete ich das Symbol von Blizzard, das über dem Türrahmen hing.

»Das ist das Arbeitszimmer von unserem Meister.« Minako klopfte an das Türblatt. Mein Bauch zog sich bei jedem Schlag zusammen. »Ich hoffe, dir hat unsere kleine Rundtour gefallen. Wenn du noch weitere Fragen haben solltest, kannst du dich jederzeit an mich oder Jake wenden. Den Gildenvertrag lasse ich dir die Tage zukommen. Dort steht alles weitere drin.«

Plötzlich schwang die Tür auf, ohne dass sie jemand geöffnet hatte. Minako winkte mir zu. »Wir sehen uns dann später.«

»Du kommst nicht mit rein?«

Sie sah mich entschuldigend an. »Nein, der Meister wollte nur mit dir sprechen. Wir sehen uns beim Abendessen.« Mit diesen Worten kehrte sie mir den Rücken zu und ließ mich allein vor der geöffneten Flügeltür stehen.

Vorsichtig betrat ich das riesige, prachtvolle Arbeitszimmer. An jeder Wand standen deckenhohe Regale, bestückt mit unzähligen Büchern und Schriftrollen. Eine einladende Sitzecke aus Leder beanspruchte die linke Hälfte des Raumes und ein Feuer knisterte sanft im Kamin.

Meister Jiji saß an einem massiven Schreibtisch, auf dem unzählige Schriftstücke verteilt waren. Er sah erst hoch, als ich direkt vor ihm stehen blieb und mich räusperte. *Das ist also Jakes Vater.*

»Ami, da bist du ja.« Sein gesundes Auge strahlte, als er um den Tisch herumlief und meine Hand nahm. Sie war ganz warm. »Danke, dass du Zeit gefunden hast. Das letzte Mal hatten wir ja keine Gelegenheit, uns einander vorzustellen.«

Hitze schoss mir in die Wangen, als ich daran zurückdachte. Bei unserer ersten Begegnung hatte ich ihn beinahe umgerannt.

Als ich ihm antwortete, versuchte ich, nicht auf seine wulstige Narbe zu starren. »Vielen Dank, dass Ihr mich aufgenommen habt. Ich werde mein Bestes geben.«

Meister Jiji lachte und ließ meine Hand los. »Da bin ich mir sicher. Etwas anderes würde ich von Gregs Tochter auch nicht erwarten.«

Erschrocken starrte ich ihn an. »Woher wisst Ihr, dass er mein Vater ist?« Ich hatte niemanden von meinem Vater erzählt, weder Jake noch Minako.

Meister Jiji deutete auf ein dunkles Ledersofa. Wir setzten uns, ehe er mir antwortete. »Du siehst ihm sehr ähnlich. Ihr habt beide diesen entschlossenen Blick in euren eisblauen Augen.« Er seufzte und fuhr sich durch sein graues Haar. Die Geste erinnerte mich an Jake. »Und wie könnte ich die Tochter meines besten Freundes nicht erkennen.«

»Ihr wart der beste Freund meines Vaters?«

Meine Überraschung stand mir ins Gesicht geschrieben.

Er lachte, herzhaft und laut. »So ist es. Dein Vater und ich kannten uns über zwanzig Jahre.« Das Lächeln auf seinen Lippen verblasste. »Es tut mir leid, dass er damals gestorben ist. Dass du ohne Vater aufwachsen musstest. Es war sicherlich nicht leicht für dich.«

Traurigkeit überkam mich. Es stimmte, der Verlust meines Vaters hatte mich tief getroffen. Ich erinnerte mich noch genau an den Tag, als meiner Mutter und mir die Nachricht überbracht wurde. Ich war damals neun Jahre alt gewesen. Ich saß auf meinem Bett und erschuf Eisskulpturen, als es plötzlich an der Tür schepperte. Dreimal.

Ich stürmte die Treppe hinunter, mit der Eispuppe in der Hand, die ich für meinen Vater erschaffen hatte. Ich wollte ihn beeindrucken, wollte ihm zeigen, wie viel ich in seiner Abwesenheit dazugelernt hatte. Ich wollte, dass er stolz auf mich war.

Meine Mutter hatte bereits die Tür geöffnet und mehrere Männer in schwarzen Roben standen vor ihr. Und die Worte, die sie uns mitteilten, änderten alles.

Die Eispuppe zerbrach.

»Ich habe noch etwas für dich. Etwas von deinem Vater.« Meister Jiji stand auf und ging zu seinem Schreibtisch. Ich folgte ihm mit weichen Knien. Er ließ sich auf seinem Stuhl sinken und zog unter dem Tisch eine kleine Kiste hervor. Goldene, filigrane Muster zogen sich durch das rissige Holz.

Mein Atem geriet ins Stocken. Er reichte mir die Holzkiste über den massiven Schreibtisch. Ich brauchte einen Moment, bis ich sie mit zitternden Händen entgegennahm. Vorsichtig wog ich sie in meinen Händen. Sie war ganz leicht.

»Das hat er hier für dich hinterlegt. Er sagte, sein kleines Mädchen solle sie bekommen, wenn sie eines Tages ein Mitglied von Blizzard ist. Und er bat mich, die Kiste sicher aufzubewahren, falls er sie dir selbst nicht überreichen kann.«

Tränen sammelten sich in meinen Augen und ich biss mir auf die Unterlippe. Mein Vater hatte schon immer an mich geglaubt. Er hatte gewusst, dass mich mein Weg hierher verschlagen würde.

»Aber eins verstehe ich nicht«, gab ich zu und wischte mir die Tränen mit dem Handrücken davon. »Wieso wurde die Kiste nicht zu meiner Mutter gebracht, wie seine anderen persönlichen Gegenstände?«

»Hmm. Vielleicht ist das, was da drin ist, nicht für deine Mutter bestimmt?«

Das klang logisch. Und nun brannte ich darauf, sie zu öffnen. »Wisst Ihr, was da drin ist?«

Meister Jiji schüttelte den Kopf. »Ich habe nie reingesehen, schließlich ist es deine Kiste. Öffne sie am besten in deinem Zimmer, ganz in Ruhe und für dich.« Er lächelte sanftmütig. »Ihm war es sehr wichtig, dass du sie mitsamt dem Inhalt erhältst.«

»Vielen Dank für das Aufbewahren«, flüsterte ich und fuhr mit meiner Fingerspitze über das raue Holz. Mein Bauch kribbelte vor Aufregung. Was mein Vater mir wohl hinterlassen hatte?

Doch eine andere wichtige Frage schoss mir in den Sinn. Meister Jiji war sein bester Freund gewesen, also musste er auch wissen, wie mein Vater damals ums Leben gekommen war.

Mein Herzschlag beschleunigte sich und ich presste die Kiste gegen meine Brust. »War es ein Fünf-Sterne-Auftrag gewesen, der meinem Vater damals –«

Weiter kam ich nicht, denn plötzlich flog die Flügeltür auf. Ein wütendes Knurren, gefolgt von einer unglaublichen Hitze strömte ins Arbeitszimmer.

Erschrocken wirbelte ich herum. Jake stürmte hinein, die Augen starr auf seinen Vater gerichtet. Neben mir blieb er stehen, ohne mich eines Blickes zu würdigen. Sein Gesicht war wutverzerrt.

»Stimmt es, Vater?!« Jedes Wort glich einer Kriegserklärung.

Meister Jiji schüttelte verständnislos den Kopf. »Sohn, wie oft habe ich dir schon gesagt, dass du anklopfen sollst, bevor du mein Arbeitszimmer betrittst?«

»Lenk nicht ab«, knurrte Jake. Die Hitze, die von ihm ausging, ließ mich einige Meter zurückweichen. So ein mächtiges Feuer hatte ich noch nie zuvor gespürt. »Stimmt es, dass du uns wieder verlassen wirst?!«

Meister Jiji lehnte sich auf seinem gepolsterten Stuhl nach hinten. Seine Miene war unergründlich. »Ja.«

Jake schlug beide Hände flach auf den Schreibtisch. Der Knall ließ mich zusammenzucken. Sein Vater dagegen sah unbeeindruckt aus. »Und wann genau hattest du vor, mich davon in Kenntnis zu setzen?«

»Nun, jetzt weißt du es.«

Jakes Hände ballten sich zu Fäusten. Grüne Flammen traten zwischen seinen Fingern hervor und eine gefährliche Stille breitete sich im Raum aus.

Ich sah zwischen den beiden hin und her, konnte förmlich spüren, wie sich die Luft auflud. Verdammt, was geschah hier? Ich fühlte mich vollkommen fehl am Platz. Doch beide schienen vergessen zu haben, dass ich überhaupt da war.

»Und wohin verschlägt dich deine Reise diesmal?« Jakes Stimme war so eisig, dass selbst mir ein Schauer über den Rücken lief.

»Nach Moné.«

»Das kann nicht dein Ernst sein. Moné liegt am anderen Ende des Ozeans. Du würdest wieder wochenlang unterwegs sein. Du bist doch gerade erst von deiner letzten Reise heimgekehrt!«

»Genau, ich lasse nichts unversucht und kein Fleckchen Erde unberührt. Nicht, bis ich ihn gefunden habe!«

Ihn? Von wem sprachen die beiden? Ich verstand überhaupt nichts mehr.

Jakes dunkle Augenbrauen waren wütend zusammengeschoben. »Er ist nicht dort und das weißt du auch. Wir brauchen dich hier, Vater. Du kannst dich nicht wieder aus dem Staub machen. Lass die Vergangenheit endlich ruhen.«

Meister Jiji strich sich gedankenverloren über die wulstige Narbe auf seinem Gesicht. »Du weißt, dass ich keine andere Wahl habe.«

»Man hat immer eine Wahl.« Die Flammen in Jakes Händen erloschen. »Und du hast deine getroffen.«

In seiner Stimme schwang neben der Wut so viel Traurigkeit mit, dass mein Herz schwer wurde. Am liebsten hätte ich ihn an mich gerissen und festgehalten, so lange, bis er wieder lächeln würde.

»Und wann wirst du aufbrechen?«, fragte er schließlich und verstaute die Hände in den Hosentaschen.

»In etwa einer Stunde. Du wirst hier die Stellung halten, bis ich zurückkomme. Minako wird dir wie immer zur Seite stehen. Ich habe auch schon mit ihr gesprochen und ihr Anweisungen für die kommenden Monate gegeben. Und Jake?« Er schloss die Augen und nahm einen tiefen Atemzug. Jegliche Freundlichkeit wich aus seinem Gesicht, als er seine Lider wieder aufschlug. »Der Stadtrat hat mir mitgeteilt, dass deine ungezogene Bestie wieder etwas zerstört hat. Damit ist jetzt Schluss! Wenn das in meiner Abwesenheit wieder passieren sollte – auch nur ein einziges Mal – wird er aus unserer Gilde und dieser Stadt verbannt. Mir reicht es ein für alle Mal.«

Ich erstarrte. Fluffy sollte verbannt werden? Diese Stadt war doch seine Heimat und diese Gilde sein Zuhause!

Jakes Kiefer malmte und die Flammen im Kamin färbten sich giftgrün. Mich überkam der Drang, die Schuld auf mich zu nehmen, doch Jake ließ mich nicht zu Wort kommen. Er schnaubte verächtlich. »Verstehe, es wäre ja nicht das erste Mal, dass du solche Entscheidungen triffst. Und ich weiß, dass du meine *ungezogene Bestie* nicht ausstehen kannst. Aber du hast mein

Wort. Fluffy wird keinen weiteren Schaden mehr anrichten.« Dann kehrte er uns den Rücken zu und ging zur Tür. Seine Rückenmuskulatur war zum Zerreißen angespannt.

»Nicht so schnell, Sohn. Ich habe noch eine spezielle Aufgabe für dich. Trainiere unser neustes Mitglied, Ami. Bereite sie auf die bevorstehenden Aufträge vor.«

Wie bitte?! Das sollte wohl ein schlechter Scherz sein. Durfte ich deswegen keine Aufträge annehmen, weil ich zuerst trainiert werden sollte? Und das ausgerechnet von *ihm*?!

Jake blieb stehen, drehte sich jedoch nicht um, als er sprach. »Sie ist nicht mein Problem. Ich war nicht derjenige, der sie in unsere Gilde haben wollte.«

Ich hob eine Augenbraue. Hatte er mich tatsächlich ein Problem genannt, obwohl ich beinahe neben ihm stand und alles mit anhören konnte? Wie überaus charmant.

»Das war keine Bitte«, knurrte Meister Jiji.

Ein raues, tödliches Lachen kam über Jakes Lippen. »Natürlich nicht, Vater. Aber ich habe Besseres zu tun als sie zu trainieren. Aufträge erledigen zum Beispiel. Oder die Gilde führen, die du erneut im Stich lässt.«

»Jake!« Meister Jiji sprang von seinem Stuhl auf und ich rang nach Atem. Seine Arme hatten nichts Menschliches mehr an sich. Sie waren ledrig, schwarz und anstelle von Fingernägeln ragten scharfe lange Krallen aus seiner Hand. Wie die Pranke eines Dämons. Er fuhr damit über den Tisch und hinterließ tiefe Kerben auf dem Holz.

Mir lief es kalt den Rücken herunter, doch Jake seufzte nur, als hätte er die Krallen schon etliche Male gesehen. Als wüsste er, dass sie nicht zustechen würden. »Wie Ihr wünscht, *Meister*.«

Er neigte seinen Kopf leicht über die Schulter. Die Flammen in seinen Augen glichen einem Inferno. »Unser Training beginnt morgen früh.«

Ohne meine Antwort abzuwarten stapfte er aus dem Arbeitszimmer.

Kapitel 7

Mörderischer Schatten

Ein Kitzeln weckte mich am nächsten Morgen. Schlaftrunken öffnete ich die Augen und entdeckte Fluffy, der neben mir auf der Matratze lag und über meinen Arm schleckte. Er wedelte mit dem Schwanz, als er meinen Blick bemerkte.

»Fluffy«, murmelte ich und rieb mir die müden Augen. »Musst du mich immer so erschrecken?«

Gähnend streckte ich meine Hand nach ihm aus und kraulte seinen Hals. Dabei fiel mein Blick auf die Holzkiste, die ich am Abend zuvor auf der Kommode neben meinem Bett abgestellt hatte. Die Kiste meines Vaters, die immer noch ungeöffnet war.

Gestern war ich ohne Abendessen auf mein Zimmer gegangen. Nach dem Streit zwischen Meister Jiji und Jake wollte ich nur noch meine Ruhe haben. Und ich schmollte, weil mich Jake mit seinem Wutanfall unterbrochen hatte und ich meine Frage nicht mehr zu Ende stellen konnte. Die nächste Gelegenheit würde sich erst in einigen Monaten ergeben, wenn Meister Jiji von seiner Reise zurückgekehrt war.

Aber das waren nicht die Gründe, weswegen ich die Kiste nur anstarrte, anstatt hineinzusehen. Vielmehr hatte ich Angst davor, das Letzte, das von meinem Vater übrig geblieben war, zu enthüllen. Andererseits wollte ich wissen, was mein Vater mir hinterlassen hatte, das so wichtig war, dass selbst meine Mutter nichts davon erfahren sollte.

Ob ich heute den Mut aufbringen würde, hineinzusehen?

Ich wendete den Blick ab und streichelte Fluffy, dem wieder meine Aufmerksamkeit galt. Die Worte des Meisters schlichen sich in mein Gedächtnis und ich hielt inne. »Fluffy, wehe du stellst irgendeinen Unfug an. Hörst du? Der Meister wird sonst sehr böse werden und dich aus der Gilde verbannen. Also sei in der nächsten Zeit ein braver Höllenhund, ja?« Ich tippte mit meinem Zeigefinger auf seine Schnauze. »Wie bist du eigentlich hier reingekommen?« Kaum hatte ich den Satz zu Ende gesprochen, sprang er vom Bett und rannte zur Tür. Eine leichte Hitze streichelte über meinen Nacken und über das unsichtbare Band in meinem Inneren. Das durfte doch nicht bedeuten, dass ...

»Raus aus den Federn«, trällerte eine vertraute und viel zu muntere Stimme. Schlagartig richtete ich mich auf und saß kerzengerade auf der Matratze. Mein Herzschlag beschleunigte sich.

Jake lehnte am Türrahmen, die Arme vor der muskulösen Brust verschränkt. Er trug eine bequeme graue Hose und ein weißes ärmelloses Shirt. Sogar in dieser sportlichen Kleidung versprühte er Anmut und Eleganz.

»Jake, was tust du in meinem Zimmer?«, zischte ich und versuchte erst gar nicht, den scharfen Ton aus meiner Stimme zu nehmen. »Hat dir niemand beigebracht, anzuklopfen, bevor du einen Raum betrittst?«

»Ich habe dir durch unsere Verbindung Bescheid gegeben«, antwortete er gelassen. »Wenn du es ignorierst, ist es nicht mein Problem.«

Unsere *Verbindung*? Er meinte diese Wärme, die er auf meiner Haut auslöste und das Ziehen und Zupfen in meinem Innersten, sobald er in der Nähe war.

Also bildete ich mir das nicht ein. Er war tatsächlich der Grund dafür. Aber was hatte dieses seltsame Band zwischen uns zu bedeuten?

Er legte den Kopf schief. »Wusstest du, dass du im Schlaf redest?«

»Tue ich gar nicht!« Meine Wangen wurden heiß. Und wenn ich es doch tat? Dann hoffte ich mit jeder Faser meines Körpers, dass ich nichts Peinliches von mir gegeben hatte.

Sein Mund war zu einer Linie verzogen, doch in seinen Augen lag ein seltsames Funkeln. Anscheinend amüsierte ihn etwas und es war nicht schwer zu erraten, was es war: Meine Haare mussten in alle erdenklichen Richtungen abstehen. Erinnerung an mich selbst: Definitiv ein neues Schloss für meine Tür besorgen. *Definitiv.*

»Ich möchte dich abholen. Oder hast du bereits vergessen, was mein Vater mir aufgetragen hat?«

Natürlich nicht! Wie könnte ich den gestrigen Abend und den Streit zwischen den beiden vergessen? Ich hatte sogar davon geträumt, von Jake und seiner unendlichen Traurigkeit. Doch nun sah er überhaupt nicht mehr traurig aus. Und auch nicht wütend. Eher eine kranke Mischung aus Vorfreude und viel zu guter Laune, die man morgens definitiv nicht haben sollte.

»Jake, verschwinde. Ich möchte nicht mit dir trainieren.«

Er trat in den Raum und zog die schweren Vorhänge auf. Samtiges Sonnenlicht fiel in mein Zimmer. Ich kniff die Augen zusammen. »Du bist ja schlimmer als meine Mutter.«

Er trat an mein Bett heran. Seine Augen blitzten verführerisch. »Ich werde schlimmer sein als dein dunkelstes Geheimnis.«

»Ich habe keine Geheimnisse.«

»Das sagen sie alle.« Sein Blick fiel auf die Kiste, verharrte dort einen Augenblick lang, ehe er wieder zu mir sah. Dann warf er mir etwas aufs Bett. »Zieh das an. Es müsste dir passen.«

Ich betrachtete die cremefarbene Tunika und die graue Hose nur beiläufig, ehe ich eine Augenbraue hochzog. Er meinte es tatsächlich ernst. Todernst. Ich rieb mir die müden, schweren Lider. »Wie spät ist es überhaupt?«

Jake entfernte sich ein paar Schritte und trat erneut ans Fenster. Die Hände hatte er in den Hosentaschen verstaut, während er auf die Stadt blickte. »Kurz nach Sonnenaufgang.«

»So früh?« Ich stöhnte und ließ mich zurück auf die Matratze fallen. In meinem Dorf hatte ich nie so früh aufstehen müssen. Meine Mutter verdiente ihr Geld mit Strickereien und nicht einmal am Markttag, wenn wir unsere Waren verkauften, musste ich das Bett kurz nach Sonnenaufgang verlassen.

»Jake, bitte, wir müssen das nicht machen«, setzte ich erneut an und klimperte mit den Wimpern. Diese Taktik hatte ich mir bei den weiblichen Händlerinnen abgeguckt. Vielleicht war Jake genauso einfach gestrickt wie die meisten Männer und ließ sich mit einem simplen Augenaufschlag umstimmen.

Es vergingen einige Sekunden, in denen ich unaufhaltsam mit den Wimpern klimperte, solange, bis mir die Lider wehtaten. Doch Jake blieb unbeeindruckt. Gut, ich hatte ihn unterschätzt – oder meinen Charme überschätzt.

Schließlich sagte er in einem Ton, der keine Widerrede erlaubte und einem Herrscher würdig war: »Zieh dich um. Dann treffen wir uns am Eingang.«

Pech gehabt.

Er trat vom Fenster weg und ging zur Tür. Einer seiner Mundwinkel zuckte vergnügt, als er sich zu mir umdrehte und seinen Blick gefährlich langsam über meinen Körper gleiten ließ. Stück. Für. Stück. Ich schluckte schwer.

»Übrigens, schöner Schlafanzug.«

Ich sah an mir herunter und wäre ich nicht schon unter seinem eindringlichen Blick in Flammen aufgegangen, dann spätestens jetzt. Ich trug meinen weißen Einteiler, der mit mitternachtsblauen Schneeflocken bestickt war. Ein Überbleibsel, das ich von meinem alten Zuhause mitgebracht hatte. Meine Mutter war schon immer darauf bedacht, mir äußerst peinliche Dinge zu stricken.

Als Antwort warf ich ein senfgelbes Kissen nach ihm. Mühelos wich er aus.

Er lachte. »Wie temperamentvoll. Ich hoffe, du hast beim Training auch so viel Energie, Eisprinzessin.«

Mit ganzer Kraft schmetterte ich ein weiteres Kissen in seine Richtung, doch da war Jake bereits aus meinem Zimmer verschwunden.

***

»Jake … ich brauche eine … Pause«, stieß ich keuchend hervor. Meine Hände stützte ich auf meinen Oberschenkeln ab, die enorm brannten. Seit einer Stunde liefen wir bereits die Treppe hinauf und wieder hinunter. Die frische Luft brannte in meinen Lungen und jeder Atemzug löste ein Stechen zwischen meinen Rippen aus. »Ich möchte da nicht nochmal hoch.«

Jake, der bereits etliche Meter von mir entfernt war, lief die Treppe wieder hinunter und blieb auf der untersten Stufe stehen. Nun überragte er mich um zwei Köpfe und ich starrte direkt gegen seine breite muskulöse Brust. Wie oft er wohl trainierte?

»Das wäre bereits deine … neunte Pause, wenn ich mich recht erinnere.« Er fuhr sich durch sein schwarzes Haar und schüttelte den Kopf. »Du hast sogar weniger Ausdauer als Edgar. Und nur zum Verständnis: Er ist zu jeder Tageszeit betrunken und inhaliert Kräuter wie wir die Luft zum Atmen.«

Ich ging einen Schritt nach hinten, um ihm in die Augen zu schauen und verschränkte beleidigt die Arme vor der Brust. »Danke für deine überaus nette Analyse meiner Sportlichkeit.«

Ein schiefes Grinsen breitete sich auf seinen Lippen aus. »So bin ich halt, ein Freund und Helfer.«

Nun war ich diejenige, die den Kopf schüttelte. Mein Zopf schwang dabei von der einen zur anderen Schulter und klebte auf meiner schwitzigen Haut. Igitt.

Ich zupfte an meiner durchnässten, aber durchaus bequemen Kleidung, die mir wie angegossen passte. Woher Jake meine Größe kannte, wollte ich erst gar nicht wissen.

»Komm«, flüsterte er und griff nach meinem Handgelenk. Unter seiner Berührung kribbelte meine Haut. Er musste es auch gespürt haben, denn er ließ mich sofort wieder los. »Besser wir gehen ein Stück, bevor deine Muskeln kalt werden. Ansonsten erwartet dich ein dicker Muskelkater.«

»Seit wann bist du um mein Wohlergehen besorgt? Schließlich bin ich nicht *dein Problem*.«

Jake grinste. »Seit gestern *bist* du mein Problem. Und ich möchte nicht, dass du mir morgen früh beim Training die Ohren vollheulst, weil dir alles wehtut. Das ist alles.« Es würde noch ein Training geben? Und das bereits morgen? Beinahe hätte ich gestöhnt. Jake kam mir gefährlich nah. »Aber, falls dir das Training zu viel ist, wenn du lieber zurück in dein Dorf möchtest, musst du es nur sagen. Es steht dir jederzeit frei zu gehen.«

Darauf war er also aus, mich loszuwerden. Er konnte mich vom ersten Moment an nicht leiden, seitdem er das Eis in mir gespürt hat. Die Natur war darauf bedacht, dass Gegensätze wie Feuer und Eis nicht miteinander klarkamen. Und es passte ihm nicht, dass gerade eine Eismagierin seiner Gilde beigetreten war. Und noch weniger, dass er mich trainieren musste. Obwohl das Letztere ihm dennoch eine Genugtuung zu sein schien. *Sadist.*

»Danke für das überaus freundliche Angebot, aber ich lehne ab. Blizzard gefällt mir wirklich gut«, zischte ich gedehnt und massierte meine verspannten Schultern.

Er lächelte herausfordernd. »Das sehe ich. Und ich freue mich auf unsere Trainingseinheiten. Jeden Tag. Jeden Morgen. Kurz nach Sonnenaufgang.«

Idiot. Idiot. Idiot.

Wir liefen schweigend an der Hauptstraße entlang. Einige Händler bauten ihre Stände auf. Saftige Beeren, Früchte, Getreide und Korn wurden in Körben und Säcken am Straßenrand aufgereiht.

Mir fiel auf, wie viele junge Mädchen bereits auf den Straßen unterwegs waren. Sie trugen figurbetonte Kleider und aufwendig frisierte Haare. Und ihre Blicke klebten an Jake wie der Schweiß unter meinen Achseln.

Einige Gesichter erkannte ich, sie waren am Tag der Aufnahmeprüfung auch vor Ort gewesen, hatten Jake und meine Auseinandersetzung mitbekommen. Wütend funkelten sie mich an, wie Furien, kurz bevor sie jemandem die Augen aus dem Gesicht kratzten.

Ich konnte mir ein bittersüßes Lächeln nicht verkneifen. Jake schien das alles nicht zu bemerken oder nicht zu interessieren. Jedenfalls schenkte er den jungen Frauen keinerlei Beachtung.

Ich vertrieb das seltsame Gefühl, das sich plötzlich in meinem Bauch ausbreitete und blickte hinauf in den wolkenlosen Himmel. Dabei kam mir der gestrige Streit mit seinem Vater wieder in den Sinn. Auch wenn es mich nichts anging, worüber die beiden sich genau gestritten hatten, brannten Fragen auf meiner Zungenspitze wie Nadelstiche. Und ein Versuch war es wert.

»Wusstest du, dass unsere Väter beste Freunde waren?«

Neben mir verkrampfte sich Jake. Sein Kiefermuskel zuckte, während er ein *Ja* hervorpresste, als würde ihm die Antwort körperliche Schmerzen bereiten.

Irritiert hob ich eine Augenbraue. Was ist ihm denn über die Leber gelaufen?

Der Blick, den er mir zuwarf, ließ meine Adern gefrieren. Trotzdem fuhr ich fort. »Dann weißt du sicherlich auch, dass er vor zehn Jahren gestorben ist?«

»Ja«, antwortete er knapp und beschleunigte seine Schritte. Ich hatte Mühe, hinterherzukommen. Aber so leicht würde er mich nicht abschütteln können. Er war mir eine Antwort schuldig. »Und kannst du mir auch sagen, was das damals für ein Auftrag war, bei dem er ums Leben kam?« Mein Atem ging stoßweise und das Brennen in meinen Oberschenkeln kehrte zurück.

Sein Mund wurde schmal. »Ich kann dir nicht weiterhelfen.«

»Kannst du nicht oder willst du nicht?«

Er gab ein genervtes Stöhnen von sich. »Hör zu, rede einfach mit meinem Vater darüber, wenn er wieder da ist.«

Ich verzog das Gesicht. »Und wann wird das sein? In sechs, sieben Monaten oder doch in einem Jahr?« Meine Stimme triefte vor Enttäuschung. Ich hatte wirklich geglaubt, Jake könnte mir helfen. Und nun sollte ich Monate ausharren, bis ich die Antwort erfuhr.

»Du hättest ihn besser gestern fragen sollen«, sagte er tonlos.

»Das hatte ich ja versucht, bevor du wutentbrannt in das Arbeitszimmer gestürmt bist und mich unterbrochen hast.«

Jakes Nasenflügel blähten sich auf. »Ich hatte meine Gründe.«

Ja, die hatte er. Und natürlich würde er mir keinen der Gründe verraten. Aber es wäre gelogen, wenn ich behauptete, es würde mich nicht interessieren.

Bruchstücke des Streits traten in mein Gedächtnis. »Was hat er eigentlich in dieser Stadt vor? Ich meine, in Moné?«

Wir gingen durch einen langen Torbogen aus geschwungenen Ästen und grünem Efeu. Die Schatten der Blätter warfen wirre Muster auf unsere Körper.

Er zog eine Augenbraue nach oben. »Du bist ziemlich neugierig, Eisprinzessin. Hat dir das schon mal jemand gesagt?«

»Und du bist ein ziemlicher Idiot. Hat dir das schon mal jemand gesagt?«

Er lachte, tief und kehlig, sodass es mir einen Moment die Sprache verschlug. Dann sagte er: »Du hast mich am Springbrunnen so genannt, wenn ich mich recht entsinne.«

Stimmt, da hatte er sich den Namen allemal verdient. So wie jetzt auch.

Schließlich seufzte er. »Mein Vater hat in Moné einfach etwas Wichtiges zu erledigen, das ist alles.«

Ich erinnerte mich an Jakes Worte und an seinen Blick, diesen unendlich traurigen Blick. Mein Herz wurde schwer. Es waren Dinge, die Meister Jiji wichtiger waren als seine eigene Gilde. Wichtiger als sein eigener Sohn.

Ich wusste, dass Jake mir nicht mehr verraten würde, also wechselte ich das Thema. Und das nicht nur, um Zeit zu schinden, bevor er wieder auf die Idee kam, mich weiter durch den Morgen zu scheuchen.

»Wie lange bist du schon ein Mitglied von Blizzard?«

Jake massierte seinen linken Oberarm, wo das Gildenzeichen gestochen scharf tätowiert worden war. Die Sekunden verstrichen und ich dachte schon, er würde nicht mehr antworten, da murmelte er: »Schon von klein auf. Die meiste Zeit meiner Kindheit verbrachte ich in der Gilde. Mein Vater war viel unterwegs und überließ den Gildenmitgliedern meine Erziehung. Nun ja, offiziell eingetreten bin ich erst vor vier Jahren, als ich neunzehn wurde.«

Ich blinzelte überrascht. »Du bist schon dreiundzwanzig?«

»Überrascht dich das wirklich? Ich meine, bei meinem Wissensstand und meiner enormen Kampfkraft müsste ich eigentlich schon weit über hundert Jahre alt sein und einen weißen, spitz zulaufenden Bart tragen.«

Ich kämpfte mit einem Lachen und verlor. »Und deine Mutter, hat sie sich gar nicht um deine Erziehung gekümmert?«

Sein Lächeln verblasste und ich bereute meine Frage sofort. »Vergiss es, das geht mich nichts an.«

Er sah in den Himmel. »Ihr blieb keine Zeit, sich um meine Erziehung zu kümmern. Sie starb bei meiner Geburt.«

Seine Mutter war ... tot? Ein Kloß bildete sich in meinem Hals. »Das tut mir leid, ich wusste nicht, dass –«

»Wofür entschuldigst du dich? Es war ja schließlich nicht deine Schuld.« Er stellte sich vor mich und tippte mir auf die Stirn. Das Lächeln auf seinen Lippen erreichte seine Augen nicht. »Zerbrich dir nicht dein Köpfchen, Eisprinzessin. Es würde ja doch nichts an der Vergangenheit ändern.«

Ich nickte stumm. Jake wollte nicht bemitleidet werden und das konnte ich wohl am besten nachvollziehen.

Er ließ seine Hand sinken und sah in Richtung eines Marktstandes. Eine ältere Frau versuchte, einen freischwingenden Kessel in Gang zu bringen, der an einem Dreibein befestigt war. Ihre dürren Arme waren fest um das Holz geschlungen, doch einige Holzscheite fielen klappernd zu Boden.

Ich wollte ihr zur Hilfe eilen, doch Jake kam mir zuvor. »Wartet, ich helfe Euch.« Sofort war er bei ihr, sammelte das Holz ein und nahm ihr das restliche ab, ehe sie Einspruch erheben konnte. Dann platzierte er es sorgfältig unter dem Kessel und entfachte seine Magie. Grüne Flammen traten aus seinen Fingerspitzen hervor, wie die Krallen seines Vaters. Mit Leichtigkeit entzündete er ein Feuer und die Brühe in dem Kessel fing nach wenigen Sekunden an zu köcheln. Ein himmlischer Duft von Petersilie und Zitrone erfüllte die heiße Sommerluft.

»Danke, mein Herr«, flüsterte die alte Frau gnädig. »Eure Magie ist wahrlich ein Segen. Es ist schön zu sehen, wie Ihr Euch gemacht habt und wie erwachsen Ihr geworden seid.«

Jake zuckte gelassen mit den Schultern. »Nicht der Rede wert.«

»Bitte nehmt das als Dank an.« Sie hielt eine Kupfermünze in den Händen, die in der Sonne schimmerte. Doch Jake schob ihre Hände behutsam zurück. »Nein, es ist wirklich nicht der Rede wert. Falls Ihr einen Auftrag habt, den unsere Gilde erfüllen kann, dann gebt uns gerne Bescheid.«

Jake wirkte verlegen. Die Seite kannte ich noch nicht an ihm und wie von selbst verzog sich mein Mund zu einem Lächeln, als ich ihn da so unbeholfen stehen sah.

Als er wieder bei mir war, deutete ich zu dem brennenden Kessel. »Was hat es eigentlich mit deinen grünen Flammen auf sich? So ein Feuer habe ich noch nie zuvor gesehen.«

Er entzündete eine neue Flamme in seinen Händen. Fasziniert betrachtete ich sie, während wir weiter die Straße hinaufgingen. »Meine Mutter war eine gewöhnliche Feuermagierin und mein Vater ist ein mächtiger Gestaltwandler. Durch ihre Vereinigung wurde aus unerklärlicher Weise meine Magie erschaffen. Die Ältesten im Hohen Rat sagen meinen Flammen dämonische Kräfte nach.«

»Weil sie grün sind?«

»Weil sie einzigartig sind. Menschen fürchten sich vor neuen unbekannten Dingen, vor Veränderungen.« Er blies die Flamme in seiner Hand wie eine Kerze aus. »Um damit umzugehen schieben sie Unerklärliches gern Dämonen und anderen übernatürlichen Wesen zu. Und um auf deine Frage einzugehen, die dir auf der Zunge liegt. Nein, das Besondere an meiner Magie ist nicht bloß die grünliche Farbe, sondern dass ich ihre Temperatur regeln kann, wie es mir beliebt. Von polarischer Kälte zur vulkanischen Hitze in nur einem einzigen Atemzug.«

Ich erinnerte mich an die Hitze, die er gestern im Arbeitszimmer ausgestrahlt hatte und glaubte ihm aufs Wort.

»Du hast vorhin von einer Verbindung gesprochen.« Ich räusperte mich. »Meinst du, die kommt auch durch deine besonderen Flammen?«

»Gut möglich«, sagte er nachdenklich. »Aber spürst du nicht immer eine Verbindung zu Feuermagiern?«

»Ja schon, aber sonst ist sie unangenehm.«

Ein sinnliches Lächeln umspielte seine Lippen. »Also ist meine Nähe angenehm?«

»Das habe ich nicht gesagt«, schoss es aus mir heraus, während meine Wangen glühten. »Deine Nähe ist bloß anders.«

»Anders?«, raunte er und schickte mir über unsere Verbindung ein weiteres Kribbeln. Eine Gänsehaut fuhr über meine Haut und ich boxte ihm auf seinen linken Oberarm, direkt auf seine Tätowierung. »Hör auf damit. Das ist nicht witzig.« Er lachte.

»Kannst du meine Magie denn auch spüren?«, fragte ich neugierig.

Er grinste, was ich als ein Ja deutete. »Dein Eis ist ebenfalls *anders*. Und jetzt hör auf, mich mit Fragen zu bombardieren und verrate mir lieber, wann zur Hölle du das letzte Mal laufen warst.«

Als Antwort zog ich eine Grimasse. Ich hatte tatsächlich nicht die leiseste Ahnung, wann ich jemals freiwillig laufen war. Vielleicht mit meinem Vater, als ich noch ein Kind war?

Jake schüttelte den Kopf und wurde plötzlich ernst. »Wir haben noch einen langen Weg vor uns. Einen wirklich laaaangen Weg.« Er zog das Wort so auseinander, dass ich bereits jetzt keine Lust hatte, über diesen äußerst langen Weg nachzudenken.

»Ich verstehe nicht, was das Laufen mit meinem magischen Training zu tun haben soll. Können wir nicht einfach gegeneinander kämpfen, in dem wir unsere Magie einsetzen?«

Es war mir wirklich schleierhaft, was wir hier überhaupt taten. Anstatt meine Eismagie zu trainieren, liefen wir den ganzen Morgen durch die Stadt und diese verfluchten tausend Stufen hinauf und wieder hinunter.

Jake fasste sich an die Schläfen. »Was ist, wenn dich deine Kräfte verlassen? Schon mal daran gedacht? Fluffy hätte dich in der Nacht vor zwei Tagen ohne Probleme verschlingen können, als du aus Angst keinen klaren Gedanken mehr fassen konntest. Du musst dich auch so zu wehren wissen, als Mensch, nicht als Magier. Das ist wirklich wichtig.«

Ich verschränkte die Arme vor der Brust. Es war also eine Prüfung gewesen, als er Fluffy auf mich losließ. Er wollte sehen, ob ich mich wehren würde, ob ich bereits so weit war, wie sein Vater vermutete.

Und ich war gescheitert.

Doch in seiner Ansprache steckte mehr als nur ein Fünkchen Wahrheit. Ich hatte bei Fluffy vor Panik meine Magie nicht einsetzen können. Und wäre es nicht Fluffy gewesen sondern eine andere Bestie, dann wäre ich bereits tot.

»Und wie möchtest du da vorgehen?«, fragte ich schließlich geschlagen. »Mich wieder durch die Gegend scheuchen?«

Er grinste und die Morgensonne spiegelte sich auf seinem Gesicht wider. »Dein Wunsch ist mir Befehl.«

»Das war kein ...« Ich unterbrach mich selbst, weil Jake bereits losgelaufen war. Er trabte einige Meter entfernt auf derselben Stelle. »Eisprinzessin, der Weg läuft sich nicht von allein. Und vom Gehen wirst du nicht stärker.«

Unweigerlich folgte ich ihm weiter durch den Morgen, während ich bereits jetzt jeden einzelnen meiner Muskeln spürte. Wenn mir nur nicht so heiß wäre. Nicht einmal meine Eismagie kühlte mich ab. Alles, was ich mir in diesem Augenblick ersehnte, war ein kaltes Bad und ein deftiges Frühstück. Jake schien das alles nichts auszumachen. Die Sonne schmiegte sich an seinen Körper wie ein goldener Umhang aus purem, gleißendem Licht.

Und zum ersten Mal in meinem Leben, beneidete ich einen Feuermagier um seine Kräfte.

***

Als ich erneut eine Pause einlegte, – die zehnte an diesem Vormittag –, bewunderte ich den prachtvollen Garten von Mistress. Er war nicht weit von Blizzard entfernt und im Herzen der Stadt. Oder besser gesagt *das* Herz der Stadt.

Ein Blumenmeer aus Hortensien, Sonnenblumen, Eisenkraut und Kugeldisteln erstreckte sich über mein ganzes Blickfeld. Eine Baumallee reihte sich neben die weitläufige, sattgrüne Wiese und verschnörkelte, weiße Bänke befanden sich zwischen den Buchsbäumen, die kunstvoll in Form geschnitten waren.

Ich war wirklich beeindruckt. Normalerweise lag mir nicht viel an Blumen, ich spürte, dass sie mich nicht mochten. Mich mit meiner bösen Eismagie, so komisch das auch klang.

Jedoch hatte man sich viel Mühe gegeben, diesen Garten zu gestalten. Bestimmt war das das Werk etlicher begabter Pflanzenmagier gewesen.

Ich betrachtete eine Eibenhecke, die zu einem prachtvollen Schwan geschnitten worden war, als mir ein eiskalter Schauer über den Rücken lief.

Wie von selbst glitt mein Blick in Richtung der Baumreihen und verharrte an einer alten Eiche. Im Schattenwurf erkannte ich zwei Augen, die mich grauenvoll anstarrten. Sie waren schwärzer als die Nacht und leer, so unendlich leer.

Mein Herz begann zu rasen. Ich wich unkontrolliert einen Schritt zurück und wäre beinahe in einen kegelförmig gestutzten Busch gestolpert. Doch einen Wimpernschlag später waren die grässlichen Augen verschwunden.

»Was ist los?«, wollte Jake wissen, der nun ebenfalls bei mir war und in dieselbe Richtung blickte.

Ich brachte keinen Ton heraus. Stattdessen ging ich langsam um die Eiche herum, konzentriert wie eine Katze kurz vor ihrem Sprung. Ich berührte den Stamm und ging in die Hocke, um das Gras zu untersuchen. Doch da war nichts mehr.

»Alles in Ordnung?«

Ich schüttelte den Kopf, als könnte ich das Bild aus meinen Gedanken vertreiben. Das Bild und die Angst, die mich zu erdrücken schien. »Ich dachte nur … da wäre …«

»Da wäre was?«, half Jake mir aus. Ja, was hatte ich dort eigentlich gesehen?

Die Sekunden verstrichen und Jake sah mich an, als wäre ich verrückt geworden. Und vielleicht war ich das auch. Sicherlich hatte mir das Training mehr zu schaffen gemacht, als ich annahm. Und diese gleißende Sommersonne trug ihren Teil dazu bei. So musste es sein.

Um Jake nicht mit meinen Hirngespinsten zu beunruhigen – und nicht wegen Unzurechnungsfähigkeit aus der Gilde geworfen zu werden, setzte ich ein träges Lächeln auf und winkte lässig mit den Händen. »Ach nichts. Ich brauchte nur eine kleine Pause, das ist alles.«

Mein Blut raste mir durch die Adern und ich hoffte, Jake konnte es nicht durch unsere Verbindung spüren.

Fragend hob er eine Augenbraue und musterte mich prüfend. Zwischen seinen Brauen trat eine steile Falte hervor, aber schließlich nickte er knapp, ohne eine weitere Frage zu stellen, und lief weiter.

Ich verharrte noch einen Moment an der Stelle und kniff die Augen zusammen. Auch dann war nichts weiter zu erkennen. *Nur der Schatten eines Baumes,* redete ich mir ins Gewissen. Was sollte es sonst gewesen sein?

Als ich mich umdrehte und Jake durch den kiesbedeckten Weg folgte, spürte ich den Blick der leeren dunklen Augen noch immer auf mir.

Kapitel 8

Zwischen Tränen und Narben …

Als ich den Speisesaal betrat, war das Abendessen schon in vollem Gange. Silberbesteck klimperte, Bierkrüge klirrten und aus allen Richtungen erklangen heitere Gespräche. Ein Lächeln glitt mir über die Lippen. Ich konnte die Fröhlichkeit, die Zufriedenheit beinahe auf meiner Zunge schmecken. Und es war beeindruckend, wie viele Magier der Gilde angehörten. Einigen war ich bereits auf den Fluren begegnet, andere wiederum hatte ich noch nie zuvor gesehen.

Auf der gegenüberliegenden Seite des Saals stand ein langer Tisch – so lang, dass er von der einen Wand bis zur anderen reichte. Er war voll beladen mit lauter Köstlichkeiten.

Und es waren mir vertraute Speisen: Hühnchen, Bohnen, Suppe, Brot, Kartoffeln, Fisch, Erbsen.

Ich tischte mir von allem etwas auf und suchte nach einem freien Platz. Bei jedem Schritt biss ich mir auf die Unterlippe, weil jede Bewegung schmerzte.

Jake hatte mich den ganzen Morgen durch die Gegend gescheucht und mich die blöde verzauberte Treppe zwanzig Mal hinauf- und wieder hinunterlaufen lassen. Auf den letzten Stufen war ich bereits in die Hocke gegangen, weil ich befürchtet hatte, kopfüber nach hinten zu kippen.

Jake hatte bloß mit dem Kopf geschüttelt und wieder von dem äußerst langen Weg angefangen, der uns noch bevorstand – *mir* noch bevorstand. Mir kamen die grauenvollen Augen wieder in den Sinn, die mich im Schattenwurf der alten Eiche beobachtet hatten. Seit dem Vorfall war nichts dergleichen passiert, doch ich konnte den Blick noch immer auf meiner Haut spüren. Diese starren, leeren Augen.

Mit einem tiefen Atemzug schob ich die Erinnerung in den hintersten

Winkel meines Gedächtnisses und hoffte, sie würde dort vorerst bleiben. Es war schließlich nur ein Hirngespinst. Nichts, worüber ich mir Sorgen machen sollte.

Als ich mit meinem Tablett in der Hand durch den Saal ging, ließ ich mir meine brennenden Muskeln nicht anmerken, doch am liebsten wäre ich den ganzen Weg über gehumpelt.

Aber die Vorstellung, Jake lungerte hier irgendwo herum und könnte mich beobachten, reichte aus, damit ich mich zusammenriss. Auf keinen Fall sollte er sehen, wie viel mir sein Lauftraining abverlangte. Diese Genugtuung würde ich ihm nicht geben.

»Ami«, dröhnte eine männliche Stimme durch den Saal. »Ami, hier drüben.«

Ich sah mich um und fragte mich, ob noch jemand aus der Gilde Ami hieß, weil unmöglich ich gemeint sein konnte, da entdeckte ich ein mir vertrautes Gesicht. Ted saß mittig an einem der vollen Tische und winkte mir zu.

Ich konnte es nicht glauben. Ted ... hatte es tatsächlich geschafft? So schnell, wie es mir mit meinem Muskelkater möglich war, durchquerte ich den Saal. Zwei Wassermagier rutschten enger zusammen, damit ich gegenüber von Ted Platz nehmen konnte.

»Was machst du hier?«, platzte es völlig überwältigt aus mir heraus, während ich das Tablett auf den Tisch stellte.

»Ich habe es tatsächlich geschafft. Ich bin ein Mitglied von Blizzard.« Er rieb sich die Glatze, als könnte er es selbst noch nicht fassen.

Als er schließlich weitersprach, strahlten seine haselnussbraunen Augen mit seinen Lippen um die Wette. »Nachdem du eine Absage erhalten hast und hinausgestürmt bist, war ich als Nächster dran. Das Gespräch führte ich nur mit Minako, weil Meister Jiji unmittelbar nach deinem Verschwinden mit Jake sprechen wollte. Und ich hatte wirklich Glück, denn als Minako mir ihre Entscheidung mitteilte, kam Jake zurückgestampft und war alles andere als begeistert. Seinen Blick ... den kannst du dir nicht vorstellen«, sagte er abschließend und steckte sich eine Bohne in den Mund.

Und ob ich mir das vorstellen konnte! Sein Vater hatte ihm bestimmt mitgeteilt, dass ich doch bei Blizzard aufgenommen werden sollte und er mich suchen musste.

Meine Mundwinkel hoben sich, als ich mir Jakes bitterböse Miene vorstellte. Eine kleine Genugtuung für sein barbarisches Lauftraining.

»Das ist wirklich großartig, Ted. Ich freu mich so für dich«, sagte ich lächelnd. »Und es tut mir leid, dass ich einfach hinausgestürmt bin, ohne dir Glück zu wünschen oder mich zu verabschieden.« Meine Worte waren aufrichtig. Mir tat es wirklich leid.

»Vergeben und vergessen, großes Luftmagier-Ehrenwort«, winkte Ted ab. »Die Hauptsache ist doch, dass du auch aufgenommen wurdest. Und ich wusste sofort, dass Jake dich meinte, als er von einem Mädchen mit weißen Haaren sprach – von Haaren, die so weiß waren wie die Kugeln eines Schneemanns. Aber erst jetzt, wo du vor mir sitzt, kann ich es tatsächlich glauben.« Er steckte sich noch eine Bohne in den Mund.

Wie ein Schneemann?! Innerlich schüttelte ich den Kopf. Was für eine liebreizende Art, mich vorzustellen. So ein blöder ...

»Ein Wiedersehen zwischen den Neuankömmlingen, wie niedlich«, meldete sich eine weibliche Stimme zu Wort und riss mich aus meinen Plänen, die ich gedanklich schmiedete, um es Jake heimzuzahlen.

Die Stimme gehörte einem wunderschönen Mädchen. Ihre Züge wirkten weich und verspielt und goldene Sommersprossen wärmten ihre gebräunte Haut.

Ein Hauch von Jasmin wehte zu mir herüber, als sie ihr Tablett abstellte und sich neben Ted setzte.

»Das ist Rosalie«, stellte er mir das Mädchen vor, indem er seine Gabel in ihre Richtung hielt. »Sie ist eine Pflanzenmagierin und ebenfalls ein neues Mitglied.«

Sie war auch ein neues Mitglied? Also wurden dieses Jahr drei Magier aufgenommen! Mich beschlich das seltsame Gefühl, dass ich die Dritte im Bunde war. Die Ungeplante. Und in Jakes Augen: Die Unerwünschte.

Ich verdrängte den Gedanken und betrachtete Rosalie. Sie war kaum mehr als zwanzig Jahre alt. Ihr blondes Haar glänzte wie flüssiger Honig und war zu einem dicken seitlichen Zopf geflochten. In den einzelnen Strängen ihrer Frisur steckten Blätter und Unkraut. Keine Blüten, wie man es sonst von Pflanzenmagiern gewohnt war. Auch das kobaltblaue Kleid war so gar nicht typisch für ihr Volk, die sonst nur grüne Gewänder trugen. Wie ungewöhnlich.

»Zeig nicht mit einer Gabel auf mich«, schimpfte sie munter und ein wenig gereizt. In ihrer Stimme lag ein Akzent, den ich noch nie zuvor gehört hatte – nicht einmal von einem der fahrenden Händler auf dem Wochenmarkt.

»Ich bin Ami, sehr erfreut.« Ich streckte ihr die Hand entgegen, doch ich ließ sie sofort wieder sinken, als Rosalie keine Anstalten machte, sie zu ergreifen. Stattdessen begutachtete sie ihre gepflegten Nägel, scheinbar gelangweilt von meiner bloßen Existenz.

Mir stockte der Atem, als ich auf ihre vernarbten Hände starrte. Es waren so viele Schnitte, dass ich sie nicht zählen konnte. Einige hauchzart, andere wulstig wie die von Meister Jiji. Die Verletzungen zentrierten sich auf Hände, Finger und endeten am Saum ihres langärmligen Kleides. Unter dem transparenten Stoff an den Armen und am Dekolleté war die Haut glatt und unversehrt.

Ich lenkte meinen Blick auf Ted und war froh, dass Rosalie mein Starren nicht bemerkt hatte. Ich wollte nicht wissen, wer oder was ihr solche Verletzungen zugefügt hatte.

»Nach deinem Auftritt mit dem heißesten Kerl von Blizzard hätte ich nicht gedacht, dass du noch ein Teil der Gilde wirst«, sagte Rosalie gedehnt. Ihre sturmgrauen Augen lagen abschätzend auf mir. »Wie kommt es also, dass du trotzdem aufgenommen wurdest?«

»Meister Jiji wollte es so. Ich bin ihm am Tag der Aufnahmeprüfung über den Weg gelaufen.«

»Der Meister?«, Ted klappte der Mund auf. »Und du bist ihm begegnet? Wie war er? Hat er sich vor dir verwandelt?« Seine Worte überschlugen sich. »Du musst es mir verraten.«

»Beruhig dich«, sagte Rosalie amüsiert und streichelte liebevoll die Blätter in ihrem Haar. »Sonst kriegst du noch einen Herzinfarkt.«

Ich pickte mir eine Kartoffel auf die Gabel. »Er hat sich tatsächlich verwandelt – seinen Arm zumindest. Und sonst war er ziemlich nett.« *Jedenfalls zu mir.*

»Du bist so ein Glückspilz.« Ted seufzte vor sich hin. »Ich wäre dem Meister auch gern vor seiner Abreise begegnet.«

Das ließ mich aufhorchen. »Kannst du mir sagen, warum der Meister so plötzlich aufgebrochen ist?« Wenn Ted von seiner Abreise wusste, dann kannte er vielleicht auch den Grund dafür. Jake würde es mir ja sowieso nicht verraten. Wenn es um seinen Vater ging, machte er komplett dicht.

Ted sah sich um, als wäre die Antwort nicht für alle Ohren bestimmt. »Ich nehme mal an, dass er den Drachen sucht, der ihn damals so schwer verwundet hat.« Er fuhr sich demonstrativ mit der Gabel über die linke Gesichtshälfte.

»Ein Drache hat ihm diese Narbe verpasst?« Meine Stimme erhob sich, und Ted machte eine beschwichtigende Bewegung. »Nicht so laut. Ich weiß nicht, ob wir über dieses Thema sprechen dürfen.«

Ich nickte und steckte mir die aufgespießte Kartoffel in den Mund. Er fuhr fort. »Soweit ich gehört habe, reist er durch die Welt, um den Drachen zu töten, der ihm das damals angetan hat.«

Ein Drache also! Ließ er deswegen Jake und die Gilde ständig allein? Um Rache für die Narbe zu nehmen? Der Gedanke machte mich wütend, weil es so egoistisch war.

»Ich hole mir noch einen Nachschlag«, murmelte Ted und riss mich aus meinen Gedanken. Wahrscheinlich war es ihm unangenehm, weiter über das Thema zu sprechen. Er blickte abwechselnd zu mir und Rosalie. »Soll ich euch etwas mitbringen?«

Ich schüttelte den Kopf, während Rosalie ihm eine Liste vortrug, was sie alles noch gerne essen würde. Ted verdrehte die Augen, aber auf seinem Gesicht lag ein breites Grinsen, als er sich von uns abwandte und zum Buffet schlenderte.

Mir kam der Verdacht, dass Rosalie genau wusste, wie sie Männer dazu bringen konnte, das zu tun, was ihr beliebte.

Schweigend aß ich weiter und betrachtete dabei Rosalies Haare. Sie fing meinen Blick auf, ehe ich wegsehen konnte. »Du fragst dich bestimmt, warum ich keine Blümchen im Haar trage, so wie all die anderen Pflanzenmagier. Nicht wahr?« Als ich nickte, griff sie nach der silbernen Teekanne, die dampfend in der Mitte des Tisches stand. Dabei entging mir nicht, wie die Wassermagier ihr anzügliche Blicke zuwarfen und in ihren Ausschnitt starrten.

Rosalie schien es ebenfalls zu bemerken, denn sie bedachte die beiden Männer mit einer obszönen Geste. Dann goss sie sich eine Tasse ein und richtete ihre gesamte Aufmerksamkeit wieder auf mich. »Wo waren wir stehengeblieben?«

»Du wolltest mir erzählen, warum du Unkraut in den Haaren trägst.«

»Ach das«, sagte sie und fuhr liebevoll über die Blätter in ihrem Haar. Ein Lächeln huschte über ihre rot bemalten Lippen. »Die meisten Menschen reagieren komisch, wenn sie mich zum ersten Mal sehen. Nur weil ich nicht dem entspreche, was sie von einer Pflanzenmagierin erwarten. Aber man gewöhnt sich daran, so wie an alles andere auch. Unkraut«, sagte sie schließlich und nahm einen Schluck Tee, »ist so viel mehr, als es auf den ersten Blick zu erkennen gibt. Die meisten schauen nur nicht tief genug hinter die Fassade.«

Ihre Worte rührten mich. Unwillkürlich fragte ich mich, wie viel Leid ihr bisher wohl widerfahren war. Meine Kindheit musste dagegen ein Paradies gewesen sein, auch wenn ich es selbst nicht leicht hatte. Und dass sie die Dinge so offen ansprach, war nur ein Zeichen, dass sie bereits gelernt hatte, damit umzugehen.

»Untypisch ist nicht schlecht«, sagte ich sanft. »Es ist nur nicht alltäglich. Und ich denke, jeder braucht seine Zeit, um es zu verstehen. Darf ich dich eigentlich Rosa nennen?«

»Bei der großen Pflanze, nein!«, schimpfte sie lachend. Das Grau in ihren Augen schimmerte silbern. »Untersteh dich.«

Ich kicherte und Ted tauchte mit zwei vollbeladenen Tellern auf. Er stellte jeweils Rosalie und sich einen vor die Nase.

»Woher kommst du eigentlich?«, fragte ich Rosalie nach einer Weile.

Sie halbierte ein Stück Käse. Jeder Handgriff war entschlossen und selbstsicher. Und die Art, wie sie mit dem Messer hantierte, zeigte mir, dass sie den Umgang mit Klingen gewohnt war. »Ich komme aus der berühmten Hafenstadt Meldúr. Sie liegt im östlichsten Teil von Glossoria.«

Meldúr. Nun das erklärte ihren starken Akzent. Die Stadt am Meer lag mehrere Tagesreisen von Mistress entfernt. So einen langen Weg hatte sie also auf sich genommen, um sich der Gilde vorzustellen. Um *vielleicht* ein Teil von ihr zu werden. Ich freute mich für sie, dass es geklappt hatte.

»Du kommst also aus einer Hafenstadt«, sagte ich neugierig. »Ich hatte angenommen, Pflanzenmagier bevorzugen den Wald.«

»Du hast aber Vorurteile«, stöhnte sie und schnalzte mit der Zunge. »Du lebst doch auch nicht auf den schneebeladenen Bergen, nur weil du eine Eismagierin bist.«

Ich grinste, weil sie recht hatte. Aber wenn wir schon mal bei Vorurteilen waren ... »Trägst du deswegen nichts Grünes?«

»Grün steht mir nicht«, sagte sie spitzbübisch und knabberte abwechselnd an einem Stück Käse und einer Tafeltraube. »Und nur, weil sich das irgendein Schwachkopf ausgedacht hat, werde ich mich nicht gezwungen fühlen, dem Folge zu leisten. Ich trage, was ich möchte.«

Ich lächelte. Rosalie strahlte so viel Selbstbewusstsein aus, dass ich mir gerne eine Scheibe davon abgeschnitten hätte.

»Sonst ende ich noch so wie Ted«, fuhr sie lachend fort und verpasste ihm einen sanften Hieb gegen die Rippen.

»Ich liebe meine Piercings«, warf er ein und streckte seine Arme demonstrativ in die Höhe. Das Licht brachte das Gold zum Strahlen. »Sie stehen für Wissen, Güte, Weisheit und Kraft. Es ist eine Ehre, sie zu tragen. Keine Bürde.«

Rosalie verdrehte grinsend die Augen. »Wie du meinst.«

»Wo hast du eigentlich den ganzen Morgen gesteckt?«, wollte Ted plötzlich wissen.

Ich löste den Blick von Rosalie und seufzte theatralisch. »Ich werde ab sofort von Jake trainiert.«

»Im Ernst? Warum wirst du von ihm trainiert und wir nicht? Das ist unfair«, jammerte er und kramte auf seinem Teller herum.

»Wir können gern tauschen. Ich kann gut auf das Training mit ihm verzichten.«

»So schlimm?«, schaltete sich Rosalie ein. Ich nickte und schob ein paar Erbsen auf meinen Löffel, die in der Suppe schwammen. »Ich darf ab sofort jeden Morgen mit ihm laufen gehen. Er ist wirklich erbarmungslos. Ich spüre Muskeln, von deren Existenz ich nicht einmal geahnt habe.«

»Hier«, sagte Rosalie und zupfte sich ein Blatt aus ihrer Frisur. »Löse es im heißen Wasser auf. Das sollte deine Beschwerden lindern.«

»Danke«, sagte ich überrascht und steckte mir das Blatt in die Hosentasche. Auf den ersten Blick wirkte Rosalie nicht wie jemand, der sich um das Wohlergehen anderer sorgte. Aber da lag ich wohl falsch.

Sie hob einen vernarbten, schlanken Finger und hielt ihn in meine Richtung. »Doch wehe, du vergisst das Blatt in deiner Tasche. Dann wäre es völlig umsonst gestorben.«

Gestorben? Beinahe hätte ich angefangen zu kichern, doch ein Blick in Rosalies Richtung genügte und das Gelächter blieb mir im Halse stecken. »Schon gut. Ich vergesse es nicht.«

Sie nickte zufrieden, während Ted wieder das Wort ergriff. »Aber wenn dir Sport nicht liegt, warum brichst du das Training nicht einfach ab?«

Ich löffelte die Suppe leer und schob den Teller von mir weg. »Geht nicht. Meister Jiji hat Jake die Aufgabe gegeben, mich zu trainieren. Und erst dann darf ich einen Auftrag annehmen.«

Es könnte Wochen, sogar Monate dauern, bis Jake mir meinen ersten Auftrag erlauben würde. Die Aussichten ließen mich erschaudern. Ein Mitglied in einer Gilde zu sein ohne Aufträge anzunehmen, ist wie Flügel zu haben, ohne fliegen zu dürfen.

»Erst, wenn Jake es erlaubt?« Rosalie kräuselte die Lippen, als würde sie die Gedanken in meinem Kopf lesen können. »Aber mach dir nichts draus. Wir dürfen auch erst in vier Wochen unsere ersten Aufträge annehmen.«

»Warum?«, fragte ich überrascht.

Teds dunkelbraune Haut wirkte auf einmal blass, als er sprach. »Wegen des Gildenzeichens. Ohne die Tätowierung sind wir keine vollwertigen Mitglieder und dürfen keine Aufträge im Namen der Gilde ausführen.«

Ach stimmt, das Gildenzeichen hatte ich total vergessen! »Und das wird uns erst in vier Wochen gestochen?«

Beide nickten. Ich unterdrückte ein Stöhnen. Vier Wochen. Jake würde mich mit Sicherheit so lange trainieren. Bei dem Gedanken schmerzten meine Muskeln bereits jetzt.

»Was läuft da eigentlich zwischen dir und dem Feuermagier?«, fragte Rosalie mit zuckersüßer Stimme. Der Sturm in ihren Augen tänzelte vergnügt.

»Nichts!« Das Wort verließ so schnell meinen Mund, dass ich anfing zu husten. Panisch blickte ich mich um. Hoffentlich war Jake nicht in der Nähe.

»Schade«, sagte sie leichthin. »Ihr würdet ein echt heißes Pärchen abgeben.«

Ted räusperte sich, als wäre ihm das Gespräch ebenfalls unangenehm. »Können wir bitte diesen Mädchentratsch lassen? Hier ist auch ein Mann anwesend.«

»Wo?«, fragte Rosalie lachend und ließ ihre geraden weißen Zähne aufblitzen.

»Du bist gemein«, stöhnte Ted gespielt und stimmte dann in ihr Lachen ein.

Ich beobachtete die beiden eine Weile, sah ihnen zu, wie sie sich gegenseitig neckten und aufzogen. Sie gingen so ungezwungen miteinander um, als würden sie sich schon Jahre kennen. Es erwärmte mir das Herz.

»Erteilst du uns eine Kostprobe deiner Kräfte? Ich würde wahnsinnig gerne sehen, wie du das Eis heraufbeschwörst«, fragte mich Rosalie plötzlich. Ich nickte und ließ die Suppe vor ihrer Nase zu Eis erstarren. Es tat gut, wieder Magie anzuwenden.

Ted stieß einen Pfiff aus und Rosalie klopfte mit ihren Fingerknöcheln auf die spiegelnde Oberfläche. »Nicht schlecht. Kannst du alles zu Eis erstarren lassen?«

»So gut wie. Nur keine beweglichen Lebewesen.« Jedenfalls hatte ich es noch nie versucht … »Und wie sieht es mit euren Kräften aus?«

Ted wirbelte mehrmals mit seiner Hand in der Luft herum. Und plötzlich tanzte ein kleiner Tornado über den Tisch. Der Wirbelsturm riss Messer und Gabeln mit sich. Einige Magier stöhnten genervt auf.

»Tut mir leid«, rief er verlegen. Im nächsten Moment verschwand der Sturm und das Besteck fiel klappernd auf den Tisch.

Wie es aussah beherrschte er seine Magie auch nicht perfekt. Dann waren wir schon zu zweit.

»Jetzt bin ich dran.« Rosalie zog einen grünen Stängel aus ihrem seitlichen Zopf und wog ihn in ihrer Hand. Er war nicht größer als mein kleiner Finger. Doch plötzlich regte sich der Stiel, bog und kräuselte sich.

Und wuchs.

Er hörte gar nicht mehr auf zu wachsen, bis er die Größe ihres Unterarms erreichte. Wie ein geflochtener Handschuh umschlang er ihren zierlichen Arm.

»Wow«, flüsterte ich beeindruckt. Es war das erste Mal, dass ich einer Pflanzenmagierin beim Entfachen ihrer Magie zuschaute. Kein Wunder, dass sie stets Pflanzen bei sich trugen, wenn sie deren Größe nach Belieben verändern konnten.

»Das ist noch nicht alles.« Wie eine Schlange wandte sich der Stiel, wurde länger und kletterte ihren Arm hinauf, bis zu ihrem Hals. Dann sah sie mich erneut an und der Stängel war wieder in seine Ursprungsform zurückgekehrt.

Ich wollte noch mehr über Rosalies und Teds Kräfte erfahren, da ertönte plötzlich eine Melodie vom anderen Ende des Saals. Ein Magier spielte auf einem Zupfinstrument, ein anderer begann zu singen. Er traf dabei kaum einen Ton, aber das war auch nicht von Nöten. Weitere Magier stimmten mit ein, bis der gesamte Speisesaal in der fröhlichen Melodie erstrahlte. Das Lied war simpel und so voller Freude, dass wir uns alle beieinander einhakten und zum Takt mitschwangen.

Ich spürte einen warmen, angenehmen Schauer über meinen Körper gleiten und wusste, dass Jake in der Nähe war. Und als ich über die Schulter blickte, entdeckte ich ihn mit geschlossenen Augen an der gegenüberliegenden Wand.

Auf seinen Lippen lag ein Lächeln.

***

Einige fröhliche Lieder später verschwand ich auf mein Zimmer. Es stellte sich heraus, dass Ted und Rosalie in dem rechten Flügel von Blizzard untergekommen waren. Ich nahm mir fest vor, sie die nächsten Tage zu besuchen. Schließlich hatte ich nicht sonderlich viel zu tun, abgesehen von dem Training mit Jake.

Jake.

Er hatte so unbeschwert ausgesehen, wie er an der Wand gelehnt und den Liedern gelauscht hatte. Als würde der Klang sein Herz berühren und ihn glücklich machen. Der Klang seiner Gilde. Seiner Familie.

Meine Lippen verzogen sich zu einem Lächeln und ich schüttelte den Kopf. Jake besaß eine sanfte, liebenswürdige Seite? Kaum vorstellbar. Und doch hatte ich etwas in ihm gesehen, das – *Halt, warum machte ich mir überhaupt Gedanken um ihn?*

Anscheinend hatte mir das Training wirklich mehr zu schaffen gemacht, als ich mir eingestehen wollte. Doch egal, wie sehr ich mich auch nach meinem Bett sehnte, eine Sache musste heute noch erledigt werden.

Ich zog mir einen gepunkteten Schlafanzug über und blieb so reglos wie ein Reh vor der Kommode stehen. Mit angehaltenem Atem strich ich über das verspielte raue Holz der Kiste und hob sie vorsichtig hoch. Sie war genauso leicht, wie ich sie in Erinnerung hatte. Nur ein leises Klimpern war zu vernehmen, als ich mich mit ihr auf mein Bett setzte. Mein Magen zog sich vor Aufregung zusammen. Gestern fand ich nicht den Mut, sie zu öffnen. Aber ich würde nicht erneut kneifen. Nein, nicht heute.

Im Schneidersitz betrachtete ich das Schloss. Mit keinem Messingschlüssel dieser Welt hätte man die Kiste öffnen können. Alles was dazu nötig war, war Magie.

Eismagie.

Ich ließ etwas Eis durch meine Hände gleiten und berührte mit meinem Zeigefinger die Einkerbung. Kurz darauf sprang das Schloss auf und fiel auf meine Bettdecke.

Es vergingen mehrere Minuten, bis ich den Mut fand, den Deckel zu öffnen. Mein Herz klopfte wie verrückt, als ich in die Kiste blickte und mehrere Schriftrollen herauszog.

Vorsichtig entfernte ich die roten Schleifenbänder, die um das Papier geschlungen waren. Meine Augen weiteten sich.

Die Schriftrollen waren alt – sehr alt. Und darauf abgebildet waren die verschiedensten Kampf- und Verteidigungstechniken. Einige so alt und mächtig, dass ich von ihrer Existenz nicht einmal geahnt hatte.

Die Schriftrollen mussten ein Vermögen wert sein. Woher mein Vater sie hatte, konnte ich mir beim besten Willen nicht erklären. Aber ich würde mir jede Technik aneignen, denn das hatte mein Vater gewollt, als er sie vor über zehn Jahren in die Truhe legte.

Ich tat sie zunächst beiseite, denn meine Aufmerksamkeit lag auf etwas ganz anderem: ein Brief.

Ein Brief meines Vaters.

Ich las die erste Zeile und ließ meinen Tränen freien Lauf.

Meine Kleine,

wenn du diesen Brief liest, dann sind zwei Dinge Wirklichkeit. Zum einen ist mein kleines Mädchen bei Blizzard aufgenommen worden. Du weißt nicht, wie stolz mich das macht. Ich weiß, du wirst Großartiges in dieser Welt bewirken, wirst sie zu einem besseren Ort machen.

Leider kann ich all das nicht mehr miterleben. Denn das ist der zweite Punkt, für den ich mich aus tiefstem Herzen entschuldige. Ich habe euch allein gelassen, dich und deine Mutter.

Ich wünsche mir so sehr, dass meine beiden Mädchen wohlauf und glücklich sind, auch wenn ich nicht mehr bei euch sein

kann. Dass ihr euer Lachen nicht verlernt, das ich so sehr liebe.
Und Ami, bitte beschütze deine Mutter, denn ich kann es nicht mehr tun. Und erwähne in ihrer Gegenwart den Inhalt dieser Kiste nicht. Wir wollen ja nicht, dass sie sich unnötig Sorgen macht.
Gib bitte auch gut auf dich acht, meine Kleine. Die Welt da draußen ist hart und wenn man nicht aufpasst, wird sie einen mit Haut und Haaren verschlingen.
Ich liebe euch beide bis zum Mond und wieder zurück und fange jeden einzelnen Stern für euch. Für immer.
In Liebe, dein Vater

Mit zitternden Händen legte ich den Brief zur Seite, ehe meine Tränen ihn besudeln konnten.

Mein Vater. Es fühlte sich an, als wäre er bei mir und hätte mir den Brief vorgelesen. Als wäre er noch am Leben.

Du wirst Großartiges in dieser Welt bewirken. Er hatte schon immer an mich geglaubt. Und er hatte nie daran gezweifelt, dass mich mein Weg zu Blizzard verschlagen wird. Dass ich meine Kräfte einsetzen werde, um Gutes zu tun.

Ich wischte mir die Tränen mit meinem Handrücken davon. Die Worte, die er über meine Mutter verloren hatte, hinterließen einen bitteren Beigeschmack auf meiner Zunge. Anstatt meine Mutter zu beschützen, war ich fortgelaufen. Aber es hatte sich zu damals so viel verändert. Und trotzdem war es feige.

Ich schüttelte mein schlechtes Gewissen beiseite und zog den letzten Gegenstand aus der Kiste: ein kleines Bild. Es zeigte meinen Vater, wie er mich huckepack trug.

Ich erinnerte mich an den Tag. Mein Vater kam von einem seiner Aufträge zurück. Die Sonne schien und der Himmel strahlte. Da war die Welt noch in Ordnung gewesen. Noch vollständig. Noch ganz.

Ich stellte das Bild auf den Beistelltisch neben meinem Bett. Ich war froh, dass ich allein war. Dass der Moment ganz mir gehörte. Mir und meinen Tränen.

»Ich vermisse dich, Papa.«

Kapitel 9

In fremden Zimmern …

Das Training am nächsten Morgen verlief wie das vorherige: katastrophal. Jake scheuchte mich durch die Gegend, als gäbe es kein Morgen mehr. Und auf seinem Gesicht lag stets dieses dämonische, durchtriebene Lächeln. Es amüsierte ihn, mich zu quälen. *Sadist.*

»Und, hast du schon genug?«, fragte Jake mit gedämpfter Stimme, als wir am Fuß der Steintreppe angelangt waren.

Die Sonne knallte mir auf meinen durchgeschwitzten Rücken. Ich stemmte beide Hände auf die Oberschenkel und rang nach Atem. »Nein … mir geht es … gut.« Verdammt, wie lange würden wir das Training wohl wiederholen? Eine Woche? Oder zwei?

Das Grün in seinen Augen flammte auf und ein Lächeln umspielte seine sinnlichen Lippen. »Wenn das so ist, können wir die Treppe direkt ein weiteres Mal hinauflaufen.«

»Okay, ich brauche doch eine Pause«, gestand ich und setzte mich auf die unterste Stufe. Dabei fiel mein Blick auf das Schild, das neben dem Geländer in einem Beet aus violett gesprenkelten Hortensien steckte.

Jake betrachtete mich mit hochgezogener Augenbraue. »Noch eine Pause? Du ruhst dich mehr aus, als dass du trainierst.«

Ich ignorierte seine Bemerkung und deutete stattdessen mit einem Kopfnicken auf das Schild im Beet. »War die verzauberte Treppe eigentlich deine Idee?«

Sein Mund verzog sich zu einer Linie. »Nein, die meiner Vorfahren. Sie fanden es anscheinend amüsant, die Treppe aus eigener Kraft hinaufzugelangen. So erkannten sie auch, wer würdig war und wer nicht. Aber das ist noch nicht alles.« Er blickte die Stufen hinauf. »Élodie, die erste Gildemeisterin von Blizzard, sprach um dieses Gebäude einen Bannkreis aus. Er lässt bösartige Magier und Dämonen nicht passieren. Ebenso jene magischen Kreaturen, die der Gilde gefährlich werden könnten.«

Das erklärte so einiges. »Wartet Fluffy deswegen am Fuß der Treppe?«

Jakes Miene verdunkelt sich. Der Schweiß glänzte auf seinem breiten Nacken, als er nickte. »Mein Vater ergänzte den Bannkreis mir zuliebe. Fluffy kann zwar nicht aus eigener Kraft hinaufgelangen, darf aber getragen werden.«

Also hatte sein Vater doch ein Herz! Ich hatte schon befürchtet, er würde Fluffy hassen. So leichtfertig wie er über die Verbannung gesprochen hatte.

Ich winkelte meine Beine an und massierte mir die Waden. Aus dem Augenwinkel erkannte ich die Mädchen, die uns bereits am Vortag beobachtet hatten. Sie standen aufgereiht an der Straße und starrten Jake an. Mal wieder.

Und ihn schien es kein bisschen zu interessieren. Sein Blick glitt prüfend über mich, von Kopf bis Fuß und wieder zurück. »Du solltest dich mehr anstrengen, Eisprinzessin. In dieser Verfassung wirst du keinen Auftrag bestehen können.«

»Vielen Dank, dass du mir so viel zutraust«, sagte ich beleidigt und hievte mich auf die Beine. »Lass mich meinen ersten Auftrag annehmen und wir werden sehen, wie ich mich schlage.«

Er schüttelte den Kopf, während sich seine Lippen zu einem umwerfenden Lächeln verformten. »Das wäre zwar amüsant anzusehen. Aber leider ...«, er trat einen Schritt auf mich zu, »erlaube ich es dir nicht.«

»Ach nein?«, fauchte ich und stellte mich auf die unterste Stufe der Steintreppe. Unsere Gesichter waren gleichauf und ich funkelte ihn aufgebracht an. »Lieber lässt du mich durch Mistress laufen, bis mir die Beine abfallen. Außerdem bist du nicht mein Vater, um mir etwas zu verbieten.«

»Dein Vater?«, wiederholte er knurrend. Ein Schatten legte sich über sein Gesicht und seine Augen wurden dunkel.

Er war wütend. Gut. Dann waren wir schon zu zweit!

Er beugte sich vor, wollte noch etwas sagen, hielt aber inne. Seine Schultern entspannten sich, als seine Aufmerksamkeit auf etwas fiel, das hinter mir lag. Ich drehte mich um und folgte seinem Blick.

Minako kam die Stufen hinunter. Die mintgrüne Seide ihrer weit geschnittenen Hose schimmerte bei jedem Schritt und der hohe Bund schmeichelte ihren zarten, weiblichen Kurven. Die Bluse war am Kragen mit silbernen Perlen bestickt und der fließende Stoff endete knapp oberhalb ihres Bauchnabels, der einen Streifen nackter, straffer Haut entblößte.

Sofort fühlte ich mich unwohl in meiner unförmigen, verschwitzten Kleidung. Aber Minako schien es nicht zu stören, als sie sich zu uns gesellte und mich in ihre Arme zog. Ihre rote Mähne kitzelte mein Gesicht.

»Ami, wollte mein lieber Bruder gerade etwa aus der Haut fahren?«, fragte sie zuckersüß und wandte sich an Jake. »Dann bin ich ja im richtigen Moment erschienen. Obwohl ich zu gern gesehen hätte, wie du ihm eine Abkühlung verpasst.«

Jake rollte mit den Augen, aber seine Mundwinkel zuckten. »Kannst du nicht jemand anderes mit deiner Anwesenheit beglücken, *Schwesterherz*?«

»Es ist auch schön, dich zu sehen«, sagte sie und strahlte mit der Sonne um die Wette. »Und natürlich könnte ich das, aber wo bleibt da der Spaß?«

Jake stieß ein Seufzen aus, woraufhin sie ihm die Zunge herausstreckte. »Du bist aber schlecht gelaunt, Miesepeter.«

Miesepeter. Ich konnte mir ein Kichern nicht verkneifen. Minako wirkte bei Jake verändert. Ihre sanftmütige Seite bekam wilde, freche Züge.

Doch mich überraschte es nicht, dass die beiden so ungezwungen miteinander umgingen. Sie waren gemeinsam aufgewachsen, teilten dieselbe Kindheit. Sie nannten sich sogar Bruder und Schwester.

Ich fragte mich im gleichen Atemzug, ob Jake und ich jemals so locker miteinander umgehen konnten. Ohne die Wut oder diese seltsame Hitze, die er in mir auslöste.

Minakos Blick fiel auf die Mädchen am Rande der Straße. Sie wandte sich wieder an Jake und bohrte ihm ihren Fingernagel in die Seite. »Die Mädchen kommen immer noch jeden Morgen her, um dir beim Training zuzusehen? Wie lange geht das schon? Zwei Jahre?« Sie schüttelte verständnislos den Kopf. »Du solltest ihnen keine Hoffnungen machen, wenn du sowieso kein Interesse hegst.«

Jake setzte ein träges Lächeln auf und verstaute die Hände in den Hosentaschen. »Ich mache niemandem Hoffnungen. Keine Ahnung, warum sie mich jeden Morgen beobachten.«

Ich ließ meinen Blick nur flüchtig über seinen Körper gleiten, über die Muskeln und den verschwitzten Stoff, der an seiner gebräunten Haut klebte ... Oh ja, mir fielen einige Gründe ein, warum man morgens früher aufstehen sollte.

Minako bemerkte meinen Blick und grinste. Schnell sah ich zur Seite. »Vielleicht warten sie darauf, dass du sie zum Jahresendball einlädst«, fuhr sie fort. »Schließlich ist es das größte Fest, das unsere Gilde jährlich veranstaltet.«

Jake zuckte mit den Schultern. »Der Ball ist noch Monate hin. Und falls es dir entgangen sein sollte, mich interessieren Feierlichkeiten nicht sonderlich.«

Minako rieb sich die Schläfen. Ein ernster Ausdruck trat in ihr wunderschönes Gesicht. »Als zukünftiger Meister sollte es das aber.«

Jake schwieg. Die Flammen in seinen Augen wirkten auf einmal kühl und traurig. Doch dann blinzelte er und sie waren wieder hell und klar.

»Also, was gibt es?«, fragte er und fuhr sich durch sein schweißnasses Haar. »Du wolltest doch etwas von mir.«

Minako spielte mit einer Perle an ihrem Kragen. »Ein Mitglied vom Hohen Rat ist hier. Er möchte sich über die Abwesenheit deines Vaters erkundigen.« Sie pustete sich eine widerspenstige Strähne aus dem Gesicht. »Mit mir wollte der aufgeblasene Schnösel nicht reden. Ich sei nicht würdig, ihm eine Unterredung zu bieten.«

Jake stöhnte. »Wieder so ein Spinner vom Hohen Rat. Wie oft wollen sie uns noch mit ihrer Anwesenheit *beehren*?«

Ich blinzelte überrascht. Die beiden schienen nicht viel vom Hohen Rat zu halten. Ich hätte zu gern gewusst, warum.

»Du wirst im Speisesaal erwartet«, sagte Minako und rümpfte die Nase. »Aber gönn dir vorher ein Bad. Du stinkst.«

Jake lachte und ging an uns vorbei. »Nein, ich will den guten Herren nicht warten lassen. Ich hoffe, meine Anwesenheit wird ihn mehr zufriedenstellen als deine.« Er grinste spitzbübisch. Dann trafen seine Augen auf meine und er wurde wieder ernst. »Eisprinzessin, du läufst die Treppe noch zwei weitere Mal auf und ab, bevor das Training für dich beendet ist.« Ich stöhnte. »Keine Widerrede«, fügte er streng hinzu, bevor er mir den Rücken zukehrte.

Ich sah ihm genervt nach, wie er die Stufen hinaufging. Jeder Schritt war so fest und unerschütterlich wie die hellen Steine, aus denen die Treppe errichtet war.

Und wie von selbst wanderte mein Blick über seine breiten Schultern, über die starken Arme und die trainierten Oberschenkel ...

»Da ich euer Training unterbrochen habe«, zwitscherte Minako fröhlich. »Hättest du Lust, mir etwas Gesellschaft zu leisten? Ich könnte Hilfe in der Bibliothek gebrauchen.«

Ich drehte mich zu ihr um. Ihr grinsendes Gesicht sprach Bände. Sie hatte mich ein zweites Mal beim Starren erwischt. Wie peinlich. Hoffentlich würde sie es nicht in den falschen Hals bekommen.

Ich hüstelte verlegen und nickte, woraufhin sie begeistert in die Hände klatschte.

»Aber was ist mit der Aufgabe, die ich aufgedrückt bekommen habe?«, fragte ich und blickte wieder die Stufen hinauf. Jake war bereits verschwunden.

»Ach, vergessen wir das alberne Treppenlaufen für heute.« Sie zwinkerte mir zu und hakte sich bei mir unter. »Jetzt werden wir der Bibliothek an den Kragen gehen.«

***

Nachdem ich gebadet und mir frische Kleidung übergezogen hatte, suchte ich die Bibliothek auf. Als ich die Flügeltür aufschob und das Zimmer betrat, kam ich aus dem Staunen nicht mehr heraus.

Elegante Sitzgruppen, üppige Pflanzen und schwere Teppiche waren überall im Raum verteilt. Dunkle Regale schmiegten sich an den holzgetäfelten Wänden entlang, gefüllt mit Büchern und Schriftrollen aus aller Welt. Es waren so viele Werke, dass ein einzelnes Leben nicht ausreichen würde, um sie alle zu lesen.

Ein Kronleuchter hing von der Decke herab. Die tränenförmigen Kristalle funkelten in dem Licht, das durch die großen bogenförmigen Fenster schien.

Und dann traf es mich wie ein Schlag: Hier herrschte das reinste Chaos! Stapelweise Bücher lagen achtlos auf dem Dielenboden, den Stühlen und Tischen. Sogar auf den Stufen der geschwungenen Treppe, die in den oberen Bereich führte und von der man die gesamte Bibliothek überblicken konnte, stapelten sich Bücher wie kleine Türme.

Minako trug mehrere vergilbte Schriftrollen zu einem der Regale. Als sie mich entdeckte, warf sie mir ein entschuldigendes Lächeln zu. »Tut mir leid, ich hätte dich vorwarnen sollen. Die Magier von Blizzard sind alle wissbegierig, aber totale Faulenzer. Keiner räumt seinen Kram wieder zurück in die Regale.«

Sie klopfte sich den Staub von ihren Händen und krempelte die hauchzarten Ärmel hoch. »Ich hoffe, wir können die Unordnung beseitigen. Es ist doch eine ganze Menge.«

»Natürlich kriegen wir das hin.« Ich erwiderte ihr Lächeln und griff nach dem Buch, das vor meinen Füßen lag. Als ich wieder zu Minako schaute, fiel mein Blick auf ihre glänzenden Silberringe. »Willst du den Schmuck gar nicht abnehmen?«, fragte ich verdutzt.

Minako drehte ihre Hände hin und her. »Ich nehme den Schmuck niemals ab.«

»Niemals?« Meine Augen weiteten sich, während ich die vielen Schmuckstücke betrachtete. »Nicht einmal zum Baden?«

Sie schüttelte den Kopf und ihre roten Haare folgten der Bewegung. »Nicht einmal dann. Würde ich auch nur einen Reif verlieren, könnte ich mir das nie verzeihen.«

»Also hat dein Schmuck eine tiefere Bedeutung«, schlussfolgerte ich und steckte das Buch in eines der Regale.

»Ich glaube, Schmuck hat für jeden eine Bedeutung. Bei mir ist es jedenfalls so.« Sie seufzte verträumt. »Es lässt mich an einen besonderen Menschen denken.«

Ich lächelte und stellte keine weitere Frage mehr, denn ihr Blick, den sie mir in diesem Moment zuwarf, war Antwort genug. Ihr Liebster musste ihr den Schmuck geschenkt haben. Ob er auch ein Mitglied von Blizzard war? Die Frage schien mir zu intim für die kurze Zeit, die wir uns kannten. Vielleicht würde ich sie ein anderes Mal danach fragen.

Gemeinsam machten wir uns an die Arbeit. Wir arbeiteten uns von der Flügeltür bis zu den Fenstern vor. Der Staub schimmerte in dem buttrigen Licht der Nachmittagssonne.

Als wir am hintersten Winkel des Raumes angelangt waren, weiteten sich meine Augen. An der Wand hing ein eingerahmtes Ölgemälde. Es war so riesig, dass ich einige Schritte zurückgehen musste, um es vollständig erblicken zu können. Und die nachtschwarzen Farben erzählten eine Geschichte.

Die Geschichte des großen Krieges.

Ein kalter Schauer kroch mir über den Rücken, als ich in die verhassten Gesichter der Hexen und Dämonen blickte.

»Das ist die Schlacht von Glossoria, auch bekannt als die dunkelste Zeit«, sagte Minako ehrfürchtig und trat neben mich. »Du hast sicherlich von dem Krieg gehört, der vor neunhundert Jahren über uns hereinbrach?«

Ich nickte, bedeutete ihr aber mit einer Handbewegung, weiterzusprechen. Mit ernstem Blick fuhr sie fort. »Damals waren Hexen das Gegenstück von uns Magiern. Ihre Seelen waren von Geburt an verhasst und dunkler als jeder lichtlose Fleck auf Erden. Sie verabscheuten die Menschen, die keine Gaben besaßen, und hassten die Magier noch mehr, die friedvoll ihr Dasein fristeten.«

Sie trat an das Gemälde heran und strich über die Leinwand. Ihre Finger verweilten auf einer mehrgliedrigen Kreatur mit spitzen Zähnen und leeren Augenhöhlen. »Hexen erschufen Dämonen, seelenlose Wesen, die aus der Dunkelheit krochen und genauso bösartig waren, wie sie selbst. Gemeinsam fingen sie einen Krieg gegen die Magier und Menschen an. Ein grauenvoller Krieg, der Abertausende Leben auslöschte und über Jahrzehnte andauern sollte.« Minako deutete auf die obere Hälfte des Bildes. Acht Männer in weißen Roben ritten mit erhobenen Klingen in die Schlacht. »Die heiligen Magier erschufen mit vereinten Kräften einen Kristall – den schwarzen Rubin. Er entriss den Hexen ihre Seelen und schloss sie für alle Ewigkeiten in sich ein. Ihre leblosen Körper brannte man auf Scheiterhaufen nieder. Der Krieg war beendet, doch ihre Kinder – die Dämonen – treiben bis heute ihr Unwesen. So erzählen es jedenfalls die Legenden.«

»Das ist grausam«, flüsterte ich und löste meinen Blick von dem Gemälde. Ich war noch nie einem Dämon begegnet und war mehr als froh darüber. Aber ich musste mich mit dem Gedanken anfreunden, dass sich das ändern würde, sobald ich Aufträge annehmen und durch Mistress reisen würde.

»Glaubst du, dass es immer noch Hexen gibt?«, fragte ich leise, während wir uns an den Büchern auf dem Boden zu schaffen machten. Ich sah das Gemälde nicht mehr an, doch ich spürte sein Gewicht auf meinem Rücken. Es war, als würden die Hexen ihre starren Augäpfel auf mich richten.

»Nein, ich glaube nicht einmal, dass es sie jemals gab. Wenn du mich fragst, waren es damals ganz gewöhnliche Magier, die sich gegenseitig bekriegten. Ich denke, der Hohe Rat hat das alles bloß erfunden, um die Stärke ihrer heiligen Magier zu unterstreichen. Damit alle vor Angst und Ehrfurcht erzittern und sich niemand gegen sie auflehnt.«

»Warum kannst du den Hohen Rat und ihre heiligen Magier nicht ausstehen?«, fragte ich neugierig. Ich hatte bisher nie viel von ihnen gehört, aber es war nicht zu übersehen, dass Minako einen Groll gegen sie hegte.

»Gegen die heiligen Magier habe ich nicht wirklich etwas. Sie sind zwar allesamt eingebildete Wichtigtuer, die glauben, sie seien die Stärksten im Land, nur weil sie den Titel *heilig* tragen.« Sie machte eine abfällige Bewegung mit ihrer Hand. »Aber sonst sind sie ganz in Ordnung. Die, die mich wirklich aufregen, sind die Mitglieder des Hohen Rates.« Minakos Hände ballten sich zu Fäusten und zum ersten Mal, seit ich sie kannte, blitzte Zorn in ihren blauen Augen auf. »Ihre Prinzipien und Ansichten sind veraltet.«

»Veraltet?«

»Ja«, sagte sie schnaubend. »Der Hohe Rat ist der Meinung, dass Frauen nichts in Führungspositionen zu suchen haben.«

Mir klappte der Mund auf. »Wollte das Ratsmitglied deshalb nicht mit dir sprechen? Weil du eine Frau bist?«

Sie nickte. »Sie können nicht nachvollziehen, warum ausgerechnet *ich* die rechte Hand des Meisters bin. Für sie sind Frauen nur dazu da, Bier auszuschenken und ihnen das Bett zu wärmen. Aber wir sind so viel mehr als das.«

Sie richtete sich auf und stellte beide Füße fest auf den Boden. »Also lass dir von niemandem einreden, du wärst nicht genug! Lass dir von keinem sagen, dass du etwas nicht kannst! Wenn du dich anstrengst und für deine Träume kämpfst, kannst du alles erreichen, alles, was du dir ersehnst.«

Der Blick, den sie mir durch ihre saphirblauen Augen zuwarf, sprühte vor Entschlossenheit. Und ich war mir sicher, dass sie alles erreichen konnte, was sie sich in den Kopf setzte. Und schien das Ziel noch so abwegig, noch so weit entfernt.

Sie war eine Kämpferin, eine Träumerin.

Und sie würde jede Hürde überstehen, sei sie noch so groß.

»Ich glaube, ich habe mich gar nicht dafür bedankt, dass du dich am Tag der Aufnahmeprüfung für mich eingesetzt hast«, sagte ich und verbeugte mich vor ihr. »Also, vielen Dank.«

Minako schüttelte ihre Hände. »Du brauchst dich doch nicht zu verbeugen. Das habe ich gern getan. Weißt du, Jake und ich sind zusammen aufgewachsen. Er ist für mich wie ein großer Bruder und deshalb weiß ich auch, wie ätzend er manchmal sein kann.« Ihre Gesichtszüge wurden weich. »Aber lass dich von dieser Seite nicht erschrecken. Jake hat auch andere, gute Seiten. Er versteckt sie bloß gern vor dir.«

Ich rollte mit den Augen und sortierte die Bücher weiter ein. »Dann hält er sie wirklich gut versteckt.«

Sie griff nach einer Schriftrolle. Als sie wieder hochsah, lag ein sanfter Ausdruck in ihrem Gesicht. »Es ist nicht einfach für ihn. Sein Vater ist viel unterwegs und lässt sich nur wenige Male im Jahr blicken. Deswegen …« Sie verstummte, als die Tür zur Bibliothek geöffnet wurde.

Eine ältere Frau trat herein. Sie nickte mir freundlich zu, dann wandte sie sich an Minako. »Könntest du dich bitte in den Speisesaal begeben?«, fragte sie eifrig.

»Wir haben neue Aufträge erhalten, die du noch absegnen musst. Beah und die anderen sind schon total ungeduldig und warten nur noch auf deine Zustimmung, damit sie endlich aufbrechen können.«

Minako hob die Hand. »Ist gut, ich komme gleich.«

Die ältere Frau nickte uns beiden zu und verschwand dann so schnell, wie sie gekommen war. Minako klopfte sich den Staub von ihrer mintfarbenen Hose und lächelte mich an. »Wir sind für heute fertig hier. Den Rest schaffe ich morgen auch allein. Ich danke dir für deine tolle Unterstützung.«

Ich erwiderte ihr Lächeln. »Na klar! Falls ich dir wieder bei etwas helfen kann, sag mir Bescheid.«

Sie fuhr sich verlegen durch ihre rote Mähne. »Das könntest du tatsächlich.« Sie ging zu einem der Tische und hob einen Stapel Papiere auf. Fast schon flehend sah sie mich an und klimperte mit ihren langen Wimpern. Den Trick kannte ich. »Könntest du die Unterlagen zu Jake bringen? Sein Zimmer liegt im gleichen Stockwerk wie deines. Es ist die letzte Tür im linken Flügel. Natürlich nur, wenn du möchtest.«

Mein Zimmer lag ebenfalls im linken Flügel. Sollte das etwa heißen, dass sein Zimmer beinahe neben meinem lag? Ich biss mir auf die Lippe. Ob ihm das bewusst gewesen war, als er mir das Zimmer zugeteilt hatte?

»Du musst es nicht tun, wenn du nicht möchtest«, sagte Minako hastig, als sie meine finstere Miene deutete.

Ich schüttelte den Kopf. »Nein, kein Problem. Du kannst dich auf mich verlassen.«

»Wirklich? Vielen, vielen Dank.« Sie umarmte mich stürmisch. Der Geruch von Zimt und Rosen nebelte mich ein. Und dann war sie auch schon durch die Flügeltür verschwunden.

***

Den gesamten Weg durch den linken Flügel fluchte ich vor mich hin. Wieso hatte ich bloß eingewilligt?

Genervt klopfte ich gegen die Tür. Als ich keine Antwort erhielt, lauschte ich auf Geräusche.

Ich hörte weder etwas noch spürte ich Jake durch unsere Verbindung. Er war nicht da. Ein Glücksfall. Wahrscheinlich war er noch im Gespräch mit dem Herren vom Hohen Rat.

Ob ich dann überhaupt sein Zimmer betreten durfte? Vielleicht sollte ich ihm die Unterlagen einfach vor die Tür legen? Aber wenn sie wichtig waren ... Ich holte tief Atem, drückte die Türklinke nach unten und betrat den Raum.

Das Zimmer war mit edlen Möbeln bestückt. Ein Ledersofa und ein Glastisch standen vor einem Kamin aus dunklem Marmor und ein riesiges Doppelbett mit zerknitterten schwarzen Laken nahm die andere Hälfte des Raumes ein.

Gegenüber der Tür stand ein massiver Schreibtisch, auf dem ich die Unterlagen platzierte. Meine Aufgabe war erfüllt. Und ich wusste, dass ich aus seinem Zimmer gehen sollte. Dass ich kein recht hatte, mich hier aufzuhalten ...

Doch eine bittersüße Neugierde kitzelte meinen Verstand. Ich folgte ihrem Ruf. Verstohlen sah ich mich weiter um.

Auf dem dunklen Holzboden stapelten sich Papiere, Schriftstücke und ... Farben.

Fasziniert betrachtete ich die Öl- und Wasserfarben, die in den vielen Tuben und Behältern schimmerten. Einige Nuancen erblickte ich zum ersten Mal, weil sie so einzigartig waren.

Dann fiel mein Blick auf eine Staffelei, die vor einem der bodentiefen Fenster stand.

War ich hier wirklich im richtigen Zimmer? Ich griff nach einem Hemd, das über einer Stuhllehne lag, und atmete den Duft ein. Es roch nach tosenden Blättern, aufgewühlter Erde und frischem Regen. Es roch nach Jake.

Aber das würde ja bedeuten, dass er malte? Irgendwie konnte ich mir das nicht vorstellen. Ich betrachtete die Leinwand, die auf der Staffelei stand. Sie war nicht angerührt worden, aber die Tuben mit den Farben und die länglichen Pinsel lagen griffbereit auf einem runden Holztisch.

Ich verdrängte den Gedanken, wie Jake vor der Staffelei saß und malte.

Einen Pinsel im Mund, den anderen in seinen schwieligen Fingern, mit nacktem Oberkörper und …

Aufhören, ermahnte ich mich mit angestrengtem Atem, während meine Wangen glühten. Ich schluckte die Hitze herunter, die sich auf meine Zunge legte und ging zu einem der beiden Nachtschränkchen neben seinem Bett.

Ich blinzelte überrascht, als ich ein Bild von ihm und seinem Vater sah. Jake wirkte nicht wie jemand, der sich Erinnerungen ans Bett stellte und sie vor dem Schlafengehen ansah. Aber da lag ich wohl falsch.

Als ich das Bild in meine Hand nehmen wollte, um es genauer zu betrachten, segelte etwas zu Boden. Es war ein weiteres Bild, gezeichnet mit Bleistift und Kreide. Ein Porträt.

Es zeigte zwei kleine Jungen, die sich gegenseitig in den Schwitzkasten nahmen. Der eine Junge hatte stechend grüne Augen, nachtschwarzes Haar und ein freches zügelloses Grinsen … es war unverkennbar Jake. Wie alt er wohl sein musste? Acht? Oder neun? Ein Lächeln huschte über mein Gesicht, als ich ihn mit meinen Fingerspitzen berührte.

Der Junge, den er in den Schwitzkasten nahm, hatte blondes Haar und ebenfalls dieses dämonische Grinsen auf den Lippen. Seine Augen waren in einem dunklen Goldton ausgemalt worden.

»Was machst du in meinem Zimmer?«

Erschrocken wirbelte ich herum. Jake stand am anderen Ende des Raumes. Seine grünen Augen flammten auf, als er auf mich zuging. Er trug nur eine tiefsitzende Hose. Ich konnte die Linie aus kleinen Härchen unter seinem Bauchnabel erkennen, die in seinem Hosenbund verschwanden. Himmel. Sein nackter Oberkörper war nass und er rubbelte sich mit einem Handtuch die Haare trocken.

Ich senkte den Blick und versuchte an etwas anderes zu denken als an die Hitze, die sich in mir ausbreitete wie ein Fegefeuer. Konnte er sich nicht ein Hemd anziehen, verdammt?

Die Sekunden verstrichen und eine Stille breitete sich zwischen uns aus. Als ich aufsah, starrte er wie versteinert auf das Bild in meinen Händen.

»Wer ist dieser Junge?«, fragte ich leise, als ich wieder einen Ton herausbekam.

»Niemand, der dich was angehen sollte«, knurrte er und riss mir das Porträt aus der Hand. Er legte es umgedreht auf die Kommode. Sein Mund war zu einer harten Linie verzogen.

Ich schluckte schwer. Seine Reaktion verriet mir, dass ihm viel an dem Bild lag. An dem Jungen, der darauf zu sehen war. Mir war niemand in der Gilde aufgefallen, der ihm ähnelte. Der diese goldenen Augen besaß. War er … tot?

Mich überkam ein derartiges schlechtes Gewissen, dass es mir in der Brust schmerzte. Hitze kroch mir den Nacken empor. »Es tut mir leid, ich wollte nicht … «

»Schon gut«, sagte er und trocknete seinen Oberkörper ab. »Verrate mir lieber, was du hier zu suchen hast.«

Ich deutete auf den Schreibtisch. »Ich sollte dir die Unterlagen bringen. Minako hatte mich darum gebeten, weil sie keine Zeit hat.«

»Und dann schickt sie dich?« Er seufzte theatralisch, während seine Mundwinkel zuckten. »Typisch Minako.«

Beinahe hätte ich erleichtert aufgeatmet. Auch wenn die Bemerkung auf meine Kosten ging war ich froh, dass sich seine Miene wieder erhellte. Er sollte nicht traurig sein. Nicht meinetwegen.

Ich deutete auf die Staffelei am Fenster. »Du malst?«

Jake warf sich das Handtuch über die Schulter. »Gelegentlich, wenn mir der Sinn danach steht.«

Wieder schossen mir äußerst unanständige Bilder in den Kopf. Und wieder wurde mir heiß. »Weißt du schon, was dein nächstes Werk sein wird?«

Er ging zu der Staffelei und betrachtete einen Pinsel. Als er über seine Schultern blickte, lag ein Lächeln auf seinen Lippen. »Ein Neuanfang.«

Kapitel 10

Von Wiegenliedern und Strafen

Die restliche Woche scheuchte mich Jake wie ein Wahnsinniger durch die Gegend. Und auch die Tage darauf tauchte er kurz nach Sonnenaufgang auf und schmiss mich aus dem Bett.

Aufstehen. Raus aus den Federn. Hopp, hopp, hopp. Schlafmütze. Aufwachen.

Er ließ keine Gelegenheit aus, mich zur Weißglut zu treiben. Erst gestern musste ich die Treppe jeweils mit einem Bein besteigen – oder besser gesagt *bespringen*. Er hatte sich bei meinem Anblick köstlich amüsiert.

Doch das Schlimmste war, dass wir kein einziges Mal meine Magie trainierten. *Du bist nicht so weit,* hatte er gesagt und mich noch zwei Extrarunden laufen lassen. Von wegen …

Nach vier Wochen hatte ich es satt, meine Magie nicht einzusetzen und formte in meinem Zimmer Eisfiguren, die auf den Schriftrollen meines Vaters abgebildet waren. Ich trainierte solange, bis meine Finger zitterten wie karge Äste im Wind. Erst dann gönnte ich mir eine Pause.

Außer Atem betrachtete ich mein Werk und schnaubte. Keine der Eisfiguren war mir geglückt und dabei hatte ich mit dem vermeintlich leichtesten angefangen: ein Eisgeschoss.

Es waren definitiv schwierigere Techniken, als ich sie sonst anwandte. Verzweifelt vergrub ich meine Hände in den Haaren. Erst das Klicken der Tür brachte mich aus meinem Selbstmitleid.

»Warum ist es hier so kalt?«, stöhnten Rosalie und Ted gleichzeitig, als sie mein Zimmer betraten, ohne vorher anzuklopfen. Ted trug eine dunkelblaue Kluft und Rosalie ein sommerliches maisgelbes Kleid. Und wie auch die Male zuvor, in denen wir uns begegneten, steckten Blätter und Unkraut in ihrem geflochtenen Haar.

»Hallo, ihr beiden«, gab ich zurück und machte eine ausschweifende Geste. »Ich übe gerade ein paar Eisfiguren.«

»Du übst in deinem Zimmer?« Rosalie sah sich skeptisch um und entdeckte eine eingefrorene Pflanze auf der Fensterbank. »Du Mörderin«, schimpfte sie und presste die rosafarbene Orchidee an ihre Brust.

»Tut mir leid«, murmelte ich und ließ das Eis mit einem Fingerschnipsen auf der Pflanze und überall sonst im Raum zersplittern. Ich brauchte wirklich einen geeigneteren Platz zum Üben.

Die Orchidee bewegte sich und Rosalie atmete hörbar auf. »Ihr geht's gut. Aber ich werde sie trotzdem aus deinen Fängen befreien. Wer weiß, ob sie es das nächste Mal auch überleben wird.«

Ich verdrehte die Augen. Rosalie übertrieb maßlos und doch war mir keine der Eisfiguren geglückt. Das war mehr als frustrierend.

»Was macht ihr eigentlich hier?«, wollte ich wissen und griff nach einem Besen.

Ted packte sich zitternd an den Oberarmen. Sein Atem war zu sehen. »Wir wollten dich abholen.«

»Abholen? Wohin gehen wir denn?«

Rosalie ignorierte meine Frage. Sie verzog stattdessen das Gesicht und deutete auf meinen Besen. »Was tust du da? Kannst du das Eis nicht mit deiner Magie aus dem Fenster befördern oder es in Luft auflösen?«

Ich schüttelte den Kopf und kehrte das Eis weiter auf. »Das geht leider nicht. Nachdem ich mein Eis zersplittert habe, kann ich es nicht mehr kontrollieren.«

»Warte, ich helfe dir.« Ted löste seine Hände von den zitternden Oberarmen. Mit einer schnellen Handbewegung zog ein Windsturm durch das Zimmer und beförderte das Eis durch das offene Fenster ins Freie. Leider flogen auch ein paar Bücher aus meinem Regal. Drei Wälzer konnte ich noch in der Luft schnappen, doch eines flatterte bereits hinaus in die Freiheit.

»Eisprinzessin«, ertönte es kurz darauf von draußen.

Ich zuckte zusammen. Bei den Göttern, was hatte ich angestellt, um so ein Pech zu haben?!

Zögerlich steckte ich meinen Kopf durch das Fenster und sah Jake, der vom Haaransatz bis zu den Zehenspitzen mit Eis überschüttet war. In der Hand hielt er das Buch.

Gar. Nicht. Gut.

»Tut mir leid«, rief ich nach unten und schloss im gleichen Atemzug das Fenster, ehe Jake eine abfällige Bemerkung machen konnte. Das wird mit Sicherheit Konsequenzen haben. Wahrscheinlich lässt er mich zusätzliche Runden laufen oder wird noch früher als sonst vor meiner Türschwelle stehen. Bei dem Gedanken taten meine Muskeln bereits jetzt weh.

»Hast du Jake etwa getroffen?«, fragte Rosalie amüsiert und säuberte die Blätter der Orchidee, die sie immer noch in ihrer Hand hielt. Ich nickte bloß.

»Tut mir leid, Ami. Das wollte ich nicht. Ich geh direkt zu Jake und erkläre ihm, dass es meine Schuld war.« Teds Worte sprudelten nur so aus ihm heraus.

Ich legte ihm lächelnd eine Hand auf die Schulter, um ihn zu beruhigen. »Nein, schon in Ordnung. Er wird sicher nicht wütend sein.« Lüge. Jake *war* sauer. Stinksauer. Sein Körper hatte Funken gesprüht, aber das musste Ted ja nicht wissen. Es reichte, wenn Jakes Zorn mir galt. »Also, wohin wolltet ihr mich bringen?«

Ted sah nicht sehr überzeugt aus, doch er nickte schließlich. »Wir dachten, wir könnten unseren letzten freien Tag zusammen verbringen und – verdammt«, keuchte er auf. »Woher hast du die Schriftrollen? Die müssen ein Vermögen wert sein! Hast du die etwa gestohlen?« Er sah mich mit großen Augen an.

Ich stöhnte und nahm ihm die Schriftrolle aus der Hand. »Wo denkst du hin? Natürlich nicht. Mein Vater hat sie mir nach seinem Tod hinterlassen.«

»Dann stimmt das Gerücht ja tatsächlich«, murmelte Rosalie und streichelte die Pflanze wie eine Katze.

»Welches Gerücht?«, hakte ich nach, als sie nicht weitersprach.

Sie zuckte mit den Schultern. »Man erzählt sich, dass du die Tochter von Greg bist.«

Mir klappte der Mund auf. »Wer behauptet das?«

»Alle. Die gesamte Gilde erzählt sich das. Aber anscheinend hat noch niemand den Mut aufgebracht, dich danach zu fragen.« Sie betrachtete ihre Fingernägel, bevor sie ihre sturmgrauen Augen auf mich richtete. »Also, stimmt es? Bist du die Tochter des einst stärksten Eismagiers unserer Zeit?«

Ob Jake es den anderen erzählt hatte? *Dieser* ... Am liebsten würde ich ihm noch etwas Eis entgegenpfeffern.

»Ja, es stimmt. Ich bin Gregs Tochter«, sagte ich gepresst.

Stille. Es hatte ihnen tatsächlich die Sprache verschlagen. Sie tauschten einen allwissenden Blick.

»Dein Vater ist eine Berühmtheit!«, brach Ted das Schweigen und ergriff meine Hand, die er pausenlos schüttelte, als wäre ich eine Gottheit. »Und du bist seine Tochter. Das ist ... unglaublich.«

Ich entzog ihm meine Hand und ließ mich auf das Sofa fallen. »Ich weiß, er war ziemlich stark. Aber findest du nicht, dass ›Berühmtheit‹ etwas übertrieben ist?«

»Keineswegs! Dein Vater war der stärkste Eismagier zu seinen Lebzeiten. Wenn in dir nur ansatzweise die gleiche Kraft schlummert, dann wirst auch du zu einer der stärksten Magier werden. Man erzählt sich, dass dein Vater jeden Auftrag mit Bravour meisterte.«

»Jeden, bis auf einen«, unterbrach ich seine tolle Ansprache. Ein Kloß bildete sich in meinem Hals, den ich nur mit Mühe wieder herunterwürgte.

»Dann ist es ja kein Wunder, dass Jake dich hasst«, fügte Rosalie in einem gleichgültigen Ton hinzu.

Fragend hob ich die Augenbrauen. »Warum? Was hat mein Vater damit zu tun, dass mich Jake nicht leiden kann?«

»Kannst du dir das nicht denken? Dein Vater hat den Meister vor einem Drachen beschützt und kam deshalb ums Leben.«

»Wie bitte?« Geschockt fuhr ich vom Sofa hoch.

»Du wusstest nichts davon?«, fragte sie überrascht. Ich schüttelte heftig den Kopf. Ich hatte ja keine Ahnung.

»Seit dem Tag ist Meister Jiji wie besessen davon, seinen Freund zu rächen. Er sucht seit zehn Jahren nach dem Drachen und bereist den gesamten Kontinent.«

Ich erstarrte. Der Schock saß mir in den Knochen. Die Information hallte in mir auf wie eine Totenglocke.

Mein Vater war ums Leben gekommen, weil er Meister Jiji beschützt hatte.

Ich kniff meine Lider zusammen, um die Tränen zurückzuhalten, die sich in meinen Augen sammelten. Sogar mit seinem Tod hatte mein Vater noch ein anderes Leben gerettet.

Mein Vater war ein Held.

Und es war wirklich kein Wunder, dass Jake mich hasste. Ich war die Tochter des Mannes, wegen dem sein Vater seit zehn Jahren von Ort zu Ort reiste, besessen davon, Rache zu üben. Und doch packte mich gleichzeitig eine wilde, unbändige Wut. Der Idiot hatte davon gewusst und mir nichts gesagt! Seit Wochen trainierten wir miteinander und er verlor kein Sterbenswörtchen darüber.

»Alles in Ordnung?«, fragte Ted. Er streichelte sanft über meinen Arm. »Wir wollten dich nicht zum Weinen bringen.«

Ich wischte mir über die feuchten Augen und rang mir ein Lächeln ab. »Schon gut, lasst uns über etwas anderes reden. Jetzt erzählt mir endlich, warum ihr hier seid.«

Jake würde ich mir ein anderes Mal vorknöpfen. Von wegen, er wusste nichts darüber. Dass ihn mein Eis eben getroffen hatte, war verdammtes Karma, so viel stand fest.

»Wir wollten unseren letzten freien Tag mit dir verbringen.«

Ich blinzelte überrascht. »Unseren letzten freien Tag?«

Er zitterte, doch diesmal nicht vor Kälte. »Morgen Abend ist doch Vollmond. Dann bekommen wir unsere Tattoos gestochen und dürfen endlich im Namen der Gilde Aufträge annehmen.«

»Das ist m orgen?!« Ein Anflug von Panik überkam mich. Die Gildentätowierung hatte ich total vergessen.

Rosalie entfernte einen Fusel von ihrem Kleid. »Also, wie wollen wir uns nun die Zeit vertreiben?«

Ich musste nicht lange überlegen. Meine Lippen verzogen sich wie von selbst zu einem Lächeln. »Lasst uns durch Mistress schlendern.«

***

Wir verbrachten den halben Tag in der Stadt. Gemeinsam bestaunten wir die Waren, die auf unzähligen Holztischen angepriesen wurden.

Rosalie hielt sich überwiegend bei den Ständen auf, die Blumen im Angebot hatten, und Ted interessierte sich vor allem für alte Bücher und vergilbte Schriftrollen. Ich hingegen beäugte fasziniert Ringe, Glaskugeln und andere magische Gegenstände.

Natürlich konnte ich mir von alldem nichts leisten, wie auch? Jake ließ mich keinen einzigen Auftrag annehmen. Aber vielleicht würde sich das ändern, sobald das Gildenzeichen auf meiner Haut prangte. Hoffentlich.

Als die Sonne langsam unterging, leistete ich mir einen halben Laib Brot und wartete am Straßenrand auf die beiden, die immer noch am Bummeln waren. Ted trug mittlerweile so viele Einkaufstüten hinter Rosalie her, dass er wie ihr persönlicher Packesel aussah. Ich lachte, bevor ich mich meinem Brot zuwandte. *Typisch Rosalie.*

Ein Geräusch zog meine Aufmerksamkeit auf sich. Es kam aus der schmalen Gasse, die hinter mir lag. Verstohlen sah ich über die Schulter und entdeckte eine Bettlerin, die dort auf dem Boden kauerte. Die Lumpen, die sie trug, waren verdreckt und ausgefranst, die Haut von Schmutz besudelt.

Mein Herz wurde schwer und ich fragte mich, was ihr wohl widerfahren sein musste, um solch ein Leben auf der Straße zu führen.

Mitleidig ließ ich meinen Blick von dem dampfenden Brot in meinen Händen zu der Bettlerin schweifen. Und im nächsten Augenblick trat ich auch schon in die dunkle Gasse, die gerade mal so viel Platz bot, dass die Bettlerin ihre Beine ausstrecken konnte. Ihre großen Zehen lugten aus den abgetragenen Schuhen heraus.

Ein bestialischer Gestank kam mir entgegen, je tiefer ich mich in die Gasse wagte. Als ich neben der Bettlerin stehen blieb, wurde mir klar, dass der Geruch von ihr ausging. Und von den Müllbergen, die sich hinter ihr türmten.

Ich rümpfte die Nase und hielt ihr das Brot entgegen. »Hier bitte, das ist für –«

Weiter kam ich nicht. Die Bettlerin schnellte vor und schlug mir das Brot aus der Hand. Der Laib fiel in den Dreck.

Erschrocken zog ich meine Hand zurück. »Geht's noch? Das war frisches warmes Brot!«

»Ich will aber kein Brot«, lallte sie und nahm einen kräftigen Schluck aus einer halb vollen Flasche, bevor sie weitersprach. »Bring mir Rum oder verschwinde.«

»Wie bitte?« Wie konnte sie nur Alkohol dem Hunger vorziehen. Innerlich schüttelte ich den Kopf. »Du musst doch Hunger –«

»Verpiss dich, Göre.«

Verpiss dich, Göre?! Meine Augenbrauen schossen in die Höhe und mir klappte der Mund auf. Solche Beleidigungen hatte mir noch nie jemand an den Kopf geworfen. Nicht einmal den Kindern aus meinem Dorf kamen solche Worte über die Lippen.

Das war also der Dank dafür, dass ich ihr helfen wollte?

Zähneknirschend kehrte ich ihr den Rücken zu. Ich kam genau einen Meter weit, bevor ich ihr Lachen hörte – ein gehässiges, provozierendes Lachen, das mich innehalten ließ.

Ich fuhr herum und verschränkte die Arme vor der Brust. »Was ist so lustig?«

»Du hast ihre Haare«, flüsterte sie und grinste mich mit ihren verstümmelten Zähnen an. »Wenn du nicht achtgibst, werden sie dich auch holen kommen.«

»Wer wird mich holen kommen?« Die Worte kamen zögerlich über meine Lippen. Wovon sprach sie?

Sie lachte schrill und hustete dann mehrmals. Ein Schwall Hitze fegte durch die Gasse und wirbelte den Gestank noch mehr auf. Mir drehte sich der Magen um und ich musste gegen die Übelkeit ankämpfen, die in mir aufstieg.

»Von wem sprichst du?«, fragte ich erneut, als sie nicht antwortete.

»Du hast die Haare meiner Tochter. Meiner lieben Tochter, Clara.«

Ihrer Tochter? Ich zog die Stirn in Falten. »Was ist mit ihr geschehen?«

Sie lächelte grausam und wog die halbleere Flasche wie ein Neugeborenes. »Sie haben Clara mitgenommen und dich werden sie auch holen kommen. Du kannst dich nicht verstecken.« Den letzten Satz wiederholte sie, sang ihn wie ein Wiegenlied, dass es mir kalt den Rücken herunterlief.

»Wer wird mich holen kommen?« Meine Stimme zitterte. Als sie nicht sprach, hätte ich sie am liebsten gepackt und geschüttelt, um die Antwort aus ihr herauszubekommen. »Wer verdammt? Sprich endlich!«

Sie nahm einen weiteren kräftigen Schluck. Der Rum lief ihr den Mundwinkel hinunter und tropfte auf ihre verdreckten Lumpen. »Sie kommen, kommen, kommen.«

Ich gab auf. Es hatte keinen Zweck, mich weiter mit ihr herumzuschlagen. Die Bettlerin war betrunken und redete Unsinn. Wahrscheinlich gab es ihre Tochter nicht einmal und wenn doch, dann hatte man sie ihr zu Recht weggenommen. Kinder sollten nicht auf der Straße leben und schon gar nicht bei einer verrückten Säuferin!

Ich wandte mich zum Gehen, da schnellte die Bettlerin vor und griff nach meinem Fußgelenk. Ein grauenvoller Ausdruck trat in ihre Augen. »Sie finden dich.«

Ich versuchte, mich loszureißen, doch ihre spröden Fingernägel bohrten sich in mein Fleisch. »Lass mich sofort los!«

Sie hustete, doch machte sie keine Anstalten, mich loszulassen. Ihr Griff wurde fester, als ich versuchte, sie abzuschütteln. »Sie werden kommen und dich holen.«

Eine Hand packte mich an der Schulter und ich zuckte vor Schreck zusammen.

»Pfoten weg, wenn dir dein Leben lieb ist«, stieß Rosalie hervor und hielt der Obdachlosen eine Klinge an die Brust.

»Rosalie!« Noch nie war ich so glücklich gewesen, jemanden zu sehen. Ted war ebenfalls gekommen. Sie waren gekommen, um mir zu helfen!

Die Bettlerin sah von der Klinge zu Rosalie und gab einen verächtlichen Ton von sich.

Doch einen Herzschlag später ließ sie mich los und lehnte sich wieder gegen die Hausmauer. Sogar sie verstand, dass Rosalie keine Späße machte. Nein, nicht Rosalie. Nicht sie.

»Alles in Ordnung?«, fragte mich Ted beunruhigt. Rosalie warf der Bettlerin einen bitterbösen Blick zu.

Die Bettlerin beachtete uns nicht mehr und summte leise ihre letzten Worte, wiederholte sie wie ein liebevolles Wiegenlied. Meine Nackenhaare stellten sich auf.

Ted musterte mich besorgt, während Rosalie mich aus der Gasse zerrte. »Bist du verrückt geworden?! Was hast du dir nur dabei gedacht?« Sie war stinksauer. »Da lässt man dich einmal aus den Augen und du läufst direkt in die Arme einer durchgeknallten, versoffenen Bettlerin!«

»Ich hatte mir nichts dabei gedacht –«

»Nichts dabei gedacht? Du bist gut.« Rosalie warf ihr geflochtenes, blondes Haar nach hinten. »Weißt du nicht, wie gefährlich das ist?«

Ted fasste sich an seine Glatze. »Ami, Rosalie hat recht. Dir hätte echt etwas passieren können. Bettlerinnen tragen meistens Waffen bei sich – stumpfe, verrostete Messer, mit denen sie zustechen, falls jemand so dumm ist, ihr Territorium zu betreten.«

Ich schlug mir entsetzt die Hand vor den Mund. »Das war mir nicht klar gewesen. Ich wollte doch nur helfen.« Ich hatte ihr wirklich nur das Brot geben wollen. Und nun plagte mich ein schlechtes Gewissen, den beiden solche Sorgen bereitet zu haben. »Es tut mir leid. Ich danke euch für eure Hilfe.«

»Nun, jetzt weißt du es«, zischte Rosalie, aber ihr Blick wurde weicher. Ted klopfte mir auf die Schulter. »Pass nächstes Mal besser auf, Ami.«

Während wir zurück zu Blizzard gingen, hörte ich die Stimme der Bettlerin noch immer in meinem Kopf.

Sie werden kommen und dich holen.

***

Beim Abendessen bekam ich kaum etwas herunter. Der Gestank der Bettlerin und ihre seltsamen Worte lagen mir schwer im Magen.

Ich wusste, dass ich auf ihr Geschwätz nichts geben sollte, trotzdem wiederholte es sich in meinem Kopf wie der Gesang eines wildgewordenen Papageis.

Sie werden kommen, kommen, kommen.

Ohne einen weiteren Bissen verließ ich den Speisesaal.

Auf dem Weg in mein Zimmer überkam mich ein derartiges Schamgefühl, dass es mir Tränen in die Augen trieb. Als die Bettlerin mein Fußgelenk gepackt hatte, war ich wie gelähmt gewesen. Genauso wie einige Wochen zuvor bei Fluffy. Warum versaute ich es immer, sobald es darauf ankam?

Ich war hilflos und schwach. Ich hatte es nicht verdient, mich ein Mitglied dieser Gilde zu nennen.

»Warum ziehst du so ein Gesicht, Eisprinzessin? Davon kriegst du nur Falten.«

Ich erstarrte mitten in der Bewegung. Jake lehnte an meiner Zimmertür, die Hände lässig in den Hosentaschen vergraben.

Mein Herz machte etwas Seltsames in meiner Brust. Als würde es gleichzeitig schlagen und stillstehen.

Weil er vor meiner Tür stand.

Weil er das Gespräch mit mir suchte.

Außerhalb des Trainings wechselten wir kein Wort miteinander, warum auch? Wir konnten uns nicht ausstehen. Er ging mir auf die Nerven und ich ihm. Wir waren zu gegensätzlich, zu verschieden.

Doch wieso freute ich mich dann so, ihn zu sehen?

Das freche Grinsen auf seinen Lippen erinnerte mich daran, dass ich immer noch reglos im Gang verharrte. Hastig blinzelte ich die Tränen davon, die an meinen Wimpern hingen, und marschierte auf ihn zu.

Jake verfolgte meine Schritte – jeden einzelnen. Einen Meter vor ihm blieb ich stehen, die Hände um meine Oberarme geschlungen. »Warum stehst du vor meiner Zimmertür?«

Er legte den Kopf schräg. Eine widerspenstige Strähne fiel ihm in die Stirn. »Ist das nicht offensichtlich? Ich habe auf dich gewartet.«

Seine Worte lösten ein Kribbeln in meinem Bauch aus. Jake wartete nie auf mich, es sei denn, es ging um unser morgendliches Training. Eine dunkle Vorahnung überkam mich.

»Du hast mich für heute schon genug gequält«, stieß ich hervor. Und das war nicht untertrieben! Jake hatte mich am Morgen härter trainiert als sonst. Wir waren die weite Strecke durch den Stadtpark zweimal gelaufen und meine Muskeln brannten trotz Rosalies Kräutern.

Jake zog seine Hände aus den Hosentaschen und reichte mir etwas, das unter seinem Arm klemmte. »Ich wollte dir dein Buch zurückbringen, das du mir vorhin an den Kopf geworfen hast.« Verflucht, das hatte ich total verdrängt. »Eigentlich wollte ich wütend sein, aber bei deinem traurigen Gesicht bringe ich es nicht übers Herz. Also, was ist los?«

»Nichts ist los«, log ich und presste das Buch gegen meine Brust. Machte er sich ernsthaft Sorgen? Sorgen um *mich*? Unmöglich.

Ich versuchte, meine Tür zu öffnen, doch Jakes ausgestrecktes Bein verhinderte es. »Lass mich durch. Ich bin müde und kaputt. Und ich habe heute keine Kraft mehr, mich mit dir anzulegen.«

»Warum bist du kaputt?«

Ich blinzelte. »Das geht dich nichts an.« Als ob ich Jake von dem Vorfall mit der Bettlerin erzählen würde. Er wäre nur sauer, wenn er wüsste, dass ich schon wieder Panik gekriegt hatte, anstatt mich zu wehren.

Seine Augen – diese verdammt grünen Augen – durchbohrten mich. »Ich möchte es aber wissen. Erzähle es mir.«

»Ich möchte auch vieles, aber man bekommt nicht immer das, was man *möchte!*«, gab ich mit zuckersüßer Stimme zurück. Ich sprach betont langsam, als wäre er ein kleiner Junge und nicht dieses ausgewachsene Exemplar eines Mannes. Eines überaus hübschen Mannes.

Er zog eine dunkle, dämonische Augenbraue nach oben. »Ich bekomme *immer*, was ich will. Und jetzt möchte ich eine Antwort haben.«

Sein herrischer Tonfall ließ meine Wangen brennen. Er wusste, wie man Leuten Befehle erteilte und sie herumkommandierte. Beim Training ließ ich es mir noch gefallen, doch nicht jetzt! Ob ich mich ihm anvertraute oder nicht, war ganz allein meine Entscheidung, nicht seine!

Unter Aufbietung meiner ganzen noch vorhandenen Kraft, versuchte ich mich an ihm vorbeizudrängen. Meine Schulter presste ich gegen seine Brust und meinen Ellenbogen rammte ich ihm in die Rippen.

Doch es war zwecklos. Jake bewegte sich keinen Zentimeter. Sein breiter Rücken verharrte nach wie vor an derselben Stelle und erlaubte kein Durchkommen.

Jake war wie eine Tür vor meiner Tür – mit Schloss und Riegel, für die ich keine Schlüssel besaß.

Keuchend trat ich einen Schritt nach hinten und funkelte ihn aufgebracht an. »Lass mich vorbei, Jake! Falls ich dich dran erinnern darf, blockierst du *mein Zimmer.* Steh jemand anderem im Weg.«

Ein Lächeln kitzelte an seinem Mundwinkel, doch er machte keine Anstalten, sich von der Stelle zu rühren. »Du redest nicht gerne über dich, kann das sein?«

Ich lachte hysterisch. Der Kerl hatte echt Nerven. »Das sagt der Richtige. Du bist doch derjenige, der nichts von sich preisgibt.« Ich holte tief Luft. »Oder warum hast du mir nicht erzählt, dass mein Vater deinem das Leben gerettet hat? Die ganze Gilde weiß es!«

Jake gab ein genervtes Brummen von sich. »Warum sollte ich? Ich habe dir doch schon gesagt, dass du mit meinem Vater darüber reden sollst. Alle anderen waren nicht dabei, sie wissen nicht, was damals in der Höhle geschehen ist.«

»Trotzdem«, fauchte ich. »Du hättest es mir sagen müssen.«

»Ich muss gar nichts«, sagte er grinsend. »Ich muss mich nicht einmal von der Stelle rühren.« Dieser Idiot!

Einige Sekunden vergingen, in denen wir uns einfach nur gegenüberstanden – wie zwei Raubtiere kurz vor einem Kampf. Ich war die Wildkatze, er der Löwe. Und ich war bereit, ihm meine Krallen zu zeigen.

»Hör auf, meine Tür zu blockieren und tritt endlich zur Seite!« Ich stieß ein lautes Fauchen aus. »Ansonsten werde ich …«

»Ansonsten wirst du was tun?« Ein atemberaubendes Lächeln glitt über seine Lippen und die Flammen in seinen Augen tanzten vergnügt. Es amüsierte ihn. *Ich* amüsierte ihn.

Ich knirschte mit den Zähnen, die Worte schossen nur so aus mir heraus. »Ansonsten frier ich dich ein!«

Jake lachte, stieß sich von meiner Tür ab und stand direkt vor mir. Er überragte mich einen Kopf. »Versuch es doch, Eisprinzessin. Aber es könnte sein, dass du dich verbrennst.«

Seine gehauchten Worte trieben mir die Röte ins Gesicht. »Ich verbrenne mich nicht. Nicht an dir!«

»Sicher?« Er trat noch näher an mich heran. Unsere Schuhspitzen berührten sich.

»Ich bin mir … sicher.« Verdammt, ich war mir überhaupt nicht sicher. Jake war nah, viel zu nah. Die Wut in mir vermischte sich mit einem weitaus gefährlicheren Gefühl. Ein Gefühl, das *er* in mir auslöste.

Verlangen. Bittersüßes naives Verlangen, ihm näher zu kommen. Viel näher.

Ein raues Lachen kam aus seinem Mund, während er sich zu mir herunterbeugte. Der süßlich herbe Geruch eines Herbststurmes streichelte meine Haut, meine Gedanken und mein Herz.

Das Buch glitt mir aus den Händen. Wollte er mich etwa … küssen? Die Vorstellung brachte mich derart in Verlegenheit, dass ich erstarrte.

Jakes Gesicht war so nah, seine Lippen nur wenige Zentimeter von meinen entfernt. Es würde passieren. Mein erster …

Meine Phantasie zersprang wie eine fallengelassene Glaskugel. Anstatt seine Lippen auf meine zu legen, tippte er mir mit dem Zeigefinger gegen die Stirn. »Hör auf, dir wegen jeder Kleinigkeit dein Köpfchen zu zerbrechen. Ich habe dich im Speisesaal beobachtet. Du hast kaum einen Bissen zu dir genommen.«

»Was?« Ich erwachte aus meiner Starre und wäre am liebsten im Erdboden versunken. Was stimmte nicht mit mir? Hatte ich allen Ernstes darauf *gehofft*, von Jake geküsst zu werden?!

Ich schlug seine Hand zur Seite. Der Knall hallte in den Wänden wider. »Hör auf, mir ständig auf den Kopf zu tippen, als wäre ich ein kleines Kind.« Ich hob das Kinn und kratzte den Rest meiner Würde zusammen. »Und beobachte mich nicht während ich esse, du perverser Idiot.«

Jake entfuhr ein kehliges Lachen. »Nenn mich wie du willst, Eisprinzessin, aber einer muss dich ja im Auge behalten. Und da du *mein* Problem bist, bleibt die Aufgabe wohl an mir hängen.«

Ich rollte mit den Augen und stellte mir die Hexe, die Bettlerin und weitere grauenhafte Gestalten vor. Irgendwas, das mein klopfendes, dummes Herz zur Vernunft brachte.

»Ich werde mir eine Strafe für dich ausdenken.« Seine Augen flammten auf und ich spürte seine Magie, diese Hitze, wie unzählige Berührungen auf meiner Haut.

»Wofür willst du mich bestrafen?«

Er warf mir einen belustigten Blick zu. »Es ist verboten, in seinem Zimmer Magie anzuwenden. Seite zehn, Absatz drei der Hausordnung.«

Wie bitte? Ich holte tief Luft. »Daran bist du schuld! Würdest du meine Magie trainieren, anstatt mich durch die Gegend zu hetzen, dann müsste ich nicht heimlich in meinem Zimmer üben!«

Er verschränkte die Arme vor der Brust. Sein Kiefermuskel zuckte. »Gibst du mir auch die Schuld daran, dass dein Eis heute Mittag auf mich niederregnete wie ein verfluchter Sturm?«

Darum ging es ihm also! Er war wütend, weil er etwas abbekommen hatte. Er hasste Schnee, Eis und Kälte, das hatte er mir bei unserer ersten Begegnung in der Kutsche mehr als deutlich zu verstehen gegeben.

»Ich habe mich dafür doch schon entschuldigt«, sagte ich gepresst. Mann, war er nachtragend.

»Das nennst du eine Entschuldigung? Du hast etwas genuschelt und das Fenster zugeschlagen.« Sein Gesichtsausdruck nahm dämonische Züge an. »Das war nicht sehr freundlich. Und deshalb bekommst du eine Strafe, denn alles im Leben hat seine Konsequenzen.«

Ich blinzelte und gab mich gespielt gleichgültig, während sich mein Innerstes zusammenzog. »Nur zu. Dann bestraf mich halt, wenn es dich glücklich macht.«

Das Grün in seinen Augen wurde dunkel. »Ich werde mir etwas ausdenken, Eisprinzessin. Und glaube mir, es wird mir mehr Spaß machen als dir.«

Sadist. Idiot. Perversling.

Unser Gespräch war beendet. Mit kraftstrotzenden Schritten ging er an mir vorbei. Ich sah ihm nach, während meine Gedanken um seine Worte kreisten.

So schlimm konnte die Strafe schon nicht werden, *oder?*

Kapitel 11

Der schwarze Phönix

Bei unserem Training warf ich Jake bitterböse Blicke zu und achtete penibel genau darauf, ihm nicht näher zu kommen als unbedingt notwendig.

Wegen des gestrigen abends hatte ich kaum ein Auge zugetan. Seine Nähe hatte mich total durcheinandergebracht.

Ich hatte tatsächlich gehofft, dass er mich küsst.

Am liebsten wäre ich in die Vergangenheit gereist und hätte mich für diese naiven Gedanken geohrfeigt.

Jake mochte vielleicht der heißeste Kerl sein, dem ich je begegnet war – verdammt, alles an ihm glich einem verbotenen Traum – doch er war ebenso ein riesiges Arschloch. Und daran würde sich nichts ändern. Auch nicht mit einem Kuss.

Die Stunden vergingen. Jake erwähnte meine Strafe mit keinem einzigen Wort.

Seltsam. Ich war davon ausgegangen, dass er mir bei der ersten Gelegenheit seine dämliche Strafe aufbrummen würde – wie auch immer diese aussehen mochte.

Warum zögerte er also? Er war nicht der Typ, der einen Rückzieher machte. Ob er vielleicht Mitleid mit mir bekam? Nein, auch das konnte ich mir nicht vorstellen. Wahrscheinlich fiel ihm bloß keine passende Strafe ein die schlimmer war, als das Training mit ihm.

Den restlichen Tag verbrachte ich in meinem Zimmer und grübelte in mich hinein. Erst der Klang der Turmuhr riss mich aus meinen Gedanken. Fünf Glockenschläge.

Ich raste aus meinem Zimmer und kam keine zwei Minuten später im Speisesaal an. Minako wartete bereits auf mich. Unter ihrem Arm klemmten einige Schriftstücke und ihre vielen Armreifen klimperten, als sie mich zu sich winkte. »Ami, da bist du ja endlich!«

»Tut mir leid«, murmelte ich und nahm neben meinen Freunden Platz. Rosalie nickte mir kurz zu, während Ted geistesabwesend auf die Tischplatte starrte. Er wirkte nervös. »Ich habe die Zeit total vergessen.«

»Schon gut, jetzt können wir ja anfangen.« Minako schenkte mir ein sanftes Lächeln und ich fragte mich augenblicklich, ob sie jemals wütend werden konnte.

Sie reichte jedem von uns einen Stapel Unterlagen. »Der Ablauf ist eigentlich recht simpel«, fing sie an zu erzählen. »Das Tattoo wird euch heute Abend bei Vollmond gestochen. Ihr seid dann offizielle Mitglieder von Blizzard und dürft Aufträge in unserem Namen erledigen. Das bedeutet auch, dass ihr jetzt noch die Gelegenheit habt, auszusteigen, falls es euch bislang nicht bei uns gefallen hat. Natürlich könnt ihr auch danach aussteigen, aber die Tätowierung zu entfernen ist ziemlich schmerzhaft.«

Die nächsten Stunden erklärte sie uns die Regeln und Gebote der Gilde. Die wichtigsten hatte ich bereits verinnerlicht:

1. *Beschütze die Gilde, die Stadt und die Menschen aus Mistress.*
2. *Richte bei der Ausführung der Aufträge so wenig Schaden an wie möglich.*
3. *Gib Informationen von Aufträgen nicht an Dritte weiter.*
4. *Verrate niemals die Gilde.*
5. *Hintergehe und töte keine Kameraden.*

Der letzte Punkt hinterließ einen Schauder auf meiner Haut. Ob so etwas Grausames jemals vorgekommen war?

Das fröhliche Gelächter im Speisesaal flüsterte mir zu, dass ich die Antwort darauf eigentlich gar nicht wissen wollte.

Kurz vor Mitternacht führte uns Minako zum Turm von Blizzard, in dem die Zeremonie stattfinden würde. Wir blieben vor zwei nebeneinanderliegenden Türen stehen. An den Türrahmen erkannte ich eingestanzte Symbole. Mondzyklen.

Ich berührte sie mit meinen Fingerspitzen und verfolgte den Lauf ihrer Entstehung: vom zunehmenden Neumond über die Mondsichel bis zum abnehmenden Vollmond. Das Neu- und das Altlicht waren in einem silbrigen Ton ausgemalt worden und zogen sich wie schimmernde Adern durch das dunkle Holz.

Minako räusperte sich und sah von ihrem Schriftstück auf. Mit ihrem Bleistift deutete sie auf uns. »Rosalie, du kannst sofort mitkommen und Ted, du wirst bereits im anderen Zimmer erwartet. Ami, dich tätowiere ich dann nach Rosalie.«

Ich nickte und lächelte Rosalie an, die den ganzen Abend verdächtig still gewesen war. Sie würde es niemals zugeben, aber ich erkannte es in ihren Augen. Ich erkannte, wie nervös sie war.

Spitzbübisch erwiderte sie mein Lächeln und ließ einen kurzen Blick auf ihre geraden, weißen Zähne zu, bevor sie Minako in das Zimmer folgte. Mit einem Klicken fiel die Tür ins Schloss. Ted blieb wie angewurzelt stehen. Sein Gesicht war kreidebleich.

»Du sollst durch die linke Tür gehen«, sagte ich und deutete auf das andere Zimmer. »Was stehst du hier noch rum?«

»Ich ... ich schaffe das nicht«, stotterte er und begann, am ganzen Leib zu zittern.

Ich berührte ihn sanft an der Schulter. »Was erzählst du denn da? Natürlich schaffst du das.«

Ted schüttelte heftig den Kopf. »Ich lasse dir den Vortritt. Ich packe es wirklich nicht.«

»Das kommt gar nicht in Frage«, zitierte ich seine Worte, die er bei der Aufnahmeprüfung an mich gerichtet hatte. »Willst du wirklich alles hinschmeißen, was du dir dein ganzes Leben aufgebaut hast, nur wegen einer Tätowierung? Und wovor hast du überhaupt Angst? Dein ganzer Körper ist mit Piercings übersät.« Das war nun wirklich ein Widerspruch in sich. Ted stützte sich bereits an der Wand ab. Schweißperlen bildeten sich auf seiner Stirn. »Ami, du verstehst das nicht. Ein magisches Tattoo ist etwas völlig anderes als ein paar Piercings.« Er holte zitternd Atem. »Einmal hat mein Großvater erzählt, wie jemand während der Tätowierung seinen Arm verloren hat.«

»Jetzt wirst du albern«, sagte ich. »Wie soll man dabei bitte seinen Arm verlieren?«

Teds Gesicht nahm eine grünliche Farbe an. »Versteh doch! Es ist kein gewöhnliches Tattoo, sondern ein magisches! Natürlich kann so etwas passieren. Und die Schmerzen ...« Seine Unterlippe bebte. »Das wird um hundert Höllen schlimmer sein als alles, was dir je widerfahren ist.«

Toll, nun hatte er es geschafft. Ich hatte auch Angst.

»In Ordnung«, murmelte ich und schob ihn zur Treppe. »Wenn du mir weiterhin eine solche Angst einjagst, werde ich am Ende noch kneifen. Geh raus an die frische Luft und beruhige dich etwas. Ich werde deinen Platz einnehmen.«

Er zögerte einen Moment, ehe er nickte und wortlos die Stufen hinuntertorkelte. Ich sah ihm nach und als ich hörte, wie er heil unten ankam, wandte ich mich zur Tür.

Mir wurde ganz flau im Magen, während ich gegen das Türblatt starrte. Ob die Tätowierung wirklich so schlimm war, wie Ted behauptete?

Ich kreiste meine Schultern, als könnte ich die aufkeimende Angst abschütteln, die mir in den Gliedern saß. Ich hatte mir den ganzen Tag nicht erlaubt, in Panik zu geraten. Und ich würde jetzt nicht damit anfangen.

»Ich schaffe das. Es ist bloß eine Tätowierung«, murmelte ich vor mich hin und umfasste mit feuchter Hand den Messingknauf. Das Herz schlug mir bis zum Hals, doch ich nahm einen tiefen Atemzug und betrat den Raum.

***

Ich wusste nicht, wo ich zuerst hinsehen sollte.

Das halbmondförmige Zimmer war aus weißem Marmor erbaut. An den Wänden standen Regale mit Gefäßen aus Kristall und Silber und in jeder Ecke blühten in grauen Steinkübeln Mondblumen und Sternwinden.

Aber die Decke ...

Die Decke bestand aus einer riesigen Kuppel aus poliertem Glas und gab den Blick auf den mit Sternen gespickten Nachthimmel frei. Klares, helles Mondlicht tauchte das Zimmer in einen silbrigen Schein und brachte die Flüssigkeiten in den Kristallen zum Leuchten und Strahlen.

Ich hätte stundenlang dastehen und schauen können. Es war, als wäre ich ein Teil dieser berauschenden Schönheit, dieser unendlichen Magie. Aber dann fiel mein Blick auf die Liege, die mittig im Raum aufgestellt war, und ich erstarrte. Die Aufregung kehrte mit einem Schlag zurück und bei dem Gedanken, mich gleich dort draufzulegen, wurde mir ganz schwindelig. Eine hölzerne Bogentür ging vom Raum ab, aus der nun Geräusche kamen.

»Ok Kumpel«, ertönte es aus der angrenzenden Kammer. »Zieh einfach deine Tunika aus und sag mir, wohin du dein Tattoo haben möchtest. Ich muss nur eben die Tinte anmischen.«

JAKE?! Ogottogott, das durfte nicht wahr sein! Ich hatte ein wahres Talent dafür, Probleme anzuziehen.

Aber so wie es aussah, konnte er mich in diesem Augenblick genauso wenig durch unsere Verbindung spüren, wie ich ihn. Ob es an diesem Zimmer lag? Egal, das war meine Chance!

So lautlos wie möglich versuchte ich mich, aus dem Raum zu schleichen. Langsam ging ich einen Schritt nach hinten, dann noch einen. Und einen weiteren. Ich hatte es fast geschafft, da kam ich mit meinem Arm gegen eines der Regale. Klimpernd stießen die Kristallgefäße gegeneinander, fielen jedoch nicht zu Boden. Aber das Geräusch hatte ausgereicht.

»Ted, alles in Ordnung? Du –« Jake stand mit einem schiefen Grinsen am Türrahmen, bei dem es mir die Sprache verschlug. Ich war erledigt ...

»Du hast dich aber verändert, Ted. Dir sind ja Haare gewachsen.«

Ich löste meinen Blick von ihm und verdrehte die Augen. »Jake, das ist ein Versehen. Ich muss wohl durch die falsche Tür gelaufen sein. Eigentlich wollte ich zu Minako.«

»Zu Minako, soso«, erwiderte er belustigt, während er die schimmernde Tinte in einem durchscheinenden Becher anrührte. »Und ich dachte, du bist wegen mir gekommen. Wie schade.«

Wegen ihm? Mein Herz geriet ins Stolpern. »Sicher nicht. Es reicht schon, dass ich dich beim Training ertragen muss.«

Er verzog gequält das Gesicht, als hätte ich ihm einen Schlag verpasst. »Autsch«, hauchte er und schlenderte auf mich zu. Sein schwarzes Hemd war mit goldenen Stickereien verziert, wie die Mondsymbole an den Türrahmen. »Aber wenn du schon mal hier bist, kannst du genauso gut bleiben.«

»Und dann?« Die Frage war unnötig, mir war klar, worauf er hinauswollte.

Jake stellte den Becher und das Werkzeug auf einen runden Tisch aus Glas. Die lange Tätowiernadel erinnerte mich an eine prächtige, vergoldete Schreibfeder. »Dann werde ich dir das Tattoo stechen. Sieh es als deine Strafe an.«

War das sein Ernst? Er wollte mich bestrafen, in dem er mir das Tattoo stach? »Aber … Minako wollte mir das Tattoo stechen«, stotterte ich. »Denk dir eine andere Strafe aus.«

»Du hast Angst.«

Ich verschränkte die Arme vor der Brust und blieb vor ihm stehen. »Nein, ich habe keine Angst, du Idiot. Wenn überhaupt, vertraue ich deinen Tätowierfähigkeiten nicht.«

Er legte den Kopf schief. Wilde Flammen traten in seine Augen. »Willst du nicht wissen, wie es ist?«

Was meinte er jetzt? Wie es war, von ihm tätowiert zu werden, oder das Gildenzeichen auf meiner Haut zu tragen? Meine Wangen wurden warm. »Kann Minako mir das Tattoo nicht einfach stechen?«

Jake inspizierte die Nadel. Sein linker Mundwinkel zuckte. »Sag das doch gleich, dass du deine Tätowierung an einer intimen Stelle haben möchtest. In dem Fall werde ich Minako Bescheid geben und –«

»Keine intime Stelle«, unterbrach ich ihn mit hochrotem Kopf. Und ehe ich einen Rückzieher machen konnte, sagte ich: »Na schön, dann stich mir halt das Tattoo, wenn damit die Strafe abgegolten ist. Aber wehe, du malst mir seltsame Motive auf die Haut!«

Er zwinkerte mir zu. »Das würde mir doch nie in den Sinn kommen, Eisprinzessin. Obwohl, wenn ich darüber nachdenke, könnte ich dir kleine Entchen, Pinguine und –«

»Jake!«

Er lachte und klopfte mit seiner Handfläche auf die Liege. »Nur ein Witz. Es reicht mir, wenn ich dich tätowieren darf. Und nun setz dich.«

Es reichte ihm sicherlich nur aus, weil die blöde Tätowierung schmerzhafter sein würde als jede Laufübung, die er mir aufbürden konnte. Aber ob er mich tätowierte oder Minako, die Schmerzen blieben dieselben. Und wenn die Sache damit vergessen war …

Vorsichtig setzte ich mich auf die Liege, während mein Herz wie verrückt gegen meine Brust hämmerte. »Wo sind wir überhaupt?«

»Das hier ist das Kristallzimmer«, sagte er und löste den linken und dann den rechten Knopf seiner Ärmel. Langsam krempelte er den Stoff über die sonnengebräunten Unterarme. »Die Magie des Mondes, die durch die Glaskuppel fällt, sammelt sich in den vielen Kristallgefäßen. Auch in den Blumen, den Wänden und dem Boden wird Magie abgespeichert.«

Ich räusperte mich. »Glaubst du, dass ich dich deshalb nicht durch unser Band spüren kann?«

Er nickte. »Die zentrierte Kraft des Vollmondes blockiert unsere Verbindung. Aber sobald wir das Zimmer verlassen haben, sollte alles wieder beim Alten sein.«

Aus irgendeinem Grund beruhigte mich diese Aussicht. Ich hatte mich schon so an dieses Band zwischen uns gewöhnt, an das Prickeln auf meiner Haut, sobald er in der Nähe war.

»Jedenfalls ist es wunderschön hier«, entgegnete ich, als sich eine Stille zwischen uns ausbreitete.

Mondlicht tanzte über sein schönes Gesicht. »Nicht wahr? Bei Vollmond erscheint das Zimmer in vollkommener Pracht. Aber auch an anderen Tagen hat man einen perfekten Blick auf den Himmel.« Er sah in die sternenklare Nacht. »Manchmal komme ich hierher und genieße die Ruhe und den Ausblick.«

Stimmt ja, Jake hatte viele Verpflichtungen, denen er nachgehen musste. Manchmal bekam ich mit, wie er für Stunden in dem Arbeitszimmer seines Vaters verschwand, um Papiere zu bearbeiten oder Sitzungen abzuhalten. »Es ist bestimmt nicht leicht, ein Meister zu sein.« Die Worte waren mir entglitten, bevor ich sie runterschlucken konnte.

»Nein, leicht ist es wirklich nicht.«

Ich blinzelte überrascht. Jakes offene Art irritierte mich. Ich hatte mit einem blöden Spruch gerechnet, aber nicht mit der Wahrheit. Ob es an gestern lag, dass er sich so benahm? Weil ich ihm vorgeworfen hatte, selbst so verschwiegen zu sein? Jake betrachtete noch immer den Himmel und ich ihn. Er sah traurig aus, doch dann war der Moment auch schon wieder verflogen. »Aber wenn du mich mit *Meister* ansprechen musst, ist es das allemal wert.«

Ich fuchtelte mit dem Zeigefinger vor seinem Gesicht herum. »Das wird ganz bestimmt nicht passieren. Niemals.«

Er verkniff sich ein Lachen und rührte die Flüssigkeit weiter an. Ich sah ihm dabei zu.

»Aus was besteht die magische Tinte eigentlich?«, fragte ich nach einer Weile fasziniert. Jake ließ sie in dem runden Behälter hin und her schwappen. Die Substanz erinnerte mich an weiches, schillerndes Öl. In sein Gesicht trat ein Ausdruck von Wehmut. »Es ist faszinierend, nicht wahr?« Ich nickte benommen. »Es ist in Sternenlicht getauchte Dunkelheit.«

Das klang wunderschön. »Aber wie ist das möglich? Wie kann man Sternenlicht und Dunkelheit einfangen?«

Er zuckte mit den Schultern. »Wieso können wir zaubern? Woher kommt unsere Magie? Einiges lässt sich nicht erklären und doch ist es Wirklichkeit.«

»Und wieso muss das Tattoo ausgerechnet heute gestochen werden?« Ich wusste nicht, ob ich das alles fragte, weil ich so schrecklich nervös war oder weil es mich wirklich interessierte.

»Weil heute Vollmond ist. Es ist die bindende Zutat zwischen den beiden Elementen. Ohne die Kraft des Vollmondes würde das magische Tattoo seinen Zauber verlieren und man könnte unmöglich beide Elemente zusammenführen, ohne dass sie sich gegenseitig abstoßen.«

Das klang irgendwie logisch. Fieberhaft suchte ich nach einer weiteren Frage.

»Du bist nervös«, stellte Jake fest und legte die Schale ab. Anscheinend war die Tinte ausreichend angemischt.

Ich überlegte einen Moment, ob ich ihn anlügen sollte, aber ich entschied mich dagegen. Wenn er sich mir gegenüber öffnete, würde ich es ebenfalls tun. Ich holte tief Luft. »Ted hat mir erzählt, dass jemanden der Arm abgefallen ist, weil er ein Zaubertattoo gestochen bekommen hat.«

Jake lachte laut auf. »Keine Angst, Eisprinzessin. Das ist ein albernes Märchen, das einem die Dorfältesten erzählen, um den Kindern Angst einzujagen, sonst nichts.«

Ich verzog das Gesicht. »Und was ist, wenn es kein Ammenmärchen ist? Wenn es doch stimmen sollte?«

Er sah mir tief in die Augen. Das Grün schien durch das Mondlicht silbrig zu schimmern. »Vertrau mir einfach.«

Ich sollte ihm vertrauen? Das klang so ... seltsam.

Ein Lächeln huschte über sein Gesicht, als er nach der Nadel griff. »Wohin möchtest du das Tattoo haben?«

Das war eine gute Frage. Ich hatte die letzten Stunden minütlich darüber nachgedacht. Langsam drehte ich mich zur Seite und schob die Haare über meine linke Schulter. »Könntest du mir das Tattoo auf meinen Nacken stechen?«

Jake antwortete nicht. Es war so ruhig im Raum, als würde er nicht einmal mehr atmen.

»Doch lieber woanders?«, fragte ich verunsichert.

»Nein, nein«, murmelte er und stieß hörbar die Luft aus. »Die Stelle ist gut.« Dann griff er nach einer Flasche. Der Geruch von Alkohol stieg mir in die Nase. »Ich desinfiziere deine Haut, also nicht erschrecken.« Die Worte kamen etwas zu schnell über seine Lippen. Was hatte er denn?

Ich zuckte, als das feuchte Stofftuch meine Haut berührte. »Du solltest dich doch nicht erschrecken«, sagte er lachend, während die Liege hinter mir nachgab. Ich spürte seine Wärme jetzt direkt an meinem Rücken.

Eine Hand legte er auf meine Schulter, die andere spürte ich an meinem Nacken. Seine Finger waren lang, fest und schwielig von den Waffen, die er gebrauchte. »Halte einfach still, Eisprinzessin. Und falls du Schmerzen hast, sag es mir sofort.«

»In Ordnung«, stotterte ich, als mir seine Nähe vollends bewusst wurde. Unbehaglich vergrub ich meine Hände in den Schoß, während mein Gesicht glühte. Er war mir wieder viel zu nah. Ich versuchte mich abzulenken und griff etwas auf, das er eben gesagt hatte. »Gibt es denn eine nicht so gute Stelle für die Tätowierung?«

Jake tunkte die Nadelspitze in die Tinte aus schwarzem Sternenlicht. Dann waren seine Hände wieder auf meiner Haut. »Die Stelle des Gildenzeichens ist sehr wichtig. Einige tragen sie an Stellen, an denen man sie auf den ersten Blick erkennt. Wie beispielsweise Minako, die ihr Tattoo auf dem Handrücken trägt. Meins ist auf dem linken Oberarm, auch eine Stelle, die man gut erkennen kann. Du hingegen solltest eine Stelle wählen, die du leicht verstecken kannst.«

»Aber warum?« Das ergab für mich keinen Sinn. »Sollte ich nicht mit Stolz zeigen, dass ich ein Mitglied von Blizzard bin?«

»Sobald du das Zeichen trägst, weiß man, dass du eine Magierin bist. Nicht jeder Mensch liebt Magier.« Er machte eine bedeutungsschwere Pause. »Und es gibt dunkle Gilden, die eine offizielle Gilde, so wie unsere, nicht akzeptieren. Die dich töten würden, nur weil du Blizzard angehörst.«

Mein Mund klappte auf. »Solche Gilden gibt es?«

»Ja, leider.« Jake stieß ein Knurren aus, das auf meinen Schulterblättern vibrierte. »Hast du schon einmal von der dunklen Gilde *Dragoon* gehört? Ihr Gildenzeichen ist ein Drache, der sich um einen Dolch windet. Es gibt weitaus mehr dunkle Gilden, aber diese ist mit Abstand die gefährlichste von allen. Ihre Mitglieder sind von böser Natur, überfallen, rauben und morden. Die Aufträge erhalten sie von Menschen, die genauso bösartig sind wie sie selbst.«

»Bist du ihnen schon einmal begegnet?«, flüsterte ich schockiert. Ich hatte ja keine Ahnung, wie grausam diese Welt außerhalb meines Dorfes war.

Jakes Händedruck verstärkte sich für einen Moment. »Nicht sehr oft, aber wenn es zu einer Begegnung kommt, gibt es jedes Mal einen Kampf.«

»Und wer unternimmt etwas gegen sie?«

»Der Hohe Rat. Solange ihre heiligen Magier nicht mit anderen, ihrer Meinung nach wichtigeren Dingen beschäftigt sind.« Er stieß ein verachtendes Geräusch aus und ich musste keine Hellseherin sein, um zu wissen, dass er nicht viel von ihnen hielt.

»Ich weiß nicht sonderlich viel über den Hohen Rat«, gestand ich. Mich nervte es selbst, dass ich so wenig wusste. Vielleicht musste ich mich demnächst mit Ted in der Bibliothek verkriechen, damit er mir Nachhilfe gab.

Jake hielt einen Moment inne. Dann lagen seine Hände wieder auf meiner Haut. »Der Hohe Rat besteht aus einer Gruppe mächtiger Männer. Unter ihnen befinden sich die acht heiligen Magier, eine Eliteeinheit aus den stärksten Magiern Glossorias. Sie stehen über dem Gesetz und über jeder Gilde. Sie sorgen für Recht und Ordnung. Einige Mitglieder sind ehemalige Gildenmeister, aber längst nicht alle.«

»Gehört dein Vater auch zu ihnen?«

Jake strich mir sanft über den Nacken. Die Berührung löste ein Kribbeln aus. »Nein, zum Glück nicht. Er ist ständig unterwegs und hätte gar keine Zeit, sich dem Hohen Rat zu verschreiben. Außerdem müsste er seinen Titel als Gildenmeister abtreten und in die heilige Stadt Sandrine ziehen, die hinter den großen Fjorden am anderen Ende des Landes liegt.«

Dann wäre sein Vater noch öfters unterwegs, als er ohnehin schon war. Hoffentlich würde er sich nie dazu entschließen, dort einzutreten. Und die Aussicht, dass Jake zu einem heiligen Magier werden könnte, ließ mein Herz verdunkeln.

Ihm wurde bereits jetzt eine unvorstellbare Kraft nachgesagt. Wie lange würde es wohl dauern, bis der Hohe Rat auf ihn zukam? Bis sie ihn für ihre Zwecke einspannten?

»Alles in Ordnung?«, fragte Jake besorgt, als hätte er die traurige Stimmung in mir gespürt. »Du brauchst keine Angst zu haben. Dragoon treibt sich nicht in unserem Teil des Landes herum. Und falls sie sich doch hertrauen, bin ich ja da.«

Seine Worte berührten mich. War das ein Versprechen, dass er mich beschützen würde? Ich räusperte mich. »Nein, ich habe keine Angst vor Dragoon und ihren Anhängern. Mach dir keine Sorgen. Und was die Ablehnung der Menschen angeht, die habe ich bereits am eigenen Leib erfahren. In meinem Dorf waren die Menschen nicht besonders freundlich zu mir, auch ohne Gildenzeichen auf meiner Haut.«

Ich konnte ihm ja schlecht sagen, dass mich die Aussicht traurig stimmte, dass er die Gilde irgendwann verlassen könnte. Was waren das eigentlich für dämliche Gefühle, die in mir herumspukten? Ich konnte ihn doch eigentlich nicht leiden. Also warum machte ich mir überhaupt Gedanken um ihn?

Sanft strich er mir über meine Haut. Es hatte etwas Beruhigendes an sich, aber ich war froh, dass er mir kein Mitleid schenkte. Ich brauchte kein Mitleid, nicht von ihm.

»Weißt du, wofür unser Gildenzeichen steht? Der Phönix?«, fragte er plötzlich.

Ich verneinte kleinlaut. Über die Bedeutung hatte ich tatsächlich nie nachgedacht. Und wieder fühlte ich mich schrecklich unwissend.

Als Jake sprach, lag ein ehrfürchtiger Ton in seiner Stimme. »Es steht für Wiederauferstehung. Egal, wie oft wir fallen, wir werden uns immer wieder erheben, sei es aus der Asche oder aus dem Dreck, der uns zu verschlingen droht. Wir werden uns erheben und für das kämpfen, was wir lieben.«

Ich lächelte. »Das klingt nach einer tollen Bedeutung.«

»Also«, sagte er ganz nah an meinem Ohr. Sein Atem streichelte meine Haut und jagte mir einen Schauer nach dem anderen über den Rücken. »Wenn du das nächste Mal traurig bist und fallen solltest, dann klopfe die Asche von deiner Tunika, schaue empor in den gleißenden Himmel und steh wieder auf. Fertig.«

»Fertig?«, fragte ich heiser. Seine warmen Finger glitten erneut über meinen Nacken. »Das Tattoo. Es ist fertig.«

»Wirklich? Ich habe nicht gespürt, dass du überhaupt angefangen hast. Eigentlich habe ich gar nichts gespürt.«

Jakes Finger verweilten noch einen Moment auf mir. Dann lachte er und seine Hand auf meiner Haut war verschwunden. »Das hat schon lange niemand mehr zu mir gesagt. Wenn ich mich recht entsinne, noch nie.«

Warum hörten sich seine Worte so schrecklich anzüglich an? Ich spürte die Hitze wieder in meine Wangen steigen.

Ein schiefes Grinsen lag auf seinen Lippen, als er sich von der Liege erhob und vor mir stehen blieb. »Ich mag es, dich verlegen zu sehen, Eisprinzessin.«

Weil mir nichts Besseres einfiel und mir seine Nähe ein Bauchkribbeln bereitete, streckte ich ihm die Zunge entgegen und sprang ebenfalls von der Liege. »Idiot.«

Er lachte und reichte mir einen Handspiegel. In seiner Hand hielt er einen weiteren. »Dann betrachte mal mein Kunstwerk.«

Ich wollte ihm noch eine Bemerkung an den Kopf werfen, da erblickte ich das Tattoo und die Worte blieben mir im Munde stecken.

Verspielte, geschwungene Linien zierten meinen gesamten Nacken. Vom Haar- bis zum Schulteransatz prangte nun ein wunderschöner schwarzer Phönix auf meiner Haut.

»Das sieht wundervoll aus«, flüsterte ich und bekam Tränen in den Augen. Ich wusste ja, dass Jake gern malte, aber nicht, wie talentiert er war. »Wo hast du so tätowieren gelernt?«

Ich bewunderte weiterhin mein Tattoo im Spiegel, die zarten Linien und den verschnörkelten Schweif. Die Federspitzen waren in Flammen gehüllt. Es schien, als würde der Phönix in den Himmel emporsteigen wollen.

»Ich habe mich schon immer für Kunst interessiert. Aber meine Mutter war eine begabte Künstlerin. Viele ihrer Bilder hängen hier im Schloss. Ich schätze, das Talent und die Leidenschaft habe ich ihr zu verdanken.«

Ich erinnerte mich an den Tag, als Minako mich durch die Gilde führte und überall diese prachtvollen Gemälde hingen. »Sie hat diese tollen Bilder gemalt?«

Er nickte und warf die Nadel in einen leeren Behälter. »Die meisten Gemälde sollen entstanden sein, als sie mit mir schwanger war. Mein Vater erzählte, sie habe Tag und Nacht gemalt und ihre Liebe in die Details verstrickt, während ich in ihrem Bauch lag.«

Ich lächelte. »Das klingt wundervoll.«

Es war seltsam, Jake ausnahmsweise nicht an die Gurgel springen zu wollen. Hätte mir gestern jemand erzählt, dass wir uns heute so gut verstehen würden, hätte ich ihm nicht geglaubt. Vielleicht war er nur so nett zu mir, weil er meine Angst gespürt hat und mich ablenken wollte? Ganz gleich warum, es war ihm geglückt.

»Vielen Dank für das Tattoo«, murmelte ich und legte den Spiegel beiseite. »Ich sollte jetzt besser gehen, damit du Ted tätowieren kannst.«

Jake beobachtete mich, wie ich mich langsam zur Tür wandte. Als ich den Türgriff umfasste, drehte ich mich noch einmal zu ihm um. »Welche Bedeutung hat eigentlich das Gildenzeichen von Dragoon?«

Ich gab es zu, mich interessierte es wirklich, welche Bedeutung ihre Tätowierung hatte. Ein Drache, der sich um einen Dolch wand, als sei es ein Baum und keine Klinge, die ihm ins Fleisch schnitt. Ziemlich grotesk.

Jake versteifte sich und jegliche Wärme wich aus seinem Gesicht. »Den Tod.«

Kapitel 12

Auf dem Grund der Magie

Am nächsten Morgen passierten zwei seltsame Ereignisse: Zum einen wartete Jake, ohne mich aus dem Bett zu werfen, vor meiner Tür. Und zum anderen gingen wir nicht wie jeden Morgen nach draußen, sondern durch einen langen Flur im rechten Flügel des Gebäudes, den ich bislang noch nie betreten hatte.

Lag es an gestern, dass er sich so seltsam benahm? Er war nett gewesen und wir hatten uns ausnahmsweise gut verstanden. Vielleicht war das der Anbeginn einer Freundschaft?

Wir blieben vor einer breiten Wendeltreppe stehen, die nur in eine Richtung führte. Nach unten.

Jake ging bereits einige Stufen voraus, aber ich blieb wie angewurzelt stehen und umfasste das Geländer. »Jake, ich will da nicht runter.«

Er blickte über die Schulter. Die Dunkelheit verschluckte ihn beinahe. »Warum nicht? Fürchtest du dich etwa?«

»Ich hasse dunkle Kellergewölbe«, gab ich zu und trat mit der Fußspitze auf einer Stelle. Wenn mir eins Angst einjagte, dann waren es dunkle Kellergewölbe. Mir war es gleich, dass er nun von meiner Schwäche wusste. Sollte er mich doch damit aufziehen.

Aber Jake zog mich nicht auf. Er lächelte sanft und ließ eine grüne Flamme in seiner Hand aufleuchten. »Für dein Problem habe ich die passende Lösung.«

»Und was liegt dort unten?« Ich war noch immer nicht überzeugt.

»Lass dich überraschen.«

Ich kniff misstrauisch die Augen zusammen. »Und wenn ich nicht möchte?«

Ein schiefes Lächeln stahl sich auf sein Gesicht. »Meinetwegen brauchen wir hier nicht runterzusteigen. Wir können uns auch wieder unserem morgendlichen Lauf widmen und –«

»Schon gut, du hast mich überredet.« Alles war besser, als laufen zu gehen. Obwohl wir bereits seit vier Wochen trainierten, fiel es mir immer noch unfassbar schwer, das Tempo zu halten. Und was auch immer dort unten war, solange es mich vom Laufen abhielt, war es mir recht.

Mit vorsichtigen Schritten folgte ich Jake die Stufen hinunter. Die Wendeltreppe führte in ein wirres Kellerlabyrinth mit unzähligen Türen und Durchgängen.

»Sind wir bald da?«, fragte ich einige viel zu schnelle Herzschläge später. Meine Stimme hallte in dem nassen Mauerwerk wider. Ich hatte Mühe, mich nicht an Jakes Tunika festzukrallen.

»Ja, gleich.« Mittlerweile war es so dunkel, dass Jake mit seiner Magie die Fackeln an den Wänden anzündete. Grünes Licht erhellte uns den Weg, obwohl Jake so zielsicher durch die Gänge lief, dass ich mir fast sicher war, dass er sich auch blind zurechtfinden würde.

Wir gingen nach links, nach rechts, dann noch einmal nach links und blieben schließlich vor einer eisernen Tür stehen. Am Türblatt waren die unterschiedlichsten Motive eingraviert – Köpfe von Göttern und Tieren, die mit ausgestreckten Zungen ihre starren Augen auf mich richteten. Ich sah Jake ängstlich an. Doch er wirkte total entspannt.

Wo zur Hölle brachte er mich hin?!

Jake griff nach dem Messingknauf und die Tür schwang quietschend auf. Und vielleicht lag es an den dunklen Gängen, die hinter mir lagen oder an den gruseligen Köpfen, die mich zu mustern schienen. Jedenfalls folgte ich ihm.

Überrascht blinzelte ich, als ich mich in einem Raum wiederfand, der die Größe unseres Speisesaals aufwies.

Die Halle war hell erleuchtet und lauwarm – nicht diese stickige Hitze, die draußen herrschte. Ein spärlicher Tisch und ein paar Stühle standen mitsamt einer alten Truhe in einer der Ecken. Ansonsten war die Halle leer.

Beinahe. Denn an einer der Wandseiten hingen gefährliche Waffen: Dolche, Schwerter, Äxte, Schilde, Pfeil und Bogen. Und an einigen Klingen klebte etwas Undefinierbares. Ich hoffte inständig, dass es nur Schmutz war, aber sicher war ich mir nicht.

»Wo sind wir?«, fragte ich irritiert.

Jake schlenderte zu den Waffen an der Wand. »Das hier wird unser Trainingsraum für die kommende Zeit sein.«

Unser Trainingsraum? Ich betrachtete den staubigen Boden und die Spinnweben an den Wänden. Meine Freude hielt sich in Grenzen.

Er nahm zwei Dolche aus der Halterung und steckte sie sich in seinen Waffengürtel, der quer über seiner Brust thronte. »Ich dachte, du freust dich.«

Ich blieb neben ihm stehen und verschränkte meine Arme. »Ja schon, aber wieso hier unten? Können wir nicht im Freien trainieren, bei Sonnenschein und Licht?«

»Seit wann magst du Sonnenschein?« Jake grinste. »Aber nein, das ist unmöglich. Wir haben mit der Stadt ein Abkommen getroffen, dass außerhalb der Gilde nicht mehr trainiert werden darf. Dies hier ist unser speziell eingerichteter Trainingsraum. Jedenfalls einer davon. Meiner.«

Ich sah ihn überrascht an. »Das ist dein Trainingsraum?«

Er nickte wehmütig. »In diesem Kellergewölbe habe ich die Hälfte meiner Kindheit verbracht, habe trainiert und gelernt, meine Gabe unter Kontrolle zu bringen. Früher nannte man mich den Feuerteufel von Mistress.«

Nun war ich diejenige, die grinste. »Ein passender Ausdruck für einen Feuermagier. Aber hast du wirklich so viel in Brand gesteckt?«

Er nahm ein Schwert von der Halterung. Seine Mundwinkel zuckten, als er die Klinge ins Licht hielt. »Mein Vater erhielt eine Beschwerde nach der anderen. Überall brannte etwas und zur Strafe schickte er mich hier herunter.«

»Hat er dich hier eingesperrt?«, fragte ich entsetzt.

Jake verzog keine Miene, als er mir antwortete. »Nein, so war er nicht. Doch er befahl mir hier unten zu bleiben, wenn ich meine Magie trainieren wollte. Minako kam manchmal mit und lehrte mich den Umgang mit Waffen.«

Ich atmete hörbar auf, teils aus Erleichterung, dass Jake nicht eingesperrt wurde und teils aus Überraschung. »Minako war deine Lehrmeisterin?«

Er nickte. »Wir zankten uns viel, aber sie war schon immer wie eine große Schwester für mich. Und ja, sie brachte mir, Maddox und Ta…« Er räusperte sich. »Mir und Maddox die Waffenkunst bei, als wir noch jünger waren. Sie ist nicht umsonst die beste Schwertkämpferin im Land.«

Maddox? Den Namen hörte ich zum ersten Mal. »Wer ist Maddox?«, fragte ich neugierig.

Jake grinste, während er langsam in die Mitte des Raumes schlenderte. »Ein riesiges Arschloch.«

Ich zog eine Augenbraue hoch und folgte ihm. »Ihr hasst euch?«

»Ich hasse ihn, wie man seinen Bruder hassen sollte«, sagte er belustigt und rückte sich im Gehen den Waffengürtel zurecht.

»Ihr seid Brüder?« Meine Stimme klang so hoch, dass ich sie selbst kaum wiedererkannte. Ich hatte angenommen, Jake wäre ein Einzelkind. Und nun gab es zwei von seiner Sorte. Ob sein Bruder ebenfalls ein gut aussehender Idiot war? Mir war jedenfalls niemand in der Gilde aufgefallen, der ihm ähnlich sah. Aber vielleicht war er auch kein Mitglied von Blizzard.

Jake blieb stehen. »Wir sind keine richtigen Brüder, aber das ist eine andere Geschichte. Und nun«, sagte er mit ernstem Tonfall, »demonstriere mir deine Kräfte.«

»Wie bitte?« Seine Aufforderung traf mich unvorbereitet. Panisch sah ich ihn an. »Warum?«

Er ließ seine Knöchel knacken. »Nun ja, ich muss wissen, was du kannst, damit ich dein Training planen kann.«

Mein Herz hämmerte gegen meine Brust, während ich gegen die Aufregung ankämpfte. Endlich durfte ich meine Kräfte einsetzen. Und das nach vier Wochen elendigen Lauftrainings. Vielleicht hatte sein plötzlicher Sinneswandel etwas mit gestern zu tun? Mir sollte es recht sein.

Ich konzentrierte mich und versuchte, eine der schwierigsten Eisskulpturen zu erschaffen. In wenigen Sekunden lag ein bezaubernder Schmetterling in meiner Handfläche. Ich hatte so auf die Details geachtet, dass sogar seine hauchdünnen Flügel mit Eisadern verziert waren. Er war perfekt!

»Das ist alles?«, fragte Jake gelangweilt und riss mich aus meiner Euphorie. Unbeeindruckt ließ er seinen Blick über meinen Schmetterling gleiten. »Mehr hast du nicht drauf?«

Mein Lächeln gefror. Von wegen, es hatte sich seit gestern etwas zwischen uns geändert. Jake war wieder ganz der Alte. Aber was habe ich auch anderes erwartet? Ein Idiot bleibt eben ein Idiot! »Ich habe wirklich lange gebraucht, bis ich solche schwierigen Skulpturen erschaffen konnte. Achte doch mal auf die Details!«

»Aber was nützt sie dir im Kampf? Was ist, wenn sich eine erbarmungslose hungrige Kreatur nähert? Möchtest du sie dann mit ...« Er betrachtete meine Eisskulptur. »Mit einem Schmetterling in die Flucht treiben? Gut, vielleicht könntest du die Skulpturen auch auf deine Gegner werfen, sie damit bestenfalls erschlagen. Aber wahrscheinlich wärst du dann bereits tot. Wie überaus nutzlos.«

»Nenn sie nicht nutzlos«, rief ich aufgebracht und schnappte nach Luft. Meine Adern waren zu Eis erfroren. »Mein Vater hat mir die Technik beigebracht, bevor er starb. Es ist das Einzige, was er mich je gelehrt hat. Also wage es nicht, sie noch einmal nutzlos zu nennen. Sonst –«

»Sonst was?«, unterbrach er mich lachend. Sein herablassender, fast gleichgültiger Blick gab mir den Rest. Mir reichte es endgültig! Ich warf den Schmetterling zu Boden, der in seine Einzelteile zerbrach. Wütend krempelte ich die Ärmel hoch. »Lass uns kämpfen. Jetzt sofort.«

Ein sanfter, aber durchaus überraschter Ausdruck trat in sein Gesicht. Am liebsten hätte ich hineingeschlagen. »Ich kämpfe nicht gegen dich. Es wäre nicht fair, gegen ein unerfahrenes Kind zu kämpfen, meinst du nicht auch?«

Unerfahrenes Kind?! Das Blut rauschte mir in den Ohren, ich konnte kaum noch atmen, kaum noch denken.

»Kämpfe. Gegen. Mich.« Ich spuckte ihm die Worte nur so entgegen und beschwor das Eis in meine Hände. »Na los!«

Jake kam meiner Aufforderung nicht nach. Er zog lediglich eine dämonische Augenbraue nach oben und musterte mich missbilligend.

Als er immer noch keine Anstalten machte, sein Feuer zu entfachen, bewarf ich ihn mit Eisbällen. Leider verfehlte ich seinen Körper um Längen – das Eis flog an ihm vorbei und zersplitterte an der rauen Steinwand. Unzählige Eiskristalle wirbelten umher und brachten die Luft zum Glitzern.

Jake lachte so laut, dass der Hall wie ein verspottendes Echo durch den Saal ging. »Ich nehme alles zurück, du kannst deine Gegner nicht einmal mit deinen Skulpturen treffen. *Nutz-los.*«

Er hatte es gewagt, das Wort erneut auszusprechen, sogar in die Länge zu ziehen. Ein wilder animalischer Ausdruck trat in sein Gesicht, als ich auf ihn zustürmte. Es spiegelte mein Innerstes wider.

Mit wenigen Schritten war ich bei ihm. Meine Hände hatte ich mit Eis überzogen, um meine Schläge härter werden zu lassen. Ich wollte, dass er blutete. Blutete, weil er es gewagt hatte, etwas von meinem Vater in den Schmutz zu ziehen.

Ich holte aus und traf ins Leere. Auch der nächste Schlag ging daneben. Jake wich mühelos jedem weiteren Fausthieb aus. Ich war bereits nach wenigen Schlägen außer Atem. Er dagegen gähnte genüsslich. *Er gähnte*?!

Mit einem Schrei stürzte ich mich erneut auf ihn. Doch er drehte sich so schnell zur Seite, dass ich gegen die Steinwand knallte und meine Hände aufschürfte. Ich rieb mir die pochenden Handflächen an meiner Tunika ab. »Du Idiot, ich meine es ernst! Zeig mir deine verdammten Flammen! Oder hast du etwa Angst, von einem *unerfahrenen Kind* besiegt zu werden?«

Er wagte es tatsächlich zu grinsen. Er verspottete mich, durch und durch. »Du bist doch schon fertig, ohne dass ich dich überhaupt berührt habe. Ein neuer glanzvoller Höhepunkt meiner Wenigkeit. Ich bin wahrlich ein Meister.«

Ich fauchte und machte eine besonders ordinäre Geste mit meiner linken Hand. »Du bist wahrlich ein Idiot. Ein Vollidiot.«

Einige Sekunden vergingen und langsam beruhigte ich mich wieder. Ich war zwar noch wahnsinnig sauer auf ihn, hatte aber kein Bedürfnis mehr, ihn umzubringen. Und allmählich drang die Vernunft zu mir durch, nun, da ich ausgepowert war und nach Luft schnappte. Auch wenn mich seine Worte sehr trafen, hatte er doch irgendwo recht. Meine Magie war nutzlos, solange ich sie nicht richtig einsetzen konnte.

»Und wie stellst du dir das vor? Das Training, meine ich«, fragte ich kleinlaut.

Er verschränkte die Arme hinter seinem Kopf. »Wir starten mit den einfachsten Grundübungen. Wir wissen ja jetzt, dass du wütend auch nicht mehr zustande bringst als ein paar harmlose Eisfiguren.«

Ich schnappte entsetzt nach Luft. »Du hast das alles nur gesagt, um zu sehen, wie ich meine Magie unter Kontrolle habe, wenn ich wütend bin?«

Er hatte absichtlich die Worte an mich gerichtet. Wusste, wie er mich provozieren konnte. Nur um zu sehen, zu was ich imstande war, wenn Zorn durch meinen Körper strömte. Und es war ein Häufchen Elend gewesen.

Ich umschlang meine Oberarme. Meine Handflächen brannten nach wie vor, aber vielleicht war das die gerechte Strafe für meinen unkontrollierten Wutausbruch. Und weil ich so naiv war, in Jakes Falle zu tappen.

Seine grünen Augen beobachteten mich neugierig. »Hast du nie in dem Dorf trainiert, aus dem du kommst?«

»Nein, meine Mutter war nach dem Tod meines Vaters dagegen, wollte nicht, dass ich mich in Gefahr begebe und ... ach egal.« Ich stoppte mich selbst. Jake ging es nichts an. Ihn ging überhaupt nichts an, was meine Vergangenheit betraf.

Es vergingen einige Sekunden und als ich nicht zu Ende sprach, seufzte Jake. »Also schön«, murmelte er und kam auf mich zu. Bevor ich reagieren konnte, griff er nach meinen Händen und untersuchte die aufgeschürfte Haut.

»Es hat nicht geblutet«, murmelte ich und wollte ihm meine Hände entziehen, doch er ließ nicht los. Er ignorierte mich einfach.

»Wir tun etwas Kräutersalbe drauf«, sagte er, während er meine Handflächen hin- und herdrehte. »Dann sollte es schnell abheilen.«

Er kramte in der Truhe herum und fischte eine gelbliche Salbe heraus.

Dann strich er meine Verletzungen ein. Seine hauchzarten Berührungen lösten ein Kribbeln in meinem Bauch aus. Ich errötete. »Warum hilfst du mir? Ich habe gerade versucht, dir wehzutun.«

Jake quittierte meine Frage mit einem Lächeln. »Du bist nicht die Erste, die versucht hat, mich zu verletzen.« Konzentriert strich er über meine Wunden. »Aber du bist die Erste, die dabei so bittersüß gescheitert ist. Wie könnte ich dir also nicht helfen?«

Seine Finger verweilten auf meiner Haut, obwohl die Salbe bereits eingezogen war.

»Dummerchen«, sagte er zärtlich und ließ mich los. Mein verräterisches Herz schlug ungleichmäßig. »Bist du deswegen von zu Hause weggelaufen. Weil deine Mutter dir deine Magie verboten hat?«

»Woher weißt du das?«

»Ich bin nicht blöd. Ich wusste sofort, dass du nicht aus Denwill stammst.«

Ich seufzte. Lügen hatte wohl keinen Zweck mehr. »Ja, meine Mutter hatte es mir verboten. Und ja, ich bin deswegen weggelaufen. Aber ich bin alt genug um zu entscheiden, wohin ich gehe. Du kannst mir daraus keinen Strick drehen!«

»Tue ich nicht.« Er schlenderte zum Tisch, griff nach der silbernen Karaffe und befüllte zwei Gläser mit eiskaltem Wasser. Dann reichte er mir ein Glas. Sein Blick lag brennend auf mir. »Aber lass mir dir eins sagen, Eisprinzessin. Vor Problemen davonzulaufen ist nie der richtige Weg.«

Nein, aber der Einfachere. Was wusste Jake schon?

Ich trank ein paar Schlucke und als er merkte, dass ich nichts zu erwidern gedachte, wechselte er das Thema. »Also hier ist mein Plan: Wir werden trotzdem jeden Morgen gemeinsam laufen und im Anschluss unser magisches Training fortsetzen.« Meine Einwände tat er mit einem Handschütteln ab. »Keine Widerrede. Und dann, wenn ich es sage, wirst du deinen ersten Auftrag annehmen.«

»Und das wäre wann genau? Jake, im Ernst, du hast doch Besseres zu tun, als mich zu trainieren. Aufträge erledigen zum Beispiel.«

Er hob eine Augenbraue, weil ich die Worte aussprach, die er damals an seinen Vater gerichtet hatte, als es um mein Training ging. »Außerdem bist du doch völlig ungeeignet, mich zu trainieren«, fuhr ich fort und wedelte dabei vor seiner Nase herum. »Ich meine, du beherrschst das Feuer und ich das Eis. Unterschiedlicher könnte es gar nicht sein. Wie willst du mich also eine Kunst lehren, die du selbst nicht beherrschst?«

Er trank einen Schluck und sagte: »Die Elementarmagie ist nicht so unterschiedlich, wie sie auf den ersten Blick erscheint. Ob du es glaubst oder nicht, viele Techniken sind dieselben.« Er zuckte gelassen mit den Schultern. »Natürlich gibt es für jedes Element spezielle Figuren, doch die Grundtechniken werde ich dir schon beibringen können.«

Teds Worte kamen mir wieder in den Sinn. Ich räusperte mich. »Warum bist du eigentlich so stark?« Meine Frage war mir peinlich, aber ich wollte es wirklich wissen. »Ted sprach davon, dass du einer der stärksten Elementarmagier unserer Zeit bist. Liegt es an deinen seltsamen Flammen?«

»Nein, meine *seltsamen* Flammen haben nichts mit meiner Stärke zu tun«, antwortete er und entfachte eine grüne Flamme in seiner Hand, die sich um seinen Finger schmiegte wie eine schnurrende Katze. Fasziniert betrachtete ich das Feuer. »Die Macht ist in jedem von uns«, fuhr er fort. »Du musst dir die Magie wie einen tiefen Ozean vorstellen. Es kommt darauf an, ob du bloß an der Oberfläche treibst oder den Sand auf dem Grund des Meeres berühren willst. Schwimme bis in die Tiefen und du erreichst das Vollkommene.«

Seine Erläuterung hörte ich zum ersten Mal. Und sie klang zu einfach, zu leicht, um wahr zu sein. »Und wo ist der Haken? Würde es so einfach gehen, dann wäre jeder Magier stark.«

Jake grinste. »Wohl wahr. Der Weg zum Grund des Meeres ist verborgen. Das Geheimnis liegt darin, dem Klang der Magie zu folgen. Es ist wie ein Ruf, der einen lockt. Und irgendwann wird sie dich zu der Quelle führen. Einer Quelle unvorstellbarer Macht.«

»Ich höre gar nichts«, gestand ich kleinlaut. Vielleicht hatte ich keine Musik in mir. Vielleicht war die Stimme versiegt.

Jake lachte kehlig und griff nach meinem Handgelenk. Und noch bevor ich reagieren konnte, legte er meine Hand auf seine Brust. Ich spürte seinen

Herzschlag unter meinen Fingern. »Einen guten Magier machen drei Dinge aus: Kraft, Disziplin und das Herz. Wenn du hart an dir arbeitest und ein reines Herz hast, wird die Melodie dich finden.« Er ließ meine Hand los und trat einige Schritte zurück. »Du musst nur fest daran glauben.«

Mein Blut raste durch meine Adern und mein Magen flatterte. Seine Nähe brachte mich wieder völlig durcheinander. Warum machte er mich nur so nervös?

Er bückte sich und hob einen zerbrochenen Flügel meines Schmetterlings auf, drehte und wendete das Eis in seiner Hand, hielt es zum Licht. »Es ist schon mal ein Anfang, dass du Skulpturen erschaffen kannst«, sagte er schließlich. »Doch du kannst das Eis nur formen, nicht bewegen. Du musst deinen Skulpturen Leben einhauchen, musst sie mit deinen Gedanken laufen, fliegen und schwimmen lassen.«

»Das können doch nur Wassermagier«, sagte ich spöttisch und massierte mir den Nacken.

»Dein Vater konnte es ebenfalls.«

Ich hielt inne. Flüsternd fragte ich: »Du hast die Magie meines Vater gesehen?«

Er betrachtete immer noch das Eis zwischen seinen Fingern. »Ich habe zugesehen, wenn unsere Väter miteinander trainierten. Mein Vater mag zwar der Meister sein, doch deiner war ihm oft überlegen. Er gewann viele Kämpfe, indem er Figuren erschuf und ihnen Leben einflößte. Wölfe, Löwen, Bären und andere Kreaturen aus Eis, die sich seinem Willen beugten.«

Mein Herzschlag beschleunigte sich. Wollte mein Vater deswegen, dass ich Eisfiguren erlernte? Damit ich sie eines Tages nach Belieben bewegen und formen konnte?

Ich hustete, um meinen angestrengten Atem zu kaschieren. »Wenn es wirklich möglich war, sollte mich dann nicht lieber ein Eismagier unterrichten?«

Zwischen uns breitete sich eine Stille aus. »Das geht nicht«, sagte er und ließ das Eis in seiner Hand schmelzen. »Es lebt kein Eismagier mehr in Mistress.«

»Niemand? Soll das heißen, dass ich die einzige Eismagierin in unserer Stadt bin?« Mir klappte der Mund auf, als Jake nickte. »Aber wieso meiden sie diese Stadt?«

»Ich hatte gedacht, *du* wüsstest das. Doch wie es aussieht, sind sie alle ohne dich zu der Feier aufgebrochen.«

»Jake«, mahnte ich ihn. »Das ist nicht witzig.«

Er seufzte. »Der Sommer hier ist heißer als das Feuer mancher Magier. Ich schätze, sie haben sich an einen anderen Ort zurückgezogen. Vielleicht in die schneebehangenen Berge? Außerdem gab es noch nie viele Eismagier soweit ich weiß. Und nun lass uns trainieren.«

Ich grübelte darüber nach, wohin all die Eismagier verschwunden waren. Dass sie in kälteren Gebieten lebten, ergab Sinn. Doch seltsam war es trotzdem.

Wir trainierten den gesamten Morgen, bis spät in den Mittag hinein. Ich wollte ihm mehrere Male an die Gurgel springen, weil er mich zur Weißglut brachte. Und trotzdem hatte er mir in dieser kurzen Zeit schon beigebracht, wie ich ein Eisgeschoss erschuf.

Als wir den Saal verließen, gingen wir schweigend nebeneinander her. Ich war völlig entkräftet. Das magische Training war um Längen anstrengender als jeder Lauf durch die Stadt.

»Du vermisst ihn, nicht wahr?«, fragte Jake plötzlich. Unsere Schritte hallten durch das Gemäuer.

Ich blinzelte perplex. »Wen?«

»Deinen Vater.« Wie kam er denn auf dieses Thema? Aber ich merkte ihm an, wie ernst er diese Frage nahm, also nickte ich leicht. »Ständig. Aber ich vermisse nicht nur ihn, sondern auch die Zeit von damals. Seit er fort ist hat sich vieles verändert.«

Er schwieg einen Moment und es war nichts weiter zu hören, als unsere Schritte auf dem nassen Steinboden. »Ich weiß, es ist nicht einfach, ohne einen Vater aufzuwachsen.«

Ich wusste, dass er mit diesen Worten nicht nur mich meinte. Vorsichtig fragte ich: »Aber Meister Jiji lebt doch noch?«

Er zuckte mit den Schultern. »Nur weil jemand lebt, heißt es nicht, dass derjenige sich auch um einen kümmert. Manchmal ist jemand, der am Leben ist, genauso wie jemand, der längst verstorben ist.«

Die Traurigkeit in seiner Stimme ließ mein Herz schwer werden. »Ist dein Vater schon immer so gewesen?«

Er starrte in die Dunkelheit, als er sprach. »Nein, nicht immer.«

***

In der darauffolgenden Woche besorgte ich mir einige Pergamentrollen, eine Schreibfeder und dunkelblaue Tinte. Minako überreichte mir die Dinge, ohne Fragen zu stellen, wofür ich ihr sehr dankbar war.

Während ich alles auf meinem Schreibtisch ausbreitete und eine Kerze anzündete, suchte ich nach den richtigen Worten. Oder besser gesagt nach irgendwelchen Worten. Denn mir fiel nichts Passendes ein, obwohl mir so viel auf der Seele brannte.

Nach einer Weile tunkte ich die Feder in die Tinte und schrieb die erste Zeile: »Hallo Mutter.«

Weiter kam ich nicht. Meine Hände fingen an zu zittern und Tintenflecke verteilten sich unkontrolliert auf dem Papier.

»Verdammt«, fluchte ich und griff nach einem neuen Pergamentstück. Bei meinem nächsten Versuch kam ich genauso weit. Aber was sollte ich meiner Mutter auch schreiben? Sollte ich ihr berichten, wie es mir bei Blizzard erging? Sie fragen, wie sie ohne mich zurechtkam? Und ob sie mich manchmal so sehr vermisste wie ich sie?

Doch ich kannte ihre Antworten bereits. Ich wusste, wie sie zu alldem stand. Und trotzdem vermisste ich sie ungemein. Ich war weggelaufen, ohne wirklich auf Wiedersehen zu sagen.

Ob sie sich überhaupt freuen würde, wenn ich ihr schrieb? Mein Vater hätte nicht gewollt, dass der Kontakt zu meiner Mutter nach seinem Tod abbrach. Er wollte, dass ich sie beschützte, auf sie Acht gab. Stattdessen war ich in einer vollkommen anderen Stadt, etliche Stunden von ihr entfernt.

Ich stöhnte und legte den Kopf auf den Tisch. Und dann grübelte ich über all das nach, was ich meiner Mutter hätte schreiben können.

***

Ich musste auf dem Schreibtisch eingeschlafen sein, denn als ich meine Augen aufschlug, herrschte eiserne Finsternis. Die Kerze auf meinem Schreibtisch war bis zum Stumpf abgebrannt. Nur durch meine großen offenen Fenster schien silbriges Mondlicht hindurch.

Ich trat ans Fenster und genoss die frische kühle Luft. Es war kein Vergleich zu der stickigen heißen Sommerluft in den vergangenen Wochen, wenn Jake und ich im Freien trainierten. Der Sommer verabschiedete sich langsam und die ersten herbstlichen Böen brachten die Blätter an den Bäumen zum Rascheln.

Die Stadt war leer. Wie spät musste es sein? Ich schätzte weit nach Mitternacht. Die Häuser waren dunkel und nur vereinzelte Laternen flackerten am Straßenrand.

Ich hatte keine weitere Zeile auf das Papier gebracht. Ob ich es jemals zustande bringen würde, meiner Mutter zu schreiben? Ich würde es erneut probieren. Nächste Woche, die Woche darauf. Oder erst in ein paar Monaten. Und auch wenn es Jahre dauern würde, ich würde es noch einmal probieren – das redete ich mir jedenfalls ein.

Als ich vom Fenster wegtreten wollte, entdeckte ich im Lichtwurf einer Laterne eine kleine Gestalt. Sie kauerte vor der ersten Stufe der Steintreppe.

Jake hatte mir erzählt, dass magische Wesen und bösartige Magier nicht von selbst die Treppe hinaufschreiten konnten, weil der Bannkreis es verhinderte. Und mir fiel nur eine Kreatur ein, die so vor der Steintreppe kauern würde …

Seufzend trat ich vom Fenster weg, schlüpfte in meine Schuhe und betrat den Flur. Auf dem Gang traf ich niemanden und aus den meisten Zimmern drangen tiefe, friedliche Schlafgeräusche.

So würde mich wenigstens niemand in meinem weißen Nachthemd erblicken. Es reichte mir, dass Jake mich jeden Morgen im Nachthemd sah, wenn er mich aus dem Bett warf.

Als ich den ersten Fuß aus der Tür setzte, lächelte ich zufrieden. Die Nacht war mild und eine sanfte Brise küsste meine Wangen.

Während ich die Treppe hinunterging, hörte ich ein Winseln. Es war so leise, dass das Geräusch beinahe vom Wind verschluckt wurde. Wie seltsam.

Und im nächsten Moment erkannte ich den roten Schimmer in der Flüssigkeit. Die Lache, die um Fluffy lag.

Es war Blut.

Kapitel 13

Ein Versprechen

Ich verlor keine Zeit, als ich die Stufen hinuntereilte. Weit und breit war keine Menschenseele, niemand der mir helfen konnte.

Mein Herz zerbrach bei dem Anblick, der sich vor mir auftat: Fluffy war blutüberströmt! Er lag zusammengekauert vor der Steintreppe und schnüffelte in meine Richtung, ohne den Kopf zu heben. Dazu war er zu schwach.

Ich kniete mich nieder, hockte in seinem warmen Blut und suchte mit zitternden Fingern nach seiner Wunde. Als ich ihn etwas zur Seite legte, musste ich mich beinahe übergeben. Er hatte mehrere Einstichstellen an seinem Bauch, so als hätte jemand willkürlich auf ihn eingestochen. Wieder und wieder und immer wieder.

Tränen sammelten sich in meinen Augen, aber ich erlaubte mir nicht zu weinen. Nein, für Weinen blieb keine Zeit. Ich war keine Heilerin, aber ich musste etwas tun! Er hatte schon zu viel Blut verloren, als dass ich länger zögern konnte.

»Es wird jetzt etwas kalt werden, hörst du?«, sagte ich mit zittriger Stimme, bevor ich seine Wunden zufror, um seine Blutungen wenigstens für den Moment zu stoppen. Er wehrte sich nicht. Knurrte nicht einmal mehr.

»Halte durch«, flüsterte ich und nahm ihn in die Arme. Dann stürmte ich die Treppe hinauf.

Ich wusste nicht, ob es an Jakes hartem Training lag oder ob ich es dem Adrenalin zu verdanken hatte, das mich durchströmte – jedenfalls schoss ich die Stufen hinauf wie ein Blitz, der den Himmel zerteilte.

Fluffy glühte.

Es ging eine Hitze von ihm aus, die ich noch nie zuvor erlebt hatte. Meine Arme schmerzten, während die Hitze auf meiner Haut brannte. Wie Höllenfeuer. Aber ich presste ihn fester an mich und lief so schnell ich konnte.

Das Eis, das ich auf seine Wunde legte, schmolz binnen Sekunden dahin. Ich zauberte neues Eis auf seine Verletzungen. Und wieder löste es sich zischend auf. Weißer Dampf verschleierte meinen Blick, doch ich kannte meinen Weg. Ich wusste genau, wohin ich musste. Zu *wem* ich musste.

Mit jedem Schritt wurde die Hitze unerträglicher. Fluffy verbrannte mich.

Ich biss die Zähne aufeinander, versuchte meine Arme mit Kälte zu schützen und seinen Körper gleichzeitig zu kühlen.

Aber ich würde nicht loslassen!

Niemals!

Instinktiv rannte ich den langen Korridor entlang, an meinem Zimmer vorbei und blieb vor der letzten Tür stehen. Mit meinem Fuß trat ich dagegen, schrie Jakes Namen.

Keine Sekunde später öffnete er die Tür. Er wirkte verschlafen, trug bloß eine lockere Baumwollhose um die Hüften, doch dann weiteten sich seine Augen.

»Bist du verletzt?«

»Nein, mir geht es gut, aber Fluffy …« Meine Stimme brach. Dickes heißes Blut sickerte durch meine Finger, tropfte auf meine Füße.

»Scheiße«, fluchte er und nahm mir Fluffy ab. Mit der freien Hand zog er mich in sein Zimmer. »Was ist passiert?«

»Ich weiß es nicht. Er war bereits verletzt, als ich ihn fand.«

Jake räumte den Schreibtisch mit einer einzigen Handbewegung ab. Unzählige Papiere und Farbtuben flogen durch die Luft, während er Fluffy behutsam absetzte. »Wo hast du ihn gefunden?«

»Vor der Treppe«, sagte ich schluchzend. »Er kauerte dort in seinem eigenen Blut.«

Jake untersuchte die Wunden. Fluffy hob kaum merklich den Kopf. Er war völlig entkräftet. »Er hat viel Blut verloren. Ich hole einen Heiler.« Seine Worte überschlugen sich. »Du musst bei ihm bleiben und ihn wachhalten, solange ich weg bin!«

Augenblicklich verließ er den Raum. Ich hockte mich zu Fluffy, strich ihm über sein blutbesudeltes Fell, murmelte mit zittriger Stimme beruhigende Worte.

Wer hatte Fluffy nur so etwas Schreckliches angetan? Und warum? Niemand mit klarem Verstand würde eine derartige Tat begehen. Niemand mit einem Herzen.

Die nächsten Minuten waren die längsten meines Lebens. Ich horchte auf Fluffys Atem und wartete auf Jake, auf den Heiler.

Ich wartete auf ein Wunder.

Dann hörte ich mehrere Schritte, die sich näherten.

Ein älterer Mann mit einem Medizinkoffer trat herein und stieß mich zur Seite. Fluffy knurrte und fletschte die Zähne, als der Heiler ihn untersuchen wollte.

»Haltet ihn fest«, wies er Jake an. Dann sah er zu mir. »Mädchen, hole mir die lila Paste und das schwarze Gefäß aus meinem Koffer.«

Ich nickte hastig und brachte ihm die Medizin. Sofort begann er, die Wunden einzuschmieren. Als er das Glas öffnete und den schwarzen Inhalt über Fluffy kippte, weiteten sich meine Augen. Kleine magische Tierwesen – so groß wie Ameisen – krabbelten über seinen geschundenen Körper und sammelten sich auf seinen Wunden.

Fluffy heulte auf. »Was macht Ihr da, verdammt? Seht Ihr nicht, dass es ihm Schmerzen bereitet?!«

Der Heiler hob einen Arm. »Schon gut, Mädchen. Das sind magische Blutegel. Sie schaden ihm nicht, ganz im Gegenteil. Sie ziehen das Gift heraus, das seine Selbstheilungskraft außer Gefecht setzt.«

»Er wurde vergiftet?« Mein Mund wurde trocken. Man hatte nicht nur auf ihn eingestochen, sondern auch die Klinge mit Gift versetzt. Wie grauenvoll.

Der Heiler sah zu Jake. Seine Stimme war kaum mehr als ein Flüstern. »Er wurde von einer magischen Klinge verletzt, wahrscheinlich einer Waffe aus den dunklen Sümpfen jenseits der großen Fjorde. Ich gehe von einem Höllenspalter aus.«

»Seid Ihr Euch da ganz sicher?« Jake wurde blass.

Der Heiler nickte. »Es besteht kein Zweifel. Keine andere Waffe könnte einem Höllenhund solch einen Schaden zufügen. Seine Haut ist von einer undurchdringlichen Härte geschützt. Jede andere Klinge wäre an ihm abgeprallt wie an der Schuppe eines Drachens. Derjenige, der ihm das antat, verstand sein Handwerk.« Er warf Jake einen bedeutungsschwangeren Blick zu. »Ihr wisst, was das bedeutet, Feuerlord.«

Jake stieß ein Knurren aus, das dem von Fluffy gleichkam.

»Eine Botschaft«, sagte Minako, die plötzlich neben mir stand. Erst jetzt fiel mir auf, wie viele Magier sich im Raum versammelt hatten. Sie mussten wahrscheinlich bei dem Lärm aus ihren Zimmern gekommen sein. Einige Gesichter waren blass. Jemand übergab sich.

»Es ist gut«, fuhr der Heiler fort, »dass er noch rechtzeitig gefunden wurde. Doch er hat viel Blut verloren. Bitte geht nun, damit ich ihn in Ruhe behandeln kann.«

Alle verließen den Raum, doch meine Beine wollten sich nicht bewegen. Ich lehnte an der Kommode und starrte Fluffy an. Sah, wie das Blut aus seiner Wunde quoll, wie er knurrte, hechelte und winselte.

Wie er um sein Leben kämpfte.

Ich kam nur einen Schritt weit. Meine Beine gaben unter mir nach. Ich hielt mich an der Kommode fest und riss eine Vase zu Boden, die klirrend zersprang. Fluffy heulte auf.

»Schafft sie hier raus!«, schimpfte der Heiler. »Sie macht den Hund nur noch unruhiger.«

Ich konnte mich nicht rühren. Meine Füße waren steif und meine Knie zitterten.

Starke Hände schoben sich unter meine Beine und meine Arme. Der Duft eines Herbststurmes stieg mir in die Nase und eine tröstende Wärme legte sich um meine Sinne.

Ich wehrte mich nicht, als Jake mich in mein Zimmer trug und mich behutsam in die Badewanne setzte. Ich bekam nur am Rande mit, wie er Minako befehligte, sich um mich zu kümmern.

War sie uns gefolgt? Es war nicht wichtig. Nichts war wichtig, solange Fluffy um sein Leben kämpfte.

»Lass mich zurück zu ihm. Vielleicht kann ich helfen.« Meine erstickten Worte waren kaum mehr als ein Flüstern. »Bitte.«

Jake lächelte, doch es erreichte seine Augen nicht. Sein nackter muskulöser Oberkörper war mit Blut besudelt. »Du hast genug getan. Ruh dich jetzt aus.«

Er kehrte mir den Rücken zu, wandte sich zum Gehen, aber ich musste noch eine Sache wissen. Ich musste eine Sache *hören*. »Sag, dass er überleben wird. Sag es mir.«

Er blieb am Türrahmen stehen. Ein leises Versprechen lag auf seinen Lippen, als er sich zu mir umdrehte. »Er wird überleben.«

Dann verschwand er durch die Badezimmertür und ließ mich allein. Eine schmerzende Leere legte sich um meine Gedanken.

Blut.

So viel Blut.

Es tränkte den Stoff meines Nachthemdes scharlachrot, triefte von meinen Haaren und klebte an meinen Händen, Armen und Füßen. Es war überall.

Ich nahm kaum wahr, wie ich von zwei sanften Händen ausgezogen und gebadet wurde. An alles, was ich denken konnte, war Fluffy, der in diesem Moment um sein Leben kämpfte.

Ich betete kaum. Wusste nicht, wann ich zuletzt mit den Göttern gesprochen hatte, seit mein Vater verstorben war.

Doch heute Nacht war ich auf meinen Knien. Und ich betete zu allen Göttern gleichzeitig.

Kapitel 14

Nachtgespräche

Noch vor dem Morgengrauen stand ich vor Jakes Zimmertür. Die Schritte waren die schwersten, die ich je gegangen war. Die Ungewissheit, die auf mich lauerte, die an mir zerrte, raubte mir jeglichen Verstand.

Die Gänge waren leer. Anscheinend schliefen die anderen noch. Wie das möglich war, konnte ich mir nicht erklären.

Ich hatte die ganze Nacht kein Auge zugetan, Gebete gemurmelt und auf Geräusche im Flur gehorcht. Auf irgendwas, das mir Fluffys Zustand verraten könnte. Aber im Flur blieb es still.

Meine Hände zitterten, als ich an Jakes Zimmertür klopfte. Er antwortete nicht. Ich klopfte erneut. Wieder keine Antwort.

Meine Finger verkrampften sich um den Türgriff.

Ich wartete einen Moment, doch als ich es nicht mehr aushielt, öffnete ich vorsichtig die Tür und spähte ins Zimmer.

Mein Atem setzte aus. Das Zimmer war leer. Keine Spur von Fluffy oder Jake.

Das Blut auf dem Boden war weggewischt worden. Und auch die Papiere lagen geordnet auf dem Schreibtisch, auf dem vor einigen Stunden noch Fluffy gelegen hatte. Es schien, als hätte es diese schreckliche Nacht niemals gegeben.

Meine Knie drohten unter mir nachzugeben. Fluffy war doch nicht etwa ...?

Nein. Nein!

Eine Hand legte sich auf meine Schulter und ich machte vor Schreck einen Satz nach vorne.

»Tut mir leid, ich bin es nur«, murmelte Minako. Als ich mich umdrehte, blickte ich direkt in ihr besorgtes Gesicht. Ein schwaches Lächeln lag auf ihren Lippen. »Ami...«

Tränen schossen mir in die Augen. »Ist Fluffy etwa … ist er etwa …«

»Nein!«, unterbrach sie mich heftig. »Fluffy geht es den Umständen entsprechend gut! Er liegt im Krankenflügel und wird es überleben. Seine Wunden heilen bereits.«

Schluchzend sank ich zu Boden. Tränen liefen mir über die Wange, sammelten sich an meinem Kinn. »Den Göttern sei Dank.«

Minako beugte sich zu mir herunter und legte ihre Hand auf meine. Die Schatten in ihren Augen erhellten sich. »Der Heiler sagt, Fluffy braucht noch etwas Ruhe. Doch der Heilungsprozess verläuft sehr gut und die Wunden sollten in den nächsten Tagen abgeheilt sein. Wenn du möchtest, kannst du ihn morgen besuchen gehen.«

Ich nickte mehrmals und konnte es immer noch nicht fassen. Meine Gebete wurden erhört. Fluffy war am Leben!

Er lebte!

Minako half mir auf die Beine. Ihre roten Haare fielen ihr über die Schulter. »Wie geht es deinen Verletzungen?«

Meinen Verletzungen? Ich verstand die Frage nicht, bis ich ihrem Blick folgte. Meine Unterarme waren in weiße Bandagen gehüllt.

Richtig. Während meiner Rettungsaktion hatte ich Verbrennungen erlitten. Es waren keine schweren Wunden – davor hatte mich meine Magie bewahrt – trotzdem würden Narben zurückbleiben. Aber es waren Narben, die es mir Wert waren, die ich wieder in Kauf nehmen würde. Jederzeit.

»Meinen Armen geht es gut, nicht der Rede wert.« Ich strich über den linken Verband. »Danke, dass du dich um mich gekümmert hast.«

Sie lächelte. »Ich muss mich bei dir bedanken. Ohne dich wäre Fluffy verblutet. Er gehört zur Familie. Er gehört zu Jake.«

Jake. Bei dem Klang seines Namens beschleunigte sich mein Herz. »Wo ist er?«, fragte ich leise. Aber ich kannte die Antwort bereits, noch bevor Minako sie ausgesprochen hatte.

Er war auf der Jagd. Er suchte den Schuldigen.

In mir zog sich alles zusammen. Derjenige, der Fluffy verletzt hatte, musste unfassbar stark gewesen sein. Und gerissen, wenn er wusste, wie er die

Haut eines Höllenhundes verletzen konnte. Wenn ich mir vorstellte, wie solch jemand Jake verletzen würde …

»Ich möchte Jake begleiten!«, schoss es aus mir heraus, während ich mich entschlossen aufrichtete und meine Tränen wegwischte. »Ich kann ihm bei der Suche behilflich sein!«

Minako richtete sich ebenfalls auf. Der Blick ihrer blauen Augen war hart. »Kommt nicht in Frage! Ich weiß, du meinst es nur gut, aber überlass ihm die Angelegenheit.«

»Aber ich will Jake unterstützen.« Ich versuchte an ihr vorbeizugehen, doch sie stellte sich vor die Tür.

Verdammt, warum versperrte mir jeder den Weg?!

Sie hob einen Finger, als sie meine Einwände bemerkte. »Du bist verletzt. Außerdem ist Jake nicht allein. Ihn begleiten andere Gildenmitglieder, die allesamt erfahren im Umgang mit Schwert und Magie sind. Du würdest ihnen nur zur Last fallen.«

Ich erstarrte. Ihre Worte trafen mich, weil sie stimmten. Ich würde eine Last sein, weil ich nicht stark genug war. Weil ich versagte, sobald es darauf ankam.

»Ich weiß, dass du dir Sorgen um ihn machst, aber das brauchst du nicht. Jake ist stärker, als du dir vorstellen kannst. Außerdem hast du ihm schon sehr geholfen.« Sie legte den Kopf schräg. Ein sanftes Lächeln trat in ihr Gesicht. »Jake lacht in letzter Zeit mehr. Ich meine, bevor das mit Fluffy passiert ist. Ich weiß, dass ihr durch das Training viel Zeit miteinander verbringt. Ihm scheint es gut zu tun. *Du* scheinst ihm gut zu tun.«

Ich blinzelte überrascht. Eine sanfte Wärme stieg mir in die Wangen und ich schüttelte den Kopf. »Ich glaube nicht, dass ich der Grund bin.«

Minako erwiderte nichts, doch das Lächeln auf ihren Lippen blieb.

***

Am darauffolgenden Tag besuchte ich Fluffy auf der Krankenstation. Er wedelte mit dem Schwanz, als er mich sah. Ich nahm ihn in den Arm und küsste seine Schnauze. Die Götter hatten mich erhört. Die verheerenden

Wunden an seinem Bauch waren nur noch abstehende Narben. Es war kaum zu glauben, dass Fluffy vor zwei Tagen im Sterben lag.

Zwei Tage. Solange war Jake bereits auf der Suche nach dem Täter. Und seitdem ließ er sich nicht blicken, weder beim Training noch beim Abendessen.

Ich erwischte mich, wie ich nach ihm Ausschau hielt, sobald ich durch die Flure von Blizzard streifte. Doch er war nicht da.

Fünf weitere Tage vergingen, ohne dass ich Jake zu Gesicht bekam. Es war nicht so, dass ich unser Training vermisste. Aber ich machte mir Sorgen um ihn. Er kam nicht einmal mehr zum Essen in den Speisesaal.

Manchmal zupfte ich an unserem Band, nur um sicherzugehen, dass es noch da war. Dass *er* noch da war.

Ein weiterer Tag verging. Ich grübelte und grübelte, bis mir der Kopf wehtat. Als ich es nicht mehr in meinem Zimmer aushielt, begleitete ich Ted in die Bibliothek. Rosalie war zu einem Auftrag aufgebrochen und würde erst am Abend zurückkehren.

Ted suchte nach neuem Lesestoff und ich nach einer Ablenkung. Aber egal in welchem Buch ich auch blätterte, meine Gedanken schweiften immer wieder ab – zu Jake, zu Fluffy, zu der grauenvollen Nacht.

»Ok, was ist los mit dir?« Ted nahm mir das Buch aus der Hand und klappte es zu. »Geht es um Jake?«

»Warum denkst du sofort, dass es um ihn geht?«, wollte ich wissen und legte meinen Kopf auf den Tisch. Er zog eine buschige Augenbraue hoch, die mir so viel sagte wie: Muss ich dir das wirklich erklären?

»Na schön, es geht um Jake. Er ist seit einer Woche unterwegs und sucht den Mistkerl, der Fluffy das angetan hat.« Ich seufzte schwer. »Er lässt sich nicht bei mir blicken, dabei mache ich mir Sorgen um ihn. Und Minako geht mir entweder aus dem Weg oder antwortet abweisend, wenn ich mich bei ihr erkundige. Keiner will mir verraten, wie die Suche nach dem Täter verläuft oder wie es Jake geht.«

»Verstehe.« Ted sah mich mit seinen haselnussbraunen Augen an. Er spielte nachdenklich mit seinem goldenen Lippenpiercing. Plötzlich hielt er inne.

»Na schön. Du hast mir letzte Woche mit der Tätowierung geholfen und jetzt helfe ich dir.«

»Wobei willst du mir helfen?«

»Wirst du gleich sehen.« Ted griff nach meinem Handgelenk und zog mich in den hintersten Winkel der Bibliothek.

»Ted, was hast du vor?«, fragte ich heiser, als er mich in die Hocke zog.

Er ließ mich los und holte tief Atem. »Was ich jetzt tue, bleibt unser Geheimnis, ja?« Ich nickte, verstand aber immer noch nicht, worauf er eigentlich hinauswollte.

»Beweg dich nicht und halte den Atem ruhig«, wies er mich an, während er seine Hände nah an meine Ohren hielt.

»Was machst –« Ich verstummte, als ich plötzlich eine Stimme hörte, die nicht aus diesem Raum stammte.

»Du weißt, dass ich mir Sorgen mache«, sagte eine weiche Stimme in meinem Kopf. *»Du solltest dich ausruhen.«*

Minako?! Wieso hörte ich Minakos Stimme in meinem Kopf?!

»Das ist nicht nötig. Ich habe den Dreckskerl noch nicht gefunden und werde ganz bestimmt nicht Däumchen drehen, während er frei herumläuft.«

Jake?! Mir klappte der Mund auf. »Ted du kannst Gespräche –«

»Pscht«, fiel er mir ins Wort. »Ich schenke dir gerade ein Super-Gehör. Also höre gefälligst auch zu!« Er kreiste die Schultern, als wollte er eine Verspannung lösen. »Außerdem ist es echt anstrengend für mich, also verlieren wir lieber keine Zeit.«

Ich starrte ihn einen Moment benommen an. Was wir hier taten war unmoralisch, feige und verstieß wahrscheinlich gegen hunderte von Regeln. Vielleicht konnten wir deswegen sogar abgemahnt und aus der Gilde geworfen werden.

Und Ted nahm es in Kauf, für mich.

Ich schloss die Augen und konzentrierte mich wieder auf das Gespräch eine Etage tiefer.

»Jake bitte, du hast die letzten Tage kaum geschlafen. Willst du dich nicht kurz –«

»Nein.«

Ich hörte Minakos Schritte auf dem Boden. Sie lief anscheinend auf und ab. *»Aber unsere Leute haben doch schon die Stadt und die umliegenden Dörfer durchkämmt. Niemand hat etwas gesehen oder gehört. Es war einfach zu spät. Wir haben ja nicht einmal einen Anhaltspunkt. Vielleicht war es ein dämlicher Streich, eine Mutprobe?«*

Jake schnaubte. *»Sei nicht albern. Natürlich haben wir einen Hinweis. Derjenige, der ihn angriff, benutzte einen Höllenspalter mit einer vergifteten Klinge. Der Angriff war geplant, auch wenn ich nicht weiß, wer es war.«* Ich hörte Stoff auf Stoff, dann einen Stuhl, der zurückgezogen wurde. *»Es gibt nur wenige Höllenhunde. Und noch weniger Menschen, die ihre Schwächen kennen. Der Angriff war also von jemanden ausgeführt worden, der sich verdammt gut auskannte, schnell und stark war.«*

Einen Höllenspalter? Das hatte der Heiler auch erwähnt. Und diese seltene Waffe gab es nur in den dunklen Sümpfen am nördlichsten Zipfel von Glossoria. Ein grauenvoller Ort!

Die Schritte verstummten. *»Meinst du, er ist zurückgekehrt?«*

»Daran habe ich auch schon gedacht, aber das ist unmöglich.« Jake schnaubte und trommelte mit den Fingern auf der Tischplatte herum. *»Er hätte Spuren hinterlassen müssen. Irgendetwas, aber das hat er nicht. Er kann es also nicht gewesen sein.«*

Minako atmete erleichtert auf. Wer auch immer dieser *Er* war, sie fürchtete sich vor ihm. Und das bereitete mir Sorgen. Große Sorgen.

Ich erinnerte mich daran, wie der Stahlmagier sie zu Brei schlagen wollte. Auf ihren Lippen hatte ein Lächeln gelegen. Ein verdammtes Lächeln! Nicht einen Moment hatte sie Angst vor dem muskelbepackten Mistkerl gehabt.

Wie schlimm dieser *Er* sein musste, dass sogar Minako sich vor ihm fürchtete, wollte ich mir gar nicht erst ausmalen. Und Jake klang so, als würde er ihn am liebsten zu Asche pulverisieren.

Ich schluckte. Im nächsten Moment quietschte Holz über den Marmorboden. Jake stand auf. *»Ich werde mich weiter auf die Suche begeben. Und das allein.«*

Minakos Armreifen klimperten. *»Jake, ich mache mir wirklich Sorgen um dich. Und nicht nur ich. Ami hat sich auch schon mehrmals nach dir erkundigt.«*

Mein Puls beschleunigte sich. Warum erzählte sie ihm das?

Jake sagte nichts dazu, aber ich hörte, wie er den Atem anhielt.

»Gib Ami nicht die Schuld an dem, was damals passiert ist. Du weißt, dass sie nichts dafür kann«, sagte Minako mit weicher Stimme.

Mein Herz setzte einen Schlag aus und ich krallte die Finger in den Stoff meiner Tunika. Mir war klar, über was sie sprachen.

Ich hörte ein tiefes Seufzen. *»Ich weiß doch selbst, dass sie am wenigsten dafür kann. Wäre Greg nicht gewesen, hätte er ihn nicht beschützt, dann wäre mein Vater nicht bloß mit einer Narbe davongekommen. Er wäre gestorben.«*

Ich presste die Lippen zusammen. Ich wusste, dass mein Vater den Meister beschützt hatte, dass er sein Leben für ihn gegeben hatte, und doch schossen mir Tränen in die Augen.

»Also nein, ich hasse Ami nicht.« Jakes Stimme war trotz Super-Gehörs nicht mehr als ein Flüstern. *»Aber ich hasse unsere Väter. Meiner war zu schwach und ihrer musste dafür mit dem Leben bezahlen. Und beide haben uns im Stich gelassen.«*

»Du weißt, dass der … und wenn Meister Jiji …« Die Stimmen drangen nur noch verzehrt zu mir durch, als wäre eine Tür zwischen uns. Jake räusperte sich oder hustete. Ich konnte es nicht mehr deuten. *»Minako, mein Vater … Reise … niemals finden …«*

Dann war es still in meinem Kopf. Die Wirkung der Magie war verflogen.

***

Ich schreckte aus dem Schlaf hoch. Es war mitten in der Nacht und ein kalter Oktoberregen hämmerte wütend gegen meine Fenster.

In meinem Traum hielt ich Fluffy in den Armen. Dickes Blut quoll aus seinen Wunden und sickerte durch meine Finger. Zitternd presste ich seinen geschundenen Körper an meine Brust. Ich konnte nichts mehr für ihn tun – ich konnte ihn nicht retten.

Er war tot.

Keuchend stieß ich die Decke zur Seite und kletterte aus dem Bett. Ich war mir nicht sicher, wohin ich ging, als ich mein Zimmer verließ und in den dunklen Korridor trat. Doch ich wollte kein Auge mehr zu tun. Zu erleben wie Fluffy starb – und das auch nur im Traum – verkraftete ich nicht. Nicht, nachdem es beinahe wirklich passiert wäre.

Ich ging in die leere Küche und verspeiste eine halbe Melone, eine Zimtstange und eine Apfelpastete. Mit einem Teller Schokoladenkuchen verließ ich sie wieder. Gedanklich setzte ich es auf meine »Zahl-ich-später-zurück« Liste. Minako würde ich meinen nächtlichen Ausflug morgen beichten.

Ich wollte wieder auf mein Zimmer gehen, als ich nasse Fußabdrücke auf dem Marmorboden entdeckte. Fußabdrücke, die eben noch nicht dort gewesen waren.

Sie führten in den Speisesaal.

Meine Finger zitterten und ich umfasste den Teller in meinen Händen fester. Jemand war von draußen hereingekommen und das vor wenigen Minuten. Die Spuren waren frisch und ich konnte den Regen riechen, der hereingetragen wurde.

Vielleicht war es Fluffys Angreifer oder der gefährliche *Er*, vor dem sich Minako so fürchtete! Aber würden sie solche Spuren hinterlassen?

Mein Herz schlug mir bis zum Hals, als ich mich vorsichtig der polierten Flügeltür näherte und in den Speisesaal spähte.

An einem der hinteren Tische brannte eine Kerze. Eine Kerze mit grünem Licht. *Jake.*

Mein Bauch zog sich zusammen. Ich hatte ihn seit über einer Woche nicht mehr gesehen. Doch was hatte er hier mitten in der Nacht verloren? Die Hände hatte er in den Haaren vergraben, sein Blick war auf den Tisch gerichtet.

Ein unsichtbares, aber festes Zupfen glitt über das Band zwischen Jake und mir. »Du kannst ruhig herauskommen, Eisprinzessin. Ich weiß, dass du da bist.«

Ich verzog das Gesicht und wäre am liebsten im Erdboden versunken. Ertappt trat ich hinter der Tür hervor. »Ich wollte dich nicht beobachten«, rief ich ihm entgegen. Wir waren zwanzig Meter voneinander entfernt und trotzdem spürte ich seine Wärme auf meiner Haut.

Er hob einen Krug in die Höhe. Trank er etwa Bier? »Schon gut, setz dich lieber und verrate mir, warum du einen Schokoladenkuchen stiehlst.«

»Ich habe ihn nicht gestohlen, nur geliehen«, protestierte ich und durchquerte den Raum. Gegenüber von ihm nahm ich Platz. »Ich werde ihn bezahlen, sobald ich das Geld habe.«

»Darf ich etwas abhaben?«, raunte er.

Ich schüttelte den Kopf. »Ich bin ein Einzelkind und Einzelkinder teilen nicht gerne.«

»Das halte ich für ein Gerücht. Wiederum hast du ein Herz aus Eis. Also –«

»Na gut«, gab ich nach und schob ihm den Teller entgegen. Lachend entzündete er eine weitere Kerze, um den Kuchen besser sehen zu können.

Mein Atem stockte, als das Licht seinen Körper und sein Gesicht enthüllte.

Jake saß vor mir, aber in welchem Zustand! Seine durchnässte Tunika war mit Brandlöchern übersät und an so vielen Stellen aufgerissen, dass mir ganz schwindelig wurde. Schrammen und Kratzer blitzten unter dem zerfetzten Stoff hervor.

»Woher hast du diese Verletzungen?«

Regentropfen rannen seine Schläfen hinunter, als er vom Kuchen aufsah. »Nachdem ich drei Tage auf der Suche nach dem Dreckskerl war und nichts herausfinden konnte, habe ich aus Frust eine Fünf-Sterne-Quest angenommen.«

»Du hast was?!«, keuchte ich. »Du hast eine Fünf-Sterne-Quest angenommen? Bist du verrückt geworden?!«

Ich erinnerte mich daran, was mir Minako über die Art von Quest erzählt hat. Darüber, wie gefährlich sie sind und dass nur erfahrene Magier solche Aufträge annehmen dürfen. Und ... wie viele dabei ihr Leben verlieren.

Jake hatte so eine Quest allein bewältigt. Aber an seinem Zustand konnte ich erkennen, wie schwierig die Aufgabe gewesen sein musste. Seine Unterlippe und jeder einzelne Fingerknöchel war aufgeplatzt.

»Mir geht es gut«, murmelte er, als er meinen besorgten Blick sah.

»Sollen wir die Wunden nicht trotzdem reinigen? Nicht, dass sich etwas entzündet.«

Jake winkte ab. »Mach dir keine Sorgen, Eisprinzessin. Das sind nur kleine Schrammen, die nicht einmal ins Fleisch gehen. Ich besorge mir morgen ein paar Heilkräuter, das sollte genügen.«

So ein sturer Idiot! »Dann kühle wenigstens deine Lippe.« Ich ließ mehrere Eiswürfel in seinen mittlerweile halb leeren Krug fallen. Sein linker Mundwinkel zuckte. Aber er tat, was ich von ihm verlangte und kühlte seine Unterlippe.

Mein Blick haftete viel zu lange auf seinem Mund und ich räusperte mich verlegen. »Fluffy geht es wieder besser. Ich war heute mit ihm spazieren und er tollt herum wie ein kleiner Welpe. Wie habt ihr zwei euch überhaupt kennengelernt?«

Die Flammen in Jakes Augen glühten, diesmal aus Freude. »Es liegt vier Jahre zurück. Ein Bauer hatte eine Ein-Stern-Quest für einen streunenden kleinen Hund aufgegeben, der in seinem Dorf sein Unwesen trieb, Schafe riss und die Gemüsefelder zerstörte. Es war einer meiner ersten Aufträge gewesen und ich nahm ihn mit Vergnügen an. Leicht verdiente Münzen, dachte ich. Aber als ich dort ankam, knurrte Fluffy mich an und verwandelte sich in seine Höllenhundgestalt.«

Ich schmunzelte und naschte von dem Schokoladenkuchen. »Und dann war es Liebe auf den ersten Blick?«

»Schön wär's.« Jake stieß ein kehliges Lachen aus. »Wir kämpften und verwüsteten das halbe Dorf mit meinen Flammen und seiner heißen Asche. Aber nachdem wir erschöpft auf dem abgebrannten Kornfeld lagen, verwandelte Fluffy sich zurück und schleckte an meinem verrußten Gesicht. Von da an waren wir Freunde und ich nahm ihn mit zu mir. Vater war nicht sehr begeistert.« Der Ausdruck in seinem Gesicht veränderte sich, wurde wütend und traurig zugleich. »Er wollte, dass ich ihn aus der Stadt schaffe, aber ich dachte gar nicht daran. Dann brach er wieder zu einer seiner Reisen auf und ich behielt Fluffy einfach bei mir.«

Ich zog beide Augenbrauen hoch. »Und er ließ es auf sich beruhen?«

»Natürlich nicht, aber ich hatte mir die Haltung eines Höllenhundes von dem Hohen Rat bestätigen lassen. Minako half mir mit dem ganzen Papierkram. Vater fuhr die Krallen aus, als er zurückkehrte und davon Wind bekam.

Aber als ich ihm die Urkunde zeigte, ließ er es darauf beruhen.« Er zuckte mit den Schultern. »Von da an war Fluffy ein festes Mitglied von Blizzard und ein Teil meiner Familie.«

»Das klingt nach einer tollen Geschichte«, flüsterte ich. Ein Kloß bildete sich in meinem Hals. »Ich hoffe, du findest den Schuldigen, der Fluffy das angetan hat.«

Er nickte und trank einige Züge von seinem Bier. »Er wird seine Strafe erhalten, ob ich ihn finde oder nicht. Denn seine Seele ist befleckt und diese Flecken lassen sich nicht ausradieren. Aber mir wäre es lieber, ich finde ihn und trete diesem Dreckskerl persönlich in den Arsch.«

Ich hoffte, dass Jake recht behalten würde. Solch eine Tat durfte nicht ungestraft bleiben. Niemals.

Jake trank noch einen Schluck. Der Alkohol lockerte seine Zunge. Am liebsten hätte ich ihn nach diesem angsteinflößenden *Er* gefragt, aber ich ließ es bleiben. Wenn er wusste, dass ich ihn belauscht hatte, würde er vielleicht Rückschlüsse auf Ted ziehen. Und das wollte ich nicht.

Jake hielt sich wieder den Krug an die Lippen. »Weißt du«, sagte er plötzlich in einem ziemlich anzüglichen Ton. »Deine Eiswürfel schmelzen langsam in meinem Krug.«

»Ja, und?«

In seine Augen trat ein hungriger Schimmer. Er öffnete seine Lippen einen Spalt und setzte den Kelch an. »Wenn sich deine Magie und der Alkohol miteinander vermischen, trinke ich sozusagen von dir.«

Wie bitte? Ich trat ihn unter dem Tisch und er lachte.

»Jake, sag so etwas nicht.« Meine Wangen glühten und ich hoffte, die Dunkelheit würde es vor ihm verbergen.

»Ich mag es, dich verlegen zu sehen, Eisprinzessin«, flüsterte er und setzte den Kelch erneut an seine Lippen, den Blick intensiv auf mich gerichtet.

Und dann nahm er einen kräftigen Schluck von seinem Bier.

Oder meiner Magie.

Oder mir.

Bei allen Göttern.

Mein Herz raste. Ich beugte mich über den Tisch, um ihm den Krug zu entziehen, da griff er nach meiner Hand.

Und bevor ich reagieren konnte, schlossen sich seine Finger sanft, aber bestimmt um meine.

Mein Atem geriet ins Stocken. Sein Griff war nicht fest, es wäre ein Leichtes gewesen, mich daraus zu winden. Aber mein Körper weigerte sich, auch nur den geringsten Widerstand zu leisten. Stattdessen gab ich mich seiner Wärme hin.

Es fühlte sich so gut an, so verdammt gut. Als würden meine Hände dafür geschaffen sein, in seinen zu liegen.

Er kreiste mit seinem Daumen über meine Handfläche und ein Schauder glitt über meinen Körper. Dann noch einer.

Ich hasse sie nicht.

Wenn er mich nicht hasste, wie stand er dann zu mir?

Er erhöhte den Druck auf meiner Haut. Seine Bewegungen wurden langsamer, bestimmter, fordernder. Ich biss mir auf die Lippe, um ein Stöhnen zurückzudrängen.

Jake wusste genau, wie mein Körper auf ihn reagierte, welche Sehnsüchte er in mir auslöste.

Er beobachtete mich fasziniert. Sein Blick glitt über meinen Mund, den ich einen Spalt öffnete. Seine Augen wurden dunkel, während er seine Finger von meinen löste und über mein Handgelenk strich. Langsam wanderte seine Hand über meinen Unterarm. Er verharrte mitten in der Bewegung, als er meinen Verband berührte. »Dummerchen, du solltest dich doch nicht mehr verletzen«, flüsterte er zärtlich.

Ich brauchte einen Moment, um seine Worte zu verstehen. Dann wandte ich mich aus seinem Griff und vergrub die Hände in meinem Schoß.

»Ach, das ist nichts«, keuchte ich. »Nicht der Rede wert.«

Eine Stille legte sich zwischen uns und ich war froh über den Abstand, den mir der Tisch gewährte. Und ich brauchte Abstand. Eine Menge Abstand.

Jakes Miene war unergründlich. Er sah mich nur an. Als könnte er in mich hineinsehen, bis in die tiefsten Abgründe meiner Seele.

Ich hüstelte. »Ich war heute mit Fluffy spazieren, hier im Garten und es geht ihm wieder gut. Seine Wunden sind beinahe abgeheilt und ich meine … also …«, plapperte ich wild vor mich her. Verdammt, wieso konnte ich nicht aufhören, zusammenhangslose Worte von mir zu geben? »Ich sollte vielleicht … Es ist schon spät … Ich glaube, ich werde jetzt besser ins Bett gehen.«

Ich steckte mir ein Stück Schokoladenkuchen in den Mund, damit ich endlich aufhörte zu reden. Den Teller ließ ich zurück, aber den Löffel klemmte ich mir zwischen meine Lippen. Nur für den Fall.

Jake beobachtete mich, wie ich mich hastig von der Bank erhob. Ich wollte ihm den Rücken zuwenden, da stand er ebenfalls auf. Er stieg auf den Tisch, überquerte die letzte Hürde, die uns voneinander trennte und landete neben mir auf dem Boden. Der Löffel glitt mir aus Mund, als er meine Hüften umfasste und mich an sich zog.

Mein Herz machte einen Satz. Der Druck seines Körpers auf meinem, sein betörender Duft, der mich umhüllte und seine Wärme – all das ließ meine Sinne schwinden. Ich legte meine Hände auf seine breite Brust, spürte seinen wilden feurigen Herzschlag unter meinen Fingern.

Eigentlich sollte ich ihn wegschieben. Ich sollte ihn dafür hassen, dass er mir das mit meinem Vater verschwiegen hatte. Und dass er einen Fünf-Sterne-Auftrag angenommen und sich in eine solche Gefahr begeben hatte. Aber ich tat es nicht und schmiegte mich stattdessen an ihn.

Er löste seine Hand von meinen Hüften und ließ sie nach oben gleiten, über meine Wirbelsäule, bis zu meinen Haaren. Seine Finger streiften meinen Nacken und ein warmer Schauer glitt über meine Haut, setzte jede Stelle meines Körpers in Brand.

Es war ein berauschendes Gefühl und ich war kurz davor, darin zu ertrinken.

Ich wollte mehr. Mehr von Jake, mehr von seinen Berührungen.

Ich wollte ihn.

Jake beugte sich zu mir herunter. Seine Wange streifte meine Schläfe und im nächsten Moment lagen seine Lippen auf meiner Stirn. Es war ein zärtlicher, warmer Kuss, der meine Knie weich werden ließ.

»Danke, dass du Fluffy gerettet hast«, murmelte er auf meine Haut. Sein Atem war so angestrengt wie mein eigener. Dann ließ er mich los und trat an mir vorbei.

Keuchend sah ihm nach, bis die Dunkelheit ihn verschlang.

Kapitel 15

Fünf Sekunden

Ich spürte den Druck seiner Lippen noch immer auf meiner Haut. Ich war mit einem klopfenden Herzen eingeschlafen und auch wieder aufgewacht.

Jake hatte mich … geküsst? Wenn man das als Kuss bezeichnen konnte. Er war nicht auf den Mund oder überhaupt in der Nähe davon gewesen. Und doch hatte mein Herz in der Brust geflattert wie ein tobender Schwarm Schmetterlinge.

Vielleicht bedankte er sich immer so? Schließlich hatte ich seinen Höllenhund gefunden, bevor es zu spät war. Aber wie er mich in den Arm gezogen hatte und seine Lippen auf meine Stirn legte … Meine Wangen wurden warm. Es war seltsam.

»Irgendwie siehst du anders aus als sonst«, stieß Rosalie misstrauisch aus. Sie lümmelte auf meinem Ohrensessel herum, die Beine baumelten lässig über der linken Armlehne. »Ja, finde ich auch«, unterstützte Ted sie lächelnd, der gegenüber von ihr auf dem Sofa saß.

»Anders? Warum anders?« Meine Stimme klang viel zu hoch. Konnte man mir ansehen, dass ich einen Fast-Kuss hatte?

Rosalie grinste mich spitzbübisch an. »Ich weiß nicht. Vielleicht liegt es an deinem verträumten Blick oder deinen roten Wangen.«

»Ihr redet Unsinn«, quietschte ich. »Mir geht es bloß gut. Jetzt, wo es Fluffy auch wieder besser geht.«

»Das war auch ziemlich heftig«, sagte Ted und blickte von seinem Buch auf, das er mit seiner Magie vor seiner Nase schweben ließ. »Einen Höllenhund derart zu verletzen, ist nicht einfach. Mein Großvater hat mir mal erzählt, dass Höllenhunde nach Drachen die widerstandsfähigste Hautbeschaffenheit haben. Um ihm so einen Schaden zuzufügen, bedarf es eines echten Kriegers.«

Das hatte der Heiler auch gesagt. Aber wer würde Fluffy so etwas antun? Und warum? Ich verstand es immer noch nicht.

»Haben sie den Angreifer denn schon gefunden?«, warf Rosalie ein und säuberte ihre Nägel mit einem Zweig.

»Nein, leider nicht«, antwortete ich und setzte mich mit einer Tasse Tee neben Ted auf das Sofa. »Was glaubt ihr, wer dahinter stecken könnte?«

Ted sah nicht von seinem Buch auf, als er sagte: »Es wird hier und dort gemunkelt, dass es Mitglieder einer dunklen Gilde waren oder ein dummer Jungenstreich dafür verantwortlich ist. Auch von Dämonen ist die Rede, obwohl ich das für sehr unwahrscheinlich halte. Die meisten Dämonen sind wilde Bestien, die nach Blut und zartem Fleisch gieren. Sie hätten ihn dort nicht einfach liegen gelassen. Sie hätten seine Knochen fein säuberlich abgenagt und das Fett von seinen Überresten geleckt.«

Mir wurde übel. Rosalie verzog ebenfalls angewidert das Gesicht. »Das ist ekelhaft«, zischte sie und streichelte die Topfpflanze zwischen ihren Beinen wie ein Schoßhündchen. »Kann es nicht sein, dass sich einfach jemand vor Fluffy gefürchtet hat?«

»Gut möglich«, gab ich zurück und spann ihren Gedankengang weiter. »Aber seltsam ist es trotzdem, dass so oft auf ihn eingestochen wurde. Ein Mensch, der ein Herz besitzt, würde doch kein sterbendes Tier zurücklassen, ohne ihm den Gnadenstoß zu verpassen. Und auch wenn man in Panik gerät, tränkt man seine Klinge doch nicht erst in Gift, ehe man zusticht. Fluffy sollte leiden, warum auch immer.«

Ted spielte an seinem Lippenpiercing. »Vielleicht ist es ja doch eine Botschaft an Jake.« Bei dem Namen kribbelte es in meinem Bauch und die Bilder von seinen Lippen auf meiner Stirn schossen mir wieder ins Gedächtnis. Ich schob die Erinnerungen beiseite, als Rosalie mich angrinste. »Eine Botschaft. Und wie lautet die Botschaft?«

Rosalie entfernte ein vertrocknetes Blatt von einem der Zweige und zerbröselte es in ihrer Hand. Fast schon in Zeitlupe segelten die Überreste zu Boden. »Nächstes Mal bist du fällig. Dann stech ich dich ab statt deinen dämlichen Köter.«

Jetzt war mir wirklich übel. Ted klappte sein Buch zu, als er meinen verängstigten Blick sah.

»Mach dir keine Sorgen, Ami. Jakes Flammen sind einzigartig. Kein anderer Elementarmagier besaß jemals diese Macht, die durch seine Adern fließt – die Macht der grünen Flammen. Um Jake zu besiegen, bedarf es eines ebenbürtigen Gegners und davon gibt es nicht viele.« Er rieb sich die Glatze. »Außerdem ist der Täter schon über alle Berge und hat sich irgendwo weit entfernt abgesetzt. Sonst hätte man ihn ja schließlich finden müssen, oder?«

Ich nickte und setzte ein träges Lächeln auf. »Du hast recht. Kein Grund, sich Gedanken zu machen. Derjenige ist fort und wird nicht wiederkehren.«

Den restlichen Tag redete ich mir die Worte ein. So oft, bis sie zu meiner Wahrheit wurden.

***

»Du machst Fortschritte«, lobte Jake mich. Es war das erste Mal, dass wir seit dem Fast-Kuss miteinander trainierten. »Aber laut der Aufzeichnungen musst du deine Arme höher anlegen, damit dir die Figur gelingt. Streng dich mehr an, Eisprinzessin.« Er berührte mich federleicht am Ellbogen, doch das Kribbeln, das er auf meiner Haut auslöste, schoss durch meinen ganzen Körper.

Ich trat einige Schritte nach hinten, griff nach meiner Wasserflasche und tat so, als wäre ich durstig.

Verdammt, Jake brachte mich seit jener Nacht vor einer Woche noch mehr aus der Fassung als sonst. Doch ihm schien es nichts auszumachen. Er verhielt sich so wie immer. Als wäre nichts zwischen uns geschehen.

Ich schnaubte innerlich. Gut, dann würde ich auch so tun, als wäre nichts passiert. Es war ja schließlich nur ein Kuss auf die Stirn gewesen. Nicht der Rede wert.

Ich ließ die Flasche sinken. »Bin ich so gut, dass ich jetzt endlich einen Auftrag annehmen darf?«

Er sah mich einen langen Moment an und schwieg. Ich lachte bitter. »Ted und Rosa« – hoffentlich drang ihr Spitzname nicht durch die feuchten Steine zu ihr nach oben – »durften schon eine Reihe von Aufträgen annehmen. Sie sind mittlerweile vollwertige Mitglieder von Blizzard.«

»Du bist auch ein vollwertiges Mitglied.«

Ich verschränkte die Arme vor der Brust. »Nein, bin ich nicht. Ich trage zwar den Phönix auf meiner Haut, aber ich lebe auf eure Kosten und bekomme von dir Taschengeld, als wärst du meine Mutter.«

»Na schön.« Er wedelte lässig mit der Hand. »Wenn du es schaffen solltest, mich fünf Sekunden lang bewegungsunfähig zu machen, darfst du Aufträge annehmen und bist von unserem Training erlöst.«

Was?! Meine Augen weiteten sich. Ich hatte mit einem dummen Spruch oder einer Abfuhr gerechnet. Mit allem, nur nicht mit diesem Vorschlag.

Das war meine erste Chance seit drei Monaten, endlich auf eigenen Beinen zu stehen.

»Fünf Sekunden?« Meine Stimme zitterte vor Aufregung. Egal, wie stark Jake auch sein mochte, ich würde nicht verlieren!

Er nickte. »Fünf Sekunden.«

Ich nahm einen letzten Schluck aus meiner Wasserflasche und spuckte den Inhalt beinahe über den Boden: Jake zog sich die Tunika über den Kopf und stand mit nacktem Oberkörper in der Mitte der Halle. Die letzten Kratzer schimmerten auf seiner Haut, die von den Verletzungen seiner Fünf-Sterne-Quest stammten.

Ich hatte ihn schon so oft ohne Hemd gesehen. Es sollte mich mittlerweile kalt lassen, doch das tat es nicht. Das tat es überhaupt nicht.

»Warum ziehst du dich aus?«, fragte ich zwischen zwei schnellen Herzschlägen.

»Ich kämpfe meistens mit freiem Oberkörper.« Er legte den Kopf schief und grinste scheinheilig. »Lenkt dich das etwa ab?«

Ich stellte die Flasche auf den Tisch. Als ich mich wieder umdrehte, setzte ich die gleiche scheinheilige Miene auf. »Sicher nicht. Von mir aus kannst du auch nackt gegen mich antreten und wirst trotzdem verlieren.«

»Wirklich?« Sein Grinsen wurde anzüglich und er öffnete den ersten Knopf seiner Hose. Dann den Zweiten. Und den …

»Himmel, Jake«, keuchte ich und hielt mir die Hände vor mein Gesicht. »Das war nicht so gemeint.«

»Wirklich? Wie hast du es denn gemeint?«

Mein Herz schlug immer noch ungleichmäßig, aber ich ignorierte seine Frage und trat in die Mitte der Halle. »Wollen wir jetzt endlich kämpfen oder möchtest du es noch weiter hinauszögern?«

Er grinste und seine Augen flammten auf. »Lass uns kämpfen.«

Wir entfachten unsere Magie gleichzeitig. Mein Eis schwebte über meinen Fingern und Jakes Flammen schlängelten sich um seine Unterarme. Und im nächsten Moment schoss der erste Flammenstrahl auf mich zu. Aber ich hatte seinen Angriff vorausgeahnt und wich aus.

Die Hitze seiner Flammen war nicht unangenehm. Es war wie ein warmer Sommerregen. Lieblich, leicht und zart.

Ich rieb mir den Schweiß von der Stirn. Jake schonte mich, setzte nicht all seine Energie in seine Angriffe. Und genau das würde mein Vorteil sein, um ihn zu besiegen. Denn ich hatte nicht vor, zu verlieren!

Als er auf mich zukam, sank ich auf die Knie und berührte den Boden, der daraufhin zu Eis gefror. Jake geriet für einen Moment ins Schlittern, fing sich aber genauso schnell wieder. Ein Grinsen lag auf seinem Gesicht, als das Eis unter seinen Füßen schmolz. Verdammt.

Mit langen kraftvollen Schritten sprintete er auf mich zu und schickte mir im Lauf kleiner Feuerbälle entgegen. Ich zog eine Eismauer hoch und die Bälle blieben stecken.

Mein Triumph hielt nicht lange an, als seine Hitze die Mauer zum Einsturz brachte und sie sich zischend auflöste.

»Nicht schlecht«, lobte er mich. Er schien kaum aus der Puste zu sein, ich hingegen schnappte bereits nach Luft. Doch er ließ mir keine Gelegenheit, durchzuatmen. Bereits die nächsten grünen Feuerbälle flogen auf mich zu.

In letzter Sekunde sprang ich zur Seite und presste die Zähne aufeinander. Jake war stark, auch ohne dass er diesen Kampf ernst nahm. Aber so leicht ließ ich mich nicht besiegen.

Ich konterte mit einem Eisnebel, der ihm kurzzeitig die Sicht raubte. Blitzschnell zog ich ihm seine Beine weg und brachte ihn zu Fall. Doch er packte mich und riss mich mit sich zu Boden. Ich landete über ihm und drückte einen Dolch aus kristallklarem Eis an seine Kehle.

»Eins«, hauchte ich nah an seinem Ohr. Doch Jake sah mich mit einer Gelassenheit an, die mich zweifeln ließ. »Zwei.« Immer noch machte er keine Anstalten, sich zu wehren. »Drei.«

»Bist du dir sicher?«

Ich blickte zu meinem Dolch hinunter, von dem die Hälfte geschmolzen war. Bevor ich eine neue Waffe erschaffen konnte, umfasste Jake meine Schultern und drehte mich zur Seite, sodass er nun auf mir lag.

Spielend leicht fing er meine Fäuste ab, die ich ihm ins Gesicht rammen wollte. Er fixierte meine Handgelenke über meinem Kopf und grinste siegessicher.

Wütend versuchte ich mich zu befreien, doch er rührte sich keinen Zentimeter. Die Flammen in seinen Augen glühten auf eine Art und Weise, die ich noch nie zuvor gesehen hatte. »Eine falsche Bewegung und dein Körper geht in Flammen auf, Eisprinzessin.«

Es waren nur noch zwei Sekunden gewesen. Zwei verdammte Sekunden! Ich konnte nicht verloren haben, es musste doch noch eine Möglichkeit geben. Irgendeine!

Ich ließ meine Magie um meine Haut kreisen, aber es war sinnlos. Jake wehrte jeden Angriff mit seiner Magie ab.

Er beugte sich zu mir herunter, seine Lippen waren nur noch Zentimeter von meinen entfernt. Und dann wurde mir klar, wie nah wir uns waren. Schon wieder.

Ich schluckte jegliches Verlangen herunter, das in mir aufkeimte, und nutzte es aus, dass er mir so nah war. Ich holte tief Luft und pustete ihm einen Eisnebel mitten ins Gesicht. Sein feuriger Atem hielt dagegen.

»Was tut ihr da?«, frage eine männliche Stimme amüsiert. Erschrocken starrte ich in die Richtung, aus der die Stimme kam. An der Tür stand ein Mann, den ich noch nie zuvor gesehen hatte.

Er war groß und sein kräftiger Körper steckte in dunkel gepanzertem

Leder. Um seine breite Brust spannte ein Messergurt, bestückt mit schlichten, wunderschönen Klingen.

Ich errötete bis in den Haaransatz, doch Jake schien es nicht zu interessieren, dass wir beobachtet wurden. Er blieb über mir gebeugt und hielt meine Hände stramm über meinem Kopf. Schließlich senkte er seinen Kopf und flüsterte mir ins Ohr: »Unentschieden.« Dann gab er mich endlich frei und zog mich mit sich auf die Beine.

Der Fremde blieb vor uns stehen. Und aus der Nähe betrachtet stellte ich fest, dass er außergewöhnlich gut aussah. Keine klassische Schönheit, sondern eine raue, ungezügelte.

Die Schönheit eines Kriegers.

Seine Haut war gebräunt und das dunkle Haar glänzte im Schein der Fackeln. Ein Bartschatten umspielte sein kantiges Gesicht, in der eine gewisse Grobheit lag, so als wäre er aus Erde und Wind entstanden.

»Du tauchst immer in den ungünstigsten Momenten auf. Wir waren mitten in einem Kampf«, sagte Jake gedehnt. Ich blickte zwischen den beiden hin und her. Anscheinend kannten sie sich.

Sein Bekannter stieß ein kehliges Lachen aus. »Wieso hast du früher nie so mit mir gekämpft? Dann wären mir viele blaue Flecke erspart geblieben.«

Dann wanderte sein belustigter Blick zu mir. Das Braun seiner Augen erinnerte mich an einen dunklen, aufgewühlten Waldboden. »Und du musst unser Neuankömmling sein, richtig?«

Ich nickte und war immer noch sichtlich verlegen, als ich seine ausgestreckte Hand ergriff. »Mein Name ist Ami.«

»Willkommen in unserer Familie. Mein Name ist Maddox.«

Maddox. Den Namen hatte ich schon einmal gehört. Jake hatte mir vor Wochen erzählt, dass er in diesem Kellergewölbe mit ihm trainiert hatte.

Jake hustete, um ein Lachen zu unterdrücken. »Bei ihm musst du aufpassen, Eisprinzessin. Er stiehlt Herzen wie die Elster glänzende Dinge.«

Irgendwie hatte ich das Gefühl, dass er es wortwörtlich meinte. Ich entzog ihm meine Hand.

Maddox ging zu Jake und umarmte ihn fest. Sie gingen so vertraut miteinander um, dass mir ganz warm ums Herz wurde. »Lange nicht gesehen, Bruder. Wo steckt Meister Jiji?«

»Auf Reisen«, murmelte Jake und zuckte die Achseln.

Maddox schüttelte den Kopf. Seine Miene wurde ernst. »Warum frage ich überhaupt. Und wo ist Minako?«

»Sie müsste jeden Moment hier sein. Sie wollte Ami im Umgang mit den Waffen lehren.« Jake grinste und schlug Maddox auf den Rücken. »Du kannst dich noch vor ihr verstecken, bevor es zu spät ist. Denn sie ist ziemlich –«

Im selben Moment erklangen Schritte. Minako betrat den Raum und blieb abrupt stehen, als sie Maddox erblickte.

Dann passierte etwas Unglaubliches: Die liebe, sanfte Minako flippte aus. Das Schwert, das sie bereits in den Händen hielt, schmetterte sie geräuschvoll zu Boden. Mit festen Schritten stürmte sie auf uns zu. Auf *ihn* zu.

»Maddox, du Arsch«, schimpfte sie und schlug ihm gegen die Brust. »Wenn du dich das nächste Mal aus dem Staub machst, ohne Tschüss zu sagen, wird Jake dein Zimmer abfackeln!«

»Wie bitte?«, sagte Jake lachend und hob beide Hände. »Halte mich da raus. Er hat sich bei mir verabschiedet, bevor er vor vier Monaten aufgebrochen ist.«

Ihre zarten Hände ballten sich zu Fäusten, die sie Maddox ins Gesicht hielt. »Bei Jake verabschiedest du dich und bei mir nicht?! Du bist ein echter Idiot. Hast du etwa unseren Kodex vergessen?«

Maddox grinste breit, als er die fluchende Minako spielerisch in seine Arme zog und ihr einen Kuss auf den Scheitel gab. »Natürlich habe ich unseren Kodex nicht vergessen.«

»Dann befolge ihn auch«, sagte sie und legte ihren Kopf an seine Brust. »Schön, dass du wieder zuhause bist, Mad.«

Er streichelte ihr das rote Haar nach hinten und sie umklammerte seine dunkle Lederkleidung. Ich betrachtete diese vertrauten Gesten, diese zärtlichen Berührungen.

Als sie sich voneinander lösten, ging Minako zu ihrem Schwert zurück. Maddox blickte ihr nach, verfolgte jeden Schritt, jede Bewegung von ihr.

»Wie sieht's aus, Ami. Lust auf unsere erste Trainingsstunde?«, fragte sie mich und balancierte das Schwert in ihrer Hand.

Ich grinste und griff nach meiner Übungsklinge. »Nichts lieber als das.«

Wir trainierten die nächsten Stunden miteinander. Den Ruf als beste Schwertkämpferin im Lande hatte sie sich allemal verdient. Ihre Beinführung war grandios, ihre Bewegungen flüssig und mit dem Schwert hantierte sie, als wäre es ein verlängerter Teil ihres Arms.

Kein einziger meiner Hiebe drang zu ihr durch, ihre Schläge hingegen trafen mich immer. Mein Körper musste mittlerweile nur noch aus blauen Flecken bestehen.

Manchmal sah ich zu Jake und Maddox herüber, die am anderen Ende des Saals trainierten. Ihre Bauchmuskeln glänzten schweißnass im Schein der Fackeln und die Oberarme spannten bei jedem Schlag, den sie austeilten.

Beide schenkten sich nichts. Ihre Schwerter klirrten erbarmungslos aneinander und ich konnte nicht sagen, wer besser war. Maddox war kräftiger, aber Jake war flinker im Umgang mit der Klinge, die er spielerisch führte.

Ich hatte Mühe, den Blick von ihnen abzuwenden. Und auch Minako erwischte ich dabei, wie sie hin und wieder herübersah. Wie sie zu Maddox sah.

»Ich habe Hunger«, jammerte sie nach einer Weile und steckte ihr Schwert in die Scheide. »Mein Magen bringt mich noch um den Verstand.«

Ich rang nach Atem und nahm einen Schluck Wasser. »Essen klingt gut. Ich brauche sowieso eine Pause.«

»Du brauchst immer eine Pause«, rief mir Jake aus der anderen Ecke des Saals entgegen. »Ungefähr zwanzig pro Stunde.«

Ich hob eine Augenbraue, formte einen Eisball in meiner Hand und warf ihn auf Jake. Er wich mühelos aus und das Eis zersprang an der Steinwand. »Blödmann! Sag nicht, dass du nicht auch eine Pause gebrauchen kannst. Im Gegensatz zu Maddox siehst du nämlich ziemlich verschwitzt aus.«

Jake grinste und steckte sein Schwert in die Scheide.

»Endlich mal eine, die sich zu wehren weiß«, stieß Maddox lachend hervor und schlenderte zu Minako und mir. »Also, was schlagt ihr vor? Wollen wir nach oben in den Speisesaal?«

»Ich habe eine bessere Idee«, trällerte Minako und lief an uns vorbei. Vor einer der Wände blieb sie stehen und zog an einer Kordel, die im Stein gefasst war. Ein liebliches Glockenspiel ertönte.

»Wie in den alten Zeiten«, sagte Maddox verträumt, woraufhin Minako und Jake lächelten.

»Was hast du gemacht?«, fragte ich sie neugierig.

»Ich habe uns Essen bestellt. Es sollte gleich hier nach unten gebracht werden.« Sie klopfte sich die Handflächen ab und deutete auf die Kordel. »Das Glöckchen ist mit der Küche verbunden. Wenn daran geläutet wird, wissen die Köche Bescheid und zaubern uns etwas Schönes. Als wir Kinder waren haben wir das ständig gemacht.«

Und tatsächlich, nach kürzester Zeit erschienen zwei Magier und trugen köstliche Speisen in die Halle. Es war so üppig aufgetischt worden, dass mir der Magen knurrte.

Mit einer Kopfbewegung bedeutete Minako mir, mich neben sie zu setzen. Jake nahm gegenüber von mir Platz und Maddox gesellte sich zu seinem Freund.

»Wie habt ihr euch eigentlich kennengelernt?«, fragte ich, während ich meinen Teller mit all den Köstlichkeiten häufte.

Jake nahm einen Schluck aus seinem Weinglas. »Maddox war in einer Diebesbande tätig. Der kleine Gauner wollte mich tatsächlich bestehlen.«

»Wirklich?« Mein Kopf schoss zu Maddox. »Du warst mal ein Dieb?! Wie alt warst du da?«

»Glaube mir, ich war der beste Dieb von allen«, sagte er grinsend. »Ich war im zarten Alter von acht Jahren und hatte mich bereits zu einer wahren Berühmtheit hochgearbeitet. Meine Eltern – die Götter haben sie selig – waren selbst Banditen und brachten mir ihr Handwerk bei. Leider wurden sie bei einem ihrer Raubzüge gefangen genommen und in den Kerker gesperrt.«

»Was?« Der Schock musste mir wohl ins Gesicht geschrieben stehen, denn alle lachten gleichzeitig auf. »Was ist mit ihnen passiert? Sie wurden doch nicht etwa erhängt?«

»Bei den Göttern, nein«, sagte er immer noch grinsend. »Sie mussten einige Jahre im Kerker absitzen und kamen dann wieder auf freien Fuß. Leider konnten sie es nicht lassen, einer Adelsfamilie ihre glänzenden Juwelen zu stehlen und wurden kurz darauf wieder in Gewahrsam genommen.«

»Gut, dass du daraus gelernt hast«, fügte Minako seiner Rede bei. Ich konnte in ihren saphirblauen Augen ablesen, wie erleichtert sie darüber war.

»Nun sind sie seit einigen Monaten auf freiem Fuß und leben in einem Dorf einige Wochenreisen von Mistress entfernt. Wenn ich Aufträge annehme, dann meistens die, die weiter weg sind. Dann besuche ich sie immer und bringe ihnen schöne Dinge mit, die ich als Dank für die Durchführung meiner Aufträge bekomme. Meine Mutter liebt Halsketten. Apropos Halskette.« Er zog eine kleine Schachtel aus seiner Hosentasche. »Ich habe auch etwas für dich. Ich weiß ja, wie sehr du Schmuck und Edelsteine vergötterst.« Er trat hinter Minako und zog eine silberne Halskette hervor.

Behutsam strich er ihr die Haare aus dem Nacken und legte ihr die Kette um den Hals. Sie lehnte ihren Kopf an seinen Bauch und flüsterte ein *Danke*.

Dieser Augenblick hatte solch eine Intimität, die ich nicht benennen konnte. Ich schaute zu Jake, dem es anscheinend auch so erging.

Und dann wurden mir zwei Dinge gleichzeitig klar: Erstens, den ganzen Schmuck, den sie trug, hatte Maddox ihr geschenkt. Als Wiedergutmachung dafür, dass er so weit reiste und als Erinnerung an ihn, wenn er fort war. Und sie nahm den Schmuck niemals ab.

Und zweitens, er war derjenige, der ihr viel bedeutete, derjenige, der ihr Herz besaß. Aber so wie es aussah waren sie nicht zusammen. Ob die beiden sich ihrer Liebe zueinander überhaupt bewusst waren?

»Auf jeden Fall«, sprach Maddox weiter. Er stand noch immer hinter Minako. Seine Hände verweilten auf ihren Schultern, massierten sie leicht. »War ich dabei, Jake um ein Goldsäckchen zu erleichtern, dass an seinem Hosenbund schaukelte.«

Jake lehnte sich vor und schwenkte den Wein in seinem Glas. »Und wir wissen beide, wie es ausgegangen ist, du *Meisterdieb.*«

Maddox lachte tief und kehlig. »Den Teil der Geschichte muss ich wohl vergessen haben.«

Jakes Augen funkelten, während er mich ansah. »Ich erwischte ihn dabei, wie er sich an meinem Goldsäckchen zu schaffen machte. Und er versuchte erst gar nicht zu fliehen, er wollte kämpfen. Und ich war ein wütendes Kind und nahm seine Einladung dankend an. Wir schlugen und rangelten uns durch die halbe Stadt und weil uns das nicht ausreichte, setzten wir unsere Magie ein. Um uns tobte ein Feuersturm und überall flog Gestein herum, das Maddox mit seiner Erdmagie aus dem Boden und den Hauswänden riss.«

Jake und Maddox grinsten beide, als wäre das eine schöne Erinnerung. Ich hingegen schüttelte wie Minako nur den Kopf. »Mein Vater war so wütend, als zwei Wachleute uns zu ihm brachten. Und da Maddox kein Geld besaß, außer das, was er gestohlen hatte, musste er mit mir in Blizzard schuften. Zur Strafe mussten wir die Böden schrubben, in der Küche aushelfen und die Waffen polieren, die in den Trainingsräumen hingen. Und da wir jede Arbeit gemeinsam erledigten, endete auch das jedes Mal in einer wilden Prügelei.«

Maddox lachte und setzte sich wieder auf seinen Platz. Er lehnte sich auf seinem Stuhl zurück. »Und irgendwie – nur die Götter wissen, warum – sind wir während unserer Kämpfe Freunde geworden. Wir verstanden aneinander. Wir wussten wie es ist, wütend zu sein, wütend auf alles und jeden. Vor allem auf unsere Eltern, die uns im Stich ließen. Letztendlich gefiel es mir so gut bei Blizzard, dass ich blieb. Seitdem bin ich ein Teil der Gilde.«

Irgendwie war das eine schöne Geschichte. Und ich verstand die tiefe Freundschaft, die sich dahinter verbarg. Ich beneidete die beiden darum. Ich hatte nie wirklich Freunde gehabt. Die Kinder im Dorf fürchteten sich vor mir oder bekamen von ihren Eltern das Verbot, mit mir zu spielen.

Plötzlich fiel mir etwas ein. Ich legte meine Gabel auf den Tisch und fragte: »Warst du das auf dem Bild?«

»Welches Bild?«, entgegnete Maddox und auch Minako sah von ihrem Teller auf. »Das Porträt, auf dem Jake einen Jungen in den Schwitzkasten nimmt. Die beiden müssen um die neun Jahre alt gewesen sein.«

»Nein, das war ich nicht«, sagte Maddox. Seine Gesichtszüge verhärteten sich. »Das war bestimmt –«

»Wir haben genug in der Vergangenheit geschwelgt«, unterbrach Jake ihn. Und als er seine Augen auf mich richtete, war sein Blick eiskalt. So kalt wie meine Magie. So kalt wie der Tod.

Sofort bereute ich es, das Thema erneut angesprochen zu haben. Neben mir verkrampfte Minako sich. Ich hatte den Ausdruck in ihrem Gesicht schon einmal *gehört,* als ich vor Wochen das Gespräch zwischen ihr und Jake belauschte. Als es um den mysteriösen *Er* ging.

Vielleicht bildete ich mir das ein, aber Minako verhielt sich den restlichen Abend ruhiger als sonst.

Kapitel 16

Ein Sturm zieht auf

Die Wochen vergingen. Ich lag auf der Wiese im Stadtpark und genoss den sonnigen Herbsttag. Neben mir las Ted ein Buch und Rosalie tollte mit Fluffy herum, der durch die bunten Blätterberge lief, die sie mühselig zusammenkehrte. »Du bist mir keine große Hilfe«, meckerte sie und rannte ihm mit erhobenem Rechen hinterher. Ich lachte, als ich die beiden so spielen sah.

Rosalie gab die Jagd fluchend auf, als sich Fluffy hinter mir versteckte. Ich hob ihn auf meinen Schoß und streichelte seinen Bauch. Die Wunden waren verheilt, aber ich spürte die verdickte Haut unter meinen Fingerkuppen.

Der Angriff lag mehrere Wochen zurück und von dem Täter fehlte immer noch jede Spur. Es war, als hätte er sich in Luft ausgelöst.

Manchmal träumte ich von dieser Nacht. Und jedes Mal lag Fluffy sterbend in meinen Armen und verblutete. Ich konnte ihn nicht retten. Kein einziges Mal.

Ich schüttelte den Gedanken beiseite und drückte Fluffy einen Kuss auf die Schnauze. Er wedelte mit dem Schwanz und gähnte genüsslich.

Ich war froh, dass er noch derselbe war. Dass dieser Angriff ihn nicht verändert hatte. Und der Täter würde seine gerechte Strafe erhalten für das, was er ihm angetan hatte.

Daran zweifelte ich keinen Augenblick.

Ich gab Fluffy einen weiteren Kuss, ehe ich Rosalie dabei zusah, wie sie die Blätter zusammenkehrte.

»Wieso benutzt du nicht deine Magie?«, fragte ich. »Wäre das nicht viel einfacher?«

Rosalie nahm ein buntes Ahornblatt in die Hand. »Einfacher ja, aber auch langweiliger. Ich möchte die Natur fühlen und das funktioniert am besten auf die altmodische Art.«

Sie legte das Blatt behutsam auf die Spitze des Blätterhaufens und kehrte weiter auf.

Ich beobachtete sie noch eine Weile und wandte mich dann an Ted. Er tat so, als würde er ein Buch lesen, doch ich bemerkte, wie er ab und an mit seiner Hand schwang und den Wind beeinflusste. Ich lächelte, weil er es so beiläufig tat, dass Rosalie nicht einmal mitbekam, wie er ihr half.

»Ted«, fing ich an, während er die nächste Seite umblätterte, ohne sie zu berühren. »Ich habe mich noch gar nicht richtig bei dir bedankt, dass du mir in der Bibliothek geholfen hast. Also, vielen Dank!«

Ted sah von seinem Buch auf und seine goldenen Piercings glänzten in der Herbstsonne. »Kein Problem, Ami.«

Ein kleiner Windstoß fegte über die Wiese und hob leicht den Stoff seiner dunkelblauen Robe an. Ich erhaschte einen Blick auf seine Brust und auf den Phönix, der dort thronte.

»Warum hast du dir das Gildenzeichen auf die linke Brust tätowiert?«, fragte ich und vergrub meine Hände im Gras.

Ted setzte sich auf. Seine Wangen färbten sich rot, als er über seine Glatze fuhr. »Ein Magier, den ich sehr bewundere, trägt dort ebenfalls sein Gildenzeichen.«

»Wer ist es?«, fragte ich neugierig und beugte mich vor.

Ted schüttelte heftig den Kopf. »Sag ich nicht.«

»Warum nicht? Bitte verrate es mir«, flehte ich, doch egal wie lange ich bettelte, Ted rückte nicht mit der Sprache heraus. Dabei interessierte es mich wirklich, wen er als Vorbild sah. Mir fiel niemand ein, der dort sein Gildenzeichen trug. Vielleicht Meister Jiji? Aber dann würde er daraus nicht so ein Geheimnis machen. »Ich werde der Sache noch auf die Schliche kommen«, versprach ich grinsend.

»Versuchs doch.« Ted erwiderte mein Lächeln, bevor er sich auf die Beine schwang. »So, genug gefaulenzt. Ich gehe zurück zur Gilde und nehme einen Auftrag an.« Er sah zu Rosalie. »Was ist mit dir? Kommst du mit?«

Sie strich sich über ihre mit Erde besudelte Hose. »Nein, ich bleibe hier und werde mich noch etwas um die Blätterberge kümmern. Die Münzen kann ich auch wann anders verdienen.«

»Ich bleibe bei dir«, sagte ich zu Rosalie, ehe ich mich an Ted wandte. »Kannst du Fluffy mitnehmen? Er sieht ganz schön müde aus und allein kann er die Treppe nicht überwinden.«

Er nickte, klemmte sich sein Buch zwischen die Achsel und nahm Fluffy von meinem Schoß. Gemeinsam schritten sie über die Wiese. Ich sah den beiden nach, bis sie nicht mehr zu sehen waren.

»Worüber habt ihr gesprochen?«, fragte mich Rosalie und legte sich zu mir ins Gras.

»Wir haben über das Gildenzeichen gesprochen. Wo trägst du deines eigentlich?«

Sie krempelte den rechten Ärmel hoch und streifte sich den Leinenhandschuh von der Hand. Ein wunderschöner Phönix zierte ihre innere Handfläche. Die Federn erstreckten sich vom Zeige- und Ringfinger bis zu den Fingerspitzen.

Doch auch wenn die Tinte ihre Haut färbte, schimmerten die Narben durch wie Steine in einem klaren Bach.

»Woher hast du die Verletzungen?«, fragte ich leise. Es war das erste Mal, dass ich den Mut fasste, sie darauf anzusprechen.

Rosalie hielt ihre Hände in die Sonne, drehte und wendete die verunstaltete Haut im Licht. Schließlich sagte sie so leise, wie der Wind durch junges Laub fuhr: »Rosen sind nicht immer so schön, wie sie im ersten Augenblick erscheinen. Manchmal sind Rosen hässlicher als jedes Unkraut dieser Welt.«

Dann griff sie nach dem Rechen und kehrte weiter die Blätter auf, während ich über ihre Worte nachdachte und über das, was ihr widerfahren sein musste.

Irgendwann musste ich im Gras eingeschlafen sein. Rosalie weckte mich mit einem nicht gerade zimperlichen Rütteln. »Wir sollten zurück zur Gilde. Ein Sturm zieht auf.«

Ich rieb mir die Augen und schwang mich auf die Beine.

Ein kalter Windstoß fegte über die Wiese. Bäume ächzten, Äste knackten. Auf dem Blumenbeet breitete sich ein Schatten aus, der das Licht der Novembersonne verschluckte.

Ich blickte nach oben. Dunkle Gewitterwolken schoben sich über den sorglosen Himmel, bis nichts mehr von ihm zu sehen war. Doch irgendetwas war seltsam. Die Wolken bewegten sich viel zu schnell und ihre Farbe glich einer sternlosen Nacht.

Rosalie schien dasselbe zu denken, als sie ihr Gartenwerkzeug einsammelte und in den Himmel starrte. Dann grollte Donner über uns hinweg und Blitze zogen sich durch den Himmel wie pulsierende Herzschläge.

Und noch bevor ich mir der Gefahr bewusst wurde, spürte ich eine enorme Energie, die auf uns zuschoss.

Die Energie eines gewaltigen Blitzes.

Kapitel 17

Drache vs. Phönix

»Pass auf«, schrie ich und stieß Rosalie zur Seite. Wir fielen blindlings in das Blumenbeet.

Ein greller Blitz flog durch die Luft und schlug an der Stelle ein, an der Rosalie eben noch gestanden hatte. Erde spritzte uns entgegen wie dickflüssiges Blut.

Ich rang nach Atem und half ihr auf die Beine. Donner grollte über unsere Köpfe hinweg. »Bist du verletzt?«

Sie schüttelte den Kopf und fluchte. »Nein, mir geht es gut, aber …«

Sie sprach nicht weiter. Mit weit aufgerissenen Augen starrte sie in den weitläufigen Park. Ich wirbelte herum und folgte ihrem Blick. Mein Atem stockte.

Ein Mann – schön und furchteinflößend zugleich – kam auf uns zugegeschlendert. Er verströmte Gelassenheit und Macht und jede seiner anmutigen kraftvollen Bewegungen waren eines Kriegers würdig.

Seine Kleidung war aus edlem Tuch, die schwarze Weste mit Silberfäden durchzogen und der Mantel, der lässig um seine Schultern lag, mit Pelz besetzt.

Das Gewitter grollte rhythmisch zu seinen Schritten, mit denen er unentwegt auf uns zukam. Es schien, als würde der Himmel seinem Befehl unterliegen. Sein kurzes, blondes Haar glänzte im grellen Licht des Unwetters und Blitze schmiegten sich wie Liebhaber um seinen Körper.

Mein Herz nahm den gleichen, wilden Trommelschlag des Donners an. Und schlagartig wurden mir zwei Dinge bewusst. Zum einen war er ein Magier, daran bestand kein Zweifel. Und zum anderen hatte *er* uns den Blitz geschickt, der Rosalie beinahe getroffen hätte.

Das Donnern hörte in dem Moment auf, als der Mann einige Meter vor uns stehen blieb. Atemlos betrachtete ich den Dolch, der an seiner Hüfte prangte. Die Klinge steckte in einer Lederscheide, doch am Griff konnte ich einen roten Rubin entdecken, der uns wie ein sirrendes Auge zu beobachten schien.

Und ich spürte die Hitze, die von der Klinge und diesem seltsamen Rubin ausging.

Es war Höllenfeuer.

Ein Lächeln umspielte seine Lippen, während er mich neugierig musterte – wie eine Katze ihre Beute. Ein Schauder durchfuhr meinen Körper.

Rosalie fand ihre Stimme als Erste wieder. »Warum greift Ihr uns an?«

Nur widerwillig nahm er den Blick von mir und wandte sich Rosalie zu. »Ihr seid Mitglieder von Blizzard. Genügt das nicht als Grund?«

Er schlug seinen hochgestellten Kragen zurück und mein Herz verkrampfte sich in meiner Brust. Auf seinem Hals prangte ein Tattoo, das ich von Jakes Erzählungen kannte – ein Drache, der sich um einen Dolch schlang. Es war die Gilde, von der Jake gesprochen hatte. Die dunkle Gilde, die die Mitglieder von Blizzard tot sehen wollte!

Rosalie bewegte sich nicht, war wie erstarrt. Mein Blick suchte die Umgebung ab, hielt Ausschau nach weiteren Mitgliedern, doch so wie es aussah, war er allein. Ebenso wie Rosalie und ich. Hier im Park war außer uns keine Menschenseele.

Er fing meinen Blick auf und grinste belustigt. »Glaubst du wirklich, euch würde jemand zur Hilfe eilen? Bei diesem Unwetter treibt sich doch niemand im Park herum.«

»Was wollt Ihr von uns?«, presste ich mit zusammengebissenen Zähnen hervor.

»Vielleicht sollte ich mich zunächst einmal vorstellen«, raunte er und deutete eine Verbeugung an. »Ich bin Taran, Oberhaupt von Dragoon.«

Oberhaupt von Dragoon?! Er war der Meister der dunklen Gilde?

Noch bevor ich einen weiteren Gedanken fassen konnte, ging Rosalie schlagartig in die Hocke. Die Erde vibrierte unter unseren Füßen und im nächsten Moment schoss Gras in die Höhe und wickelte sich wie eine Würgeschlange um Tarans Körper.

Doch auf seinen Lippen lag immer noch dieses selbstgefällige Grinsen. Auch dann noch, als das Gras bereits bis zu seinem Hals vorgedrungen war und sein Tattoo vollständig bedeckte. Als wäre es *sein* Wille, in dem Gras zu sein, nicht Rosalies.

»Das ist aber nicht sehr nett«, raunte er. Seine Stimme klang wie schwarzer, rauchiger Samt und jagte mir einen Schauer nach dem anderen über meine Haut. »Lass mich frei.«

»Seid still«, schrie Rosalie. »Abschaum wie Euch darf man nicht frei herumlaufen lassen. Das habt Ihr nicht verdient. Ihr gehört eingesperrt!«

»Ich gehöre eingesperrt?« Seine schönen Gesichtszüge veränderten sich, wurden zu einer tödlichen, rauen Maske. »Man legt mich nur in Ketten, wenn *ich* es möchte.«

Und im nächsten Moment leuchtete sein Körper unter der Grasschicht auf. Blitze schossen aus ihm heraus, als wäre er das Unwetter höchstpersönlich. Und ehe ich reagieren konnte, traf einer der Blitze Rosalie. Sie flog einige Meter nach hinten und wurde von einem riesigen Blatt aufgefangen. Die Pflanze, die sich schützend um sie ausbreitete, schrumpfte langsam und nahm wieder ihre Ursprungsform an.

»Rosalie«, schrie ich. Mit wenigen Schritten war ich bei ihr und nahm ihr Gesicht in meine Hände. »Rosalie, sag doch etwas.« Aber sie antwortete nicht.

»Sie ist nicht tot«, sagte Taran im Plauderton und klopfte sich das Gras von der Weste. »Nur bewusstlos.«

Ich sprang auf die Beine, meine Hände zu Fäusten geballt. Eine unfassbare Wut durchströmte mich. Und dann ließ ich die Magie durch meine Adern fließen und schmetterte einen Eisstrahl direkt zu ihm.

Er wich mühelos aus und hob beschwichtigend eine behandschuhte Hand. »Ich bin nicht dein Feind.«

»Ach nein? Etwa mein Freund?« Ich lachte bitter und feuerte bereits die nächsten Geschosse auf ihn. Und wieder wich er spielend leicht aus.

Ich knurrte. »Wie konntest du Rosalie das antun, du Mistkerl?!«

»Mistkerl?«, wiederholte er. »Das ist aber nicht sehr freundlich, Ami.«

Ich blinzelte perplex. »Woher kennst du meinen Namen?«

Er lachte und warf sich seinen schwarzen Mantel über die Schultern, der durch Rosalies Angriff zu Boden gefallen war. »Ich kenne die Namen aller Mitglieder von Blizzard. Du musst wissen, meine Informanten sind überall.«

Das glaubte ich ihm aufs Wort. Und der Gedanke, dass er mich ausspionieren ließ, erschauderte mich bis ins Mark.

Taran sah mich fasziniert an, als wäre ich ein Rätsel, das er zu lösen versuchte. »Was ist so besonders an dir?«, hauchte er. »Du bist schön, keine Frage, aber das sind die meisten. Also sag mir, was macht dich so einzigartig?«

Ich hatte keinen blassen Schimmer, wovon er sprach. Und mir war es gleich. Als Antwort feuerte ich ihm einige Eisgeschosse entgegen, die er mit einem einzigen grellen Blitz abwehrte.

»Ich sehe, dir liegt nicht viel an einem Gespräch mit mir, wie schade.« Taran seufzte theatralisch. »Aber wenn du unbedingt kämpfen möchtest, erfüllte ich dir diesen Wunsch natürlich gern.«

Er legte seine behandschuhten Finger an seine Lippen und stieß einen Pfiff aus. Und wie ein Hund löste sich eine Gestalt aus den Schatten und trat an seine Seite.

Ich erschauderte. Es war ein mir bekanntes Gesicht. Die muskelstrotzenden Oberarme und die Eisenkette um seinen Hals ließen keinen Zweifel übrig: Es war der Stahlmagier, der damals beim Vorstellungsgespräch Minako angegriffen hatte.

Er sah meinen verdatterten Blick und grinste herablassend. »Kannst du dich noch an mich erinnern, du kleine Schlampe? Blizzard wollte mich nicht haben, also bin ich zu einer besseren Gilde gegangen.«

Dann sah er zu Taran. Es war eine stille Bitte. Eine Bitte, sich mit mir anlegen zu dürfen. Mir wehzutun.

Natürlich. Taran würde sich nicht selbst die Hände schmutzig machen, um mich zu erledigen. Vielleicht tummelten sich hier noch mehr Anhänger seiner Sippe herum, die nur darauf warteten, im richtigen Moment zuzuschlagen.

»Du darfst spielen«, sagte Taran gedehnt und betrachtete seinen linken Lederhandschuh. Als er wieder aufsah, war das Gold in seinen Augen so dunkel wie eine sternenlose Nacht. »Aber verletze sie nicht zu sehr. Ansonsten wirst du jeden Kratzer, jeden Fausthieb und jede Wunde zurückbekommen. Verstanden?«

Wie bitte? Er drohte *ihm*? Das war eine ziemlich seltsame Art, jemandem einen Befehl zu erteilen.

Der Stahlmagier nickte mehrmals. Und als er genug vor seinem Meister gekrochen war, neigte er seinen Kopf in meine Richtung und ließ seine Knöchel knacken.

Im nächsten Moment stampfte er auf mich zu. Aus seinen Händen traten Kugeln aus Stahl und er feuerte sie mir entgegen.

Ich zog reflexartig eine Eismauer hoch und die Geschosse blieben stecken. Doch schon im nächsten Moment zerstörte er das rissige Eis mit nur einem einzigen Fausthieb.

Ich stolperte nach hinten und ging weiter nach rechts, lockte ihn aus Rosalies Richtung. Sie sollte nicht noch mehr verletzt werden.

Du musst dem Eis Leben einhauchen, musst die Skulpturen mit deinen Gedanken laufen, fliegen und schwimmen lassen. Jakes Worte schrien sich in mein Gedächtnis. Bislang hatte ich nur einzelne Figuren erschaffen, doch jetzt brauchte ich eine Armee, um den Kampf für mich zu entscheiden.

Ich hielt meinen Atem flach und konzentrierte mich. Zwischen zwei Herzschlägen formte ich hunderte fliegende Schmetterlinge. Sie flatterten auf den Stahlmagier zu, vernebelten ihm die Sicht.

Er lachte grausam, als er sie mit seinen Fäusten zerschmetterte. Die Schmetterlinge verwandelten sich beim nächsten Flügelschlag zu Habichten. Sie wehrten die Stahlkugeln ab, die er mir erneut entgegenfeuerte.

»Nicht schlecht, du Miststück. Mal sehen, wie lange du es aushältst«, gurrte er.

Taran lehnte an einen Baum und schaute gähnend zu uns herüber. Als würde ihn die Vorstellung langweilen, die wir ihm boten. Wenigstens griffen sie nicht gemeinsam an. Sonst wäre der Kampf bereits verloren.

Pfeile aus Stahl flogen auf mich zu, zerstörten alle Habichte auf ihrem Weg. Ich zog eine weitere Mauer aus Eis hoch und die Pfeile blieben stecken.

Ich schnappte nach Luft. Meine magische Kraft war beinahe verbraucht. Lange konnte ich so nicht mehr weiterkämpfen.

»Schon müde?«, höhnte er und zerstörte meine Mauer erneut, diesmal mit einem kräftigen Fußtritt.

»Von wegen, komm nur her«, rief ich atemlos und erschuf ein Rudel hungriger Hyänen. Ihre Körper strotzten nur so vor Kraft und Zerstörung, als sie sich auf ihn stürzten.

Er nahm die Stahlkette von den Schultern und schlug um sich. Zersplittertes Eis flog durch die Luft, als die Peitschenhiebe meine Hyänen trafen und sie zerfetzten.

So ein Mist. Der Stahlmagier war stark. Und er besaß noch fast seine vollständige magische Kraft.

Was sollte ich bloß tun? Und auch wenn ich diesen Kampf gewinnen sollte, wäre da immer noch Taran. Gegen ihn hätte ich nicht die geringste Chance.

Mein Atem stockte. Ich musste Rosalie hier wegschaffen und den anderen Gildenmitgliedern Bescheid geben. Nur wie?

Ich versuchte, Jake über unsere Verbindung ein Zeichen zu geben, zog und zerrte an unserem Band. Doch nichts geschah.

Ich konnte ihn nicht spüren. Wir waren zu weit voneinander entfernt. *Jake verdammt, hilf uns.*

Plötzlich stand der Stahlmagier direkt vor mir. Dem ersten Schlag wich ich aus, doch der zweite traf mich in der Magengegend und stieß mir die Luft aus den Lungen. Ich keuchte auf.

Wie eine wilde Trommel schlug er auf mich ein. Einige Schläge konnte ich mit meiner Magie abwehren. Andere nicht. Ich schmeckte Blut.

»Das macht Spaß«, stöhnte er, als er mir einen weiteren Schlag verpasste. Ich sackte zu Boden, doch er packte mich bei den Haaren und zog mich dicht an seinen Körper. Er stank nach Schweiß und Alkohol.

Ich wollte mich losreißen, aber er hielt meine Arme gepackt. Meine magische Kraft war fast aufgebraucht und mein Körper schmerzte höllisch von seinen Schlägen.

»Du musst das nicht tun«, stammelte ich. »Bitte.«

Ein gieriger Ausdruck trat in sein Gesicht. Er verkündete Schmerz, Gewalt und Tod. »Nein, aber ich *möchte*. Die dunkle Gilde nahm mich auf, nachdem ich bei Blizzard hinausgeworfen wurde. Und das war das Beste, das mir passieren konnte. Stehlen, Morden – es ist alles erlaubt. Es ist wie ein Paradies für diejenigen, die keine Lust haben, sich an die Gesetze zu halten.«

Der Stahlmagier verstärkte seinen Griff. Seine Finger, die mit Metall ummantelt waren, bohrten sich in mein Fleisch. Ich schrie vor Schmerzen auf.

»Dieser Klang ist Musik für meine geschundene Seele. Schrei nochmal für mich!« Er packte fester zu und Blitze zuckten vor meinen Augen auf. Doch kein Ton kam über meine Lippen. Diese Genugtuung würde ich ihm kein zweites Mal geben.

»Schrei endlich!« Er packte noch fester zu, verdrehte mir den Arm. Gleich würde er ihn mir brechen. Ein Blitz schlug dicht neben uns ein und der mörderische Griff lockerte sich.

Ich rang nach Atem. War das eine Warnung von Taran? Ganz gleich, ich nutzte die Gelegenheit aus und stieß dem Stahlmagier einen Dolch aus Eis in die Seite.

Er schrie vor Schmerzen auf und zog die Klinge aus seinem Körper. Blut quoll aus der Wunde zwischen seinen Rippen.

»Wirklich schade«, sagte er mit bebender Stimme, »was gleich aus deinem bezaubernden Gesicht wird.«

Ich spuckte ihn an. Er stieß mich im selben Augenblick zu Boden und drückte seinen Fuß gegen mein Genick.

Er fing meinen Blick auf, den ich zu Rosalie warf. In sein Gesicht trat ein grauenvoller Ausdruck. »Das Mädchen bedeutet dir viel, nicht wahr?«

Die Stahlkette um seinen Hals zuckte und bewegte sich. Dann glitt sie wie eine Schlange von seinen Schultern, schlängelte sich über seinen Oberkörper bis zu seinem Fuß, der meinen Kopf am Boden hielt.

Ich keuchte, als das schwere Metall der Kette über mein Rückgrat streifte und mir Arme und Beine fesselte.

Der Stahlmagier trat fest gegen meinen Bauch und ich rollte mich vor

Schmerzen ein. Er beugte sich neben mich und packte mich am Kinn, sodass ich ihn anschauen musste. Blut rann mir den Mundwinkel hinunter.

»Mein Gebieter möchte nicht, dass ich dir weiter wehtue«, flüsterte er nah an meinem Ohr. »Aber das hindert mich nicht daran, mich an deiner bewusstlosen Freundin zu vergehen. Ich werde mit ihr spielen. Und wenn ich meinen Spaß hatte, wird sie nicht wieder aufwachen.«

»Du dreckiger Mistkerl!«, schrie ich. Die Wut rauschte in jeden Winkel meines Körpers. Ich kratzte den letzten Rest meiner Magie zusammen, sog den letzten Tropfen aus meiner Quelle und holte tief Luft.

Und dann blies ich ihm meine Kälte direkt ins Gesicht. Ich blies solange, bis auch das letzte bisschen meiner Magie aufgebraucht war.

Im nächsten Moment dröhnte ein schmerzverzerrter Schrei durch den Park. Der Stahlmagier ließ mich los und packte sich schreiend an sein Gesicht. Die linke Hälfte war vollständig zu Eis erstarrt.

»Das würde ich nicht tun«, sagte ich lachend, als er das Eis von seinem Gesicht reißen wollte. »Du würdest dir die Haut abziehen.«

Er hielt inne und blickte mich wütend an. Sein zugefrorenes Auge war weit aufgerissen, während er die Hand sinken ließ.

»Du Schlampe«, schrie er und stampfte auf mich zu. Die Erde bebte unter seinen Füßen und als er seine Hände in Stahl hüllte und zu Fäusten ballte, wusste ich, dass ich sterben würde. Hier im Stadtpark.

Ich sah zu Rosalie, während der Boden unter mir erzitterte. Mehr hatte ich für meine Freundin nicht tun können. Ich wünschte, sie würde überleben. Und mir verzeihen.

Ich konnte sie nicht beschützen. Ich konnte sie nicht retten.

Ein grüner Feuerball flog an uns vorbei. Der Stahlmagier erstarrte. Und im selben Augenblick tauchte Jake auf der Wiese auf. Sein ganzer Körper leuchtete grün und brannte. Er sah aus wie das Feuer selbst. Er sah aus wie ein Racheengel.

»Habe ich dir nicht gesagt, dass du dich hier nicht mehr blicken lassen sollst?! Welchen Teil davon hast du nicht verstanden?!«

Er schritt auf uns zu. So wütend hatte ich ihn noch nie erlebt und im ersten

Moment schien es, als hätte er sich nicht unter Kontrolle. Doch weder der Boden unter seinen Füßen, noch seine Kleidung oder seine Haare fingen Feuer. Er entschied, was brannte und was nicht. Wenn er wollte, hätte er den Park und ganz Mistress in ein Flammenmeer tauchen können, da war ich mir sicher.

Die Luft vibrierte unter der Hitze und als er den Blick seiner smaragdgrünen Augen auf mich lenkte, flammte ein gewaltiger Zorn in ihm auf. Rosalies reglosen Körper sah er noch im selben Atemzug.

Der Stahlmagier wagte es, Jake anzugreifen. Ein Fehler, denn Jake schmetterte ihm einen Feuerball nach dem anderen entgegen, bis dieser aufjaulte und sich vor Schmerzen auf dem Boden wand.

Jake entfernte die Stahlkette von meinem Körper und half mir auf die Beine. »Bist du verletzt?«

»Nein, mir geht es soweit gut. Aber Rosalie ist bewusstlos.« Mir stiegen Tränen in die Augen. »Du ... du hast uns gefunden. Du bist tatsächlich gekommen.«

Jake strich zärtlich über meine Wange und fing eine Träne auf. »Ich werde dich immer finden, Eisprinzessin.«

Dann ging er einen Schritt zurück und ließ meine Hand los. »Bleib dicht hinter mir, ja?«

Als ich benommen nickte, packte er den Stahlmagier am Kragen und zog ihn auf die Knie. Die Klinge hielt er ihm an die Kehle, dann blickte er zu Taran.

»Du«, knurrte er. Die Erde brannte. Der Himmel leuchtete. »Spielst du jetzt Anführer einer dunklen Gilde?«

»Das ernste Gesicht steht dir nicht«, sagte Taran gedehnt und schlenderte auf uns zu. Seine bernsteinfarbenen Augen strahlten wie flüssiges Gold. »Früher hat es mehr Spaß gemacht, mit dir abzuhängen.«

Die beiden kannten sich? Ich blickte zwischen Jake und Taran hin und her. Waren sie etwa mal *Freunde* gewesen?

Jake sah aus wie ein grüner Feuerteufel, jederzeit bereit, alles in Brand zu stecken.

»Du hast hier nichts verloren.«

»Ich weiß, ich weiß«, winkte Taran ein und blieb zwei Meter vor Jake stehen. »Aber wir haben uns lange nicht mehr gesehen. Wie viele Jahre ist es jetzt her, seit ihr mich verbannt habt? Ach ja, dreizehn müssten es sein.«

Er wurde verbannt? Aus Blizzard? Das würde ja bedeuten ...

»Du warst selbst dran schuld«, knurrte Jake.

»Ich war noch ein Kind«, Donner grollte über unsere Köpfe hinweg, »und habe einen Fehler begangen. Aber ich bin nun froh darüber. Ohne euren Rauswurf wäre ich so erbärmlich und schwach geblieben, wie der Rest deiner Gilde. Wo steckt eigentlich dein Vater?« Taran beugte sich vor und eine blonde Strähne fiel ihm in die Stirn. »Ist er immer noch auf der Suche nach seiner verlorengegangenen Ehre?«

Jakes Knurren vibrierte in meiner Brust. »Was weißt du schon?!«

»Ich weiß eine Menge. Und es ist interessant, wie wenig Wert dein Vater auf die Gilde oder auf dich legt. Schon erbärmlich, dass du in seiner Abwesenheit das Oberhaupt von Blizzard bist.« Er zog den Dolch aus der Scheide und betrachtete die Klinge. »Ich hoffe, meine freudige Botschaft von vor zwei Wochen hast du erhalten?«

Jake stieß ein Brüllen aus. Sein Feuer schoss wie ein Strahl in den Himmel. »Du Bastard! Ich hätte mir gleich denken können, dass du dahinter steckst!«

Taran schnalzte mit der Zunge. »Und dabei habe ich mich wirklich zurückgehalten, deinen schwachen Köter nicht zu sehr zu verletzen. Ich hatte wirklich geglaubt, Höllenhunde hätten mehr drauf.«

Jake flammte vor Zorn auf und er warf ihm einen Feuerball entgegen. Taran wehrte ihn mit einer einzigen Handbewegung ab.

»Du möchtest also kämpfen, *Bruder*?«, schnurrte er. Bruder. Das Wort hallte in meinem Kopf wider. Sie waren wirklich Freunde gewesen. »Aber deswegen bin ich nicht hier«, fuhr Taran fort. »Obwohl es wirklich interessant wäre, wenn die mächtigsten Elementarmagier gegeneinander antreten. Wer von uns beiden würde wohl am Ende übrig bleiben? Der Feuerlord oder der Donnergott?«

Jake schnaubte. »Warum bist du hier, Taran?«

Er zuckte mit den Schultern. »Geschäfte und Vergnügen haben mich an diesen Ort geführt. Schon lustig, wenn man bedenkt, dass ich ihn eigentlich nie mehr betreten wollte.«

»Was für Geschäfte?«

Taran grinste und zuckte gelassen mit den Schultern. »Das kann ich dir leider nicht verraten. Du weißt schon, der Gildenkodex verbietet es mir.«

»Kodex, dass ich nicht lache. Als ob eine dunkle Gilde etwas davon versteht«, knurrte Jake. »Aber ich bin gnädig. Ich werde deinen Stahlmagier nicht ins Jenseits befördern. Dafür möchte ich, dass du deinen *Kodex* brichst und mir verrätst, was ich wissen möchte.«

Taran zupfte seinen weißen Lederhandschuh zurecht. »Ich glaube, es gibt noch eine weitere, eine dritte Möglichkeit, das Ganze hier zu beenden.«

»Und die wäre?« Kaum hatte Jake den Satz zu Ende gesprochen, flog ein Speer aus gleißendem Licht auf ihn zu. Er reagierte zu spät, doch der Blitz traf nicht ihn, es erwischte den Stahlmagier. Ein erstickter Laut war zu hören, ehe sein regloser Körper aus Jakes Fingern glitt und zu Boden sackte.

Er war tot.

Es war das erste Mal, dass ich eine Leiche sah. Aus seiner Wunde strömte Blut und aus seinem Bauch hingen Innereien heraus. Ich würgte und übergab mich auf den Rasen.

Jake warf seine Jacke über die tödliche Wunde. Er bebte vor Zorn. »Warum hast du das getan, verdammt?!«

»Ich lasse mich nicht gern erpressen«, sagte Taran trocken. Seine Stimme klang gefasst, so als hätte er nicht gerade ein Menschenleben ausgelöscht – ein Mitglied seiner eigenen Gilde.

»Er gehörte deiner Gilde an. Wie konntest du ihn umbringen? Hast du kein Ehrgefühl?«

Taran lachte. »Freundschaft, Familie und Liebe, all das schwächt uns, macht uns angreifbar. Seht nur, wie ihr um jemanden trauert, der versucht hat, euch umzubringen. Einfach erbärmlich.«

»Vielleicht sind wir in deinen Augen erbärmlich. Und vielleicht schwächen uns Mitleid und Liebe«, sagte ich mit fester Stimme und wischte mir den Mund an meiner Schulter ab. »Aber unsere Seelen werden niemals in der Hölle schmoren. Wir sind menschlich, wir besitzen ein Herz.«

»Dann bin ich lieber das Monster, das im Schatten lauert«, hauchte er. Seine goldenen Augen fixierten mich. »Außerdem hatte ich ihn gewarnt. Er sollte dir doch nichts tun.«

»Wie?« Jake sah zu mir und dann wieder zu Taran. »Auch egal. Du wirst für deine Taten zur Rechenschaft gezogen. Und wenn ich mit dir fertig bin, wünschst du dir, meine Stadt niemals betreten zu haben!«

»Deine Stadt?« Taran lachte amüsiert. »Nun wirst du aber großkotzig, Feuerlord. Willst wohl vor deiner hübschen Freundin angeben, was? Dabei hat die Welt noch so viel schönere Orte zu bieten, als diese verkommene Stadt.« Er sah zu mir. »Wenn dir der Sinn nach Abwechslung steht, zeige ich dir die Orte gerne, Ami. Du musst mich nur darum bitten.«

Jake knurrte und die Hitze, die nun von ihm ausging, nahm vulkanische Temperaturen an.

Eine Hand packte ihn an der Schulter und hielt ihn zurück, noch bevor er sich auf Taran stürzen konnte. »Bruder, warum sagst du uns nicht Bescheid, wenn du hier eine Feier veranstaltest. Ich würde gerne mitspielen.« Maddox gesellte sich neben Jake.

»Du willst wohl den ganzen Spaß für dich allein haben, was?«, fragte Minako, die nun ebenfalls an seiner Seite war. Ihr Blick fiel auf den geschundenen Leichnam und sie kräuselte die Lippen. »Den kenne ich doch.«

Dann sahen alle drei zu Taran, der sich nun einige Meter zurückgezogen hatte. »Interessant, wie sich das Blatt doch wenden kann«, sagte er belustigt. »Wie überaus amüsant.«

»Wie habt ihr uns gefunden?«, fragte ich atemlos.

»Das plötzliche Unwetter hat uns stutzig gemacht«, erklärte Maddox, ohne Taran dabei aus den Augen zu verlieren. »Ich bin froh, dass es dir gutgeht, Ami.«

Tarans Blick lag auf Minako. »Dass du dich hierherwagst. Das ehrt mich.« Seine Stimme schnurrte wie die eines Liebhabers. »Dich habe ich von allen am meisten vermisst. Hast du immer noch so große Angst vor Gewittern?« Er ließ einen Blitz einschlagen und Minako zuckte zusammen.

»Du mieser Bastard«, knurrte Maddox. »Du hast kein Recht, so mit ihr zu reden. Das, was du ihr damals angetan hast –«

Minako fasste ihrem Geliebten an die Schulter, besänftigte ihn. »Nicht, er ist es nicht wert, dass du dich aufregst.« Ihr Blick glitt zu Taran, der sie angrinste. Sie stieß wütend ihren Atem aus und warf ein Messer nach ihm. Wie der Schemen einer Sternschnuppe schoss die Klinge durch die Luft.

Taran neigte den Kopf zur Seite, doch die Klinge streifte seinen Hals. »Autsch«, raunte er. Und noch bevor er das Wort ausgesprochen hatte, geschah das Unglaubliche: Seine Wunde versiegte und verschwand so schnell, wie sie gekommen war. Taran rieb sich seine makellose Haut. »Das habe ich wohl verdient.«

»Du hast noch viel mehr verdient«, zischte Minako.

»Natürlich, meine Teure, aber wir müssen das leider verschieben.« Er setzte ein aalglattes Lächeln auf und strich seine silbergraue Weste glatt. »Meine Aufgabe hier ist für heute erledigt. Doch ich bin mir sicher, dass wir uns wiedersehen werden.«

Taran sah dabei nur mich an, als würde er nur zu mir sprechen. »Bis bald«, hauchte er und verbeugte sich.

Ein Blitz schlug an der Stelle ein, auf der Taran stand – *gestanden hatte*, denn nun war nichts mehr von ihm zu sehen. Er war verschwunden.

»Feigling«, knurrte Jake in den Himmel, der sich nun langsam wieder aufklärte. Sonnenstrahlen durchdrangen die Wolkendecke und ein blauer sorgloser Himmel kam zum Vorschein. Es schien, als hätte es diese Begegnung niemals gegeben. Wäre da nicht Rosalie, die bewusstlos auf dem Boden lag und der Leichnam zu unseren Füßen.

»Wo ist er hin?«, fragte ich atemlos.

»Es ist eine alte Kunst, die mit seiner Magie einhergeht«, sagte Jake. »Er lässt sich von seinem Blitz davontragen.«

Minako hob die Hand an ihr Gesicht und sah in den Himmel. »Sollen wir seine Verfolgung aufnehmen?«

»Nein, der Drecksack ist bereits über alle Berge«, antwortete Maddox wütend. »Und wie es aussieht, waren sie nur zu zweit. Wir sollten die Stadt trotzdem nach weiteren Anhängern durchkämmen.«

»Rosalie«, rief ich und eilte zu meiner Freundin. Minako folgte mir und untersuchte ihren Puls. »Sie ist nur bewusstlos«, stellte sie fest. »Aber sie hatte wirklich Glück. Einen Volt mehr und sie wäre gestorben.«

»Vielleicht war das kein Glück«, gab ich zurück. »Taran hat sie am Leben gelassen, warum auch immer.« Er hätte sie töten können, tat es aber nicht.

»Wir müssen es dem Hohen Rat melden«, gab Minako bekannt. »Dass die dunkle Gilde es tatsächlich gewagt hat, in unsere Stadt zu spazieren und am helllichten Tag unsere Leute anzugreifen. Ich kann es immer noch nicht glauben.«

Jake nickte. »Wir werden eine Sitzung einberufen, nachdem wir die Stadt auf weitere Mitglieder durchkämmt haben und du auf der Krankenstation warst.« Er musterte mich besorgt.

»Ich muss nicht auf die Krankenstation. Mir geht es gut.«

Sein Kiefermuskel zuckte. »Ich glaube, das hast nicht du zu entscheiden, Ami.«

Es war das erste Mal, dass er mich mit Namen ansprach. Und das hatte nichts Gutes zu bedeuten. »In Ordnung, ich gehe ja schon zur Krankenstation. *Meister.*«

Jake zog eine Braue hoch, erwiderte aber nichts mehr darauf.

»Wir müssen ihn begraben«, sagte Minako und beugte sich zu dem Leichnam. Jede Fröhlichkeit war aus ihrer Stimme gewichen, als sie den leblosen Körper betrachtete.

Maddox runzelte die Stirn. »Warum? Er hat Ami verletzt.«

»Jeder hat ein Begräbnis verdient, Mad. Selbst er.«

Maddox wurde still. Dann nickte er, warf sich den Leichnam über die Schulter und stapfte mit Minako davon. Ich blickte den beiden hinterher, bis sie zwischen den Bäumen verschwunden waren.

»Komm«, flüsterte Jake. In seinen Armen hielt er die bewusstlose Rosalie. »Lass uns nach Hause gehen.«

Kapitel 18

Entscheidungen, die wir treffen

Ich verbrachte die nächsten Stunden auf der Krankenstation. Wie sich herausstellte, hatte ich nur einige blaue Flecken und zwei geprellte Rippen. Ansonsten war ich unversehrt. Doch wie sehr ich auch bettelte, Jake lehnte meine Hilfe ab, ihn bei der Suche nach weiteren Anhängern zu unterstützen.

Ruh dich aus, Eisprinzessin, hatte er mir gesagt, als er mich in das Krankenzimmer steckte und den Heilern die Anweisung gab, mich gründlich zu untersuchen. Aber ich wollte mich gar nicht ausruhen. Der Gedanke, weitere Mitglieder könnten sich in der Stadt herumtreiben und hilflose Menschen verletzen, machte mich rasend.

Die Bilder des Stahlmagiers tauchten vor meinem inneren Auge auf. Wie sein verstümmelter Leichnam blutüberströmt auf dem Boden lag ... Innereien, die ihm aus dem Leib hingen ...

Ich übergab mich in eine Keramikschüssel, die neben meinem Bett stand und wischte mir das Erbrochene von den Lippen. Taran hatte seinen Kameraden getötet, ohne mit der Wimper zu zucken. Skrupellos. Gewissenlos. Eiskalt.

Er war der König auf dem Spielfeld. Und seine Mitglieder einfache Bauern, die er opfern konnte, wie es ihm beliebte.

Ich winkelte die Beine an und sah aus dem Fenster. Taran kannte Jake, Minako und Maddox. Er sprach mit ihnen, als wären sie mal Freunde gewesen.

Ich fürchte mich vor Donner. Minakos Worte hallten in mir auf. Und plötzlich ergab alles einen Sinn. Sie fürchtete sich vor Taran. Aber warum? Was hatte er ihr angetan? Und auch seine Bemerkung ging mit nicht mehr auf dem Kopf. *Verbannung.* Hatte er die Wahrheit gesagt? War er wirklich ein Teil unserer Gilde gewesen?

Ich presste meine Stirn gegen die Knie. Es waren so viele Fragen, die in meinen Gedanken herumschwirrten. Hoffentlich würde Jake mir die Antworten geben, die ich benötigte, um das Chaos in meinem Kopf zu beseitigen.

Nachdem der Heiler endlich mit seinen Untersuchungen fertig war, ließ er mich zu Rosalie, die im Zimmer nebenan lag.

Ihre sturmgrauen Augen funkelten mich an, als ich an ihr Bett trat. »Wie geht es dir?«, flüsterte ich und ergriff ihre vernarbte Hand.

»Glaube mir, es gibt weitaus Schöneres, als von einem Blitz getroffen zu werden. Durch den Aufprall muss ich mir das Bein verdreht haben.« Sie deutete auf den Gips. »Also zieh nicht so ein Gesicht, als wäre ich gestorben.«

Ich lächelte, was höllisch wehtat, weil ein fetter blauer Fleck auf meiner Wange prangte. »Wann darfst du hier raus?«

»Der Heiler sagt in ein paar Tagen.« Sie kniff die Augen zusammen. »Und jetzt sag mir bitte, dass du diesem Taran in den Arsch getreten hast!«

Ich erzählte Rosalie, was passiert war, nachdem sie das Bewusstsein verloren hatte. Sie hörte stumm zu. Manchmal zog sie ihre Augenbrauen hoch, als könnte sie mein Gesagtes selbst nicht glauben. Dass etliche Pflanzen Feuer fingen und ich einige Bäume vereist hatte, ließ ich aus.

»Jake kam dir also zur Hilfe wie ein Prinz in seiner goldenen Rüstung.« Rosalie seufzte verträumt. »Wie romantisch.«

Ich verdrehte die Augen. »Glaub mir, das hatte nichts mit Romantik zu tun. Er sah eher aus wie ein Feuerteufel, nicht wie ein strahlender Prinz auf seinem weißen Ross.« Ich räusperte mich. »Aber ja, er hat mich gerettet. Und dich.«

Rosalie biss die Zähne zusammen. Ihre Gesichtszüge glätteten sich, wurden leer und fahl. »Tut mir leid, dass ich dir kaum eine Hilfe war.«

Ich blinzelte überrascht. Es war das erste Mal, dass sie sich für etwas entschuldigte. »Du warst großartig«, flüsterte ich. »Und ich bin froh, dass es dir gutgeht.«

Ich drückte ihre Hand ein letztes Mal, bevor ich sie losließ. »Ich muss dich jetzt allein lassen. Jake hat eine Versammlung einberufen, bei der ich dabei sein sollte.«

Rosalie nickte und strich über ihre zerzauste Frisur. »Doch bevor du gehst, muss ich eine Sache wissen: Wurden meine Pflanzen zerstört oder gar der ganze Park abgefackelt?«

Ich entfernte mich langsam vom Bett. »Ich glaube, Jake ruft nach mir. Ich sollte besser gehen, bevor er wütend wird.«

Rosalie blinzelte mehrmals. »Was redest du da? Ich habe nichts – Oh Ami, du versuchst dich davonzuschleichen!«

Ich war bereits an der Tür und warf ihr ein halbes Lächeln zu, was erneut höllisch wehtat. Heute würde ich definitiv nicht mehr grinsen. »Gute Besserung, Rosa.«

»Rosa? Ich glaube, ich habe mich verhört.« Ich zog die Tür zu, bevor sie anfing, zu fluchen.

»Aaaaaaami«, rief sie mir hinterher, doch da hatte mich der glänzende Korridor bereits verschluckt.

***

Als ich das Arbeitszimmer betrat, hatte die Versammlung bereits begonnen. Jake saß am Kopfende eines langen Tisches, rechts und links von ihm jeweils Maddox und Minako. Auf der gegenüberliegenden Seite saßen zwei Frauen, denen ich noch nie zuvor begegnet war. Es waren Zwillinge und sie glichen einander wie ein Ei dem anderen. Beide trugen dieselben weißen Gewänder, denselben Schmuck und sogar der Phönix thronte auf der gleichen Stelle über ihren Brüsten.

Jake deutete auf den freien Platz neben Minako. Sie sah kurz in meine Richtung, als ich mich setzte. Mondlicht schimmerte durch die Fenster. Es war bereits nach Mitternacht.

»Also«, sagte Jake an Maddox gewandt. »Du hast dem Stadtrat bereits mitgeteilt, was vorgefallen ist. Doch wir müssen den Hohen Rat ebenfalls darüber informieren, dass Dragoon sich in unserem Teil des Landes aufhält.«

»Ich kümmere mich darum«, erwiderte Maddox mit fester Stimme. Minakos Hände waren flach auf den Tisch gestützt. »Was ist mit deinem Vater? Sollten wir den Meister nicht ebenfalls informieren?«

Jake schüttelte den Kopf. »Es wird Wochen dauern, bis mein Vater die Nachricht erhalten würde. Vielleicht haben wir die Angelegenheit bis dahin selbst geklärt.«

Ich räusperte mich. »Was ist mit den Stadtbewohnern und Menschen aus den umliegenden Dörfern? Sollten wir sie nicht auch warnen?«

Minako zupfte an ihren Armreifen. »Besser nicht. Der Stadtrat weiß Bescheid. Sie werden die Bewohner warnen, wenn sie es für angebracht halten. Doch es würde eine Massenpanik ausbrechen, wenn von Dragoon die Rede ist.« Sie fasste sich an ihr Kinn. »Mich würde interessieren, was Taran hier zu suchen hatte. Er war nicht gekommen, um sich zu rächen. Würde er wirklich Krieg wollen, dann hätte er sich nicht bloß mit einem Magier hierher begeben. Es muss also einen anderen Grund für sein Erscheinen geben. Nur welchen?«

Jake sah mich an. Kerzenlicht flackerte über seine besorgte Miene. »Hat Taran dir irgendetwas verraten, was uns weiterhelfen könnte?«

Ich ging in mich und überlegte, doch mir fiel nichts ein, was hilfreich war. Langsam schüttelte ich den Kopf.

Jake deutete auf die Zwillinge. »Beah und Teah, ihr werdet Dragoon beschatten. Ich möchte wissen, wohin sie gehen und was sie vorhaben.«

»Jawohl«, sagten die beiden im Chor und erhoben sich. Nach einer tiefen Verbeugung verschwanden die Zwillinge aus dem Arbeitszimmer. Nun waren nur noch Minako, Maddox, Jake und ich im Zimmer. Es erinnerte mich an unser Abendmahl vor einigen Tagen, nur die Stimmung war eine völlig andere.

»Woher kennt ihr Taran?«, sprach ich endlich die Frage aus, die mir seit mehreren Stunden auf der Zunge lag.

Im Raum wurde es still. Minako ergriff als erste das Wort. »Er war mal einer von uns.«

»Er war ein Mitglied von Blizzard?« Also stimmte es tatsächlich! Taran hatte nicht gelogen!

Maddox nickte. »Wir wuchsen zusammen auf, waren wie Geschwister.«

»Was ist passiert?«, hauchte ich. »Taran sprach davon, dass er verbannt wurde.«

Minako holte tief Luft. »Er brachte uns damals in große Gefahr. Er stahl einen Auftrag vom Request-Board und überredete uns, ihn zu begleiten. Er erwähnte den Auftrag mit keinem einzigen Wort und ließ uns im Glauben, er hätte einen besonderen Ort entdeckt, den er uns zeigen wollte.«

Minakos Hände zitterten, während sie weitersprach. »Als wir ihm schließlich folgten, wartete eine Vier-Sterne-Quest auf uns. Ein Dämon verschleppte mich. Es dauerte drei Tage, bis mich der Meister fand.«

Mein Atem stockte. »Du wurdest von einem Dämon verschleppt? Wie hast du das überlebt?«

Als ich in ihr blasses Gesicht blickte, entschuldigte ich mich sofort. »Tut mir leid, das geht mich nichts an.«

»Schon gut«, sagte sie und hob ihr Kinn. »Der Dämon fand es amüsant, dass ich vielen seiner Angriffe ausweichen konnte. Doch damals war ich nicht so schnell und geübt wie heute. Als man mich schließlich fand, war ich ausgehungert und schwer verwundet, aber gerade noch so am Leben.«

Maddox legte seine Hand auf die ihre und übernahm das Wort. »Dem Meister blieb keine andere Wahl, als Taran zu verbannen. Jake versuchte, ihn umzustimmen. Er wusste, dass Taran es nicht böse gemeint hatte. Doch Meister Jiji blieb bei seinem Entschluss. Taran hatte Minako wissentlich in einen Auftrag verwickelt und sie in Gefahr gebracht.«

Minako entzog Maddox ihre Hand und versteckte sie unter dem Tisch. »Er schwor, irgendwann wiederzukommen. Er schwor, Rache zu nehmen.« Sie atmete tief durch, ehe sie weitersprach. »Seitdem sind dreizehn Jahre vergangen. Vor kurzem hörten wir, dass ein mächtiger Donnermagier in der dunklen Gilde Dragoon zum neuen Meister erklärt wurde. Wir wussten, dass es nur Taran sein konnte. Seitdem warteten wir darauf, dass er zurückkehren würde. Dass er Rache nehmen würde, weil er als Kind verbannt wurde.«

»Wie schaffst du es«, flüsterte ich, »so fröhlich zu sein, während deine Vergangenheit so düster ist?«

Minako lächelte, doch die Schatten in ihren Augen blieben. »Es ist wichtig, nach dem Licht zu greifen, wenn alles dunkel ist. Und wenn du das Licht einmal hast, dann lass es nicht mehr los. Bewahre es in deinem Herzen. Für immer.«

Ihre Worte berührten uns alle. Jake sagte leise: »Wir haben das Monster erschaffen, zu dem Taran geworden ist. Und das lässt sich nicht mehr rückgängig machen.«

Eine Stille breitete sich im Raum aus, während ich über seine Worte nachdachte. »Glaubst du nicht, dass er schon bösartig auf die Welt kam? Dass der Hass schon immer durch seine Adern floss?«

»Nein«, sagte Jake und leerte seinen Wein mit einem Zug. »Jeder wird mit einer reinen Seele geboren. Es sind die Entscheidungen, die jeder von uns treffen muss, die einer Seele ihren Glanz oder ihren Schatten geben. Die Entscheidungen, ob am Ende jedes Lebens ein Engel oder ein Dämon erscheint. Wir haben es selbst in der Hand. Jeder von uns.« Seine Metapher klang schön und grausam zugleich.

»Taran hat seinen Weg selbst gewählt«, fügte Maddox hinzu. »Und doch haben wir dazu beigetragen, dass er zu dem Monster wurde, das er heute ist. Wäre er bei uns geblieben, dann wäre vielleicht alles anders gekommen.«

»Vielleicht«, erwiderte Jake und trat ans Fenster. Mondlicht tanzte über sein schönes Gesicht, als er in die sternlose Nacht blickte. Durch das Band zwischen uns spürte ich seine Schuldgefühle, als wären es meine eigenen.

Es zerriss mir das Herz.

Kapitel 19

Der Reiz, der uns verbindet

»Gibt es Neuigkeiten?«, fragte ich Minako, als ich sie auf dem Flur traf. Sie trug ein graues Wollkleid und ihre rote Mähne war zu einem hohen Dutt gesteckt.

Langsam schüttelte sie den Kopf, während ihr Blick auf der Liste verweilte, die sie in den Händen hielt. »Nein, leider nicht. Keine Spur von Dragoon. Aber Beah und Teah klappern jeden Winkel der Stadt und auch die umliegenden Dörfer ab. Wir werden die Dreckskerle schon finden.«

Innerlich seufzte ich. Das sagte sie jedes Mal, wenn ich sie nach Neuigkeiten fragte. Seit dem Angriff waren bereits mehrere Wochen vergangen und noch immer gab es keine Spur von Taran und seinen Männern. Sie waren wie vom Erdboden verschluckt. Ob wir sie jemals finden würden?

Ein blumiger Duft stieg mir in die Nase und riss mich aus meinen trüben Gedanken. »Warum werden hier Blumen hereingetragen?«, fragte ich und beobachtete mehrere Pflanzenmagier dabei, wie sie den Speisesaal schmückten.

Ein kalter Wind jagte durch die offenen Türen und Fenster. Minako zog sich die Ärmel ihres Wollkleides über die Hände, ehe sie mir antwortete. »In zwei Tagen findet doch die Jahreswende statt. Ein altes Jahr stirbt und ein neues wird wiedergeboren. Es wird einen großen Ball geben. Die halbe Stadt ist eingeladen.«

»Einen Ball?« Ich blinzelte überrascht. Davon hatte mir niemand etwas erzählt. »Hier in Blizzard?«

Als Minako nickte, seufzte ich bloß. Mir war nicht nach Feiern zumute. Überhaupt nicht.

Sie legte mir eine Hand auf die Schulter und lächelte sanft. »Das wird toll, Ami. Wir haben so lange kein Fest mehr gegeben. Das letzte Mal zu eurer

Aufnahme und – Mist. Deine Feier wollten wir doch auch noch nachholen. Das habe ich total vergessen!«

»Schon gut«, winkte ich ab. Insgeheim war ich froh, dass wir es nicht nachgeholt hatten. Ich konnte weder tanzen noch besaß ich ein passendes Kleid für solch einen Anlass.

Minako tippte sich nachdenklich auf die Unterlippe. »Mich wundert es wirklich, dass du nichts von dem Ball weißt. Hat Jake dich gar nicht gefragt, ob du mit ihm hingehst?«

»Nein, hat er nicht«, schoss es aus mir heraus, ehe ich mich räusperte. »Aber das ist überhaupt nicht schlimm. Mir ist sowieso nicht danach, auf einen Ball zu gehen.«

Ein seltsames Gefühl breitete sich in meiner Brust aus. Es fühlte sich an wie ein Schwarm Hummeln. Und sie stachen zu. Mitten in mein Herz.

Minako sah mich mitfühlend an. »Du solltest auf jeden Fall hingehen, auch wenn er dich nicht gefragt hat.«

»Ach, Jake ist mir doch total egal«, sagte ich trotzig und schluckte den Kloß hinunter, der in meinem Hals steckte. »Ich frage mich vielmehr, ob eine Feier jetzt das Richtige ist? Die Begegnung mit Taran liegt erst wenige Wochen zurück. Sollten wir jetzt wirklich so tun, als wäre nichts geschehen?«

Minako zuckte kurz auf, als ich seinen Namen erwähnte. Das, was damals zwischen ihnen vorgefallen war, belastete sie noch heute.

»Die Feier abzusagen, würde viele traurig stimmen. Es ist das größte Fest, das jährlich veranstaltet wird. Und ein bisschen Abwechslung würde uns ganz gut tun.« Sie atmete tief ein. »Taran möchte doch bloß, dass wir Angst haben. Dass wir uns verkriechen, aber das werden wir nicht.«

Sie wendete sich ab, um ein paar Magiern Anweisungen zu geben. Ich fasste mir an den Ellenbogen und dachte über ihre Worte nach. Minako hatte recht. Wir sollten uns nicht verkriechen. Schließlich sind wir Magier von Blizzard.

Und wir werden uns nicht verstecken.

***

Jake bekam ich die letzten Wochen kaum zu Gesicht. Er war damit beschäftigt,

Informationen zu sammeln und mit dem Stadtrat zu sprechen. Der Hohe Rat hingehen ließ sich kein einziges Mal blicken. Als wäre der Angriff kein Grund, sich aus ihren Palästen zu begeben und unsere Stadt aufzusuchen.

Ich trainierte von morgens bis abends, übte wie eine Besessene. Wenn ich Dragoon das nächste Mal gegenüberstand, wollte ich stark sein. Nie wieder wollte ich mitansehen müssen, wie meine Freunde verletzt wurden. Nie wieder.

Am Tag der Jahreswende verkroch ich mich auf mein Zimmer. Mir war noch immer nicht nach Feiern zumute. Und ich wusste, dass es nicht nur an Dragoon lag.

Ich seufzte und zog die Bettdecke bis an mein Kinn. Jake hatte mich bis heute nicht gefragt, ob ich seine Begleitung für den Ball sein wollte. Mit wem er wohl hinging?

Ich erinnerte mich an die Mädchen, die uns ständig beim Training beobachteten. Sie warteten nur darauf von Jake eingeladen zu werden. Sie standen früher auf und machten sich zurecht. Nur für ihn. Ob es eine von ihnen war?

Ich vergrub mein Gesicht in ein Kissen und stöhnte hinein. Warum beschäftigte mich das so? Es konnte mir doch egal sein, mit wem er auf diesen albernen Ball ging.

Es klopfte an meiner Tür und kurz darauf betrat Minako mein Zimmer. Als ich mich aufsetzte, verschlug es mir die Sprache. Sie sah umwerfend aus! Sie trug ein weißes, schulterfreies Chiffonkleid und ihr rotes Haar fiel ihr weich über den Rücken. Ein Diadem aus Gold, mit einem blauen Saphir in der Mitte, zierte ihre Stirn.

»Du siehst bezaubernd aus«, entgegnete ich, als ich meine Stimme wiedergefunden hatte.

»Dankeschön«, sagte sie lächelnd und betrachtete mich von Kopf bis Fuß. »Dein Nachthemd steht dir auch gut, aber möchtest du dich nicht langsam fertig machen?«

Hitze stieg mir in die Wangen. »Ich werde nicht auf die Feier gehen. Mir steht nicht der Sinn nach einem Ball.«

Minako hielt etwas über ihren Arm – ein silberfarbenes Kleid aus fließender, funkelnder Seide. »Auch nicht«, sagte sie mit einem Lächeln auf den Lippen, »wenn du das hier trägst?«

»Es ist wunderschön«, entgegnete ich und betrachtete den zarten Stoff. Das Kleid schimmerte wie ein Sternenhimmel.

Minako legte den Kopf schräg. »Du kannst es haben. Ich hatte es mir vor einiger Zeit gekauft, aber ich finde, dass es dir viel besser stehen würde als mir.«

Das Kleid sah kostspielig aus. Ich winkte ab. »Das ist lieb gemeint, aber das kann ich nicht annehmen.«

»Dann schenke ich es dir eben nicht, sondern leihe es dir für den heutigen Abend aus.«

Ich betrachtete erneut den wallenden Stoff. »Wenn du so darauf bestehst, kann ich es ja mal anprobieren.«

»Es wird schon passen.« Sie legte das Kleid über die Stuhllehne und lächelte. »Ich glaube, du hast noch mehr Besuch bekommen.«

Ich blickte zur Tür und entdeckte Rosalie, die mit ihren Krücken langsam ins Zimmer humpelte.

»Ich lass euch beide allein. Bis später.« Minako zwinkerte mir zu, bevor sie aus meinem Zimmer verschwand – das Kleid nahm sie nicht mit.

»Du bist noch im Nachthemd?«, schimpfte Rosalie, als sie mich erblickte. »Du weißt schon, dass heute eine Feier stattfindet? Genau genommen *die* Feier des Jahres?«

Als ich nickte, setzte sie sich neben mich aufs Bett. »Worauf wartest du dann noch? Besorge mir alles, damit ich dir deine Haare machen kann. Und keine Widerrede!«

Ich verdrehte die Augen, aber besorgte Kamm, Bürste und Nadeln, damit sie mir die Haare hochstecken konnte. Ich setzte mich zu ihr aufs Bett und kehrte ihr den Rücken zu.

»Was sind das für Briefe auf deinem Schreibtisch?«, wollte sie wissen, während sie mir mit einem Kamm durch die Haare fuhr. »Die liegen dort schon, seit ich vor einigen Monaten das erste Mal in deinem Zimmer war.«

»Ach, nicht so wichtig«, sagte ich hastig. »Einfach nur Briefe, die ich versuche zu schreiben.«

Rosalie schwieg einen Moment, doch ich konnte ihren traurigen Blick auf meiner Haut spüren. »Ich habe niemanden, dem ich schreiben kann«, gestand sie schließlich und drehte eine Haarsträhne zu einer Locke. »Ich bin bei meinem Onkel aufgewachsen. Er war ein angesehener Pflanzenmagier und lehrte mich im Umgang mit meiner Magie. Doch seine Trainingsmethoden waren hart.«

»Hast du deswegen die Narben?«, fragte ich leise. Sie nahm eine Seidenblume in die Hand und befestigte sie mit einer Nadel an einer Strähne. »Ja, sobald ich einen Fehler machte, bestrafte er mich. Er legte mir Rosenkränze um die Hände und ließ die Dornen mit seiner Magie in meine Haut schneiden.« Sie hielt ihre rechte Hand nach vorne, damit ich ihre verblassten Narben unter der Tätowierung sehen konnte.

Ich schluckte die Wut und das Entsetzen herunter, das mir die Kehle heraufkroch. »Bist du vor ihm davongelaufen?«

»Nein, das brauchte ich nicht. Er war alt und starb vor etlichen Jahren.« Sie zog ihre Hand zurück und steckte mir noch eine Seidenblume ins Haar.

»Tut mir leid, dass du so eine schlimme Kindheit hattest«, flüsterte ich. Mir tat es wirklich leid. Keinem Kind sollte Gewalt widerfahren. Und die Narben auf ihrer Haut würden sie stets an diese schlimme Zeit zurückerinnern.

Sie stupste mich leicht mit ihrem Ellenbogen an. »Schon gut, Ami. Vergangenes lässt sich nicht mehr ändern und meine Zukunft gestalte ich selbst.«

Ich fing an zu lächeln, als mir die Bedeutung ihrer Worte bewusst wurde. Rosalie wollte kein Mitleid, deswegen sprach sie nie über ihre Vergangenheit. Und auch, weil es für sie kein Thema mehr war, das sie heute noch beschäftigte. Sie hatte mit ihrer Vergangenheit abgeschlossen und blickte nach vorne. Ich hatte sie noch nie so sehr bewundert wie in diesem Augenblick.

»Wie stehst du eigentlich zu Jake? Bist du in ihn verliebt?«

Ich hustete. Ihre Frage traf mich unvorbereitet. Meine Finger verkrampften sich um die Bettdecke. »Wie kommst du denn jetzt darauf?«

»Ich weiß nicht. Ihr seht euch beide immer so an. Sein Blick sagt, dass er dich will. Und deiner ebenfalls.«

»Ach, das sind doch nur Blicke«, sagte ich. »Lust und Liebe sind zwei völlig verschiedene Dinge. Vielleicht fühlen wir uns nur voneinander angezogen, weil wir die gegenteilige Magie beherrschen.«

Ich wusste, nein, ich *spürte*, dass Jake mich wollte. Aber vielleicht nur, weil wir so gegensätzlich waren. Vielleicht war das der einzige Reiz, der uns beide verband.

»Findet es doch gemeinsam heraus, ob es nur Lust ist.«

»Du meinst, ich soll mit ihm …«

Rosalie lachte, als ich mich empört zu ihr umdrehte. »Ich hatte schon viele Liebhaber. Krieger, Magier und Adelsleute teilten sich mit mir ein Bett«, erklärte sie und steckte mir die letzte Seidenblume ins Haar. »Aber noch niemand hat mich je so angesehen, wie Jake dich ansieht. Wie er dich schon immer angesehen hat.«

Wie er mich … ansieht? Mein Mund öffnete sich leicht, doch ich fand keine Worte, die ich darauf erwidern konnte.

»So, deine Frisur ist fertig«, sagte sie und griff nach ihren Krücken. Als sie sich vom Bett hievte, trat ich vor den Spiegel und bestaunte meine Frisur. Mein Haar war locker hochgesteckt und die Strähnen, die mir über die Schulter hingen, hatte sie in sanfte Wellen gelegt. Zwischen den Strängen zierten silberne Seidenblumen mein Haar.

»Danke«, sagte ich und schenkte ihr ein Lächeln. Rosalie winkte ab, aber ihre Augen leuchteten, als sie sagte: »Trödel nicht so herum. Beeil dich lieber und zieh dich an. Auf uns wartet schließlich ein Ball.«

Kapitel 20

Wie Schneeflocken im Wind

Der Speisesaal war festlich geschmückt. Girlanden aus Blüten und Zweigen hingen von der Decke herab, Stehtische mit weißen Bezügen standen im Raum verteilt und ein Kronleuchter aus Glas schimmerte über der Tanzfläche.

Am hinteren Ende des Saals spielte ein Orchester auf goldenen Instrumenten. Ich erwischte mich dabei, wie ich zu der fröhlichen Melodie summte. Ich kam aus dem Staunen nicht mehr heraus.

Rosalie entdeckte ich im selben Moment, in dem sie mich erblickte. Wie der Wind kam sie mit ihren Krücken auf mich zu. Sie trug ein rotes Gewand aus Seide und Spitze und weiße Orchideen zierten ihre Haare, die zu einer Krone geflochten waren.

»Gar kein Unkraut?«, fragte ich grinsend, als sie sich neben mich gesellte. Sie neigte den Kopf zur Seite und tätschelte ihre Frisur. »Zur Feier des Tages habe ich mal zu einer Blüte gegriffen. Es ist zwar ungewohnt, aber auch wunderschön anzusehen.«

Ted kam mit zwei Drinks in der Hand zu uns geschlendert. Seltsamerweise passte ihm sein grauer Anzug wie angegossen.

Er stieß einen Pfiff aus, als er mich sah. »Ami, du hast dich ja richtig schick gemacht.«

»Danke«, murmelte ich und sah an mir herunter. Das silberne Kleid war an Brust und Taille eng geschnitten und schmeichelte meinen Kurven. Weiblich. Weich. Schön.

Ich wusste nicht, wann ich mich das letzte Mal so … hübsch gefühlt hatte. Ich berührte den geschwungenen Reif aus Gold und Silber, der meinen Oberarm zierte.

»Und was ist mit mir?«, zischte Rosalie und verschränkte ihre Arme. »Wie sehe ich aus?«

»Schön wie immer«, sagte er grinsend und reichte erst ihr, dann mir ein Glas. »Wie sieht's aus. Wollen wir tanzen gehen?«

Rosalies Augen strahlten hell. »Da fragst du noch? Na klar möchte ich tanzen.«

»Und was ist mit dir, Ami?«

»Ich passe. Mir ist nicht nach tanzen«, sagte ich knapp und nippte an dem perligen Wein. Er schmeckte fruchtig und lieblich. Mit meinem Glas deutete ich auf Rosalie. »Wie möchtest du mit deinen Krücken tanzen?«

Sie strich über ihre Frisur. »Wenn man etwas wirklich möchte, gibt es immer Wege. Ich stelle mich einfach auf Teds Füße.«

Ich fing an zu grinsen. »Solch eine Idee kann auch nur dir einfallen.«

Rosalie ergriff Teds Hand und blickte mich erneut an. »Möchtest du wirklich nicht? Es wird lustig.«

»Nein, im Ernst, geht ruhig. Ich wünsche euch viel Spaß.« Die beiden nickten mir zu und verschwanden dann in der Menge.

Ich trank ein paar Schlucke meines Weins und nahm die Stimmung des Saals in mir auf. Es war unglaublich, wie viele Leute zur Feier erschienen waren. Nicht nur gewöhnliche Menschen aus Mistress, sondern auch Mitglieder von Gilden aus anderen Städten konnte ich unter den Gästen ausfindig machen. Einige Magier trugen Löwen, Tiger oder gekreuzte Schwerter auf ihrer Haut.

Als mein Blick auf die Tanzfläche fiel, entdeckte ich einen roten Haarschopf. Minako wurde von Maddox durch die Luft gewirbelt. Sie stellten augenblicklich alle Paare in den Schatten. Sie waren so eng umschlungen, dass kein Zentimeter Luft mehr zwischen sie passte. Seine Hand lag auf ihrer Hüfte und ihre Arme waren um seinen Hals geschlungen, während sie durch den Saal wirbelten.

Ihr Tanz sah so verboten aus, dass mir allein beim Zuschauen ganz warm wurde. Anderen schien es genauso zu ergehen, denn sie blickten den beiden verträumt nach.

Ich trank mein Glas aus und beschloss, den beiden nicht weiter zuzuschauen. Von einem der Stehtische schnappte ich mir ein neues Getränk, bevor noch irgendwer auf die Idee kam, mich zum Tanz aufzufordern.

Nichts war schlimmer als tanzen. Ich hatte es manchmal im Wald probiert, zwischen den Trainingsstunden. Und ich hatte mich angestellt wie ein hoffnungsloser Trampel.

Ich nippte an meinem Glas. Langsam spürte ich die Wirkung, die der Alkohol in mir auslöste. Ich war offener und ließ mich in Gespräche verwickeln. Manchmal ertappte ich mich sogar dabei, wie ich mit meinem Bein zum Takt wippte. Als würde mein Körper tatsächlich tanzen wollen.

Ein Wassermagier gesellte sich an meinen Tisch und überschwemmte mich mit Komplimenten und Schmeicheleien.

Ich hörte nur beiläufig hin, während mein Blick durch den Saal glitt. Und auch wenn ich es niemals zugeben würde … ich war auf der Suche.

Auf der Suche nach Jake.

Und egal, wie viele Magier im Saal waren, ich würde ihn immer finden.

Als ich Jake entdeckte, bereute ich es sofort, nach ihm Ausschau gehalten zu haben. Er stand am anderen Ende des Saals, umzingelt von hübschen Mädchen in wunderschönen Kleidern. Sie klebten an ihm und zerrten an seinem Arm. Aber was hatte ich auch erwartet? Dass Jake mich zum Tanz aufforderte? Dass keines der anderen Mädchen ihn fragen würde? Er war äußerst beliebt bei Frauen. Natürlich würden sie an ihm kleben und sich darum streiten, wer mit ihm als erstes tanzen durfte.

Eine Träne lief mir die Wange entlang. Dann noch eine. Ich fing sie mit meiner Fingerspitze auf. Warum weinte ich? Und warum fühlte sich mein Herz an, als würde es zerspringen?

Ich ballte die Hand zur Faust, wollte einen anderen Schmerz wahrnehmen als den in meiner Brust. Jake löste Gefühle in mir aus, die ich nicht kannte. Die ich nicht fühlen wollte. Und doch tat ich es.

Dieser Idiot …

Ich wollte mich abwenden, da neigte Jake den Kopf in meine Richtung. Er sah über die Tanzfläche hinweg, sah direkt zu mir. Als würde er die Kälte spüren, die sich in mir ausbreitete. Mein Atem stockte.

Und dann blieb die Welt stehen, als sich unsere Blicke trafen.

Jake stand da, bewegte sich nicht. Alles was er tat, war mich ansehen. Das

Grün in seinen Augen schimmerte, leuchtete und strahlte. Nur für mich. Ich ertrank darin.

Es war, als könnte er in mich hineinblicken, in mein Innerstes, bis tief in mein Herz. Ein Herz, das zu Eis erfroren war. Doch nun stand es in Flammen und brannte, brannte in einem Meer aus grünem Feuer. Das Eis war geschmolzen. Seinetwegen.

Und in diesem Moment wünschte ich mir ... Unendlichkeit.

»Jake, ich –«

Eine Hand an meiner Schulter brachte mich wieder in die Realität zurück. Ich schnappte nach Luft und fuhr herum. Der Wassermagier sah mich mit hochgezogener Augenbraue an. Eine riesige Falte bildete sich auf seiner Stirn. Den hatte ich total vergessen!

»Was ist mit ihm?«, fragte er mich und verschränkte seine Arme.

»Mit wem?«

»Mit Jake. Du hast seinen Namen erwähnt und ihn angestarrt.«

Ich trank mein Glas in einem Zug leer. »Jake? Warum sollte ich seinen Namen erwähnen?« Meine Worte überschlugen sich und ich winkte hysterisch mit den Händen.

Der Wassermagier lächelte verschmilzt. »Wenn das so ist, wollen wir dann tanzen gehen?«

Ich schnappte nach Luft und umklammerte die Tischkante bis es schmerzte. Ich war völlig neben der Spur. »Danke für dein Interesse, aber ich muss weg. Also dann, amüsiere dich noch gut.«

Ohne seine Antwort abzuwarten, verschwand ich in der Menge. Hoffentlich folgte der Kerl mir nicht. Ich brauchte frische Luft. Ganz viel frische Luft. Mein Gesicht glühte.

Bei den Göttern, was war das eben?! Warum konnte ich meinen Blick nicht von ihm lösen?

Ich steuerte ohne Umwege auf den Balkon zu und lächelte, als die kalte Winterluft meine Haut streichelte.

Wie ein Rettungsanker hielt ich mich am Geländer fest. Hier draußen war ich allein. Und ich konnte endlich wieder atmen. Schnee rieselte in leichten

Flocken vom Nachthimmel herab und hüllte die Stadt in eine weiße, glitzernde Decke.

Verdammt, wie konnte ich Jake bloß so anstarren? Und dann diese Tränen. Hoffentlich hatte er sie nicht bemerkt.

Das leichte Prickeln auf meiner Haut verriet mir, dass ich nicht mehr alleine war. Mein Herz klopfte schneller in meiner Brust, als ich mich langsam umdrehte.

Jake lehnte an der Balkontür. Er trug einen schwarzen Anzug aus edlem Stoff und passende Lederschuhe. Sein Hemd stand am Kragen offen und erlaubte einen Blick auf den Ansatz seiner muskulösen Brust.

Ich gab mir wirklich Mühe, ihn nicht anzustarren. Aber es war vergeblich. Und auch er sah mich an. Er betrachtete mich von Kopf bis Fuß und wieder zurück. Unter seinem eindringlichen Blick errötete ich.

»Hey«, flüsterte er leise. Das kleine Wort löste bei mir Herzklopfen aus.

Ich räusperte mich verlegen. »Hey.«

Die Sekunden vergingen. Noch nie hatte so eine Anspannung zwischen uns geherrscht. Sie lag in der Luft wie die kleinen Schneeflocken, die vom Nachthimmel rieselten.

Ein schiefes Lächeln glitt über seine Lippen, als er sich von der Balkontür stieß und auf mich zukam. Und im nächsten Moment zog er seine Jacke aus und legte sie mir über die Schultern. »Du holst dir noch den Tod.«

Ich ging einen Schritt zurück und umklammerte den warmen Stoff seiner Jacke. »Ich bin eine Eismagierin. Ich friere nicht. Aber was ist mit dir?« Die Worte kamen zu schnell über meine Lippen.

Jake grinste und lehnte sich gegen das Geländer. »Ich bin ein Feuermagier. Ich friere nicht. Aber ...«, sein Lächeln wurde anzüglich, »wenn du dir Sorgen um mich machst, kannst du mich gern wärmen.«

»Perverser Idiot«, schimpfte ich. Jake lachte, als ich ihm einen Hieb gegen den Oberarm verpasste.

Beinahe hätte ich erleichtert aufgeatmet. Die Stimmung zwischen uns lockerte sich auf. Ein Glück.

Er sah auf die Stadt hinunter. »Und was verschlägt dich nach draußen, Eisprinzessin? Hast du genug vom Tanzen?«

»Ich brauchte etwas frische Luft«, murmelte ich und fing eine Schneeflocke mit meiner Hand auf. Hinter uns waren die Glasscheiben beschlagen und ich erkannte nur schemenhaft die tanzende Menge. »Und was ist mit dir?«

Er nahm den Blick vom Horizont. »Das eben ... Du warst eifersüchtig, nicht wahr?«

Ich blinzelte. »Nein, wieso sollte ich?« Das war gelogen, und wiederum nicht. Ich wusste nicht, warum ich geweint hatte. War es Eifersucht gewesen, weil die Frauen ihm nah waren? Weil ich ihm gerne nah wäre?

»Ich war es aber«, gestand er. Seine smaragdgrünen Augen flammten auf. »Dich mit einem anderen Mann zu sehen, wie er dich berührt und dir etwas ins Ohr flüstert, macht mich fast wahnsinnig.«

»Wieso?«, hauchte ich atemlos.

»Weil ich nicht gerne teile, Eisprinzessin. Schließlich bist du *mein* Problem.«

Ich verdrehte die Augen, aber innerlich hüpfte mein Herz.

Er reichte mir eine Hand. »Möchtest du tanzen?«

Zwischen uns hatte sich etwas verändert. Ich wich einen Schritt zurück. »Ich kann nicht tanzen.«

»Soll ich dir ein Geheimnis verraten?«, sagte Jake und legte den Kopf leicht schief. »Jeder kann tanzen.«

Ich nahm etwas pudrigen Schnee in meine Hände, der auf dem Geländer lag, und streute ihn vom Balkon. »Das halte ich für ein Gerücht, Feuerlord.«

Ein kehliges Lachen kam über seine Lippen. »Man sagt, man ehrt die vergangenen Geister, in dem man für sie tanzt. Und du möchtest sie doch nicht erzürnen, oder?«

Ich hob eine Augenbraue. »Das hast du dir doch gerade ausgedacht.«

»Vielleicht, vielleicht auch nicht. Finden wir es heraus.« Er streckte mir erneut die Hand entgegen. »Tanz mit mir im Schnee, Eisprinzessin.«

Ich wusste nicht, ob es an dem vielen Wein oder seinem schiefen Lächeln lag. Jedenfalls trat ich einen Schritt vor und legte meine Hand in seine.

Jake zog mich behutsam an sich. Und obwohl wir uns auch beim Training nah kamen, war diese Situation eine völlig andere.

Ein sinnliches Knurren kam über seine Lippen, als er sich an mein Ohr beugte. »Du siehst bezaubernd aus.«

Ich errötete und er lachte. »Sag das nicht, wenn du es nicht ernst meinst«, schimpfte ich.

»Aber ich meine es ernst.« Langsam fuhr sein Daumen meinen Rücken entlang, kreiste auf dem Stoff meines silbernen Kleides. »Du siehst aus wie eine Sternschnuppe.«

Seine raue Stimme jagte mir einen Schauer über die Haut. Fand er mich wirklich so schön?

Die fröhliche Musik einer Fiedel drang zu uns in die Nacht. Ich räusperte mich, immer noch sichtlich verlegen. »Ich kann wirklich nicht tanzen, wir sollten das –«

Jake führte meine Hand an seine Lippen und murmelte: »Pscht. Nicht reden, Eisprinzessin. Fühle die Musik und lass dich von ihr treiben. Lass dich fallen.«

Dann ließ er die Hand sinken und umfasste meine Taille. In seinen Augen lag ein wildes, feuriges Funkeln.

Ich nickte benommen und ließ mich von ihm führen. Erst bewegten wir uns vorsichtig zum Takt, doch als die heitere Musik bis in mein Innerstes drang, da schüttelte ich alle Bedenken ab. Alle Sorgen, die mich seit Wochen quälten.

Und dann tanzte ich. Ich war frei, sorglos und … glücklich.

Es war, als würde ich zum ersten Mal Freude empfinden, als würde purer Sonnenschein durch meine Adern fließen. Es erwärmte mich, erhellte mein Herz und durchströmte meinen Körper.

Wir bewegten uns schneller und schneller, wirbelten auf dem verschneiten Balkon, waren eins mit den Schneeflocken, die uns umhüllten.

Seine Jacke glitt mir von den Schultern und fiel in den Schnee. Doch es war nicht von Bedeutung. Alles, was in diesem Moment zählte, waren *wir.*

Er umfasste meine Hüften und hob mich in die Höhe. Es fühlte sich an, als würde ich fliegen. Wir drehten und drehten und drehten uns.

Behutsam ließ er mich wieder herunter. Seine Hände glitten an meinem

Rücken entlang und verharrten an meiner Taille. Ich legte meine Hände an seine Brust. Unsere Körper waren eng umschlungen. Ein neues Stück wurde angespielt. Eine ruhige, verträumte Melodie.

Er beugte sich zu mir herunter. Seine Lippen streiften meine Wange, als er dicht an mein Ohr flüsterte: »Morgen wirst du deinen ersten Auftrag annehmen.«

»Was?« Erschrocken trat ich einen Schritt zurück, um ihm in die Augen sehen zu können. »Ist das dein Ernst?«

Als er nickte, gab ich einen kleinen Freudenschrei von mir. Dann sprang ich ihm um den Hals, löste mich aber sofort wieder von ihm.

Endlich konnte ich mich unter Beweis stellen und etwas Gutes für die Welt tun. Und ich müsste nicht mehr auf Kosten der Gilde leben.

»Jake, du wirst es nicht bereuen. Versprochen!« Meine Worte überschlugen sich, weil ich so aufgeregt war. In meinem Kopf ging ich die Aufträge durch, die an dem Request-Board hingen. Welchen ich wohl annehmen würde?

»Aber nur unter zwei Bedingungen«, sagte er, während er seine Jacke aufhob und den Schnee abklopfte.

Er stellte Bedingungen? Meine Freude geriet ins Stocken und ich hob misstrauisch eine Augenbraue. »Und die wären?«

Er legte mir die Jacke um die Schultern und strich mir eine Strähne hinters Ohr. »Erstens werde ich dir deinen Auftrag aussuchen, den du annehmen wirst. Oder eben nicht, es liegt ganz bei dir.«

Er wird mir meinen Auftrag aussuchen? Beinahe hätte ich gestöhnt, aber ich riss mich zusammen und nickte. »In Ordnung. Was ist deine andere Bedingung?«

Er sammelte etwas Schnee in seiner Hand und verwandelte ihn in zischendes Wasser. »Ich werde dich dabei begleiten. Außerhalb der Gilde ist es noch immer gefährlich, weil wir nicht wissen, was Dragoon vorhat. Nach meinen Informationen sind sie in den Norden gereist. Trotzdem müssen wir vorsichtig sein.«

Jake würde mich begleiten? Das konnte ja nur in einer Katastrophe enden.

»Ich werde natürlich gebührend Abstand halten«, fügte er hinzu, als er meinen Gesichtsausdruck sah. »Du wirst mich gar nicht bemerken. Also, was sagst du?«

Ich hob das Kinn und zuckte gespielt gleichgültig mit den Schultern. »Wenn du unbedingt mitkommen möchtest, nur zu. Ich freue mich schon darauf.«

»Dann ist es abgemacht«, hauchte er und griff nach meiner Hand. Seine Augen glühten, als er sich herunterbeugte. Und noch bevor ich wusste, was geschah, lagen seine Lippen auf meinem Handrücken.

Einen Moment verharrten wir in der Position, wie zwei Eisskulpturen. Ich hatte aufgehört zu atmen, zu denken, zu sein.

»Danke für diesen Tanz, Eisprinzessin«, murmelte er auf meiner Haut und ließ meine Hand los. Dann drehte er sich um und verschwand nach drinnen.

Und so stand ich da, allein im Schnee, mit seiner Jacke auf meinen Schultern und einem klopfenden Herzen in meiner Brust.

Kapitel 21

Die Katze aus dem Sack

Um Punkt zwölf stand ich vor dem Request-Board und wartete auf Jake. Nervös ging ich einige Aufträge durch und konnte es immer noch nicht fassen, dass es heute so weit war. Ich würde meinen ersten Auftrag annehmen. Endlich.

Ein nervöses Lächeln huschte über meine Lippen. Wie mein Vater sich wohl bei seinem ersten Auftrag gefühlt hatte? War ihm auch so übel vor Aufregung gewesen oder hatte er es gelassen hingenommen? Wie gern hätte ich ihn danach gefragt.

Als ich eine vertraute Wärme spürte, wirbelte ich herum. »Du bist zehn Minuten zu spät.«

»Dir auch einen wunderschönen guten Morgen.« Jake biss von einem glänzenden Apfel ab. Er war wie üblich in Schwarz gekleidet und trug gefütterte kniehohe Stiefel. Seinem wuscheligen Haar nach zu urteilen war er eben erst aufgestanden.

Unwillkürlich tauchten Bilder der letzten Nacht in meinem Kopf auf – er und ich, tanzend im Schnee, sein Handkuss, mein klopfendes Herz. Meine Wangen brannten und ich warf ihm seine Jacke entgegen, die er mir gestern Abend um die Schultern gelegt hatte. Er fing sie mit Leichtigkeit auf. »Wir haben bereits Mittag.«

»Es war auch eine ziemlich lange Nacht.« Seine Mundwinkel zuckten, als er mich betrachtete. »Ziehen wir etwa in den Krieg, Eisprinzessin?«

Ich folgte seinem Blick. Ich trug enganliegende weiße Lederkleidung, in meinem Waffengurt steckten drei Messer und mein langes Haar hatte ich streng nach hinten gebunden. Ich war auf alles vorbereitet. »Ich werde mit allem fertig. Und jetzt such mir einen Auftrag aus, damit ich los kann.« *Damit ich nicht wieder über unseren Tanz nachdenke. Über meine Gefühle. Über dich.*

Er betrachtete mich noch einen Moment, ehe sein Blick über das Board wanderte. Auftrag für Auftrag ging er durch und meine Aufregung war kaum noch auszuhalten. Ob ich einen Dämon fassen oder einem Räuber das Handwerk legen sollte?

Schließlich zog er einen Auftrag vom Board und hielt ihn mir entgegen. Ich hob eine Augenbraue, als ich die Überschrift las: Finde Miss Melody. Darunter hing ein Bild einer schneeweißen, schlanken Katze mit stechend gelben Augen.

Eine Katze? Ich sollte eine Katze finden?! »Jake, such mir einen richtigen Auftrag aus. Das ist doch albern.«

»Dann kommt jetzt deine erste Lektion: Unterschätze niemals eine Quest, egal, wie leicht sie dir erscheint. Unerwartetes kann immer passieren.«

Ich kräuselte die Lippen. »Mein erster Auftrag sollte etwas Besonderes sein. Und eine Katze zu finden, ist *nichts* Besonderes.«

»Eine besorgte Bürgerin unserer Stadt hat uns damit beauftragt. Möchtest du sie etwa enttäuschen, weil dir der Auftrag nicht *besonders* genug ist?« Ein dämonisches Grinsen breitete sich auf seinem Gesicht aus und er biss genüsslich in seinen Apfel. »Aber es liegt ganz bei dir. Wenn du nicht möchtest, dann verschieben wir das und –«

»Na schön«, warf ich ein und riss ihm den Auftrag aus der Hand. Jake war wieder so unausstehlich wie eh und je. »Ich werde die Katze suchen gehen.«

Ich stapfte an ihm vorbei, doch er trat mir in den Weg. »Nicht so schnell, Eisprinzessin. Als Erstes wirst du deiner Auftraggeberin einen Besuch abstatten und die Einzelheiten der Quest besprechen. Und erst dann kannst du loslegen.« Er bedeutete mir mitzukommen. »Ich werde mich in deiner Nähe aufhalten. Falls etwas schiefgehen sollte, bin ich bei dir.«

Ich runzelte die Stirn. Was sollte denn bei einer Katze schon Großartiges schiefgehen? Aber ich nickte und folgte ihm in die Stadt.

***

Ich sprach mit Frau Montreux, die in einem der vielen Stadthäuser lebte. Sie begrüßte mich liebreizend und erzählte mir bei Keksen und heißem Kakao, wo sie ihre geliebte Katze Miss Melody zuletzt gesehen hatte. Fast wäre mir ein Lachen herausgerutscht, als sie den Namen aussprach. Es war also kein Scherz, ihre Katze hieß wirklich so.

Nachdem wir eine knappe Stunde über ihre Katze sprachen – wie lieb und zutraulich sie doch sei – zog und zupfte es in meinem Innersten. Jake hatte wohl etwas dagegen, dass ich so lange hier saß. Innerlich rollte ich mit den Augen. Dann stellte ich mit Absicht noch zwei weitere Fragen, ehe ich mich verabschiedete. Jake wartete am Gartentor auf mich.

»Ich bin kein Hund, der angerannt kommt, wenn du ihn rufst«, maulte ich ihm entgegen.

»Dann halt da drin kein Kaffeekränzchen«, erwiderte er spöttisch und ging voraus. Ich starrte auf seinen Rücken, während ich ihm schweigend durch die schneebedeckte Straße folgte.

Bist du verliebt? Rosalies Frage kam mir so plötzlich in den Sinn, dass ich beinahe über meine eigenen Beine gestolpert wäre. Gestern hatte ich es abgestritten, doch wenn ich ehrlich war, wusste ich selbst nicht so genau, was ich fühlte. War es nur körperliche Anziehung oder war es schon mehr als das? Jake ging mir so unsagbar auf die Nerven, aber er hatte auch liebenswerte Seiten.

Und was es auch immer zwischen uns war, gestern war es intensiver gewesen als sonst. Dieses Gefühl der Verbundenheit, ich war in seinen grünen Augen ertrunken, während mein Herz in der Brust verrückt gespielt hatte. Doch bedeutete das gleich Liebe?

Und wie stand Jake zu mir? Er küsste mich auf Stirn und Handrücken, aber nicht auf den Mund.

Ich verbannte meine Gedanken in den hintersten Winkel meines Seins. Es nützte mir nichts, jetzt über meine Gefühle nachzudenken, während ich meinem ersten Auftrag nachging. In den nächsten Tagen würde noch genug Zeit bleiben, mir im Klaren darüber zu werden, was mein seltsames Herz fühlte.

Als wir uns der Hauptstraße näherten, blickte Jake über die Schulter. Seine grünen Augen trafen auf meine. »Eisprinzessin?«

»Hmm?«

»Viel Glück.« Und dann verschwand er wie ein Schatten zwischen den Bewohnern, die sich auf dem Markt tummelten.

»Danke«, murmelte ich ihm hinterher, obwohl ich bezweifelte, dass ich bei diesem Auftrag besonders viel Glück brauchte. Eine Katze sollte mein geringstes Problem sein.

Nach zwei Stunden wusste ich, dass ich mich geirrt hatte. Keiner der befragten Stadtbewohner kannte diese Katze oder hatte sie jemals gesehen. Wo versteckte sie sich bloß?

Jake ließ sich nicht blicken, doch ich spürte seinen intensiven Blick zwischen meinen Schulterblättern. Der Schnee knirschte unter meinen Sohlen, während ich weiter durch die Stadt lief. Ich atmete die kalte Winterluft ein und hätte beinahe geseufzt, so wohltuend tat es meinen Lungen. Die ganze Stadt war mit einer Schneeschicht bepudert. Es sah wunderschön aus. Nur leider half mir das bei der Suche nach einer weißen Katze nicht weiter.

Vielleicht hätte ich Fluffy mitnehmen sollen, der die Fährte von ihr aufnahm? Aber das wäre zu einfach gewesen. Außerdem wollte ich mich auch nicht vor Jake blamieren, in dem ich meinen ersten Auftrag nicht allein lösen konnte.

Ich kaufte einen Hering auf dem Markt und klapperte erneut die Hauptstraße und die Seitengassen ab. Ich fand schwarze, braune und gefleckte Katzen, die alle gierig auf den Fisch starrten, aber keine weiße.

Frustriert ließ ich mich an einer Hauswand nieder und warf den glitschigen Hering in den Schnee. Mich überkam das ungute Gefühl, dass der Auftrag doch um einiges schwieriger war, als ich mir vorgestellt hatte.

Unterschätze nie einen Auftrag, hatte Jake mir vorhin noch großkotzig erklärt, nachdem ich diesen hier für zu einfach befunden hatte. Nun, er sollte recht behalten. Mal wieder.

Als ich bereits mit dem Gedanken spielte, aufzugeben, bemerkte ich einen flinken Schatten im Augenwinkel. Ich neigte meinen Kopf und traute meinen Augen kaum. Die Katze, die ich seit Stunden suchte, ging gemütlich, ja nahezu majestätisch an mir vorbei und schnappte sich den Hering.

Sie fauchte mich an, als ich nach ihr greifen wollte. Ihre weißen Nackenhaare standen zu Berge und ich machte einen Satz nach hinten, ehe sie mit ihrer kleinen Pfote ausholte, an der scharfe Krallen hervorblitzten.

Zart wie eine Melodie, von wegen. Die Katze war nicht lieb, überhaupt nicht. Dieser Auftrag würde wirklich mehr von mir abverlangen als gedacht.

Sie sprang mit flinken Zügen an mir vorbei. Ich konnte gerade noch ihren zuckenden Schwanz erblicken, ehe sie um die Ecke bog. »Bleib gefälligst hier«, rief ich wütend und lief ihr hinterher.

Irgendwo hörte ich Jake lachen, der die Situation anscheinend amüsant fand. Am liebsten hätte ich ihm eine Portion Eis entgegengefeuert, wenn ich gewusst hätte, wo er steckte.

Ich hob meinen Arm in die Höhe und machte eine äußerst vulgäre Handbewegung, während ich weiter durch die Straße lief und die Katze verfolgte.

Jake lachte nur noch lauter. *Idiot.*

Ich ignorierte ihn und folgte Miss Melody, die sich verdammt schnell bewegte. Und wieder einmal, auch wenn ich es ungern zugab – ohne Jakes Training wäre ich nicht in der Lage, mit der Katze auch nur annähernd Schritt zu halten.

Ich bog um die Ecke – schon völlig außer Atem – und sah Miss Melody, die an einer Hausfassade entlangstreifte und in einen der Gärten sprang.

Einen Moment überlegte ich, ob ich wirklich in einen fremden Garten spazieren sollte, bevor ich es einfach tat. Ich ignorierte die Hitze, die auf meinem Nacken brannte. Sollte Jake doch denken, was er wollte. Ich würde meinen ersten Auftrag nicht kampflos aufgeben.

Als Miss Melody mich kommen sah, schlüpfte sie durch das offene Kellerfenster eines Stadthauses.

Ich ging in die Hocke und rief nach ihr, doch sie kam nicht heraus. So ein Mist. Jetzt befand sie sich in einem fremden Keller. Wie sollte ich sie dort herausbekommen? Vielleicht war der Hausherr zuhause und würde mich die Katze herausholen lassen?

Ich ließ das Fenster einfrieren, damit sie nicht herausschlüpfte, während ich mich zur anderen Hausseite begab und gegen die Tür hämmerte.

Niemand reagierte auf mein Klopfen – es war keiner zuhause.

Ich lief zurück zu dem Kellerfenster und ließ das Eis zerspringen. Was sollte ich nun tun? Warten, bis der Besitzer zurückkam? Darauf hoffen, dass die Katze von selbst aus dem Keller sprang?

Es war bereits Nachmittag und schon bald würde es dunkel werden. Ich betrachtete das Fenster. Mir kam eine Idee.

»Denk nicht einmal daran«, flüsterte Jake, der plötzlich neben mir stand. »Du wirst da nicht einbrechen.«

Ich stöhnte. »Jake, es geht wirklich schnell. Ich schlüpfe durch das Fenster, greife mir die Katze und bin sofort wieder draußen.«

Seine Augen flammten auf und er schüttelte den Kopf. »Nein.«

»Bitte. Ich möchte nicht schon bei meinem ersten Auftrag aufgeben müssen.« Ich hielt meine Hände flehend vor sein Gesicht. »Der Hausherr wird nicht bemerken, dass ich überhaupt dort gewesen bin.«

Jake bedachte mich mit einem kritischen Blick. Einige Sekunden vergingen, ehe er geschlagen seufzte. »In Ordnung. Ich schiebe Wache. Falls der Hausherr kommt, werde ich ihn hinhalten und dir ein Zeichen geben. Solltest du jedoch in zehn Minuten nicht wieder zurück sein, ziehe ich deinen hübschen Arsch persönlich aus diesem Keller, verstanden?!«

Ich fiel Jake um den Hals. »Verstanden. Du wirst es nicht bereuen, versprochen.«

Er verschwand zu dem Hauseingang auf der anderen Seite, während ich durch das Kellerfenster schlüpfte. Leider nicht so elegant wie die Katze – das Fenster war doch schmaler als gedacht.

Ich landete unsanft auf dem Boden und blinzelte mehrere Male. Es dauerte einen Moment, bis sich meine Augen an die Dunkelheit gewöhnt hatten. Die einzige Lichtquelle war das Fenster, durch das ich gestiegen war. Ansonsten war der Raum finster.

Am liebsten hätte ich Jake geholt und um eine Flamme gebeten, aber ich ließ es bleiben. Nicht, dass er es sich doch noch anders überlegte.

Vorsichtig sah ich mich um. Der Keller bestand aus einem großen Raum. Der Boden war verdreckt und der Tisch auf der gegenüberliegenden Seite voller Staub. Ein Spinnennetz blieb auf meinem Gesicht kleben, als ich durch den Raum lief. Angeekelt entfernte ich die Fäden. Wie lange hatte hier unten niemand mehr sauber gemacht?

Ich schluckte den Ekel und die Angst, die ich angesichts des Kellergewölbes empfand, hinunter.

Die Tür, die nach oben führte, war verriegelt. Die Katze musste sich irgendwo verkrochen haben. Und so viele Verstecke gab es hier unten nicht.

»Mietz, Mietz, Mietz. Wo steckst du?«, trällerte ich und sah unter dem Tisch und der Treppe nach. Fehlanzeige.

Aus dem Augenwinkel entdeckte ich einen hellen Fleck am anderen Ende des Raumes. *Hab ich dich.*

Ich lief auf Miss Melody zu und wurde von dicken Gitterstäben abgehalten, zu ihr zu gelangen.

Die Katze schnurrte. Und als ich durch die Stäbe hindurchsah, erstarrte ich.

Hinter dem Gitter sahen mich vier Augen an. Das eine Paar gehörte Miss Melody, doch das andere …

Es waren dieselben leeren Augen, die mich vor einigen Monaten im Schattenwurf der alten Eiche beobachtet hatten.

Ich vergas das Atmen, ich vergas alles.

Die Gestalt trat aus dem Schatten und näherte sich dem Gitter. Es war, als hätte die Dunkelheit Form angenommen. Der lippenlose Mund nahm die Hälfte des Gesichtes ein und verstümmelte, schwarze Zähne steckten in dem blutroten Zahnfleisch. Die Nase bestand aus zwei länglichen Schlitzen wie die einer Schlange und die bleiche Haut glich der einer verwesten Leiche.

Mir drehte sich der Magen um. Was bei den heiligen Magiern war das für ein Wesen?! Ich hatte so etwas noch nie zuvor gesehen. Und dann traf es mich wie ein Schlag. Dämon. Er war ein Dämon.

Er besaß vier Arme und in einem von ihnen lag Miss Melody. Sie schnurrte, als er mit seinen knochigen Fingern über ihr Fell streichelte.

»Lass sie sofort los«, kam es stockend über meine Lippen und ich deutete mit einer Handbewegung an, was ich von ihm wollte. Ich hatte keine Ahnung, ob er mich überhaupt verstehen konnte.

Meine Stimme klang krächzend und atemlos. Die Angst steckte in jedem meiner Knochen. Und nur der Gedanke, dass er in diesem Käfig hauste und mir nichts tun konnte, hinderte mich am Fliehen. Ebenso die Tatsache, dass er Miss Melody in seiner Gewalt hatte. Himmel, hoffentlich würde er sie nicht fressen.

Er schnüffelte in meine Richtung. Sein schwarzer, löchriger Umhang hing an ihm herab und die Dunkelheit umwarb ihn wie die Motten das Licht. »Sie ist freiwillig bei mir und kann jederzeit gehen.«

Ich blinzelte überrascht. »Du sprichst meine Sprache?«

Ich hatte nicht erwartet, dass ein Dämon sprechen konnte. Ich hielt sie für gefährlich und dumm, nach Blut und Leben durstend. Doch dieses Exemplar kam mir äußerst intelligent vor. Ich wusste nicht, was schlimmer war.

Er runzelte die verweste Haut und schnaubte beleidigt. »Ich kann viele Sprachen sprechen, Menschlein.«

Verwirrt runzelte ich ebenfalls die Stirn. Allem Anschein nach hatte ich das Wesen gerade gekränkt. Das würde ja bedeuten, dass er auch Gefühle hatte? Ich kam nicht mehr mit. »Was für ein Dämon bist du?«

Er trat an das Gitter. »Ich bin ein Seelenredner. Ich übergebe die reinen Seelen an die Engel.«

Ich trat ebenfalls einen Schritt vor, bewahrte aber einen guten Abstand zum Käfig. Nicht, dass er mich mit seinen vier Armen packte. »Es gibt Engel?«

Seine zischende Stimme vibrierte. »Natürlich gibt es sie. Diese arroganten Wesen, die sich nur für die reinsten Seelen aus ihrer Himmelspforte begeben.«

Er hielt anscheinend nicht viel von Engeln. Und er übergab ihnen die *reinen* Seelen. Wenn das stimmte, dann wäre er theoretisch ein Guter und kein Dämon. Aber etwas an seiner Formulierung störte mich. Und auch, wenn ich die Antwort vielleicht gar nicht wissen wollte, fragte ich: »Und was passiert mit den unreinen Seelen?«

Er legte den Kopf so schräg wie eine Eule. Die Katze auf seinem Arm schnurrte unter seinen zärtlichen Berührungen. »Schlaue Frage, Menschlein. Wirklich schlaue Frage. Ich habe nicht umsonst einen so großen Mund und ein in triefend schwarz gehülltes Gewand, wenn ich nicht die verronnenen Seelen der Menschen fressen würde. Irgendwo müssen die ja auch hin.«

Ich verzog angewidert das Gesicht. Wenn ich mir vorstellte, dass nach meinem Tod so eine Kreatur darauf wartete, meine Seele zu verschlingen. Mir wurde ganz flau im Magen.

Mein Blick glitt zu Miss Melody. Wie bekam ich die Katze nur aus seinen Fängen? Er schien ihr nichts anhaben zu wollen, aber sicher konnte man sich bei Dämonen nie sein.

»Menschlein, trete ruhig näher. Du brauchst nicht so schüchtern zu sein. Besuch hatte ich nämlich keinen erwartet.« Er fuhr sich über seinen lippenlosen Mund. »Du brauchst dich nicht zu fürchten. Ich tue dir nichts.«

Ich lachte. Hielt er mich wirklich für so blöd? »Näher ans Gitter? Damit du mich zu dir heranziehen und fressen kannst?«

Er legte den Kopf schräg und betrachtete mich genauer. »Du bist gar nicht so dumm, Menschlein. Und doch bist du im Unterschlupf von Dragoon gelandet. Wenn das nicht dumm ist, dann naiv.«

Ich klappte schockiert den Mund auf. Dragoon hatte sich in diesem Haus eingenistet? Dass sie so nah an unserer Gilde waren, ließ mich zusammenzucken. Als ich mich panisch nach Anhängern umblickte, machte der Dämon eine beschwichtigende Bewegung. »Keine Angst, es war schon lange niemand mehr hier. Und dementsprechend bin ich auch ziemlich hungrig.«

Ich ignorierte seine letzte Bemerkung und fragte aufgebracht: »Haben sie dich hier unten eingesperrt?«

Er hielt einen Moment inne, streichelte dann aber wieder Miss Melody, die immer noch keine Anstalten machte, von seinem Arm zu springen. Diese Katze …

»Der Donnergott hat mich eingesperrt.«

Meine Augen weiteten sich bei dem Klang seines Namens. »Warum hat Taran das getan?«

Er lächelte so breit, dass sein blutrotes Zahnfleisch zu sehen war. »Vielleicht hatte ich vorgehabt, seine dunkle Seele zu verspeisen. Und vielleicht fand er es nicht so amüsant wie ich.«

Taran hatte dem Seelenredner das angetan. Ich wollte gar nicht wissen, wie er es fertig gebracht hatte, einen Dämon einzusperren. Er musste wahrhaftig stark sein.

»Also hast du es verdient, hier drin zu sein«, schlussfolgerte ich und verschränkte die Arme ineinander.

Er schnaubte durch seine Nasenschlitze. »Niemand hat es verdient, in einem Käfig eingesperrt zu sein. Ganz gleich ob Mensch oder Tier, ob Dämon oder Magier.«

Miss Melody putzte sich genüsslich die Pfoten. Sie fühlte sich anscheinend ziemlich wohl bei diesem Dämon. Wie passend. Ich hingegen wäre am liebsten aus dem Fenster gekrabbelt und hätte diesen Tag vergessen. Sein Gesicht würde mich in meinen Alpträumen begleiten. »Wie kommt es, dass ich noch nie etwas von dir gehört habe?«

»Ich zeige mich den Menschen nicht oft. Nur wenigen ist es gestattet, mich zu sehen.«

»Und warum gestattest du es mir?«

Er lachte hohl. »Du kannst mich sehen, weil ich in diesem Käfig hause und mich nicht in Dunkelheit verwandeln kann. Das ist ziemlich … demütigend. Meine Brüder und ich wandeln sonst in den Schatten dieser Welt, unsichtbar für die Augen der Menschen.« Seine gespaltene Zunge fuhr über seinen lippenlosen Mund. »Wenn du dich unwohl fühlst, dann beobachtet dich einer von uns und wartet nur darauf, dass du stirbst. Meistens streiten wir uns um die Seelen, wer sie zuerst fressen darf. Je dunkler, desto saftiger sind sie.«

Er wedelte abwertend mit drei Armen. »Und das gilt ebenfalls für die reinen Seelen, doch diese rühren wir nicht an. Sie verpesten unseren Körper, vergiften uns Dämonen.« Er lächelte grausam. »Deine Seele wäre mein Tod.«

Ich schluckte schwer. Ich hatte Angst, Angst vor dem Tag, an dem ich ihm begegnen würde. Und diese Gestalt mich entweder verspeisen oder an die Tore einer besseren Welt führen würde.

»Warum hast du mich im Park beobachtet, wenn du mich sowieso nicht verschlingen kannst?«

Der Seelenredner hielt einen Moment inne und entblößte seine schwarzen

Zähne. Anscheinend sollte das ein Lächeln darstellen, doch es glich eher einer Morddrohung.

»Weil deine Seele mich fasziniert. Sie ist so rein, so strahlend weiß. Es kommt nicht alltäglich vor, dass ich jemandem wie dir begegne.«

Ich hob eine Augenbraue. Er verstand, dass ich nicht die leiseste Ahnung hatte, wovon er redete. »Es gibt verschiedene Arten von reinen Seelen«, erzählte er mit vibrierender Stimme. »Die reine Seele einer Jungfrau oder die eines Kindes. Die Seele eines Menschen, der nicht sündigt oder tötet. Und es gibt die reinen Seelen derjenigen, die alles für diejenigen tun würden, die sie lieben.« Seine leeren Augen musterten mich. »In deiner Brust steckt von allem etwas. Und das macht dich zu einer der kostbarsten Seelen. Aber das kann sich auch noch ändern. Schlage den falschen Weg ein und deine Seele bekommt Risse und Flecken. Und glaube mir, nichts im Leben lässt sich ungeschehen machen. Deine Seele wird deine Sünden tragen bis der Vorhang fällt. Und dann werde ich dort sein, um sie zu verspeisen.«

Das glaubte ich ihm aufs Wort. Mir glitt ein kalter Schauer über den Rücken, während ich die Vorstellung verdrängte, von ihm gefressen zu werden.

Miss Melody sprang von seinem Arm herunter und marschierte durch die Gitterstäbe. Und das tat sie in einer Arroganz, die nur Katzen an den Tag legen konnten.

Ich versuchte, sie einzufangen, doch sie verpasste mir einen Krallenhieb. Und noch bevor ich reagieren konnte, sprang sie aus dem Fenster und war fort. Na toll.

»Sie mag dich nicht«, sagte der Seelenredner unnötigerweise. Das wusste ich auch so.

Aber jetzt, da die Katze in Sicherheit war, bestand kein Grund mehr, hier unten zu sein. Ich drehte mich um, wandte mich zum Gehen. »Ich melde dich bei Jake. Er wird wissen, was zu tun ist.«

»Das kannst du tun, Menschlein. Oder du lässt dich auf einen Handel ein.«

»Einen was?!« Beinahe hätte ich angefangen zu lachen. Mit einem Dämon einen Handel abzuschließen, war alles andere als schlau. Dämonen waren hinterlistige Wesen. Mir kam der Reim wieder in den Sinn, den man als Kind schon eingebläut bekam: *Solltest du Kindlein je einem Dämon begegnen, so sei auf der Hut, denn Dämonen nein, die sind nicht gut. Sie versprechen dir vieles, ganz freundlich und fein, doch ihre Absicht, die sind nicht rein. Und lockt er dich mit Wein und Brot, dann wird er bescheren dir den Tod.*

Gut, er lockte mich weder mit Wein und Brot, aber den Tod konnte er mir allemal bescheren. »Warum sollte ich das tun? Du bist ein Dämon und jeder weiß, wie gerissen ihr seid.«

»Vielleicht, weil ich dir etwas anbieten kann, was kein Lebewesen jemals in der Lage sein wird, zu erfahren.«

Ich hob eine Augenbraue. »Welche Information könntest du mir schon bieten?«

Er begutachtete wissend seine knochigen Finger. »Ich sehe alles Leben auf dieser Welt und kann dir jeden Tod voraussagen. Wie wäre es, willst du wissen, wann du stirbst?«

Ich verharrte einen Moment und dachte nach. Dachte tatsächlich darüber nach, ob er mir meinen Todestag voraussagen sollte. »Nein, das möchte ich nicht. Ich möchte jeden Tag erleben, den ich erleben darf, ohne Angst davor zu haben, dass meine Zeit bald abgelaufen ist.«

»Schlaues Menschlein«, sagte er beeindruckt. »Nicht jeder hätte so gewählt. Und nicht jedem unterbreite ich ein neues Angebot.« Er strich über seinen löchrigen Umhang. »Es ist eine Information, die dir mehr bedeuten wird, als *dein* Leben.«

Ich stieß ein Lachen aus und kehrte ihm den Rücken zu. Seinen grauenvollen Blick spürte ich zwischen meinen Schulterblättern, während ich mich dem Fenster näherte. »Vergiss es, ich lasse mich nicht darauf ein.«

»Auch nicht, wenn es um jemanden geht, der dir viel bedeutet?«

Ich blieb stehen. Wie in Zeitlupe drehte ich mich zu ihm um. »Woher willst du wissen, wer mir viel bedeutet?«

Er wedelte mit seinen vier Händen. »Ich bin ein Dämon, erschaffen aus Dunkelheit und Leere, aus Angst und Hass. Ich weiß so vieles, Menschlein.«

Ich ignorierte seinen herablassenden Ton und trat drei Schritte vor. »Und was soll mit der Person sein, die mir viel bedeutet?«

»Die Person ist in Gefahr. Vielleicht kannst du sie retten.«

Mein Herz verkrampfte sich in meiner Brust. Wenn Jake, Minako, Rosalie, Ted, Maddox oder meiner Mutter wirklich etwas zustoßen sollte, das ich hätte verhindern können ...

»Und, bist du jetzt interessiert, Menschlein?«

Ich biss die Zähne aufeinander. »Nenn mir den Namen.«

Er trat nah an das Gitter heran und streckte eine seiner vier Hände heraus. Die Dunkelheit kräuselte sich wellenartig um seine Gestalt. »Schließe einen Handel mit mir. Ich werde dir den Namen nennen und im Gegenzug befreist du mich aus diesem entwürdigenden Käfig.«

Ich legte die Stirn in Falten. »Warum helfen dir deine Brüder nicht heraus?«

»Weil sie sich darüber freuen, dass ich hier eingesperrt bin. So bleiben mehr Seelen für sie übrig.«

Das klang hart, aber diese Art von Grausamkeit war mir vertraut. Die meisten Menschen waren kein Stück besser als Dämonen, sie waren nur geschickter darin, ihre boshaften Absichten hinter einem Lächeln zu verbergen.

Ich trat näher an das Gitter und kniff misstrauisch die Augen zusammen. »Und wieso schaffst du es nicht aus eigener Kraft heraus? Ich meine, es sind doch nur Gitterstäbe? Für einen Dämon wie dich müsste es doch kein Problem sein, sich zu befreien.«

»Eigentlich nicht, aber der Donnergott hat einen mächtigen Bannkreis erschaffen, der mich hier gefangen hält. Er wurde so gesprochen, dass ich selbst nicht herauskomme.« Er klackerte mit seinen knochigen Fingern gegen die Stäbe. »Also was sagst du, Menschlein? Lässt du dich auf einen Handel mit mir ein, um eine geliebte Person zu retten?«

Ich trat einen weiteren Schritt vor. »Du kannst mich zwar nicht fressen, aber woher weiß ich, dass du mich nicht in Stücke reißt, wenn ich dich befreie?«

»Du bist wirklich schlau«, schnurrte er. »Ich werde dir mein Wort geben, dich nicht anzurühren.«

Ich starrte wie gebannt auf die ausgestreckte, knochenweiße Hand. Jake wartete oben auf mich und würde jeden Augenblick hier sein. Er würde den Worten des Seelenredners widerstehen können. Er wäre stark genug.

Ich war es nicht.

»An deine Freiheit werden mehr Bedingungen geknüpft sein als nur ein Name. Du wirst sofort aus Mistress verschwinden und nie wiederkommen. Und auf deinem Weg aus der Stadt wirst du weder jemanden verletzen noch eine Seele fressen.«

»Du stellst ziemlich viele Bedingungen«, maulte er und verdrehte seine nachtschwarzen Augen. »In Ordnung, ich willige ein. Diese Stadt bietet mir sowieso kaum Nahrung.«

»Abgemacht«, sagte ich und holte tief Luft. »Ein Name für deine Freilassung.« Und noch bevor ich zögern konnte, ergriff ich seine Hand.

Ein eiskalter Schauer fuhr über meinen Körper. Es war, als würde der Tod zärtlich über meine Haut streicheln.

Im nächsten Augenblick ließ der Seelenredner mich los und entfernte sich einige Schritte nach hinten, hüllte sich in der Dunkelheit seiner Zelle ein.

Vielleicht hatte ich einen Fehler begangen, vielleicht auch nicht. Das würde sich zeigen, wenn die Zeit soweit war.

»Um wen geht es nun? Wessen Seele kann ich retten?«, fragte ich atemlos und wischte mir die Hand an meiner Lederkleidung ab, als könnte ich die Berührung rückgängig machen.

Er schnellte zu mir – in einer Geschwindigkeit, die mein menschliches Auge nicht erfassen konnte. Sein lippenloser Mund verformte sich zu einem grauenvollen Lächeln und er kratzte mit seinen Fingern über das Gitter.

»Es geht um die Seele deines Vaters.«

Kapitel 22

Bodenloser Abgrund

»Die Seele meines Vaters?!« Ich schnappte nach Luft und ballte die Hände zu Fäusten, bis es schmerzte. »Mein Vater ist tot. Er kann nicht mehr gerettet werden.«

Der Seelenredner lachte, ehe seine nachtschwarzen Augen aufleuchteten. »Ich sehe seine Seele, Menschlein. Sie ist strahlend weiß und so lebendig.«

Lebendig. »Das ist unmöglich ... Das würde ja heißen, dass mein Vater ..., dass er ... «

Ein Abgrund tat sich in mir auf, zerriss mich, zerriss alles in mir.

Ich umklammerte das Gitter. Die Nähe des seelenfressenden Dämons war bedeutungslos geworden. Alles war bedeutungslos.

Mein Vater lebte.

Er lebte.

»Woher weiß ich, dass du die Wahrheit sprichst?« Meine Stimme bebte und ich umfasste die Gitterstäbe so fest, dass meine Knöchel weiß hervortraten. Es fühlte sich an, als würde mein Herz explodieren. »Woher?!«

Er trat so nah an mich heran, dass ich seinen fauligen Atem riechen konnte. Mir war es gleich.

»Ich bin zwar ein Dämon, aber ich bin kein Lügner.«

Die Luft blieb mir weg. Wenn er die Wahrheit sprach ...

Eine Hand zog mich sanft, aber bestimmt nach hinten. Jake stand neben mir. Seit wann war er hier? Wie viel von dem Gespräch hatte er mitbekommen?

Ich zitterte. Ich zitterte so heftig, dass ich mich an ihm festhalten musste, damit meine Beine nicht versagten.

Sein Blick glitt besorgt über meinen Körper. Als er keine Verletzungen fand, wandte er sich dem Seelenredner zu. In seinem Gesicht lag das Versprechen von Wut und Zerstörung.

»Du lügst«, knurrte er. »Ihr Vater ist tot.«

»Feuerlord, ich freue mich auch, Euch zu sehen«, trällerte der Seelenredner. »Wie ich bereits sagte, lüge ich nicht.«

Jake schob sich vor mich und versperrte mir die Sicht auf den Dämon. Ich presste meine Stirn an seinen Rücken. Mein Kopf dröhnte so unerbittlich.

»Du musst lügen. Mein Vater hat ihn sterben sehen. Außerdem bist du ein verfluchter Dämon, warum solltest du die Wahrheit sagen?«

»Steckt Ihr gern alle in eine Schublade, Feuerlord?«, fragte der Seelenredner amüsiert und schnalzte mit seiner schwarzen Zunge. »Das ist aber nicht sehr freundlich.«

»Dämonen verraten nie ihre Geheimnisse«, erwiderte Jake in einer tödlichen Bestimmtheit. »Außer man bietet ihnen dafür etwas an, das genauso kostbar ist wie ...«

Er fuhr herum und packte meine Schultern. Sein Gesicht war blass, doch die Flammen in seinen Augen brannten lichterloh, als er mich schüttelte. »Sag mir nicht, dass du ihm die Freiheit versprochen hast! Dämonen müssen dem Hohen Rat gemeldet und übergeben werden. Du könntest dafür ins Verlies gesperrt werden, sollte das herauskommen!«

»Das ist mir egal«, schrie ich und schlug seine Hände beiseite. Wütend marschierte ich um ihn herum und blieb dicht vor dem Seelenredner stehen. »Wo ist mein Vater? Spuck es schon aus, du weißt es doch!«

Er leckte sich über seinen Mund. »Ich habe dir alles gesagt, was ich zu sagen habe. Mehr war nicht abgemacht.«

Ich stieß einen Schrei aus und wollte ihn zwischen den Gitterstäben packen, doch Jake hielt mich zurück.

Der Seelenredner verschränkte seine vier Arme ineinander. »Menschlein, ich habe mein Wort gehalten, nun halte du deines.«

»Das kannst du vergessen«, knurrte Jake über meine Schulter. Sein Griff war fest um meine Arme geschlungen. »Sie wird dich nicht freilassen, egal, was sie dir versprochen hat!«

»Sie hat es mir nicht bloß *versprochen*, Feuerlord. Es war ein Handel. Ihr wisst doch bestimmt, was ein Bruch zu bedeuten hat, oder?«

Im Raum wurde es still. Einige Herzschläge vergingen, ehe Jake mich losließ. Seine Stimme war so leer wie mein Innerstes. »Befreie ihn. Du hast ihm dein Wort gegeben.«

Ich sah ihn überrascht an. Was auch immer ein Vertragsbruch zu bedeuten hatte, es musste schlimmer sein, als den Dämon freizulassen oder im Verlies zu landen.

Ich unterdrückte ein Schaudern und wandte mich dem Dämon zu. »Du kennst die anderen Bedingungen«, stieß ich hervor und war immer noch wütend, dass er mir nicht mehr verriet. »Du wirst Mistress verlassen und nie mehr zurückkommen. Auf deinem Weg aus der Stadt wirst du keine einzige Seele verspeisen oder irgendwem Leid zufügen.« Meine Stimme bebte bei jedem einzelnen Wort. Meine Gedanken kreisten um meinen Vater, der am Leben war.

Als der Seelenredner nickte, umfasste ich die Gitterstäbe und fror sie ein. Noch ein letzter Blick in seine grauenvollen Augen, dann schnipste ich mit den Fingern. Der Klang hallte von den Wänden wider, als mein Eis zersprang und die Gitterstäbe in glitzernde Einzelteile zerbrachen.

Der Seelenredner schwebte nun vor mir, in seiner ganzen furchteinflößenden Größe. Auf seinem Gesicht lag ein breites Grinsen, während er zu Jake und mir sah. »Mein Gefühl sagt mir, dass wir uns schon sehr bald wiedersehen werden, Menschlein und Feuerlord.«

Und dann löste er sich in pure, triefende Dunkelheit auf und glitt an uns vorbei – hinaus in die Freiheit, als ein dunkler Schatten dieser Welt.

Zurück blieb eine kalte, dröhnende Stille. Und eine Frage, die mein Herz bluten ließ. *Vater, wo bist du?*

***

Als der Seelenredner fort war, rannte ich zur Gilde zurück. Ich spürte, dass Jake dicht hinter mir war, spürte diese tröstende Wärme auf meiner Haut. Ich ertrug sie nicht.

Ohne Umwege verschwand ich auf mein Zimmer und packte. Ich hatte nicht viele Habseligkeiten, weshalb ich nur wenige Minuten brauchte, ehe ich die Bänder meiner Tasche zuzog.

Ich musste aufbrechen, jetzt sofort. Ich musste meinen Vater finden. Doch wo sollte ich anfangen zu suchen? Der Seelenredner hatte mir keinerlei Hinweise auf seinen Aufenthaltsort gegeben.

Es klopfte gegen meine Zimmertür. Ich antwortete nicht, trotzdem trat Jake herein. Er blieb einige Meter vor mir stehen.

»Seit wann klopfst du an, bevor du mein Zimmer betrittst?«, fragte ich schnippisch.

»Seit wann läufst du davon, wenn es schwierig wird?«, erwiderte er tonlos.

Ich schnaubte verbittert. »Ich laufe nicht davon. Falls du es vergessen haben solltest, mein Vater lebt! Er ist irgendwo da draußen und ich muss ihn finden.«

»Und da wolltest du dich aus Blizzard schleichen, nicht wahr? Du möchtest aufbrechen, ohne dich zu verabschieden. Das machen nur Feiglinge.«

»Nenn mich wie du möchtest, es ist mir gleich.« Ich schnappte mir meine Tasche vom Boden und richtete mich auf.

Jake kam einen Schritt auf mich zu. Seine Bewegungen waren langsam und bestimmt, so als wäre ich ein verängstigtes Tier, das jeden Moment abhauen könnte. »Und wo willst du mit deiner Suche beginnen? Du hast doch überhaupt keinen Anhaltspunkt, wo er stecken könnte. Alles was du weißt, ist die Aussage eines Dämons, der du blindlings vertraust. Unüberlegt aufzubrechen wäre das Dümmste, das du tun kannst.«

»Dann tue ich eben das Dümmste. Aber hier sitzen und nichts tun, während mein Vater irgendwo da draußen ist ...« Meine Stimme zitterte. Jake kam noch einen Schritt auf mich zu und blockierte mir den Weg zur Tür.

»Das Spielchen hatten wir doch schon einmal«, zischte ich genervt. »Also, lässt du mich bitte vorbei?«

Er ignorierte meine Frage und sagte stattdessen: »Dein Vater lebt und hat zehn Jahre nicht nach seiner Tochter gesucht. Findest du das nicht auch seltsam?«

Er sprach die Frage aus, über die ich nicht nachdenken wollte. Es stimmte, er hatte sich nicht gemeldet. Kein einziges Mal. Doch dafür musste es eine Erklärung geben.

»Er wird mit Sicherheit irgendwo festgehalten. Und ich werde ihn befreien.«

Jakes Kiefermuskel zuckte. »Mein Vater sucht seit zehn Jahren nach dem Drachen, der deinen Vater ermordet hat. Meinst du wirklich, er würde das tun, wenn dein Vater noch am Leben wäre?«

»Der Seelenredner lügt nicht. Das glaube ich nicht«, sagte ich und umklammerte den Gurt meiner Tasche. Klar, er wollte aus der Zelle, aber woher sollte er wissen, dass ich einen Vater hatte, den ich für tot hielt?

Jake verschränkte die Arme vor der Brust. Ich versuchte, links an ihm vorbeizugehen, doch er ahmte meinen Schritt nach und versperrte mir erneut den Weg.

»Und was ist, wenn dein Vater absichtlich untergetaucht ist? Wenn er nicht gefunden werden *wollte*?«

»Dann wird er sicher seine Gründe haben. Und diese kann er mir erzählen, wenn ich ihm gegenübertrete«, zischte ich und trat einen Schritt nach links. Jake tat es mir gleich. »Geh jetzt endlich zur Seite. Ich darf keine Zeit verlieren!«

Falls mein Vater irgendwo festgehalten wurde, musste ich sofort aufbrechen.

»Ich lasse dich nicht gehen. Du weißt überhaupt nicht, wo du anfangen sollst zu suchen. Es wäre viel zu leichtsinnig, einfach loszulaufen. Dragoon befindet sich außerhalb der Stadt und sie werden nicht davor zurückschrecken, dich erneut anzugreifen, wenn du ihnen in die Hände fällst.«

»Das ist mir egal«, blaffte ich. »Lass mich endlich gehen.«

Er beugte sich vor. »Nein.«

Ich schmiss meine Tasche auf den Boden und machte einen Satz auf ihn zu. Wütend packte ich ihn am Kragen und zog ihn nah an mein Gesicht. »Lass mich vorbei und geh jemand anderem auf die Nerven!«

»Nein, nicht in diesem Zustand.« Ein sanfter Ausdruck trat in sein Gesicht. Es machte mich noch rasender. Ich konnte kaum noch atmen, kaum noch denken.

Ich zerrte an seiner Tunika, aber er rührte sich nicht von der Stelle. »Du Idiot«, kreischte ich. »Ich meine es ernst, geh zur Seite!«

Als er immer noch keine Anstalten machte, mich durchzulassen, tauchte ich mein Zimmer in ein Meer aus purem, schillerndem Eis. Unser Atem schwebte in Wölkchen vor unseren Mündern. Doch Jake lächelte nur und zog mich an seine Brust. »Beruhige dich, Eisprinzessin.«

Ich versuchte mich aus seiner Umarmung zu befreien, aber es gelang mir nicht. »Lass mich los.«

Ich trommelte gegen seinen Rücken, prügelte wie wild darauf ein. Zerrte und riss an seiner Tunika, schrie ihn an, doch er wich nicht von meiner Seite. Er blieb, wo er war, mit einem sanften Lächeln auf den Lippen.

»Wieso hat er sich nicht gemeldet?«, schrie ich und schlug gegen seinen Rücken. Tränen rannen zügellos über mein Gesicht. »Wieso hat er mich im Glauben gelassen, er sei tot?« Ich schlug wieder zu. »Wieso?!«

Ich hämmerte so lange auf ihn ein, bis meine Schläge weniger wurden und ich mich an seine Tunika krallte. Eine tröstende Wärme legte sich um mich und mein zerstreutes Herz.

Mein Kopf sank gegen seine Brust. Und dann fing ich an zu weinen, so unerbittlich wie ein Kind. Jake streichelte sanft mein Haar und murmelte leise ein Lied. Es klang wie ein Schlaflied aus einer längst vergangenen Zeit. Und so standen wir da, bis der strahlend blaue Himmel sich verfärbte.

Kapitel 23

Dem Rätsel auf der Spur

Als ich am nächsten Morgen die Augen aufschlug, wusste ich sofort, dass ich nicht allein war. Jakes Wärme verriet ihn. Er lag auf dem Sofa und starrte gegen die Decke. Seine Haare waren durcheinander, als hätte er Stunden in ihnen herumgewühlt. Oder die ganze Nacht.

»Bist du nur bei mir geblieben, um sicherzugehen, dass ich nicht weglaufe?« Meine Stimme klang heiser und atemlos.

»Unter anderem«, gab er zu und stützte sich auf seine Ellenbogen. In seinen grünen Augen lag ein dunkler Schatten. »Wie fühlst du dich?«

Das war eine Frage, auf die ich keine Antwort fand. Wie sollte man sich fühlen, wenn man erfuhr, dass der tot geglaubte Vater noch am Leben war?

»Ich weiß es nicht«, gab ich zu. »Ich bin glücklich, weil er am Leben ist und wütend, weil er mich das Gegenteil glauben lässt.«

Jake hievte sich vom Sofa und kam auf mich zu. Er kniete sich an mein Bett und fing eine Träne auf, die sich den Weg über meine Wange gebahnt hatte. »Wir werden deinen Vater gemeinsam finden, wo auch immer er ist. Und dann wirst du ihm kräftig eine verpassen, dass er sich nicht gemeldet hat. Die Gründe wird er dir dann schon verraten.«

»Du wirst mir helfen?«

Er nickte und ein schiefes Lächeln umspielte seine Lippen. Doch die Schatten in seinen Augen blieben.

Für Jake bedeutete diese Information auch so viel. Meister Jiji reiste um die Welt und suchte nach dem Drachen, der meinen Vater niemals tötete. Er hatte seinen Sohn all die Jahre umsonst im Stich gelassen.

Jake reichte mir eine Tasse Tee, die er mit seinen Flammen aufwärmte. Ich umfasste das heiße Porzellan und trank einen Schluck. Es schmeckte nach

Zitrone und Pfefferminz. Jake beäugte jeden meiner Handgriffe. »Dich erwartet übrigens eine Strafe.«

Ich sah von meinem Tee auf. »Wegen dem Seelenredner?«

Er lächelte und entblößte seine weißen Zähne. In seinen Augen verdrängte das Feuer die Dunkelheit. »Weil du erneut in deinem Zimmer Magie angewendet hast.«

Stimmt ja. Ich ließ meinen Blick umherwandern, doch kein Eis, nicht einmal eine Pfütze war zu erkennen. Wie von selbst zogen sich meine Augenbrauen zusammen. »Du hast doch selbst Magie angewendet, du Idiot.«

Er grinste, als wäre er erleichtert darüber, eine spitze Bemerkung gehört zu haben. Als ich den Tee ausgetrunken hatte, nahm er mir die Tasse ab und hievte sich auf die Beine. »Ruh dich noch etwas aus, Eisprinzessin. Nimm ein Bad und komm dann in mein Arbeitszimmer. Wir haben Minako und Maddox einiges zu erzählen.«

Er wandte sich zum Gehen. Ich starrte auf sein zerfetztes Hemd und auf die blauen Flecke, die darunter zum Vorschein kamen. Ich hatte seinen Rücken gestern ziemlich bearbeitet.

»Danke«, murmelte ich ihm hinterher. Er wusste, dass ich damit mehr meinte als nur seine Unterstützung. Ohne ihn wäre ich gestern in einen Abgrund versunken, aus dem ich so schnell nicht mehr herausgekommen wäre. Vielleicht niemals.

Als er die Tür hinter sich schloss, glitt ich in den nächsten unruhigen Schlaf.

***

Nachdem ich eine weitere Stunde geschlafen hatte und ein Bad nahm, klopfte es gegen meine Zimmertür. Ich reagierte nicht, aber ich hörte, wie die Türklinke mehrere Male nach unten gedrückt wurde.

»Ami, du sperrst uns aus? Also wirklich«, zischte Rosalie und hämmerte gegen das Türblatt. »Lass uns rein.«

Ich kletterte aus der Badewanne, schlang mir ein Handtuch um den Körper und entriegelte das Schloss. Die Tür öffnete ich nur einen Spalt und blickte abwechselnd zu Ted und Rosalie. »Hey, ihr zwei«, sagte ich tonlos.

Ted musterte mich besorgt. »Du warst nicht beim Abendessen. Und das Frühstück hast du auch ausfallen lassen.«

»Und wir haben Jake mit zwei Tellern herumschleichen sehen und uns gefragt, ob der andere Teller für dich bestimmt war. Und oh, da ist er ja.« Rosalie deutete mit ihren perfekt gefeilten Nägeln auf den Tisch hinter mir. Ein freches Grinsen legte sich auf ihren rot bemalten Mund.

Ted starrte den Teller an, als hätte er noch nie zuvor einen gesehen. Sein Mund öffnete sich, aber er brachte keinen einzigen Ton heraus.

Rosalie ergriff stattdessen das Wort und fragte mit zuckersüßer Stimme: »Habt ihr gestern Nacht miteinander ge–«

»Nein!«, fiel ich ihr ins Wort, noch bevor sie den Satz zu Ende bringen konnte. »Es ist nicht so, wie ihr denkt.«

»Aber was sollen wir denn denken? Wir haben dich seit dem gestrigen Mittagessen nicht mehr zu Gesicht bekommen. Und nicht einmal jetzt bittest du uns in dein Zimmer«, zischte sie und verschränkte die Arme vor ihrer Brust. »Dabei wollten wir doch nur wissen, wie dein erster Auftrag gelaufen ist.«

»Ich erzähle euch später davon, ok?«

»Du hast geweint«, stellte Ted fest, der seine Stimme wiedergefunden hatte. »Was ist los?«

»Mir geht es gut«, log ich und setzte ein träges Lächeln auf. Zu mehr war ich nicht imstande.

Ich konnte nicht darüber sprechen. Noch nicht. Abgesehen davon hatte Jake mir geraten, mit niemandem darüber zu reden. Zuerst mussten wir Nachforschungen anstellen, bevor wir die Gilde in Aufruhr versetzten. Ich wusste, dass Rosalie und Ted es für sich behalten würden, wenn ich mich ihnen anvertraute, aber ich fand gerade nicht die Kraft dazu.

»Du siehst total beschissen aus«, erwiderte Rosalie und ließ ihre sturmgrauen Augen zu meinen Füßen wandern und dann wieder zurück zu meinem Gesicht. »Also sag nicht, dass es dir gutgeht, wenn es nicht stimmt.«

Ich blickte auf den Marmorboden, weil ich ihre besorgten Gesichter nicht ertragen konnte. »Ich bin nur erschöpft, das ist alles. Ich erzähle es euch ein anderes Mal, wie es gelaufen ist. In Ordnung?«

Ich wartete ihre Antworten nicht ab, sondern schlug ihnen die Tür direkt vor der Nase zu.

Ich hörte Rosalie fluchen, aber nach kurzer Zeit war es vor meiner Tür still geworden. Sie waren fort und ich mit meinen wirren Gedanken allein.

Ich spürte die erdrückende Stille, die sich in mir ausbreitete wie eine schwere Decke und mir die Luft zum Atmen nahm. Die Schatten auf meinem Herzen verdunkelten sich.

Schnell griff ich nach meiner Kleidung und begab mich in Jakes Arbeitszimmer.

***

»Wie konnte die dunkle Gilde eins ihrer Verstecke ausgerechnet in Mistress errichten?«, fragte Minako aufgebracht. Sie lief das Arbeitszimmer auf und ab. Die Absätze ihrer Stiefel klapperten auf dem Holzboden.

Maddox saß auf dem Sofa und beobachtete sie. Auf seinem Gesicht lag ebenfalls ein besorgter Ausdruck.

»Das kann ich euch sagen«, erwiderte Jake trocken und lehnte sich gegen seinen Schreibtisch. »Dragoon hat einen Verschleierungszauber um das Haus gelegt. Als wir die Stadt nach ihnen durchkämmt haben, konnte Fluffy ihre Fährte nicht wittern. Und ich glaube auch, dass Taran den Seelenredner vor Monaten in den Käfig gesperrt hat und seine Spuren bereits verwischt waren.«

»DEN WAS?!« Maddox riss seine Augen auf und Minako blieb mit offenem Mund stehen.

»Ein Seelenredner«, wiederholte Jake und deutete mit einer Kopfbewegung auf mich. »Er war unten im Keller eingesperrt. Ami ist auf ihn gestoßen, nachdem sie in das Haus eingebrochen ist, um die Katze herauszuholen.«

»Das Monster im Keller«, murmelte Minako und schüttelte sich, als würde die Vorstellung allein schon einen Schauer auslösen.

»Toll, du kriegst immer die besten Aufträge«, schmollte Maddox und zwinkerte mir zu. »Ich wäre auch gerne einem begegnet. Aber leider wurde mir dieses Glück nie zuteil. Ich hoffe, du hast ihm kräftig den Arsch versohlt.«

»Was das angeht«, sagte ich kleinlaut und lehnte meinen Kopf gegen die Wand. »Habe ich einen Handel mit ihm abgeschlossen.«

»Du hast WAS?!« Minako konnte ihren Mund gar nicht mehr schließen, so viel Empörung stand ihr ins Gesicht geschrieben. Und Maddox fing an zu lachen. »Einen Handel mit einem Dämon? Das habe selbst ich noch nie fertiggebracht. Was sprang für ihn heraus?«

Ich seufzte. »Seine Freiheit.«

»Ami«, schimpfte Minako, die ihre Stimme wiedergefunden hatte. »Damit haben wir uns strafbar gemacht!«

»Wir? Wieso wir?«, schoss es aus mir heraus.

Minako fuhr sich unentwegt durch die rote Mähne. »Weil wir eine Gilde sind. Wenn das rauskommt, haftet Blizzard ebenfalls dafür. Und das wird teuer.« Ihr Blick glitt zu Jake. »Und du hast die ganze Sache noch unterstützt!«

»Uns hat niemand gesehen«, versicherte er ihr.

Minako sah unbeeindruckt aus. »Verflucht, Jake! Schon bald wirst du Gildenmeister sein. Und du musst wissen, welche Regeln und Gesetze wir einhalten und befolgen müssen.« Sie massierte sich die Schläfen. »Ist denn wenigstens etwas Interessantes für euch herausgesprungen?«

Jake sah mich an, als würde er darauf warten, dass ich es bekannt gab, sofern ich das wollte. Ich öffnete den Mund und zögerte. Was ist, wenn diese Information doch nicht stimmte? Dann würde ich andere umsonst in Aufruhr versetzen. Andererseits wollte ich es ihnen sagen, weil sie in den letzten Monaten nicht nur zu meinen Freunden, sondern auch zu meiner Familie geworden waren.

Mein Blick glitt zu Jake, der mich aufmunternd ansah. Ich nickte ihm zu und holte tief Luft. »Mein Vater lebt.«

Im Raum war es ganz still. Keiner sagte ein Wort oder rührte sich. Minako kam als Erste auf mich zu und legte ihre zarten Hände auf meine Schultern. »Bist du sicher? Nicht, dass er lügt, dass er dich in die Irre führt.«

Ich schüttelte leicht den Kopf. »Er ist ein Seelenredner. Ich glaube ihm.«

Minako ließ meine Schultern los und legte ihre Stirn in Falten. »Aber der Meister hat mit eigenen Augen gesehen, wie der Drache deinen Vater fraß. Wie kann er also noch am Leben sein?«

»Danach ist mein Vater geflohen«, warf Jake ein. »Wahrscheinlich konnte sich Greg befreien.«

Maddox stemmte seine Hände auf die Oberschenkel. Auf seinem Mund lag ein verstohlenes Lächeln. »Vielleicht wurde dein Vater auch herausgewürgt, weil er nicht geschmeckt hat.«

Ich verzog das Gesicht und Minako verpasste ihm einen Schlag auf den Hinterkopf. »Hör auf, Witze zu reißen. Das ist nicht komisch.« Dann lief sie wieder durch das Arbeitszimmer. Ihre Armbänder klimperten bei jedem Schritt. »Wenn das stimmen sollte, müssen wir dem Meister Bescheid geben. Er muss erfahren, dass Greg noch am Leben ist.«

»Nein!«, sagte Jake mit fester Stimme. »Mein Vater wird uns sowieso nicht glauben, er hat ihn sterben sehen. Und er wird Fragen stellen, woher wir diese Information haben. Wenn ich ihm sage, dass wir einen Seelenredner begegnet sind und dieser uns im Tausch für seine Freiheit diese Information überlassen hat, wird er uns dem Hohen Rat ausliefern müssen.«

»Na schön, wie du meinst.« Minako blieb stehen und drehte den Ring auf ihrem Zeigefinger hin und her. Der grüne Smaragd funkelte silbern im Licht der Nachmittagssonne. »Sagen wir mal, der Seelenredner hat recht. Dein Vater lebt und konnte sich aus dem Magen des Drachens befreien. Wo ist er dann hin? Ich meine, auch wenn er verletzt gewesen ist, hätte er doch spätestens nach ein paar Wochen seine Familie aufgesucht. Und er hätte auch einen Brief verfassen können, aber das tat er nicht. Wieso nicht?«

»Genau das ist die Frage«, sagte ich und vergrub meine Hände in den Haaren. »Er muss irgendwo festgehalten werden. Eine andere Erklärung habe ich nicht.«

»Du meinst, dass ihn eine dunkle Gilde gefangen hält?«, sagte Minako schockiert und ließ sich neben Maddox auf das Sofa fallen. »Möglich wäre es, aber warum halten sie ihn gefangen? Und das seit zehn Jahren?«

Mein Kopf rauchte. Es waren so viele ungeklärte Fragen. So viel, was ich nicht verstand.

»Und wenn es um seine Magie geht?«, warf Maddox ein. »Er ist schließlich einer der begabtesten Magier im Lande. Und soweit ich weiß, gibt es kaum noch Eismagier in Glossoria.«

Jake verschränkte seine Arme vor der Brust. »Du hast recht, es sind wirklich viele Eismagier verschwunden. Vielleicht gibt es einen Zusammenhang?«

»Wir sollten die Vermisstenanzeigen zusammensuchen!« Minako fuhr hoch und griff nach meinem Arm. »Lasst uns sofort loslegen.«

Kapitel 24

Kleine und große Versprechen

Die Stunden darauf durchkämmten wir die Stadt. Wir waren auf der Suche nach alten Vermisstenanzeigen und brauchten den gesamten Nachmittag, um alles zusammenzutragen. In der Bibliothek breiteten wir die Schriftstücke nebeneinander aus. Und tatsächlich, mehr als die Hälfte der vermissten Personen waren Eismagier.

Es lebt kein weiterer Eismagier in Mistress. Jakes Worte gingen mir nicht mehr aus dem Kopf. Was war, wenn es auch außerhalb unserer Stadt keine Eismagier mehr gab? Wenn sie alle verschleppt worden waren? Aber aus welchem Grund?

»Hier für dich«, sagte Jake und reichte mir einen Teller Schokoladenkuchen und ein paar Tafeltrauben. »Du solltest etwas essen, Eisprinzessin.«

Ich sah verwirrt auf und murmelte ein *Danke.* Ich hatte gar nicht bemerkt, dass er weggegangen war.

»Wo sind die anderen?«, fragte ich und sah mich in der Bibliothek um. Schwaches Licht fiel durch die großen Fenster. Die Turmuhr zeigte sechs an.

Jake ließ sich auf den Stuhl gegenüber von mir sinken und stützte sein Kinn auf die Faust. »Minako und Maddox mussten einige Angelegenheiten klären. Das ist aber schon zwei Stunden her.«

Zwei Stunden? Ich blinzelte überrascht. Ich hatte tatsächlich nichts mitbekommen. Ich kreiste meine verspannten Schultern. »Wenn du möchtest, kannst du auch gehen. Ich werde noch ein paar Vermisstenanzeigen durchgehen.«

Seine Lippen verformten sich zu einem atemberaubenden Lächeln. »Nein, ich bleibe lieber hier und beobachte dich, Eisprinzessin. Wenn du dich konzentrierst, siehst du noch bezaubernder aus.«

Ich streckte ihm die Zunge entgegen. »Das hätte ich mir auch denken können, du Perversling.«

Er lächelte noch einen Moment, bevor seine Züge wieder ernst wurden. Er nahm eine Vermisstenanzeige in die Hand. »Konntest du etwas herausfinden?«

Ich schüttelte den Kopf. »Nein, nichts. Es ist zum Verrücktwerden. Die vermissten Personen sind Eismagier, aber mehr Zusammenhänge bestehen nicht. Das Einzige, was mir auffällt, ist, dass seit einigen Monaten keine neuen Anzeigen mehr geschaltet wurden. Als hätte man das Interesse verloren, die Eismagier zu entführen.« Oder als wären keine mehr übrig. Der Gedanke ließ mich erschaudern.

»Seltsam«, murmelte Jake. »Und was ist mit Geschlecht und Alter? Oder dem Aussehen? Bestehen da keine Zusammenhänge, die uns weiterhelfen könnten?«

Ich fuhr mit meinem Zeigefinger über das Bild eines Jungen, der seit drei Jahren vermisst wurde. »Nein, leider nicht. Die meisten Magier sind jünger, aber auch einige ältere Personen oder ganze Familien sind verschwunden. Dem Hohen Rat muss es doch aufgefallen sein, dass so viele Magier vermisst werden! Wieso haben sie nichts unternommen?«

Jakes Gesichtszüge wurden hart. »Der Hohe Rat kümmert sich erst um solche Angelegenheiten, wenn sie es für notwendig halten. Aber vielleicht war es ihnen auch schlichtweg egal. Bei dem Haufen arroganter Arschlöcher weiß man das nie so genau.«

Ich knurrte und ballte die Hände zu Fäusten, bis mir die Fingernägel ins Fleisch stachen. »Sie stehen über dem Gesetz, sind die oberste Anlaufstelle für alle Magier und Menschen Glossorias. Und doch kümmern sie sich nicht um das Wohlergehen der Bürger. Es ist ihnen scheißegal, dass Magier verschwinden oder Bettler auf den Straßen –« Ich stoppte mitten im Satz und erstarrte.

Jake sah mich besorgt an. »Eisprinzessin? Alles in Ordnung?«

Nur langsam sammelten sich meine Gedanken, formten sich zu einem einzigen Satz. »Sie werden kommen und dich holen.«

Ich sprang auf und der Stuhl kippte nach hinten über. Die Worte der Bettlerin schossen mir wie ein Pfeil durch den Kopf. Ja genau, warum war mir das nicht früher eingefallen?

»Was?« Jake sprang ebenfalls auf und entfachte ein Feuer in seinen Händen. Sein Blick suchte die Bibliothek nach der Bedrohung ab. »Wer wird kommen?«

Ich wedelte aufgeregt mit den Händen herum. Für Erklärungen war keine Zeit. »Jake, wir müssen in die Stadt. Wir müssen die Bettlerin finden!«

Seine Flammen erloschen, als er verstand, dass keine Gefahr bestand. Fragend hob er eine Augenbraue. »Wen?«

»Die Bettlerin, der ich vor einigen Monaten begegnet bin.«

Eine steile Falte bildete sich zwischen seinen Augenbrauen. »Du bist einer Bettlerin begegnet? Wann das denn?«

»Das ist jetzt egal. Wir müssen sie finden, schnell.«

Ich packte seinen Ärmel und zog ihn hinter mir her, rannte beinahe aus Blizzard und ließ ihn erst auf den letzten Stufen der Steintreppe wieder los.

Der zertrampelte Schnee glitzerte in der Abendsonne, als wir die Marktstraße entlangliefen. Die meisten Händler hatten ihre Stände bereits abgebaut. Einige Passanten blieben stehen, um sich das Farbenspiel am Himmel anzuschauen. Ob mein Vater auch gerade in den pastellfarbenen Sonnenuntergang sah?

Ich schluckte den Kloß in meinem Hals hinunter, als ich Jakes Blick auf mir spürte. Seine smaragdgrünen Augen durchbohrten mich, aber ich war froh, dass er nichts sagte. Ich wäre sonst nur wieder in Tränen ausgebrochen.

Ich atmete tief durch und führte uns zu der Stelle, an der ich der Bettlerin zum ersten Mal begegnet war.

Und da war sie.

Sie saß auf einer alten Zeitung in ihrer stinkenden Gasse und trank Schnaps. Ihr Mantel war löchrig und ihre Stiefel kaputt. Der Schnee klebte auf ihrer nassen Kleidung, aber das schien ihr nichts auszumachen.

»Bleib hinter mir und überlass mir das Sprechen«, flüsterte ich Jake zu. Er hob fragend eine Augenbraue, nickte aber stumm und folgte mir in die beengte Gasse. Einen Meter vor der Bettlerin blieb ich stehen und räusperte mich.

»Du bist noch hier?«, krächzte sie überrascht, als sie von ihrer Flasche aufsah, die schon zur Hälfte leer war.

»Was hast du damit gemeint, als du sagtest, dass sie mich holen kommen werden?«, fragte ich und beugte mich zu ihr herunter. »Du wusstest, dass die dunkle Gilde kommen wird. Woher?«

Sie trank einen großen Schluck und wischte sich den feuchten Mund an ihrem schmutzigen Ärmel ab. »Keine Ahnung, wovon du sprichst.«

»Lügnerin«, blaffte ich und nahm ihr den Rum weg. Sie fletschte giftig die Zähne.

»Du verdammte Göre, gib ihn wieder her«, schimpfte sie und versuchte mir die Flasche zu entreißen, doch ich war schneller.

»Nicht, bevor du mir meine Frage beantwortet hast.« Ich ließ die Flasche in meinen Händen hin und her gleiten. Die Bettlerin folgte der Bewegung wie ein Hund einem Knochen. »Was ist mit deiner Tochter passiert?«

»Ich weiß nicht, wovon du sprichst«, wiederholte sie erneut. Ihr Blick war immer noch auf den Alkohol geheftet, als würde er ihr alles bedeuten. Und wahrscheinlich war es auch so.

Da kam mir eine Idee. Ich lächelte scheinheilig und schüttete etwas Rum in den Schnee. Die Bettlerin warf mir wilde Beleidigungen entgegen, die ich gekonnt ignorierte.

»Du weißt genau, wovon ich spreche, also behaupte nicht das Gegenteil. Vielleicht kann ich Clara helfen.«

»Ihr helfen?«, blaffte sie und lehnte ihren Kopf gegen die Hausmauer. »Du kannst ihr nicht helfen. Niemand kann das. Wenn ich es dir erzähle, stirbt sie.«

»Sagt wer?« Ich schüttelte erneut den Rum in den Schnee, doch die Bettlerin interessierte es nicht mehr.

»Verschwinde einfach«, sagte sie und stand auf. Sie torkelte ein paar Schritte, immer tiefer in die dunkle Gasse. Ich folgte ihr auf dem Fuß.

»Hat Dragoon damit gedroht, Clara umzubringen, wenn du jemandem davon erzählst?«

Sie blieb stehen. Gefährlich langsam drehte sie sich um. Ihre Augen waren voller Angst und Entsetzen. »Woher weißt du davon?«

Also stimmte meine Befürchtung. Taran und seine Männer steckten hinter alldem. Neben mir verkrampfte sich Jake. Er verstand ebenfalls, dass Taran bei seinem letzten Besuch nicht auf Rache aus war. Sein Ziel war es gewesen, mich zu entführen.

»Weil sie auch kamen, um mich zu holen«, sagte ich schließlich. »Genau, wie du es vorausgesagt hast.«

»Und sie haben es nicht geschafft?« Nun trat die Bettlerin wieder an uns heran, während ich ihre Frage mit einem Kopfschütteln beantwortete. Ich hätte schwören können, dass sich etwas in ihren Augen veränderte. »Wie ist das möglich?«

»Weil Blizzard stark genug ist, um es mit Dragoon aufzunehmen. Wir konnten sie aus der Stadt vertreiben.«

Sie sah mich einen Moment lang schockiert an und torkelte zu einem der vielen Müllhaufen, die ihr Hab und Gut beinhalteten. Nach einer Weile zog sie ein Schriftstück heraus. Es war an den Seiten ausgefranst und das Papier durch Wind und Wasser gewellt und ausgeblichen. Trotzdem konnte ich die Worte lesen, die darauf geschrieben standen. Und ich sah das Mädchen, das seit fünf Jahren als vermisst galt. Über dem Bild stand ihr Name – Clara.

Ich schluckte schwer. Das Mädchen war ihre Tochter. Die Bettlerin war doch nicht verrückt, nur betrunken, einsam und von Kummer zerfressen. Mein Blick fiel auf ihre schneeweißen Haare. Wie ich vermutet hatte war Clara eine Eismagierin.

»Sie haben sie mitgenommen, vor fünf Jahren, sieben Monaten und sechs Tagen. Sie haben sie einfach mitgenommen.« Die Bettlerin riss mir den Rum aus der Hand und trank mehrere Schlucke hintereinander, bis die Flasche leer war. Mit ihrem zittrigen Handrücken wischte sie sich den feuchten Mund ab, ehe sie weitersprach. »Sie brachen in mein Haus ein, schlugen mich halb tot und nahmen Clara mit. Sie drohten mir, sie zu ermorden, wenn ich irgendwem davon erzählen würde. Und nun stirbt sie, weil ich euch davon erzählt habe.«

Vielleicht ist sie schon längst tot, dachte ich traurig. Aber diese Vermutung behielt ich für mich.

»Hat die dunkle Gilde etwas gesagt, als sie Clara mitnahmen?«, fragte Jake über meine Schulter hinweg. Sein Gesicht war kreidebleich.

Die Bettlerin nickte. »Sie sprachen davon, dass sie Clara kein Leid antun, solange ich meinen Mund halten würde. Sie sagten, sie haben überall Augen und Ohren, sie würden es erfahren, sobald ich rede. Ich ... ich hatte Angst.« Sie rutschte an der Hauswand entlang in den Schnee.

Mein Herz wurde schwer bei ihrem Anblick. Der Anblick einer Mutter, die ihr Kind verlor.

»Haben sie noch etwas erwähnt?«, flüsterte ich mitfühlend. »Irgendetwas, das uns weiterhelfen könnte?«

Die Bettlerin öffnete eine neue Flasche Rum. Wieder trank sie ein paar Schlucke, bevor sie sprach. »Sie unterhielten sich über Eismagier, als sie aus meinem Haus verschwanden. Der eine trug meine bewusstlose Clara, der andere hielt ein Schriftstück in seinen Händen und sagte, wie zufrieden ihr Meister mit diesem Fang sein würde. Dann verlor ich mein Bewusstsein. Als ich aufwachte, war meine geliebte Clara fort.«

Ich verstand, dass der Kummer und die Angst sie zur Säuferin gemacht hatten. Dass sie ohne den Alkohol den Schmerz nicht ertragen konnte, der auf ihrem Herzen lag.

»Rette meine Tochter.« Ihre blutunterlaufenen Augen waren voller Tränen. »Rette Clara.«

Ich sagte nichts, brachte nur ein Nicken zustande. Und als Jake mich aus der Gasse führte, war ich mir nicht sicher, ob ich mein Versprechen einhalten konnte.

Oder ob es bereits zu spät war.

***

Als wir durch die Marktstraße liefen, lag eine unfassbare Schwere auf meinen Schultern. »Warum haben sie die Bettlerin nicht getötet?«, fragte ich nach einer Weile.

Ein kalter Wind blies uns entgegen und Jake steckte seine Hände in die Taschen seines Mantels. »Die dunkle Gilde liebt es, ihre Spielchen zu treiben.

Die Bettlerin war eine gewöhnliche Sterbliche, ohne magische Kraft. Sie stellte keine Bedrohung dar und …« Er hielt inne und betrachtete einen Moment die schneebedeckte Straße. Seine Züge wurden hart. »Ein Leben in Angst um einen geliebten Menschen zu führen ist grausamer als der Tod. Das wusste Dragoon.«

»Das ist grauenvoll«, flüsterte ich. Meine Stimme klang leer und hohl.

Aber nun hatten wir die Gewissheit. Die dunkle Gilde entführte die Eismagier und verschleppte sie an einen unbekannten Ort.

»Dass Dragoon so etwas tut«, knurrte Jake. »All die Jahre entführten sie Eismagier direkt vor meiner Nase und mir ist es nicht aufgefallen. Ich hätte so viele retten können.«

Ich strich ihm beim Gehen über den Arm und lächelte sanft. »Mach dir keine Vorwürfe. Dich trifft keine Schuld.«

Er erwiderte mein Lächeln, aber der leere Ausdruck in seinen Augen blieb. Er gab sich tatsächlich die Schuld an den Entführungen. Dabei konnte er nichts dafür. Rein gar nichts.

Als wir am Fuß der Steintreppe angekommen waren, fasste ich endlich den Mut, meine Gedanken laut auszusprechen, die mir den gesamten Rückweg auf der Zunge lagen. »Vielleicht sollte ich mich Taran freiwillig stellen.«

Nun war es raus. Jake blieb abrupt stehen und griff nach meinem Handgelenk. »Niemals. Denk nicht einmal daran.«

»Aber es wäre die schnellste Möglichkeit, dorthin zu gelangen.«

Jakes Knurren hallte durch die rabenschwarze Nacht. »Wir wissen weder, wohin Taran die Eismagier bringen lässt noch was er mit ihnen anstellt. Vielleicht wärst du bereits tot, wenn du an den Ort gelangst, an dem dein Vater festgehalten wird!«

Seine Gedankengänge klangen logisch und doch …

»Versprich es mir!« Er drückte sanft, aber bestimmt meine Hand. »Versprich mir, dass du nichts auf eigene Faust unternehmen wirst!«

Noch ein Versprechen, das ich geben musste. Noch ein Versprechen, das ich vielleicht nicht einhalten konnte. Aber als ich Jakes traurigen Blick sah, da hauchte ich ein leises *Ja*.

Jake wollte noch etwas erwidern, da kam Maddox die Stufen heruntergerannt. »Da seid ihr ja, verflucht! Ich suche euch schon seit einer verdammten Stunde.« Er bedeutete uns, ihm zu folgen. »Beah und Teah sind zurückgekehrt. Das müsst ihr euch anhören.«

Wir eilten in den Speisesaal. Minako und Teah warteten bereits auf uns. Ihre Zwillingsschwester war nirgends zu sehen.

»Feuerlord, wir sind vor zwei Tagen auf ein kleines Lager gestoßen. Zwei Anhänger von Dragoon machten es sich dort gemütlich«, sagte Teah abwertend. »Nachdem wir einen von ihnen im Kampf besiegt hatten und zur Rede stellen wollten, stach er sich mitten ins Herz, noch ehe er uns eine Information liefern konnte.«

»Er hat was?!«, entfuhr es Jake und mir wie aus einem Mund.

Teah nickte. »Er hat den Tod bevorzugt, als uns etwas zu verraten. Aber wir konnten uns seinen Kameraden schnappen, der gerade dabei war, zu fliehen.«

Ihre Zwillingsschwester brachte einen Mann herein, der in Ketten lag. Auf seinem rechten Unterarm prangte das Zeichen der dunklen Gilde. Er schien verängstigt, aber unversehrt zu sein. »Wir haben ihn in der Nähe des alten Ufers gefunden. Er heißt Vikash und ist seit drei Jahren für Dragoon tätig. Sag dem Feuerlord, was du uns gesagt hast. Na los!« Beah bewegte ihre Hand und zog mit ihrer Magie die Ketten enger um seinen Körper.

»Ich weiß nichts ... über die Eismagier ...« Er sah sich um, als hätte er Angst, Taran könnte hinter einer der Säulen lauern und ihn für den Verrat augenblicklich hinrichten.

»Warum will dein Meister Ami entführen?«, fragte Jake bissig und deutete mit einem Finger auf mich, um den bereits grüne Flammen loderten.

Vikash lachte, als er mich erblickte. »Stimmt, hinter dir war er her.«

»Du hast meine Frage nicht beantwortet.« Jakes Flammen wurden größer. »Strapaziere nicht meine Geduld.«

Vikashs Lachen verstummte. »Den Grund kenne ich nicht«, sagte er hastig. »Darüber weiß nur unser Gebieter Bescheid.«

Gebieter, nicht Kamerad, Mitglied oder Freund.

Taran sah sich als Herrscher, während seine Mitglieder nichts weiter waren als Schachfiguren in einem Spiel, in dem jeder einzelne mit seinem Leben bezahlen konnte. Wütend ballte ich die Hände zu Fäusten. »Habt ihr meinen Vater in eurer Gewalt, sagt es mir.« Meine Stimme klang verzerrt und ich hatte Mühe, ihm keine Beleidigungen an den Kopf zu werfen.

Mehr als ein hohles Lachen brachte er nicht über seinen schmalen Mund.

Er lachte?! Ich wollte mich auf ihn stürzen, da packte mich Maddox an den Armen. »Beruhig dich, Ami.«

Ich löste mich aus seinem Griff, gab ihm aber ein Zeichen, dass ich mich wieder unter Kontrolle hatte.

»Euer Vater muss anscheinend der mächtige Eismagier sein, der vor vielen Jahren gestorben ist«, sagte Vikash und fuhr sich über den Mund, als könnte er den Tod auf seinen Lippen schmecken. »Nein, deinen Vater haben wir nicht in unserer Gewalt.«

»Lüge«, blaffte ich. »Sag mir die Wahrheit.«

Er sah sich erneut um und schluckte schwer. »Unser ehemaliger Meister François befehligte uns bis zu seinem Tod, Eismagier zu entführen. Unser neuer Gebieter hat sein Werk übernommen, aber von deinem Vater war nie die Rede.«

Taran. Er war der Schlüssel zu allem. Fand man ihn, würde man auch die anderen Eismagier finden.

»Was geschieht mit den entführten Eismagiern?«, knurrte Jake. »Wohin bringt ihr sie? Rede schon!«

Vikash sah sich wieder um. Schweißtropfen perlten auf seiner Oberlippe. »Wir erhalten von unserem Gebieter eine Liste mit Namen der Eismagier, die wir aufspüren und entführen sollen. Er kümmert sich um den Rest. Die Belohnung erhalten wir direkt von ihm.«

Mir wurde ganz flau im Magen. Dragoon entführte die Eismagier organisiert und nach Plan.

Jakes Gesicht war eine Maske aus Zorn und Zerstörung. »Dann kannst du uns sicherlich auch verraten, wo sich eure Gilde befindet und wo sich dein Meister aufhält.«

»Ich weiß es nicht. Wir haben keinen festen Ort und ziehen von Stadt zu Stadt«, erklärte Vikash trocken. Grüne Flammen brannten plötzlich an seiner Kleidung. Er schrie auf und rollte sich auf dem Boden. Das Feuer verschwand.

Ich sah zu Jake, der bereits mit einer neuen Flamme drohte, doch er hielt inne, als Teah ihm ein Schriftstück überreichte. »Wir konnten Vikash dieses Papier entnehmen. Es sieht aus wie eine Seite aus einem Buch.«

»Nicht irgendein Buch, sondern ein Buch aus der alten Zeit«, sagte Minako mit zittriger Stimme. Es waren die ersten Worte, die sie an diesem Abend sprach.

Alle im Saal verstummten. Die weit aufgerissenen Augen waren voller Sorge und Angst.

»Wie ist das möglich? Diese Bücher wurden vor hunderten von Jahren verbrannt«, sagte Jake und starrte wie gebannt auf das Schriftstück in seinen Händen. Dann hob er seinen Blick und sah zu Vikash. »Hat diese Seite etwas mit den vermissten Eismagiern zu tun?«

»Er wird mich umbringen. Er wird mich umbringen«, murmelte Vikash vor sich hin. Sein Köper zitterte und er rang nach Luft, als würde er ersticken.

Beah griff ihm in den Nacken und zog ihn ein Stück nach oben. »Unser Meister hat dich etwas gefragt!«

»Ja«, stöhnte er unter Schmerzen, als sich die Ketten fester um seinen Körper zogen. »Es hat damit zu tun. Der Meister befehligte mir, es sicher zu verwahren, doch mehr weiß ich nicht. Ich habe keine Ahnung, was darauf geschrieben steht.«

»Sagt er die Wahrheit?«, fragte Maddox und wandte sich an Teah. Sie berührte Vikash an der Hand und nickte. »Das tut er. Ich kann keine Lüge spüren.«

Jake wedelte mit seiner Hand. »Überbringt ihn dem Hohen Rat. Er entscheidet, was mit ihm passiert.«

»Nein, da findet er mich«, schrie Vikash entsetzt. »Er wird mich finden und töten! Ich werde für meinen Verrat mit meinem Leben bezahlen, wenn ihr mich nicht gehen lasst.«

»Du hast im Namen der Gilde geraubt, gefoltert und gemordet«, stieß Jake so langsam aus, dass mir der Atem stockte. »Und du verdienst es nicht, frei herumzulaufen und noch mehr Schaden anzurichten. Und deine Strafe wird der Hohe Rat verhängen, nicht wir. Führt ihn ab.«

»Tötet mich, bitte. Sonst wird er es tun, wird mich foltern und ausweiden.« Er schrie und flehte um den Tod, bettelte um Vergebung, als Beah ihn an seinen Ketten packte und mit sich zerrte.

Seine Schreie vibrierten in meiner Brust. Auch dann noch, als er bereits aus dem Speisesaal geführt worden war und das Gebäude verlassen hatte.

Vielleicht würde der Klang für immer in mir widerhallen.

Kapitel 25

Die Seele einer Jungfrau

»Muriel«, sprach Jake flüssig aus und rollte das ›R‹ auf seiner Zunge. Es klang wunderschön und doch jagte mir die Schärfe seiner Stimme Angst ein.

Minako betrat als Letzte das Arbeitszimmer. Sie war kreidebleich, als sie sich auf das Sofa setzte und zu dem Schriftstück starrte, das Jake in den Händen hielt.

»Was ist das für eine Sprache?« Ich hatte noch nie zuvor von ihr gehört. Dem Schriftstück nach zu urteilen musste sie alt sein. Alt oder unbekannt.

»Das ist die Sprache Muriel«, sagte Maddox und trank einen kräftigen Schluck Bier, ehe er zu dem Ledersofa schlenderte und einen Arm um Minako legte. »Es gibt für diese Sprache kein Wörterbuch, kein Lexikon. Es ist eine alte, verbotene Sprache, die während des großen Krieges gesprochen wurde. Der Hohe Rat hat sie vor hunderten von Jahren verbieten lassen. Die, die sie sprechen, werden eingebunkert und erhängt. Daher gibt es nicht mehr viele, die sie noch beherrschen.«

»Und doch kennen wir eine, die die Sprache spricht und auch für den richtigen Preis übersetzen wird«, gab Jake zurück und warf seinem Freund einen vielsagenden Blick zu. »Wir müssen mit dem Schriftstück zu Yuba.«

Ich sah zwischen den beiden hin und her. »Wer ist Yuba?«, fragte ich schließlich und griff nach der silbernen Teekanne, die auf dem Schreibtisch stand. Hoffentlich würde der Tee meine Nerven beruhigen. Die Schreie von Vikash lagen mir noch in den Ohren.

Minako fuhr sich durch die rote Mähne und versuchte zu lächeln. Es wirkte verkrampft. »Yuba ist eine alte Frau, die wir Hexe schimpfen. Sie lebt im …«, sie suchte nach dem passenden Wort, »Wald.«

Ich runzelte die Stirn und lehnte mich gegen den Schreibtisch. Meine Hände waren um die heiße Teetasse geschlungen. »Wie kommt es, dass sie die Sprache sprechen kann? Ich dachte, sie sei verboten?«

Jake sah von dem Schriftstück auf und zuckte mit den Schultern. »Es wurde ihr über Generationen hinweg weitergegeben und allein dafür könnte sie schon in den Kerker geworfen werden.« Er legte den Kopf schräg. »Du siehst, die Hexe hat viel zu verlieren, *wenn* sie uns hilft. Also müssen wir ihr viel bieten, *damit* sie uns hilft.«

»Yuba«, würgte Maddox den Namen heraus. Er verzog angewidert das Gesicht. »Wenn sie das Schriftstück für uns entziffern soll, wird sie eine Menge verlangen. Das Kostbarste, das sie schon immer in ihrem verschrumpelten Herzen begehrt hat.«

»Gold und Edelsteine?«, fragte ich und nippte an meinem Tee, der herrlich nach Zimt und Orange schmeckte.

Maddox schüttelte den Kopf. Seine Stimme klang heiser. »Schön wär's. Sie verlangt kein Gold für ihre Dienste.«

»Und was verlangt sie stattdessen?«

Alle verstummten. Minako fand als erste ihre Stimme wieder. »Sie begehrt ... Haare.«

»Haare?«, wiederholte ich ungläubig und zog eine Augenbraue hoch. Alle nickten.

Ich unterdrückte ein Lachen. »Aber das ist doch leichter als Gold aufzutreiben. Besorgen wir ihr ein paar Haare und holen uns die Informationen, die wir brauchen.«

In den Gesichtern meiner Freunde konnte ich ablesen, dass es nicht so leicht sein würde, wie ich mir das vorstellte.

Minakos Augen verdunkelten sich. »Nein, du verstehst nicht. Es sind nicht *irgendwelche* Haare. Sie begehrt nur Besondere. Und ihre liebsten Haare sind die einer Harpyie.«

»Einer was?!« Beinahe hätte ich meinen Tee ausgespuckt. »Das ist nicht euer Ernst! Ihr sprecht doch nicht wirklich von dem halb Frau, halb Vogel Wesen?«

Minako nickte zögerlich. Auf ihren Lippen lag kein Lächeln. Sie meinte es wirklich ernst.

»So ein Wesen gibt es nicht mehr! Die Legenden besagen, dass diese Kreaturen vor langer Zeit ausgestorben sind!« Meine Stimme überschlug sich. Es durfte einfach nicht wahr sein! Mein Vater hatte mir damals Geschichten über Harpyien erzählt. Sie waren widerwärtige Kreaturen, die sich nicht nur von Menschenfleisch ernährten, sondern auch von den Träumen und Gefühlen ihrer Opfer.

»Die Legenden irren sich«, sagte Minako trocken. »Jedenfalls wissen wir von einer Harpyie. Sie lebt im Schattenwald, hoch oben in den Kronen der uralten Bäume.« Sie beugte sich vor und rieb sich die Augen. »Doch da liegt auch schon unser erstes Problem. Wir können den Wald nicht betreten.«

Als Jake meinen fragenden Blick sah, ergriff er das Wort. »Der Schattenwald ist durch ein mächtiges Siegel geschützt. Der Hohe Rat hat den Zauber selbst ausgesprochen. Nur Lebewesen mit vollkommen reinen, unbefleckten Seelen dürfen diesen geweihten Wald betreten. Und die hat keiner von uns.« Er legte das Schriftstück beiseite und massierte sich den Nacken. »Wir müssen eine reine Seele auftreiben, die trotz dessen Kampferfahrung hat und sich für uns in den Schattenwald wagt. So jemanden werden wir nicht so schnell ausfindig machen, wenn überhaupt.«

Eine bedrückende Stille breitete sich im Raum aus. Ich stellte die Tasse auf den Schreibtisch und dachte nach. Es war unsere erste heiße Spur seit Wochen. Es durfte doch noch nicht vorbei sein …

»Ich habe eine reine Seele«, stieß ich hervor. Die Worte des Seelenredners fielen mir schlagartig wieder ein. »Ich kann in den Wald gehen.«

Maddox trank sein Bier leer. Ein anzügliches Grinsen lag auf seinen Lippen. »Ich glaube, du irrst dich. Nur eine Jungfrau darf den geweihten Wald betreten. Und da wir uns alle schon durch die Weltgeschichte gevögelt haben, dürfte es keinem von uns gestattet sein.«

»Vielleicht trifft das auf euch zu, aber nicht auf mich.«

Jake verschränkte seine Arme vor der Brust. »Es reicht auch aus, wenn du mit *einem* Mann geschlafen oder ein Leben geraubt hast, damit dir der Zutritt verwehrt bleibt.«

Als ich nichts auf seine Einwände erwiderte, richteten sich alle Augenpaare auf mich. Ich biss mir auf die Unterlippe, während Jakes Augenbrauen immer weiter in die Höhe stiegen. »Du bist also … du hast noch nie …«

Maddox klatschte sich auf die Oberschenkel. »Das ist ja ein Glücksgriff. Dann haben wir ja unsere Kandidatin.«

»Kommt nicht in Frage!« Minako sprang auf und schlug ihre Hände flach auf den Tisch. »Das ist viel zu gefährlich! Harpyien sind gerissene Wesen. Kein normal Denkender würde sich freiwillig in diesen Wald begeben. Und Ami schicken wir erst recht nicht in dieses Höllenloch!« Sie schnappte nach Luft. »Männer, Frauen, selbst Kinder, die diesen Ort betraten, kehrten nicht wieder heim.« Sie schloss die Augen und massierte sich die Schläfen. »Außerdem reicht es nicht aus, nur eine Jungfrau zu sein. Wenn du eine Sünde begangen hast, dann wird dir der Zutritt trotzdem verwehrt bleiben.«

»Ich habe eine Seele, bei der der Seelenredner sterben würde, würde er sie verschlingen. Müsste diese Reinheit nicht genügen?«

Minako öffnete die Augen. Ihr Blick war eiskalt. »Und was ist, wenn der Dämon das nur so daher gesagt hat? Er wollte aus dem Käfig gelassen werden. Er hätte dir alles gesagt.«

»Ich glaube nicht, dass er gelogen hat«, antwortete ich mit fester Stimme. »Also lasst mich bitte gehen.«

Jakes Knurren verriet mir, was er von dieser Idee hielt. Ich ignorierte ihn. Es gab nur diesen einen Weg, damit ich meinen Vater retten konnte. Und ich würde ihn einschlagen.

»Du wirst dich nicht in solch eine Gefahr begeben«, stieß Jake aus. In seinen Augen wütete ein Inferno. »Das ist viel zu gefährlich. Wir können dich nicht begleiten, da draußen wärst du auf dich allein gestellt.«

»Vielleicht wurde mein Vater auch entführt und wird irgendwo festgehalten – seit zehn Jahren.« Die letzten Worte brachte ich nur heiser hervor. »Also, wenn es eine Chance gibt, dass diese Information mich zu meinem Vater führt, dann nur zu. So schlimm kann es ja nicht werden.«

»Es wird schlimm«, flüsterte Minako und umklammerte ihre Armreifen. »Aber wenn du dir wirklich sicher bist, dass du es tun möchtest, werde ich hinter dir stehen.«

Jake sah sie an und gab ein raues Lachen von sich. »Das kann doch nicht euer Ernst sein! Ami ist zu schwach für diese Aufgabe. Wenn etwas schiefgeht, kann ihr niemand helfen!«

»Ich muss nicht gerettet werden«, zischte ich und ballte die Hände zu Fäusten. »Kapier das endlich!«

Jake stellte sich direkt vor mich. Seine Kiefermuskeln zuckten. »Hast du schon vergessen, was mit Fluffy geschehen ist? Die Harpyie wird nicht so zimperlich sein wie Taran. Sie wird dich ausweiden und genüsslich verspeisen.«

»Denk nicht, dass mir das nicht bewusst ist«, fauchte ich zurück. »Und trotzdem werde ich in den Schattenwald gehen, ob es dir passt oder nicht!«

»Es passt mir nicht!«, knurrte er. Seine Brauen waren wütend zusammengeschoben. »Du bist der Aufgabe nicht gewachsen. Du bist zu schwach und unerfahren.«

Das reichte! Ich hob drohend meine Faust. »Ich kann dich gerne vom Gegenteil überzeugen, *Feuerlord*.«

Ein wilder Ausdruck trat in sein Gesicht. Seine Nasenflügel bebten, als ich ihm auch meine andere Faust entgegenhielt.

»Beruhigt euch«, mischte sich Minako ein und trat zwischen uns. Ihr Blick wanderte hin und her. »Alle beide!«

Damit war die Diskussion beendet. Jake warf mir einen vernichtenden Blick zu, ehe er sich umdrehte und aus dem Arbeitszimmer stampfte. Die Tür schlug er so laut zu, dass meine Teetasse klirrte.

Mir war es gleich, sollte er doch wütend sein. Solange ich meinen Vater retten konnte, würde ich überall hingehen, egal wie gefährlich es auch sein mochte.

In den nächsten Stunden erklärte mir Minako alles, was ich über Harpyien wissen musste, während Maddox mir das Anschleichen beibrachte. Sie waren bemüht, mich so gut es ging auf den morgigen Tag vorzubereiten. Und egal wie oft ich auch zur Tür sah, Jake tauchte nicht mehr auf.

Kapitel 26

Auch Engel haben Krallen

Schattenwald. Heiliger Dolch. Der Harpyie eine goldene Strähne entlocken.

Ich ging die Informationen gedanklich durch, während Jake und ich zum Schattenwald aufbrachen. Allein.

Obwohl Maddox mich begleiten sollte, war es Jake, der heute Morgen mit zwei Pferden im Stall auf mich gewartet hatte. Schweigend ritten wir los.

Seine Laune war schlimmer, als ich sie je erlebt hatte. Immer, wenn ich einen verstohlenen Blick zu ihm herüberwarf, zuckte sein Kiefermuskel oder seine Brauen waren zornig zusammengeschoben.

Gestern Abend war er wütend aus dem Arbeitszimmer gestampft, als ich mich dazu entschlossen hatte, in den Wald zu gehen. Alle waren mehr oder weniger einverstanden gewesen, doch Jake war der Einzige, der strikt dagegen war.

Der Einzige, der nicht an mich glaubte.

Ami ist zu schwach für diese Aufgabe. Wenn etwas schiefgeht, kann ihr niemand helfen!

Ich würde ihm schon beweisen, dass ich in der Lage war, selbst auf mich aufzupassen. Ich musste nicht gerettet werden. Nicht dieses Mal.

Wir ritten durch abgelegene Dörfer und verschneite Landschaften. Ich unternahm mehrere Anläufe, mit Jake ein Gespräch aufzubauen, aber er antwortete nur einsilbig oder tat so, als hätte er mich nicht gehört.

Gut, sollte mir recht sein. Wenn er mir nichts zu sagen hatte, dann eben nicht.

Am späten Nachmittag türmte sich vor uns ein riesiger dichter Wald aus kahlen Bäumen auf. Ein beängstigendes Gefühl schlich sich in jeden Winkel meines Körpers, während wir auf den Wald zuritten. Den Schattenwald. Und nun verstand ich auch, woher er seinen Namen hatte: Obwohl strahlend weißer Schnee die Äste bedeckte, wirkte der Wald dunkel und finster. Als würde er das Licht abstoßen und sich in dem tiefen Schatten der Dunkelheit suhlen. Wie unheimlich.

Wir ritten einen Hügel hinauf, dann wieder hinunter. An einer einsamen Birke – einige Meter von der Waldgrenze entfernt – blieben wir stehen.

»Wir können noch immer umdrehen«, sagte Jake, als er von seiner weißen Stute stieg. »Du musst das nicht machen. Wir können einen anderen Weg finden, an die Informationen zu gelangen.«

Es waren die ersten Worte, die er seit gestern Abend an mich richtete. Und es waren nicht die Worte, die ich hören wollte.

Er glaubte nicht an mich.

Ich stieg ebenfalls von meiner Stute und landete knöcheltief im Schnee. »Ach, und das wäre?«, fragte ich angesäuert und versuchte nicht einmal, die Schärfe aus meinen Worten zu nehmen. Sollte er doch wissen, dass es mich kränkte.

Seine Augen flammten zornig auf, aber seine Stimme blieb ruhig. »Wir können Taran weiterhin verfolgen. Wir finden auch ohne das Schriftstück heraus, wo er die Eismagier und deinen Vater gefangen hält.«

Ich stapfte an ihm vorbei und band meine Stute an der Birke an. »Es würde zu lange dauern. Nicht einmal der Hohe Rat weiß, wo sich Taran und seine Gefolgsleute aufhalten. Sein Versteck zu finden könnte Wochen, Monate oder Jahre dauern.«

»Besser als in diesen Wald zu gehen«, knurrte er. »Ich kann dich dort nicht beschützen.«

»Ich muss nicht beschützt werden!« Ich wirbelte herum und funkelte ihn zornig an. »Ich packe das auch ohne deine Hilfe!«

Er stieß ein verächtliches Schnauben aus, das meine Wut nur noch mehr anstachelte, und ging auf mich zu.

»Wieso traust du mir so wenig zu, verdammt?! Ich bin stark geworden, du hast mich so oft trainiert und –«

Er brachte mich zum Schweigen, indem er seine Lippen auf meine presste. Es war ein hungriger, fordernder Kuss, der mir den Atem raubte.

Augenblicklich vermischten sich Wut und Lust miteinander. Seine Zunge drängte sich in meinen Mund, spielte mit mir, neckte mich.

Er drückte mich gegen den Baum. Ich spürte die raue Rinde an meinem Rücken.

Die Weichheit seiner Lippen und die Härte seines Körpers machten mich benommen. Und obwohl ich diesen Kuss schon seit unserer ersten Begegnung wollte und jede Stelle meines Körpers sich nach Jake und seiner Nähe verzehrte, neigte ich meinen Kopf zur Seite und stieß ihn von mir weg. Er taumelte nur einen Schritt nach hinten. Sein Brustkorb hob und senkte sich so schnell wie mein eigener.

»Du küsst mich doch nur, damit ich nicht in diesen Wald gehe«, keuchte ich. »Aber das kannst du vergessen. Du kannst mich nicht umstimmen. Ich werde die Harpyie suchen, ob es dir passt oder nicht!«

Jake sah mich schweigend an und machte wieder einen Schritt auf mich zu. Wütend hob ich die Hand, um ihm eine zu knallen, doch er griff spielerisch nach meinem Handgelenk.

Sein Gesicht war unergründlich. »Nein, ich küsse dich nicht, weil ich dich umstimmen möchte. Ich küsse dich, weil ich Angst habe, dass mir sonst keine Gelegenheit mehr bleibt. Wenn dir etwas zustößt, könnte ich es nicht ertragen.«

Ich blinzelte. Jake machte sich Sorgen, Sorgen um mich. Er wollte mich nicht verlieren, weil ich ihm etwas bedeutete. So wie er mir etwas bedeutete.

Meine Wut löste sich auf und ich lehnte meine Stirn gegen seine. »Ich werde wiederkommen. Ich werde es schaffen. Vertrau mir.« Die letzten beiden Wörter waren nur noch geflüstert.

Jake hauchte mir einen weiteren Kuss auf die Lippen. Diesmal war er federleicht, sinnlich und zart. Seine smaragdgrünen Augen leuchteten, als er sich von mir löste und mir mit seinen Fingerspitzen über die Wange strich. »Ich vertraue dir, Eisprinzessin.«

***

Mein Herz flatterte wie wild, als ich mich von Jake löste und auf den Waldrand zuging. Er würde bei den Pferden auf meine Rückkehr warten und mit jedem Schritt, den ich mich von ihm entfernte, sehnte ich mich mehr nach ihm. Nach seiner Nähe. Seinen Berührungen.

Ich leckte mir über die Unterlippe. Seine Küsse spürte ich noch immer auf meiner Haut. Den sanften Druck seiner Zunge, die Wärme seiner Lippen auf meinem Mund ...

Es war mein erster, zweiter, dritter und vierter Kuss gewesen. Und ich bereute keinen einzigen davon.

Was dieses Kribbeln, dieses Gefühl in mir bedeutete, darüber würde ich später nachdenken. Doch wenn ich ehrlich war, wusste ich es. Ich hatte es lange verdrängt, wollte es nicht wahrhaben.

Ich war ... verliebt.

Verliebt in einen Feuermagier. Verliebt in Jake.

Ich schüttelte den Kopf, als mich die Erkenntnis traf wie ein Fausthieb. Jetzt war nicht der richtige Zeitpunkt, um über meine Gefühle nachzudenken. Ich hatte eine Aufgabe zu erledigen. Die Harpyie suchen und ihr eine Strähne entlocken. Nur das zählte. Alles andere würde ich klären, wenn ich wieder in Mistress war.

Als ich die Waldgrenze erreichte, blieb ich so abrupt stehen, dass ich beinahe ausgerutscht wäre.

Vor meinen Augen vibrierte die Luft, zog sich zusammen und flackerte, als wäre vor mir eine Wand aus gleißender Magie. Es war das Siegel des Hohen Rates. Vorsichtig streckte ich meine Hand aus, strich über die Magie. Sie war fest, glatt und unnachgiebig. Ich drückte mit beiden Händen gegen die Mauer, doch die Luft ließ mich nicht passieren. Meine Kehle wurde trocken, als ich es erneut versuchte und wieder nicht hineingelassen wurde. Vielleicht hatte der Dämon gelogen? Vielleicht war meine Seele doch nicht so rein, wie er behauptet hatte? Dann würde es bedeuten, dass ich nicht an die Haare gelangen würde. Dass ich weder meinen Vater, noch die anderen Eismagier retten konnte.

Panik schnürte mir die Brust zu, während ich auf die Mauer einschlug. Meine Hiebe wurden kraftvoller, härter, doch nichts geschah. Das Siegel ließ mich nicht herein.

Ich zitterte am ganzen Leib. Eine sanfte Wärme streichelte meinen Geist, beruhigte meine aufgewühlten Gedanken. Jake war aus der Ferne für mich da, er spürte, was in mir vorging. *Gib nicht auf*, wollte er mir sagen. *Glaub an dich.*

Ich schloss die Augen und überlegte. Vielleicht brauchte ich mehr Anlauf, um die Mauer zu durchdringen?

Sofort setzte ich meinen Plan in die Tat um. Ich ging einige Schritte zurück, holte tief Luft und rannte auf die gleißende Magie zu. Und als würde mich Licht und Dunkelheit zerreißen und wieder neu zusammenfügen, fiel ich durch die Wand und landete auf der anderen Seite im Schnee.

Ich keuchte und tastete erschrocken meinen Körper nach Verletzungen ab. Als ich keine fand, richtete ich mich auf und versuchte, Jake über unsere Verbindung ein Zeichen zu geben.

Doch dieses Band aus Feuer und Eis, ich spürte es nicht mehr.

Es musste an dem magischen Siegel liegen, das diesen Wald umgab. Ich war also vollkommen auf mich allein gestellt. Und jetzt, wo ich diese Verbindung nicht mehr spürte, merkte ich, wie sehr ich dieses Band vermisste. Seine Wärme. Ihn.

Vorsichtig sah ich mich um und nahm einen tiefen, beruhigenden Atemzug, den ich sogleich bereute. Die Dunkelheit – die sich in der Luft kräuselte wie schummriger Nebel – legte sich wie trockene Asche auf meine Zunge.

Ich rümpfte die Nase. Wie konnte man hier leben? Und dann kam mir das ungute Gefühl, dass die Harpyie vielleicht nicht hinauskonnte, so wie andere nicht hinein. Dass dieser Ort kein schützender Ort war, wie der Hohe Rat es betitelte, sondern ein Gefängnis.

Ein Leben, verdammt in diesem dunklen, stinkenden Wald.

Ich stieß die Abscheu und die Angst beiseite, als ich mich tiefer in den Wald wagte. Wie ein Reh glitt ich zwischen den Bäumen hindurch und achtete darauf, keine Geräusche zu verursachen.

Der Schnee knirschte unter meinen Sohlen – was ich leider nicht verhindern konnte – doch ich ließ meine Fußabdrücke verschwinden. Wenigstens funktionierte meine Magie noch an diesem seltsamen Ort.

Die Harpyie sollte nicht meine Fährte aufnehmen, sondern ich ihre. Ich war der Wolf, der sie jagte. Ich, nicht sie. Das versuchte ich mir jedenfalls einzureden, als ich immer tiefer in den Schattenwald drang.

An einigen Bäumen hinterließ ich eine Markierung aus feinen Eiskristallen. So brauchte ich nur meiner Magie zu folgen, um schnell wieder hinauszufinden, wenn ich die Haare hatte. Oder wenn ich fliehen musste. Letzteres jagte mir einen Schauer über den Rücken.

Meine Hand schnellte zu dem Dolch, der an meinem Ledergürtel prangte, griffbereit, falls die Harpyie mich zuerst entdecken würde. Was ich nicht hoffte.

Harpyien sind gefährliche Wesen, die dich mit ihren Krallen durchbohren können. Die dich töten werden, sobald sich die Gelegenheit ergibt.

Maddox' Worte hallten in mir auf und ließen mich ungleichmäßig atmen. Meine Aufgabe war gefährlich. Mein Erfolg brachte die goldenen Haare, meine Niederlage bedeutete den Tod – meinen Tod.

Ich musste also den Überraschungsmoment nutzen, das war mein Vorteil. Mein einziger Vorteil, wenn ich recht überlegte, denn das hier war ihr Territorium, ihr Zuhause und ihr Jagdrevier.

Manchmal hörte ich Flügel schlagen. Irgendwo weit über meinem Kopf, versteckt zwischen den Bäumen und Ästen des Schattenwaldes. Und jedes Mal presste ich mich an einen Baumstamm, damit sie mich nicht entdecken und in die Luft zerren konnte.

Je tiefer ich in den Wald drang, desto heftiger schlugen meine Fluchtinstinkte an, schrien förmlich, ich solle umdrehen und verschwinden. Aber ich ignorierte sie, denn ich würde nicht umkehren.

Nicht ohne die Strähne.

***

Es vergingen zwei Stunden, als ich endlich so weit vorgedrungen war, dass ich das Herz des Waldes erreichte – den riesigen massiven Baum.

Ich kletterte über seine Wurzeln, die wie Arme aus dem Schnee ragten, bis ich den Stamm erreichte. Vorsichtig tätschelte ich die Rinde, spürte das lange

Leben unter meinen Fingern pulsieren. Er schien so alt zu sein wie das Land selbst. Vielleicht noch älter.

Unter meinen Füßen knackte etwas, als ich mich zur Seite bewegte, um den Baum zu umrunden. Erschrocken blickte ich nach unten. Ich war auf einen weißen Zweig getreten, der eindeutig nicht von diesem Baum stammte. Nein, kein Zweig, dachte ich, als ich mich bückte und ihn in die Hand nahm. Es war ein ... Knochen. Ein feiner, dünner Knochen, der wahrscheinlich von einem Kaninchen oder einem Eichhörnchen stammte.

Angewidert verzog ich das Gesicht und ließ ihn fallen. Mit meinem Fuß schob ich den Schnee zur Seite und fand weitere, fein abgenagte Skelette. Es waren größere Überreste, wie die eines Wildschweines. Oder eines Menschen.

Ich erschauderte. Dieser Ort war ein verdammter Friedhof, war wie eine ... Futterstelle.

Ich sah ruckartig nach oben. Der Baum war so hoch gewachsen, dass ich meinen Kopf in den Nacken legen musste, um ihn vollständig erblicken zu können. Leuchtend grüne Blätter lugten unter dem Schnee hervor, der sich über die Äste und Zweige gelegt hatte.

Und dann entdeckte ich das, wonach ich gesucht hatte: das Nest der Harpyie. Wirre Zweige türmten sich in einer der Astgabeln, ungefähr sechzig Meter über meinem Kopf. Wusste ich es doch!

Ob sie sich auch darin befand? Jedenfalls machte sie keinerlei Bewegungen, keinerlei Geräusche, die darauf hindeuteten. Aber ich würde jetzt nicht zögern. Von mir aus würde ich auch auf einem Ast im Dickicht ausharren, bis sie sich in ihr Nest zurückzog.

Ich sah erneut hinauf und schluckte. *Sechzig Meter.* Wälder waren zwar wie mein zweites Zuhause gewesen, so viele Stunden, die ich heimlich in ihnen trainiert hatte. Doch ich war nie auf einen derart hohen Baum geklettert.

Entschlossen kreiste ich mit den Schultern und stieß einen tiefen Atemzug aus. Ich kriege das hin. Für die Eismagier. Für meinen Vater.

Ich krallte meine Finger in die Rinde und zog mich auf den untersten Ast. Und dann auf den nächsten. Konzentriert kletterte ich von Ast zu Ast, immer höher hinauf. Mit meiner Magie fixierte ich meine Hände und Füße, ließ sie durch das Eis an der Rinde kleben, falls ich abrutschen sollte.

Ich wagte es nicht, nach unten zu sehen, als ich mich der Baumkrone näherte. Klare, frische Luft erfüllte meine Lungen und Licht fiel durch das dichte, verschneite Blätterdach.

Dann erreichte ich das Nest, das sich in einer riesigen Astgabel befand. Und inmitten der Zweige, dem Gestrüpp und den abgenagten Knochen lag das schönste Wesen, das ich jemals gesehen hatte.

Mein Atem stockte, als ich die schlafende Harpyie betrachtete. Ihre Flügel waren eng um ihren dünnen Körper geschlungen und die weißen Federn glänzten in dem zarten Licht der Abendsonne. Die goldenen Haare lagen wie ein Kranz um ihren Kopf und ihre Gesichtszüge waren weich und entspannt. Sie sah aus wie ein schlafender Engel.

Doch dann erkannte ich die scharfen, pechschwarzen Krallen an ihren Füßen – die Fänge eines Adlers. Und auch ihre Hände waren Klauen einer todbringenden Bestie. Ein Hieb, ein Stoß, und ich war tot.

Mein Hals wurde trocken und ich versuchte, die Panik herunterzuwürgen, die meine Kehle hinaufkletterte. Ich war der Wolf. Sie war das ahnungslose, schlafende Lamm.

Vorsichtig näherte ich mich der Harpyie. Mein Dolch war gezückt, lag schwer wie Blei in meiner Hand. Als ich in ihr Nest trat, bewegte sich einer ihrer mächtigen Flügel. Ich erstarrte in der Bewegung und hielt den Atem an. Es vergingen einige Sekunden, ohne dass sie sich weiter rührte. *Es war nur ein Reflex*, versuchte ich mir einzureden. *Ein zuckender Flügel, mehr nicht.*

Ich beugte mich langsam zu ihr herunter und mein Herz hämmerte heftig gegen meinen Brustkorb. Bei den Göttern, hoffentlich waren ihre Ohren nicht so gut, wie Maddox mir am Abend zuvor erklärt hatte.

Ich setzte das Messer an ihr goldenes Haar und versuchte dabei, einen möglichst großen Abstand zu bewahren, was mit dieser blöden kurzen Klinge kaum möglich war.

Ich brauchte nur eine Strähne. Eine einzige Strähne ihres goldenen Haares, dann wäre ich wieder weg. *Sie schläft tief und fest,* versuchte ich mich zu beruhigen. *Sie wird es nicht einmal merken.*

Erneut setzte ich den Dolch an und ehe ich einen Rückzieher machen konnte, schnitt ich ihr eine Strähne ab.

Die Haare lagen wie flüssiges Gold in meinen Händen und ich stopfte sie in meinen Hüftbeutel. Ich hatte es geschafft, ich hatte es tatsächlich …

Einen weiteren Gedanken konnte ich nicht fassen, denn die mächtigen Flügel unter mir vibrierten.

Und im nächsten Moment schlug die Harpyie ihre kreideweißen Augen auf.

Kapitel 27

Das goldene Haar

Der Schrei, den die Harpyie ausstieß, ließ meine Knochen erzittern. Ich hielt mir die Ohren zu, während sie sich schreiend aufrichtete. Die mächtigen Flügel streckte sie von ihrem weiblichen Körper und entblößte dabei ihre nackten, festen Brüste. Eine weiße Federpartie verdeckte die Haut am Rippenbogen, die Scham und die vogelartigen Beine.

»Magier«, schrie sie und spuckte mir das Wort wie Galle vor die Füße. Es klang abgehackt, als wäre es ihr erstes Wort seit Jahren, das ihre blutverschmierten Lippen verließ. In ihren kreideweißen Augen blitzte der Wahnsinn. »Du willst mich umbringen. Du willst mir meine Flügel stehlen.«

»Nein, das stimmt nicht«, keuchte ich und ging langsam einen Schritt nach hinten. »Ich wollte dir nichts Böses tun. Ich brauchte nur etwas von deinem Haar, das war alles.«

»Lüge«, kreischte sie. Ihre Flügel waren angewinkelt, als würde sie jeden Moment nach vorne preschen. Direkt auf mich zu. »Du willst meinen Tod. Ich sehe es dir an, du willst mich umbringen, sowie die anderen Magier meine Schwestern umbrachten, sie verstümmelten, sie quälten.«

»Nein, ich will deinen Tod nicht.« Meine Stimme überschlug sich. »Ich brauchte nur etwas von deinem Haar und jetzt verschwinde ich sofort wieder aus deinem Wald.«

»Oh nein, du gehst nirgendwo hin. Du bleibst, wo du bist.« Sie leckte sich mit der schwarzen Zunge über die spitzen Zähne, die ihren Krallen Konkurrenz machten. »Ich werde an dir nagen, mich an deinem Fleisch laben, bis ich satt und rund bin. Mit deinem Gesicht fange ich an!«

Mein Herz raste und meine Angst, die ich so tief in mir verborgen hielt, kroch an die Oberfläche. Die Harpyie schnurrte wie eine Katze. »Kann ich da etwa Angst schmecken? So lieblich und süß zergeht sie auf meiner Zunge.«

Langsam ging ich rückwärts, ohne sie aus den Augen zu lassen. Ich musste mir schnellstens etwas überlegen – irgendetwas! Ansonsten würde sie mich zerfleischen und mit Haut und Haaren fressen.

Die Harpyie schnellte nach vorne und schlug mit ihren Klauen nach mir. Ich duckte mich. Auch ihrem nächsten Schlag konnte ich nur mit Mühe ausweichen.

»Wehr dich nicht, dann geht es ganz schnell«, zischte sie. Als sie wieder einen Satz auf mich zumachte, sprang ich auf den nächstgelegenen Ast und schleuderte ihr ein Eisgeschoss entgegen. Sie schrie auf, als meine Magie ihren nackten Bauch traf. Mein nächstes Geschoss zielte ich auf ihre Beine. Augenblicklich haftete sie am Baum fest.

Sofort nutzte ich meine Chance und sprang die Äste hinunter, während sie versuchte, sich zu befreien. Der Baum vibrierte unter ihrer Kraft.

»Magier, dafür wirst du qualvoll sterben«, schrie sie herunter. Mein Herz hämmerte, während ich den untersten Ast erreichte und in den Schnee sprang.

Ich hörte ihre todbringenden Schwingen über mir aufschlagen. Blanke Panik erfasste meinen Körper. Sie hatte sich befreit.

Wie eine Irre rannte ich durch den Schnee, sprang über Wurzeln, ritzte mir die Kleidung und die Beine auf.

»Du kannst nicht ewig vor mir fliehen, Magier.«

Ich wagte es nicht, mich umzudrehen, als das Flügelschlagen immer näher kam.

Mein Blut rauschte mir in den Ohren. Ich folgte meiner Magie, die ich an den Bäumen fixiert hatte. Es war noch so weit bis zum rettenden Waldrand.

Mit einem Sturzflug landete die Harpyie vor meinen Füßen. Ich hielt so abrupt an, dass sich der Schnee vor meinen Schuhen türmte.

»Hab ich dich«, kreischte sie und winkelte ihre mächtigen Schwingen an.

Mein Atem rasselte. Ich machte zwei Sätze nach hinten. Ohne zu zögern zielte ich mit einem weiteren Eisgeschoss auf sie, doch sie wehrte es mit nur einem einzigen Flügelschlag ab.

»Der Trick funktioniert nicht zweimal«, fauchte sie.

Meine nächsten Angriffe wehrte sie ebenfalls ab. Ich rang nach Atem, während ich ein Rudel Wölfe erschuf und sie auf die Harpyie hetzte. Zwischen zwei Herzschlägen riss sie meinen Wölfen die Glieder ab und zerquetschte ihnen die Schnauzen. Ihre Körperteile warf sie mir wie Knochen vor die Füße. »War das schon alles, Magier?«

Ich biss die Zähne aufeinander. Die Harpyie war verdammt stark und ich hatte kaum noch magische Kraft. Wenn das so weiterging, würde sie mich in Stücke reißen, so wie meine Eisskulpturen.

Denk nach. Denk nach. Denk nach.

Als keiner meiner Wölfe mehr übrig war, stürmte sie mit gefletschten Zähnen auf mich zu. Und noch bevor mich ihre Krallen erreichten, wirbelte ich herum und rammte ihr meinen Dolch in den linken Flügel.

Sie schrie auf und versuchte, die Klinge zu entfernen, die in ihrem Fleisch steckte. Blut spritzte aus der Wunde und ihre weißen Federn färbten sich rot.

Das war meine Chance! Ich erschuf mit meiner Magie massive Gitterstäbe und sperrte die Harpyie in einen Käfig aus Eis. Sie bemerkte es nicht einmal, so beschäftigt war sie mit dem Dolch in ihrem Flügel.

Sofort rannte ich weiter. Mir blieben nur wenige Minuten, bevor sie sich befreien würde. Und ob ich sie ein weiteres Mal austricksen konnte, bezweifelte ich. Meine Beine wurden schwerer und die Luft lag wie Blei in meinen Lungen.

Die Markierungen an den Bäumen, der Kampf mit der Harpyie – all das hatte meine magische Kraft aufgebraucht. Noch einen Angriff würde ich nicht überstehen.

Erschöpft rannte ich weiter, stolperte über eine Wurzel und fiel mit dem Kopf voran in den Schnee. Meine Stirn stieß gegen etwas Massives und im nächsten Atemzug sackte ich in mich zusammen. Nur mit Mühe konnte ich meine Augen offen halten, während meine Hand einen aalglatten Findling ertastete. Etwas Warmes rann mir die Schläfe hinunter und brannte Löcher in den weißen Schnee. Es war Blut. Mein Blut.

Ich musste mir den Kopf angeschlagen haben. Ich versuchte mich aufzurappeln, aber es gelang mir nicht. Der Wald drehte sich um mich, Bäume kreisten wie Adler um mein Blickfeld.

Ich hörte Flügel, die wütend aufeinanderschlugen. Ich wusste nicht, ob die Harpyie in der Nähe oder weit entfernt war. Ich versuchte noch einmal aufzustehen, doch meine Beine knickten unter mir weg.

Bei den Göttern. Ich zog mich mit letzter Kraft an einen Baum, um wenigstens etwas geschützt zu sein. Angestrengt lehnte ich mich gegen die Rinde und blickte in die Abendsonne. Jake hatte recht, ich schaffte es nicht ohne ihn. Ich war nutzlos und so verdammt schwach.

Verdammt Jake, ich brauche dich. Hilf mir!

Als meine Augen langsam zufielen, sah ich Stiefel auf mich zukommen. Schnee knirschte unter den dunklen Sohlen.

»Jake?«, flüsterte ich. Benommen wanderte mein Blick höher, über die langen Beine, die in einer Lederkluft steckten, über den durchtrainierten Oberkörper, der in einem fellbesetzten Mantel gehüllt war, bis hin zu der Tätowierung auf dem breiten Hals.

Taran!

Er hockte sich neben mich und sah genauso aus, wie ich ihn in Erinnerung hatte: blondes kurzes Haar, markante Gesichtszüge und ein selbstgefälliges Grinsen.

Ich blinzelte. Wie ... wie war das möglich? Er durfte gar nicht hier sein. Seine Seele war nicht rein. Er war kein guter Mensch, hatte gemordet und unzählige Eismagier entführt. Und er war sicherlich keine Jungfrau. Ich musste halluzinieren. Doch warum ausgerechnet von *ihm*?!

»Muss ich mich wundern, warum du auf dem Boden liegst, während eine Harpyie kreischend den Wald nach dir absucht?« Er strich mir behutsam eine Strähne aus dem Gesicht. »Ich habe die Vogelfrau übrigens in den nördlichen Teil des Waldes gelockt. Sie ist also eine Zeit lang beschäftigt. Du kannst dich gern bei mir erkenntlich zeigen.«

»Rede keinen Unsinn«, stieß ich hervor und schlug kraftlos seine Hand beiseite, die sich seltsam real anfühlte. Ich versuchte erneut aufzustehen.

Wieder gelang es mir nicht. »Lass mich in Ruhe, Taran! Verschwinde aus meinem Kopf.«

Er lachte, tief und rau. »Aber ich bin nicht in deinem Kopf, Ami. Ich bin genau neben dir.«

»Lügner.«

Seine goldenen Augen blitzten auf. »Ich lüge nicht. Doch ich fühle mich geschmeichelt, dass du in einer solch aussichtslosen Situation von mir träumen würdest. Das schmeichelt mir sogar sehr.«

Ich zog beide Brauen in die Höhe, was mir viel Kraft abverlangte, und streckte ihm meinen Mittelfinger entgegen. »Ich denke, du bist das, was ich mir vorstelle, um es mit der Angst zu tun zu bekommen. Du erinnerst mich daran, nicht aufzugeben. Damit nicht *du* am Ende gewinnst, Mistkerl!«

»Das ist aber nicht sehr nett. Magst du mich etwa nicht?«

»Ich hasse dich! Du hast Rosalie und Fluffy verletzt, deinen Kameraden getötet und die Eismagier entführt.« Die Worte verließen nur noch abgehackt meinen Mund.

Er wedelte mit seiner behandschuhten Hand, als wären meine Argumente nichts weiter als lästige Fliegen. »Ich habe deine Freunde nur verletzt, nicht getötet. Mit dem Stahlmagier hatte ich eine Rechnung offen und was die Eismagier betrifft. Nun ja, ich spreche mich schuldig.«

Er umfasste mein Kinn und drehte meinen Kopf leicht zur Seite. Fast schon zärtlich betrachtete er meine Verletzung.

Ich war zu kraftlos, um mich aus seinem Griff zu befreien. Stattdessen funkelte ich ihn wütend an und fragte mich, wie lange er noch in meinem Kopf herumgeistern würde, bis er endlich verschwand. Aber wenn ich mir das personifizierte Böse schon einmal vorstellte, konnte ich auch weitere Fragen stellen. »Wo hältst du sie gefangen? Wo hältst du *meinen Vater* gefangen?!«

»Deinen Vater?« Er nahm seine Augen nicht von meiner Kopfverletzung, aber ich spürte seinen Atem an meiner Wange, der einen Moment ins Stocken geriet. »Interessant.«

»Interessant? Mehr hast du nicht zu sagen, du Mistkerl?« Ich zappelte mit meinem Gesicht hin und her und sein Griff um mein Kinn wurde fester. Am liebsten hätte ich ihn eingefroren, aber nicht der kleinste Eiskristall verließ meinen Körper.

»Ich kann dir ihren Aufenthaltsort nicht verraten, Ami. Den musst du schon selbst herausfinden.«

Ein bitteres Lachen kroch aus meiner Kehle. »Warum entführst du Eismagier überhaupt?«

Er zuckte mit den Achseln. »Weil ihr mir viele Münzen einbringt. Vor allem du.«

»Ich?«

Statt zu antworten, führte er seine linke Hand an die Lippen, klemmte den Stoff zwischen seine Zähne und zog sich den Handschuh aus. Der Anblick wirkte so intim, dass ich errötete. Dann berührten seine nackten Fingerspitzen die Wunde auf meiner Stirn. Im nächsten Moment tanzten federleichte Stromschläge über meinen Körper und pulsierten auf meiner Haut. Die Schmerzen ließen nach.

»Ja«, begann er, als er seinen Mund einen Spalt öffnete und den weißen Handschuh auf seinen Oberschenkel fallen ließ. »Du bist der Schatz, den alle begehren. Und nun fügt sich das Puzzle Stück für Stück zusammen, bis es endlich ein Bild ergibt.«

»Was redest du da?«, fragte ich ihn verwirrt. Die Verletzung an meinem Kopf tat kaum noch weh.

»Nicht so wichtig«, sagte er gedehnt und stand auf.

Ich knirschte mit den Zähnen. »Macht es dich gar nicht wütend, dass du verloren hast? Dass du mich nicht entführen konntest, so wie die anderen?«

»Ich habe nicht verloren, Ami.« Blitzschnell war er wieder bei mir. Seine Zunge leckte über meine Schläfe, leckte das Blut auf, das mir die Wange hinunterlief.

»Dein Blut schmeckt süß und salzig. Eine tolle Abwechslung zu der Asche auf meinen Lippen«, raunte er auf meiner Haut.

Ich knurrte und stieß ihn beiseite. Er lachte. Wie hart hatte ich mir den Kopf angeschlagen, um mir etwas derart Perverses vorzustellen?

»Mich würde interessieren, welche verdorbenen Gedanken du für den Feuerlord hegst. Eure Küsse sahen sehr innig aus. Er hätte dich im Schnee gevögelt, damit du hier nicht hereinkommst. Damit dir das erspart bleibt.«

»Das geht dich nichts an«, blaffte ich.

»Verstehe«, murmelte er und beugte sich zu mir herunter. Dann griff er mir unter die Arme und stellte mich auf die Füße. Als wäre er nicht aus meiner Erinnerung entsprungen, sondern aus Fleisch und Blut.

Langsam kehrte die Energie in meine Glieder zurück, so wie nach einem langen, erholsamen Schlaf. Vorsichtig ging ich los – Schritt für Schritt – und versuchte Taran abzuschütteln, der gemütlich neben mir herlief. Wie ein anhängliches Hündchen wich er mir nicht von der Seite. Über uns hörte ich die Harpyie mit ihren Flügeln schlagen. Sie kam wieder näher.

»Verschwinde endlich aus meinem Kopf«, fluchte ich mit gedämpfter Stimme und stieß ihn zur Seite. Er taumelte nicht einmal einen Schritt, sondern blieb wie ein Schatten neben mir.

»Du kannst nicht vor mir davonlaufen, dich nicht vor mir verstecken. Nicht einmal, wenn dich dein Feuerlord in seiner Gilde einsperrt.«

»Und wie ich das kann.« Ich stapfte demonstrativ weiter. »Und es ist nicht nur Jakes Gilde, sondern auch meine. Ich bin genauso ein Mitglied von Blizzard wie er.«

Taran schnaubte. Seine Verachtung lag in jedem einzelnen Wort: »Blizzard wird dich früher oder später fallen lassen, so wie sie mich fallen ließen. Ihre Regeln und Gesetze erlauben keine Verstöße, auch nicht, wenn sie ein neunjähriger Vollwaise begeht.«

»Es war nicht richtig, dich als Kind zu verstoßen«, sagte ich und duckte mich unter einem tiefhängenden Ast hinweg. »Das sehe ich genauso, aber du hast Minako in Gefahr gebracht. Sie wäre wegen dir beinahe gestorben. Und trotzdem hat weder sie, Maddox noch Jake dich je fallen lassen.«

Er knurrte und grelle Blitze zuckten um seinen trainierten Körper. »Lüge. Keiner von ihnen hat sich um mich geschert.«

»Sie haben dich niemals aufgegeben. Jake suchte nach dir, als du die Gilde verlassen hast. Sein Vater schleppte ihn wieder zurück zu Blizzard und verbat ihm, nach dir zu suchen.« Ich stapfte weiter durch den Schnee. »Jake wollte nicht, dass du verstoßen wirst. Auch nicht nachdem, was vorgefallen war. Du warst wie ein Bruder für ihn. Und ich glaube, das bist du noch heute! Euer Bild hängt noch immer in seinem Zimmer.«

Im Wald wurde es still. Es war nichts weiter zu hören als die mächtigen Schwingen der Harpyie.

Ein elektrisierender Luftzug glitt meinen Rücken entlang. Und als ich mich umdrehte, war Taran, der Meister der dunklen Gilde Dragoon, aus meinem Kopf verschwunden.

***

Es war bereits Nacht, als ich endlich aus der Waldgrenze stürmte. Meine Lungen schmerzten von der frischen Luft, die ich einatmete. Das vertraute Band zwischen Jake und mir war wieder da und ich hätte vor Freude heulen können. Ich zupfte mit dem Rest meiner Magie an dieser Verbindung, schickte ihm einen kalten Gruß.

Jakes grüne Flammen leuchteten mir in der Dunkelheit entgegen und im nächsten Moment war er bei mir. Er musterte mich mit hochgezogener Augenbraue und ich konnte mir vorstellen, was ich für ein Bild abgeben musste: Meine Kleidung war zerrissen, meine Arme und Beine zerkratzt. Doch das, was ich in meinen Händen hielt, war alles, worauf es in diesem Augenblick ankam. Die goldene Strähne der Harpyie.

Ich warf ihm den Beutel entgegen. Er sah nicht mal hinein, als er ihn fing, sondern ließ ihn in den Schnee fallen und zog mich in seine Arme.

»Verdammt, bist du verletzt?« Er ging vor mir in die Hocke, betrachtete meine zerrissene Hose.

»Nein, mir geht es gut«, antwortete ich. Meine Stimme klang heiser. »Ich habe mir bloß den Kopf an einem Felsen angeschlagen.«

Jake kam wieder auf die Füße und untersuchte die Stelle an meiner Stirn, auf die ich deutete. Etliche Sekunden vergingen, ehe er von mir abließ. »Da ist nichts.«

»Wie meinst du das? Da muss eine Stelle sein, ich war ausgerutscht und …« Ich unterbrach mich selbst, als ich keine Platzwunde ertasten konnte. Seltsam. »Ich bin vor der Harpyie geflohen und hingefallen. Und dann erschien plötzlich Taran.«

Jake versteife sich neben mir. »Dann musst du dir wirklich den Kopf angeschlagen haben. Niemand kann diesen Wald betreten, der eine unreine Seele hat. Wir haben beide gesehen, wie er dem Stahlmagier das Leben nahm. Und ich habe von einigen seiner vorherigen Taten gehört. Er hat kein gutes Herz, keine gute Seele.« Jake betrachtete den Wald aus der Ferne. »Vielleicht hast du diese Vorstellung der Harpyie zu verdanken. Sie nährt sich nicht nur von Fleisch und Innereien, sondern auch von Gefühlen und Träumen. Im Gegenzug für ihren Genuss schenkt sie dir eine grauenvolle Wahnvorstellung.«

Ich folgte seinem Blick und ein unheimlicher Schauer glitt über meinen Nacken. »Lass uns von hier verschwinden und nach Hause reiten.«

Jake nickte und half mir auf mein Pferd, ehe er auf seine weiße Stute stieg. Keiner von uns beiden wollte die Nacht in der Nähe des Waldes verbringen, da waren wir uns einig.

Unsere Pferde kannten den Weg nach Hause und so überließen wir es ihnen, uns durch die Nacht zu führen. Mit jedem Klang der Hufen auf der schneebedeckten Straße ließen wir die Harpyie und den Wald ein wenig weiter hinter uns.

Nur das Gesicht von Taran verfolgte mich die weiteren Stunden. Er verschwand erst aus meinem Kopf, als die Sonnenstrahlen die Nacht erhellten.

Kapitel 28

... für dich

Im Arbeitszimmer erzählte ich von dem Schattenwald, den Haaren und der Flucht vor der Harpyie. Dass Taran in meinem Kopf herumgespukt war, erwähnte ich Minako zuliebe nicht.

Maddox kippelte auf seinem Stuhl nach hinten und stopfte sich ein Weizenbrot in den Mund. »Du bist wirklich zu beneiden, Ami. Wie gern hätte ich die Harpyie vermöbelt.«

Minako rollte mit den Augen, während sie durch das Arbeitszimmer tapste. Ihre Füße standen in den vergangenen fünfzehn Minuten kein einziges Mal still. »Mad, jetzt ist nicht die Zeit, um Witze zu reißen. Wir sollten uns lieber Gedanken machen, wer von uns Yuba aufsuchen wird.«

Ich betrachtete die Strähne, die wie pures Gold in Jakes Fingern lag. Nachdenklich hielt er die Augen geschlossen und lehnte an der Wand. Seit unserer Ankunft hatte er kein einziges Wort gesprochen und mir das Reden überlassen. Ob es ihm gut ging? Vielleicht hatte ihm die Reise doch mehr zugesetzt, als er zugeben wollte.

»Überlasst mir die Hexe«, sagte Maddox entschlossen. Er hielt das Brot wie eine gezückte Klinge in die Höhe. »Die Hexe wird mir aus der Hand fressen und mir die Informationen liefern, die wir brauchen.«

Minako schnaubte und warf ihr rotes Haar nach hinten. »Weil du auch so gut auf sie zu sprechen bist, Mad. Lass mich das erledigen.«

Maddox grinste. »Ach ja? Wenn ich mich recht entsinne, hast du bei eurer letzten Begegnung ihre Hütte zum Einsturz gebracht.«

»Ich habe sie *fast* zum Einsturz gebracht«, zischte sie. »Und das nur, weil die Hexe mich provoziert hat.«

»Ihr redet beide Unsinn. Ich werde gehen«, sagte Jake und öffnete seine smaragdgrünen Augen. Seine Stimme bebte durch den Raum bis in mein Herz.

Maddox ließ das Brot sinken und starrte seinen Freund mit offenem Mund an. »Bist du sicher, Bruder?«

Jake stieß sich von der Wand ab und legte eine Hand auf Maddox' Schulter. »Du weißt doch, dass sie dich nicht leiden kann. Und dich auch nicht, Minako. Sie würde sich trotz der Haare auf keinen Handel mit euch einlassen. Mir hingegen wird sie zuhören.«

Minako blieb stehen. Gefährlich langsam drehte sie sich um. »Du sollst nicht allein gehen. Du weißt, was beim letzten Mal passiert ist. Wie Yuba –«

»Werde ich auch nicht. Ami wird mich begleiten«, unterbrach er sie und zog mich spielerisch in seine Arme. Doch ich spürte seine Anspannung über unsere Verbindung, die er nach außen hin verbarg. »Wir beide werden Yuba einen Besuch abstatten, nicht wahr?« Sein Atem kitzelte mein Ohr.

»Aber Ami ist doch gerade erst vom Schattenwald zurückgekehrt«, sagte Minako besorgt. »Sollten wir sie dann wirklich direkt in das nächste Höllenloch schicken?«

Jake nickte unbeeindruckt. »Genau deswegen. Ami hat die Haare beschafft und kann der Hexe ihre Echtheit beteuern. Außerdem kennt Yuba sie nicht.«

»Trotzdem, lass sie doch erstmal zu Atem kommen! Sie war noch nicht einmal baden oder hat etwas gegessen.« Minako war wieder so fürsorglich wie eh und je.

Alle starrten mich an. Als warteten sie darauf, dass ich ablehnen und mich auf mein Zimmer verkriechen würde.

»Schon gut«, warf ich ein und löste mich aus Jakes Umarmung. »Ich werde ihn begleiten. Immerhin besuchen wir eine alte Frau. Was soll an ihr schon schlimmer sein, als an dem geflügelten Ungeheuer von gestern Abend?«

Im Raum wurde es still. »Alles«, murmelte Maddox nach einer Weile. Ich hatte ihn noch nie so ernst gesehen.

***

Nachdem ich über eine Stunde in der Badewanne verbrachte und mir das Blut von meinem Körper wusch, dachte ich über den morgigen Tag nach. Die Hexe würde Jake und mich am Nachmittag empfangen, bis dahin sollte ich mich ausruhen und wieder zu Kräften kommen. Doch zunächst musste ich noch eine weitere, weitaus wichtigere Sache erledigen.

Als ich den Speisesaal aufsuchte, waren die meisten Magier bereits gegangen. Aber zu meiner Erleichterung saßen meine Freunde noch auf ihrem üblichen Platz und unterhielten sich. Außer ihnen saß niemand mehr an unserem Tisch.

Ich füllte mir die Reste vom Abendessen auf – Brot, Käse und Tomaten, ehe ich gegenüber von Ted und Rosalie Platz nahm. Beide sahen nur kurz zu mir herüber, bevor sie sich weiter ihrem Gespräch widmeten. Gar nicht gut. Sie waren stinksauer.

Ich räusperte mich. »Es tut mir leid, dass ich euch ignoriert habe.«

Rosalie drehte ihren Kopf mit einer Anmut in meine Richtung, die einer Königin würdig war. Ihre Augen wurden schmal, als sie mich herablassend betrachtete. »Du hast uns die Tür vor der Nase zugeknallt und warst tagelang verschwunden«, fauchte sie wie eine Wildkatze. Ich rechnete jeden Moment damit, dass sie über den Tisch steigen und mir an die Gurgel springen würde. Und das Schlimmste war, dass ich es sogar verdient hätte.

»Wir haben uns Sorgen um dich gemacht«, warf Ted ein und legte beruhigend seine Hand auf Rosalies Unterarm. »Du warst nicht auf deinem Zimmer.«

»Ich kann das erklären.«

Rosalie schüttelte Teds Hand ab, fluchte mehrmals in ihrer Sprache und schwenkte ihr halb volles Weinglas in meine Richtung. »Dann hoffe ich, dass deine Erklärung gut ist.«

Ich wandte mich an Ted. »Bevor ich anfange, könntest du unser Gespräch abschirmen?«

Er blickte mich fragend an, doch dann hob er seine Hände und ließ die Luft um uns herum vibrieren. Als er nickte, knabberte ich vor Aufregung an einer Tomate. Mein Blick glitt zwischen den beiden hin und her. »Mein Vater lebt.«

»Was?«, entfuhr es Ted und Rosalie wie aus einem Mund. »Das ist unmöglich.«

Ich erzählte ihnen alles, was seit dem Jahreswechselfest geschehen war, von dem Seelenredner, der Harpyie, dem Dokument, bis hin zu der Hexe, die ich morgen aufsuchen würde. Ted rieb sich so oft über die Glatze, dass seine Kopfhaut glänzte wie ein polierter Spiegel. Und Rosalie fluchte ununterbrochen.

»Das ist unglaublich!« Ted rang nach Atem. »Wenn das alles wahr ist –«

»Es ist wahr«, unterbrach ich ihn. »Jedes einzelne Wort ist wahr.«

Die Aura, die sich um Rosalie legte, war tödlich. Mit einem Zug trank sie ihr Weinglas leer, ehe sich ihre Nägel in den Tisch bohrten. »Diese Dreckskerle! Hol dir morgen die Informationen, die du brauchst. Und dann treten wir Dragoon gemeinsam in den Arsch, befreien deinen Vater und die anderen Eismagier!«

Ted löste seine Magie um uns herum auf. Seine braunen Augen schimmerten vor Entschlossenheit.

»Wir stehen hinter dir.«

***

Am nächsten Morgen stand die Besprechung des heutigen Tages an. Die Hexe hatte dem Treffen zugesagt und erwartete uns kurz vor Abenddämmerung. Jake wartete im Arbeitszimmer auf mich. Er trug schwarze Lederkleidung, die meiner ähnlich war und hatte sich zwei Zwillingsschwerter auf den Rücken gespannt. An seinem Waffengürtel hingen fünf Messer und an seiner Hüfte baumelte ein schlichter Dolch. Ich ließ es zunächst unkommentiert, aber ich fragte mich ebenfalls, ob ich in voller Montur losziehen sollte. »Ziehen wir in den Krieg?«

Er lächelte träge. »Nein. Ich fühle mich nur sicherer, wenn ich ein oder zwei Waffen dabeihabe.«

Ich zog eine Augenbraue hoch. Ein, zwei Waffen waren gut. Jake war bis an die Zähne bewaffnet! Und mir jagte es Angst ein, dass er sich in ihrer Gegenwart nicht mit seiner Magie sicher fühlte.

»Wie gefährlich ist Yuba?« Mir kam der leise Verdacht, dass Maddox es gestern Abend wirklich ernst meinte, als er davon sprach, dass sie schlimmer sei als die Harpyie.

»Yuba ist eine Person, vor der man sich in Acht nehmen sollte. Sie ist sehr alt und gerissen. Deswegen überlässt du mir das Verhandeln, in Ordnung?«

Ich war gut im Verhandeln, hatte des Öfteren die Ware meiner Mutter auf dem Wochenmarkt verkauft. Trotzdem nickte ich kleinlaut, als ich seinen finsteren Blick bemerkte.

Nachdem ich mir vorsichtshalber zwei weitere Messer in den Gürtel steckte, machten wir uns auf den Weg. Wir liefen an den Ställen vorbei. Fragend deutete ich zu den Pferden. »Reiten wir gar nicht aus?«

Jake folgte meinem Blick zu den Stuten. »Nein, den Weg zur Hütte treten wir zu Fuß an. Die Pferde fürchten sich vor dem Wald.« Jake pfiff und Fluffy kam um die Ecke gesprintet. »Fluffy wird uns aber begleiten.«

»Wirklich?«, sagte ich und ging in die Hocke, um meinen Freund zu begrüßen. Die Verletzungen an seinem Bauch waren vollständig verheilt. Plötzlich kam mir eine Idee.

»Wir könnten doch auf Fluffy reiten? Ich meine, wenn er in seiner Höllenhundgestalt ist!« Fluffy knurrte mich an, als ich mich auf ihn zubewegte und Jake lachte. »Okay, dann eben nicht«, sagte ich beleidigt. »Aber glaube ja nicht, dass ich dich tragen werde.« Ich streckte ihm die Zunge entgegen.

Gemeinsam gingen wir durch die verschneiten Straßen von Mistress. Als wir aus der Stadt waren, folgten wir nur einen Moment der Hauptstraße, bevor wir durch mehrere Getreidefelder streiften.

»Es ist nicht mehr weit«, sagte Jake, als wir einen zugefrorenen Bach überquerten. Vor uns erstreckte sich ein tiefer, dunkler Wald.

Jake blieb stehen und sah über seine Schulter. Seine Stimme war so scharf wie eine Klinge. »Dort drinnen haust die Hexe. Was auch immer geschieht, bleib dicht hinter mir.«

Ich nickte wortlos und folgte ihm. Unbehaglich sah ich mich um. Der Wald war ein Irrgarten aus abgestorbenen Bäumen und Sträuchern. Überall lag totes Gestrüpp herum und je tiefer wir uns hineinwagten, desto unbehaglicher wurde mir.

»Was ist das für ein Ort?«, fragte ich zögerlich. Meine Arme zitterten wie die kargen Äste über mir.

Jake ließ seinen Blick umherschweifen. »Das ist der tote Wald. So schimpft man ihn jedenfalls in den umliegenden Dörfern.« Er nahm einen der Zweige in die Hand, die zu hunderten vor unseren Füßen lagen und betrachtete ihn. »Aus unerklärlichem Grund sind vor Jahren alle Pflanzen abgestorben, die diesen Wald bevölkerten.«

Das hätte ich mir denken können. War ja klar, dass eine Hexe an solch einem Ort lebte. Unsere Sohlen hinterließen Fußabdrücke im Schnee, doch diesmal machte ich mir nicht die Mühe, sie zu verschleiern. »Warum lebt man hier?«

Er zuckte mit den Schultern und warf den Zweig zurück in den Schnee. »Yuba bevorzugt solche Gebiete. Sie ist lieber für sich und hasst Menschen, Magier und Tiere. Eigentlich hasst sie so gut wie alles und jeden.«

Wie charmant. Ich deutete auf seine Klingen, die im Licht der Abendsonne schimmerten. »Reicht deine Magie nicht aus, um sich im Notfall zu verteidigen?«

Er umfasste die Griffe seiner Zwillingsschwerter. »Magie ist gegen Hexen so wirksam wie ein Zündholz unter Wasser.«

»Also glaubst du wirklich, dass Yuba eine Hexe ist?«

Unsere Schritte knirschten im Schnee. »Der Hohe Rat behauptet zwar, dass alle Hexen im großen Krieg umgekommen sind, aber ich glaube trotzdem, dass Yuba von einer Hexe abstammt.«

Mein Mund wurde trocken. »Wenn es stimmen sollte, wieso hat der Hohe Rat nie etwas gegen sie unternommen?«

»Weil sie fest davon ausgehen, dass es keine Hexen mehr gibt. Abgesehen davon hat Yuba nie in der Öffentlichkeit Magie angewendet oder ist anders auffällig geworden. Man spürt auch keinerlei magische Kraft in ihrer Gegenwart und trotzdem …« Er ließ seine Schwerter zurück in die Scheiden gleiten. »Trotzdem kann man die boshafte Aura nicht leugnen, die sie umgibt wie ein dunkler Schatten.«

»Wenn du recht hast«, murmelte ich geschockt, »wie sollen wir uns dann gegen sie verteidigen, wenn unsere Magie nicht funktioniert? Mit Klingen?«

Er schüttelte den Kopf. Sein dunkles Haar glänzte in der Abenddämmerung. »Es gibt nur wenige Klingen, die Hexen wirklich töten können. Ein Höllenfeuer muss im Kern der Waffe schlummern. Ansonsten verletzt man die Hexe nur und sie würde sich nach kurzer Zeit selbst heilen.«

Ich sah ihn überrascht an. »Sie können sich heilen? So wie Taran es kann?«

Jake verkrampfte sich einen Moment, als er seinen Namen hörte. Er massierte sich den Nacken. »Die Legenden behaupten es jedenfalls. Und falls du glaubst, Taran sei eine Hexe, muss ich dich enttäuschen. Hexen sind weiblich.«

Ich errötete, weil er ins Schwarze getroffen hatte. »Taran«, fuhr er fort, »kann sich heilen, weil seine Magie es ihm erlaubt. Seine Mutter war eine Heilerin, sein Vater ein Donnermagier. Er hat von beiden etwas geerbt, was bisher nur ein weiteres Mal vorgekommen war.«

»Bei dir«, murmelte ich und er nickte. »Taran ist etwas Besonderes und könnte so viel Gutes mit seiner Gabe bewirken. Stattdessen wechselt dieser Idiot auf die andere Seite und wird zu unserem schlimmsten Feind!«

Jakes Kiefermuskel zuckte und ich spürte die Hitze, die von ihm ausging. Verdammt, er war wütend. Unwillkürlich versuchte ich, vom Thema abzulenken und ihn wieder auf andere Gedanken zu bringen. Ich sah zu Fluffy, der neben uns her trottete. »Begleitet uns Fluffy deswegen? Weil er uns vor Yuba beschützen soll?«

Jake entspannte sich merklich und die Hitze wurde wieder erträglicher. »Fluffy ist derjenige, der uns beschützen wird, falls es darauf ankommt. Ein Höllenfeuer schlummert in ihm, tief verborgen und jederzeit bereit, entfacht zu werden. Hoffen wir, dass er es nicht benutzen muss.«

Schweigend gingen wir weiter. Während wir durch den Wald streiften und kleinere Bäche überquerten, wurde ich immer nervöser. Es war die Ruhe vor dem Sturm. Und keiner von uns beiden wusste, ob wir ihn unbeschadet überstehen würden.

Als die Stille unerträglich wurde und das knackende Unterholz mir einen Schauer nach dem anderen über den Rücken jagte, fragte ich leise: »Was glaubst du, was Yuba mit den Haaren anstellen wird?«

Jake reichte mir seine Hand und half mir über einen Baumstamm. »Yuba hat ein spezielles Hobby, auf das ich nicht näher eingehen möchte. Es hat mit Haaren zu tun.«

Ich verzog das Gesicht. »Wenn nicht einmal du es aussprechen willst, muss es wirklich ein *sehr* spezielles Hobby sein.«

Seine Mundwinkel zuckten. »Du wirst es ja gleich sehen.«

Das beklemmende Gefühl in meiner Brust nahm zu. Und nur die Anwesenheit von Jake konnte mich einigermaßen beruhigen.

Wir gingen immer tiefer in den toten Wald. Fluffy ließ sich den halben Weg von mir tragen und das, obwohl er keine Verletzungen mehr hatte. Wahrscheinlich waren ihm der Wald und die Hexe genauso ungeheuer wie mir.

»Wenn Yuba mir zu nahe kommt, darfst du nicht ausrasten«, sagte Jake plötzlich. »Ich meine es ernst, halte dich zurück!«

Irritiert legte ich meine Stirn in Falten. Verlangte er wirklich gerade von mir, dass ich ruhig blieb, wenn die Hexe ihn angreifen sollte?

Ich öffnete den Mund um etwas zu erwidern, doch die Bedrohlichkeit in seiner Stimme hielt mich davon ab. Stattdessen nickte ich, ohne Fragen zu stellen, und folgte ihm weiter durch den Wald.

Nach etlichen Minuten blieben wir vor einer riesigen, alten Eiche stehen. Der Stamm war so dick wie fünf Bäume zusammen. Trotzdem kam der Baum nicht ansatzweise an den des Schattenwaldes heran.

»Wir sind da«, sagte Jake und kreiste mit den Schultern, als würde er gleich in den Ring steigen.

»Wo?« Ich sah weit und breit kein Häuschen.

Er legte den Kopf in den Nacken. »Dann sieh mal nach oben, Eisprinzessin.«

Und tatsächlich – mitten im Baum befand sich eine Hütte, die von den dicken Ästen der uralten Eiche gehalten wurde.

Beinahe hätte ich gestöhnt. *Nicht schon wieder.*

»Wie kommen wir da hoch?«, fragte ich verwirrt. Alle Äste, bis auf die, die das Häuschen hielten, waren abgeschlagen worden.

Jake trat an den Baum heran und legte seine Hand auf die Rinde. Dann sprach er drei Worte in einer fremden Sprache. »Niskin ar Nordor.« Und auf einmal erschien eine Treppe, die sich um den Baum schlängelte, als wäre sie schon immer dort gewesen.

Erschrocken presste ich Fluffy an meine Brust und stolperte nach hinten. »Wie ... wie hast du das gemacht?«

Jake nahm seine Hand von der Rinde und kam auf mich zu. »Das ist ein Verschleierungszauber gegen Eindringlinge. Die, die nicht passieren dürfen, erlangen keinen Zutritt.«

Er blieb vor mir stehen und streichelte Fluffy liebevoll hinter den Ohren. »Du musst leider hier bleiben, Kleiner. Du weißt ja, dass die Hexe dich nicht ausstehen kann.«

Als ob Fluffy seine Worte verstand, sprang er von meinem Arm und verwandelte sich in seine Höllenhundgestalt. Beeindruckt betrachtete ich seine sehnigen Muskeln und die scharfen Reißzähne. Zuletzt hatte ich ihn so gesehen, als er mich beinahe zerquetscht hätte. Aber ich verstand, warum er sich verwandelte. Er fühlte sich in dieser Gestalt wohler, solange er hier draußen auf uns warten musste.

Fluffy legte sich auf den Waldboden, beide Ohren aufgestellt, während wir zur Treppe gingen. Jake lief voraus und mit jeder knarrenden Stufe wuchs meine Nervosität.

Als wir oben ankamen, stand die Tür bereits offen. Und dort drinnen lauerte Yuba, wartete wie eine Spinne in ihrem Netz. Wartete auf ihre Beute. Auf uns.

Alles in mir wollte fliehen, wollte auf der Stelle umkehren. Aber es ging hier um meinen Vater und um ihn zu finden, würde ich mich bis in die Tiefen der Hölle wagen.

»Kommt rein, seid doch nicht so schüchtern«, lockte Yuba aus der Dunkelheit.

Ein Duft von Weihrauch und Kresse wehte uns entgegen. Ich hustete und betrachtete die vielen Bannzettel, die an der Hausfassade klebten. Die Zeichen waren in einer fremden Sprache geschrieben, doch ich erkannte ihre Bedeutung: Schutzzauber. Das Papier war kaum abgetragen oder vom Wetter gegerbt. Die Hexe musste die Bannzettel gerade erst angebracht haben. Es waren hunderte. Wer jagte ihr solche Angst ein?

»Worauf wartet ihr?«, trällerte sie lieblich. »Kommt schon rein, ziert euch nicht so.«

Jake sagte kein Wort, doch durch unser Band spürte ich seine Wärme und die stille Frage: *Bereit?* Ich antwortete mit meiner Kälte: *Bereit!*

Und dann betraten wir das Haus der Hexe.

Kapitel 29

Das Herz des Dämons

Ich folgte Jake in das Häuschen. Er ging voraus und bei jedem Schritt ächzte das Holz unter unseren Füßen. Wie alt dieses Baumhaus wohl sein mochte? Ich wollte mir nicht ausmalen, was passierte, wenn es plötzlich in sich zusammenkrachen würde.

Der Weihrauch brannte mir in den Augen, als ich mich blinzelnd umsah. Die Hütte bestand aus einem großen Raum, mit zwei kleinen Fenstern auf der gegenüberliegenden Seite, durch die schummriges Licht fiel. Und obwohl die Nacht noch nicht hereingebrochen war, flackerten überall Kerzen. Es erinnerte mich an einen Schrein oder eine Gedenkstätte.

Die Regale an den Wänden und auch der Boden waren vollgestellt mit allem möglichen Plunder: Einmachgläser, Bücher, Kerzen, Edelsteinen und ... Puppen. So viele Porzellanpuppen, die uns mit ihren starren Augen verfolgten, als seien sie lebendige Wesen. Das Kerzenlicht warf monströse Schatten auf die dahinterliegenden Wände. In mir schauderte es bis ins Mark und ich hatte Mühe, mich nicht an Jakes Lederkleidung festzukrallen.

Beruhig dich, es sind nur Puppen, redete ich mir ein und wandte den Blick ab. Hinter mir fiel die Tür ins Schloss und der Knall ließ mich zusammenzucken. Doch als ich über die Schulter sah, war dort niemand. Vielleicht hatte der Wind die Tür zugeschlagen? Unwahrscheinlich. Kein Windchen wehte durch den Wald. Ich fühlte mich, als wären wir gerade in eine Falle getappt, aus der wir nicht mehr herauskommen würden.

Jake blieb am Ende des Raumes stehen. Meine Brust war wie zugeschnürt, doch ich schaffte es, mich neben ihn zu stellen und meinen Blick zu heben.

Und da war sie. Keine zwei Meter von uns entfernt saß die Hexe auf einem grünen Ohrensessel. Ihre knochige Hand war auf ihr Kinn gestützt, als sie mir einen verachtenden Blick zuwarf. Sie erkannte mich, so wie ich sie erkannte. Es war die alte, nervige Frau, der ich am Tag der Aufnahmeprüfung über den Weg gelaufen war. Und sie sah genauso aus, wie ich sie in Erinnerung hatte: stahlgraues, borstiges Haar, das ihr offen über die mageren Schultern fiel und ein faltiges, eingefallenes Gesicht. Sie grinste mich mit ihren fauligen Zähnen an. Eine Welle heißer Wut durchströmte meinen Körper. Die Angst war wie weggeblasen. Yuba hieß sie also. War ja klar, dass das Schicksal mich erneut mit der nervtötenden Hexe zusammenbrachte. Und dass wir ausgerechnet auf ihre Hilfe angewiesen waren, gefiel mir überhaupt nicht.

»Du hast es also ohne meine Portion Glück in die Gilde geschafft«, krächzte sie belustigt. »Das hätte ich einem Hohlkopf wie dir gar nicht zugetraut.«

»Es ist auch schön, dich wiederzusehen«, erwiderte ich so freundlich, wie es mir mit zusammengepressten Zähnen möglich war. Yuba wollte mich provozieren, aber so leicht würde ich ihr nicht geben, wonach sie verlangte. Nicht, bevor sie uns das Schriftstück entschlüsselt hatte.

Jake sah zwischen der Hexe und mir hin und her. Vorsichtig besänftigte er meinen Geist mit seiner Wärme.

Stimmte ja, er wusste nicht, dass ich ihr bereits begegnet war. Und das zwei lästige Male.

»Lange nicht gesehen«, trällerte Yuba mit honigsüßer Stimme und wandte sich an Jake. Ihre Freude galt allein ihm, dem sie nun ihre volle Aufmerksamkeit schenkte. »Du wirst von Mal zu Mal schöner, Feuerlord. Wie lange ist es her, dass du mich zuletzt mit deiner Anwesenheit beglückt hast?«

»Zwei Jahre«, erwiderte Jake mit ruhiger Stimme und setzte eine gleichgültige Miene auf. Man merkte es ihm nicht an, doch über unser Band spürte ich seine Unruhe, die Wut und auch ... Angst. Er steckte gelassen seine Hände in die Hosentasche, vielleicht, um das Zittern zu verbergen.

»Zwei lange, lange Jahre.« Yubas Gesichtsausdruck veränderte sich, als würde sie sich ein schönes Erlebnis ins Gedächtnis rufen. Gedankenverloren strich sie ihr blutrotes Gewand glatt und rieb sich dann ihr haariges Kinn.

Was wohl vor zwei Jahren geschehen war? Ich würde Jake später danach fragen – wenn es ein Später gab.

Ich nahm die Hütte erneut in Augenschein und wog unsere Fluchtmöglichkeiten ab, falls wir schnell verschwinden mussten. Aber außer den zwei kleinen Fenstern, durch die keiner von uns passte und der zugezogenen Eingangstür gab es kein Entrinnen.

»Seit wann bist du so schüchtern, mein Liebling?« *Liebling?* Ich wandte mich wieder der Hexe zu und verzog angewidert das Gesicht. Sie kräuselte ihre Lippen. »Willst du mich nicht ordentlich begrüßen?«

Jake zögerte nicht einen Moment, als er einen Schritt nach vorne trat und ihre schrumpelige Hand ergriff. Mit einer fließenden, vollkommen anmutigen Bewegung gab er ihr einen Handkuss.

»Seid ihr allein hier?«, schnurrte sie sichtlich zufrieden über seine Wertschätzung. Ich hingegen war angewidert und ... wütend. Wieso verhielt er sich so eigenartig?

»Nein«, antwortete er und trat wieder neben mich. Seine Oberarme spannten kurz an, ehe er sie wieder lockerte und seine gleichgültige Haltung einnahm. »Fluffy ist vor der Tür.«

»Deine liebreizende Bestie«, sagte sie grinsend. »Ich habe gehört, dass er vor einigen Monaten verletzt wurde. Wie tragisch.«

In ihrer Stimme lag keinerlei Bedauern. Sie bohrte sich einen Nagel in ihr Ohr und kratzte darin herum, während sie weitersprach. »Früher warst du witziger und wärst allein gekommen, um mit mir zu verhandeln.« Leichtsinniger war das Wort, das sie eigentlich benutzen wollte. »Und nun bringst du nicht nur deinen Höllenhund mit, sondern auch dieses ...«, sie suchte nach dem passenden Wort, als sie mich abschätzend musterte, »*Kind*. Und was sollen diese vielen Klingen an deinem Körper? Fürchtest du dich etwa vor mir, mein Schöner?«

»Sollte ich mich denn fürchten?«, gab Jake belustigt zurück und grinste schief. Aber ich spürte durch unsere Verbindung, wie unwohl er sich in ihrer Gegenwart fühlte. Nun war ich diejenige, die ihn mit meiner Kälte besänftigte.

Sie verzog den Mund, was anscheinend ein Lächeln darstellen sollte. Die tiefen Falten um ihre Lippen kräuselten sich. »Natürlich nicht. Du bist hier immer herzlich willkommen, mein Feuerlord. Nur das dämliche Kind und den Hund könntest du das nächste Mal zuhause lassen.«

Yuba fürchtete sich also tatsächlich vor Fluffy. Interessant. Aber das ›dämliche Kind‹ ließ ich nicht auf mir beruhen. »Du bist heute aber wieder liebreizend, Yuba«, antwortete ich anstelle von Jake. Seine grünen Augen flammten mich vorwurfsvoll an. Ich ignorierte ihn. »Aber ich muss dich leider enttäuschen. Der Höllenhund und ich gehören zu Jake. Entweder erscheinen wir zu dritt oder gar nicht!«

Sie bedachte mich mit einem grauenvollen Blick und zischte: »Warum seid ihr hier?«

Jake zog das eingerollte Schriftstück hinter seinem Rücken hervor. Sie streckte ihre bleichen Hände danach aus, doch er behielt es bei sich. »Wir möchten, dass Ihr etwas für uns entziffert.«

Langsam ließ sie die Hände sinken. Auf ihren Unterarmen traten dunkle Adern hervor. »Das Schriftstück in deiner Hand, nehme ich an. Was ist das für eine Sprache?«

»Muriel.«

»Muriel?« Die Hexe erhob sich von ihrem Sessel und trat an Jake heran. »Und warum kommst du damit zu mir, mein Schöner?«

Ihre lüsternen Blicke glitten über seinen Körper. Man sah, dass sie Gefallen an ihm fand. Ob an seiner Schönheit, seiner Jugend oder seiner Macht – ich war mir nicht sicher. Mir wurde übel.

Sie berührte ihn mit einem ihrer knochigen Finger, strich mit ihrem Nagel über seine Unterlippe. Ich erschauderte.

Jakes Miene blieb unberührt, als er mit ihrem Finger auf seinen Lippen weitersprach. »Weil ich von Eurer Kunst überzeugt bin. Ihr könnt das Pergament entziffern.«

Nun ging Yuba um Jake herum wie eine Katze, die ihre Beute umkreiste, mit ihr spielte, bis sie starb. »Du kluger, schöner Mann. Natürlich kann ich dir helfen, aber meine Dienste sind nicht kostenlos. Und mein Preis ist hoch. Du weißt ja, was passiert, wenn der Hohe Rat davon erfährt. Muriel ist eine verbotene Sprache und ich könnte meinen Kopf verlieren, wenn ich euch helfe.«

Sie fuhr sich mit der Zunge über die gelben Zähne. Mir war sofort klar, was sie als Gegenleistung verlangte. Sie wollte Jake, seinen Körper, wollte, dass er sie nahm.

Das hatte er gemeint, als er sagte, ich solle nicht ausrasten, wenn sie ihm zu nahe kam. Ich dachte, er meinte damit, dass sie ihn angreifen würde, aber es schien genau das Gegenteil zu sein. Und das war noch schlimmer, als eine scharfe Klinge je hätte sein können. Viel schlimmer.

Diese widerliche Hexe! Wütend knallte ich den Sack mit den Haaren auf den Tisch. Das Geräusch ließ die Hexe nicht einmal aufzucken, doch sie kehrte Jake ihren Rücken zu und stand nun vor mir.

»Das ist deine Bezahlung.« Meine Stimme klang wie ein Peitschenhieb. »Diese oder keine!«

»Oh«, flüsterte sie und lächelte amüsiert. »Dich habe ich ganz vergessen.«

Als ihr Blick auf die Strähne der Harpyie fiel, weiteten sich ihre trüben Augen. »Sind die Haare echt?«

»Ja, das sind sie«, knurrte ich. »Ich war selbst im Schattenwald und habe die Strähne besorgt.«

»Du warst dort?« Das Lachen, das über ihre spröden Lippen kam, erinnerte mich an einen krächzenden Raben.

»Diese Information bedeutet dir eine Menge, wenn du dich in die Nähe einer Harpyie begibst. Wie viel ist dir diese Information noch wert?« Langsam schlich sie um mich herum und blieb hinter mir stehen. Ihr stinkender Atem streifte meinen Nacken. »Würdest du jeden Preis zahlen, egal, wie hoch er ist?«

Wie bitte? Die Hexe wollte *mehr?!*

»Wie viel Gold verlangst du?«, stieß ich mit zusammengepressten Zähnen hervor. Ich hatte Mühe, ihr nicht meinen Ellenbogen in die Magengrube zu rammen.

»Nein, kein Gold, Kindchen.« Sie ließ ihre knochigen Finger in meinem Zopf verschwinden. »Ich möchte dein Haar haben. Jede einzelne Strähne auf deinem dummen Kopf soll mir gehören. Das ist *mein* Preis, den ich *euch* anbieten kann.«

Jake wurde blass. »Das ist zu viel, Yuba.«

»Zu viel?«, murmelte sie empört und trat von mir weg. Sie lehnte sich gegen den Ohrensessel, der mir vorkam wie ein Thron. »Zu viel für eine Information, die euch doch so viel bedeutet? Ich finde das nur fair. Immerhin könnte ich erhängt werden, sobald ich die Sprache entziffere.«

»Jake hat recht, du verlangst zu viel«, sagte ich gedehnt und studierte meine Fingernägel, so wie Rosalie es immer tat, wenn sie gelangweilt war. Ich hoffte inständig, dass Yuba mir meinen Bluff abkaufte. »Wir bringen dir die Haare der Harpyie und das reicht dir nicht? Du möchtest so viel und dabei verlangen wir so wenig.«

Die Hexe schnalzte mit der Zunge. »Zeigt mir das Dokument, dann können wir darüber sprechen, was diese Information wirklich wert ist.«

»Denk nicht, dass wir blöd sind, Hexe. Es wäre eine kostenlose Information, die wir dir geben, falls du uns doch nicht die Erklärung liefern kannst, die wir benötigen. Woher sollen wir wissen, ob du uns die Wahrheit sagst?«

Ihr Gesicht verzog sich zu einer zornigen Maske. »Ich bin keine Hochstaplerin! Ich beherrsche die Sprache Muriel!«

»Aber du bist eine Diebin, nicht wahr? Du hast mir bereits ein Haar geraubt, damals auf dem Markt.« Sie erstarrte, bevor sie anfing zu lachen. Dann zog sie eine Puppe hervor, die hinter ihr im Regal stand. Ein jämmerliches Haar schmückte den Kopf der Porzellanpuppe. *Mein Haar.*

»Gar nicht dumm, Kindchen, dass du dich noch daran erinnerst. Aber es war nur ein einziges Haar, wie du siehst. Kein Grund, sich aufzuregen.«

»Ein Haar, das du mir genommen hast, ohne meine Erlaubnis. Aber ich will nicht so sein.« Ich zog meinen Dolch aus dem Gürtel, hielt die Klinge an mein geflochtenes Haar. Und noch bevor ich einen Rückzieher machen konnte, trennte ich es mit einer fließenden Bewegung ab. Dann warf ich ihr den Zopf wie einen Knochen vor die Füße.

Jake sog scharf die Luft ein, während die Hexe grausam grinste. »Ich gebe dir die Hälfte meines Haares. Mehr bekommst du nicht. Also entscheide dich, Hexe!«

Jakes Augenbrauen zuckten einen Moment nach oben, bevor er wieder seine lässige Haltung einnahm. Ich war froh, dass er mir das Reden überließ. Er spielte mein Spielchen mit. Doch sein Blick blieb an mir haften. Er wusste, was ich für ein Opfer gebracht hatte. Ich hasste mein Haar, doch ich war mir seiner Bedeutung stets bewusst. Die Haare eines Eismagiers sind einzigartig. Wir sind die einzigen Magier, bei der sich die Magie auf die Farbe des Haares auswirkt. Ein Teil unserer Macht schlummert in ihnen, wie eine zusätzliche Kraftreserve, auf die wir jederzeit Zugriff haben. Und ich spürte es, spürte, wie ein Teil meiner Magie verschwunden war.

In der Hütte wurde es still. Nur das Flackern der Kerzen war zu hören. Ich hatte den Köder ausgelegt und nun hieß es abzuwarten, wie die Hexe sich entschied.

Die Sekunden vergingen und ich wurde immer kraftloser. Vorsichtig stützte ich mich an einer Kommode ab, auf der mich ihre seltsamen Puppen anstarrten. Ich brauchte Halt, damit meine Beine nicht unter mir nachgaben. So ein plötzlicher Magieverlust war doch heftiger als erwartet.

Und ich wollte nicht wissen, wie ich nun aussah. Mein Haar war schon immer lang und glatt. Noch nie trug ich eine Kurzhaarfrisur. Doch jetzt war nicht der richtige Zeitpunkt, sich um mein Aussehen Gedanken zu machen.

»Mutig, dein Haar abzuschneiden, noch bevor ich eingewilligt habe. Mutig und dumm«, krächzte Yuba und sammelte mein Haar und das der Harpyie auf. »Aber du hast Glück. Wir haben einen Handel, Dummkopf. Ich werde für euch das Schriftstück entziffern.«

Ich spürte Jakes Wärme an meinem Rücken. Als ich mich zu ihm umdrehte, leuchteten seine Augen. Ich schenkte ihm ein sanftes Lächeln, das er federleicht erwiderte. Mehr durften wir nicht tun. Nicht vor den Augen der Hexe, die mich hasste und ihn vergötterte.

Er streifte meine Hand, als er an mir vorbeiging. Diese Berührung war so zärtlich wie eine warme Sommerbrise und setzte meine Haut in Brand, schenkte mir neue Energie.

Jake nickte Yuba zu und breitete das Schriftstück auf dem Tisch aus. Mit einer grünen Flamme in seiner Hand erleuchtete er das Dokument.

Yuba sah die Flamme einen Moment lang voller Begeisterung an, ehe sie einen ovalen Edelstein aus der Tasche zog – einen Berylle – und ihn auf das Pergament legte.

»Woher habt ihr das?«, fragte sie bissig, als sie den Lesestein hin- und herschob. In ihrer Stimme schwang eine tödliche Ruhe mit.

»Wir haben das Schriftstück der dunklen Gilde Dragoon abgenommen.« Die Worte rutschten mir heraus, ehe ich sie zurückhalten konnte. Am liebsten hätte ich mich für meine Dummheit geohrfeigt. Wie konnte ich ihr das nur verraten?

»Dragoon?!« Das Knurren der Hexe hallte durch das Häuschen. Sie sah verärgert aus, murmelte Flüche in den unterschiedlichsten Sprachen und lief in ihrer Hütte auf und ab. Dabei bemerkte ich, wie schnell sie unterwegs war. Sie schien körperlich nicht so gebrechlich zu sein, wie ihr Aussehen vermuten ließ. Ihr Blick huschte immer wieder auf einen Bücherstapel in ihrem Regal.

»Ihr seid nicht gut auf die Gilde zu sprechen?«, fragte Jake und lehnte sich gegen die Tischkante.

Yuba schnaubte. »Taran ist ein elendiger Wurm, der früher oder später zerquetscht werden muss. Ich habe eine Rechnung mit ihm offen, doch das ist nicht euer Problem.«

Taran hatte sich wirklich viele Feinde gemacht, wenn sogar der Zorn der Hexe auf ihm lastete.

»Es interessiert uns auch nicht«, gab ich mit zuckersüßer Stimme zurück. »Wir wollen bloß wissen, was auf dem Schriftstück geschrieben steht, mehr nicht.«

Yuba beruhigte sich langsam wieder und trat erneut an den Tisch heran. »Es steht geschrieben: Wer findet den Weg zur Hölle, der findet das Herz des Dämons.«

»Das Herz des Dämons?« Jakes Augen weiteten sich einen kleinen Moment. Die Farbe wich aus seinem Gesicht. Und sogar das Leuchten seiner smaragdgrünen Augen verblasste. »Seid Ihr Euch sicher?«

Sie hob ihre bleiche Hand. »Natürlich bin ich das! Dieses Schriftstück ist eine Seite aus einem Buch der alten Zeit.«

Mein Mund wurde trocken. »Ein Buch aus der alten Zeit? Aber wie ist das möglich? Ich dachte, alle Bücher seien verbrannt worden?«

»Anscheinend wurde es gerettet, jedenfalls diese Seite hier«, zischte sie und rollte mit den Augen.

»Und was hat es mit dem Herz des Dämons auf sich?«, fragte ich verwirrt. Ich verstand überhaupt nichts mehr.

Die Hexe stöhnte, als hätte ich ihr gerade bestätigt, dass ich wirklich so dumm war, wie sie vermutete. Aber mir war es gleich, was sie über mich dachte. Ich sah zu Jake, der immer noch reglos auf das Schriftstück starrte.

»Das Herz des Dämons – du dummes Kind, ist einer der drei Reliquien aus der vergangenen Zeit. Eine Zeit, die dunkler war als die Nacht selbst. Als die Menschen und Magier gegen die Hexen kämpften, die diese Welt befielen. Aber die Hexen waren zu stark, zu mächtig, und so opferten sich die acht heiligen Magier und erschufen einen Kristall, um die Hexen zu verbannen. Er wird auch der schwarze Rubin genannt.«

Mir klappte der Mund auf. Mein kurzes Haar kitzelte meine Schultern, als ich meinen Kopf schockiert hin und her bewegte. »Heißt das etwa, dass es diesen Rubin wirklich gibt?«

Jake war immer noch blass, aber übernahm nun das Wort. »Das kann nicht sein! Was hat Taran mit dem Stein zu schaffen? Er ist eine Legende.«

»Ach, ist er das?« Die Hexe lachte. »Es sieht so aus, als hätte Taran den Schatz gefunden.«

Jake verspannte sich neben mir. »Das glaube ich nicht. Die Hölle auf Erden würde über uns hereinbrechen, sollten die Seelen der gefallenen Hexen aus dem Stein befreit werden!«

Meine Augen weiteten sich und ich holte panisch Luft. »Wir müssen dem Hohen Rat Bescheid geben.«

»Das werdet ihr schön bleiben lassen«, schnurrte Yuba wie ein Kätzchen. »Wenn ihr dem Hohen Rat Bescheid gebt, verratet ihr mich. Dann werden sie mich einkerkern. Und wer sollte euch dann zu Taran und dem schwarzen Rubin führen?«

»Was?«, entfuhr es mir und auch Jake riss entsetzt seine Augen auf. »Du weißt, wo er sich aufhält?«

»Natürlich, es steht hier geschrieben. Was glaubt ihr denn, warum die Bücher damals verbrannt und die Sprache verboten wurde?«

»Damit man den Rubin nicht findet«, schlussfolgerte ich. Meine Brust schnürte sich zu. Kein Zweifel, es bestand eine Verbindung zu meinem Vater, den Eismagiern und dem schwarzen Rubin. Nur welche? »Gut, dann verrate uns jetzt den Aufenthaltsort und wir werden nicht mit dem Hohen Rat sprechen.«

Yuba bewegte ihren dürren Zeigefinger hin und her. »Nein, Kindchen, nicht so eilig. Ich werde euch den Weg nicht verraten, das wäre mir zu gefährlich. Ich werde euch lieber persönlich dorthin bringen.«

Wie bitte? Die Hexe wollte uns zu dem Ort führen? »Wir gehen nirgendwo mit dir hin.«

»Yuba«, knurrte Jake ihren Namen. Die Flammen in seinen Augen brannten lichterloh. »Wir haben einen Handel. Wollt Ihr ihn etwa brechen?«

»Mein Schöner, wie temperamentvoll du werden kannst. So leidenschaftlich.« Ihre Lippen kräuselten sich vor Begeisterung. Dann fuhr sie sich durch ihr borstiges Haar. »Natürlich halte ich mich an unseren Handel. Doch es war zu keinem Zeitpunkt die Rede, *wie* ich euch die Information auf dem Schriftstück mitteile. Und mein Begehren ist es, euch zu dem Ort zu führen, den ihr ersucht. So habe ich die Gewissheit, dass ihr mich nicht an den Hohen Rat ausliefert.«

Jake ballte die Hände zu Fäusten. Grüne Flammen traten zwischen seinen Fingern hervor. Die Hexe schien es nicht zu beunruhigen. Sie drückte ihm das Schriftstück gegen die Brust und ging an uns vorbei. »In zwei Tagen bei Morgengrauen brechen wir auf. Sattelt die schnellsten Pferde, nehmt eure besten Männer und greift nach den tödlichsten Klingen. Die Reise ist lang und wir werden einige Tage und Nächte zusammen verbringen.« Die Tür schwang auf und sie machte eine abfällige Bewegung. »Und jetzt geht mir aus den Augen, ich habe etwas zu erledigen.«

Kapitel 30

Der Brief, den ich nie schrieb

Müde und erschöpft ließ ich mich auf das schwarze Ledersofa im Arbeitszimmer fallen und streckte meine Beine zu dem Kaminfeuer. Ich unterdrückte ein genussvolles Stöhnen, als das Feuer meine steifen Füße wärmte.

Das Herz des Dämons – der schwarze Rubin.

Die Worte vibrierten den gesamten Nachhauseweg in meiner Brust. Wenn es wirklich stimmten sollte, was Yuba erzählte, dann stand es nicht gut um uns. Um keinen von uns. Sollten die Seelen wirklich befreit werden, würde es Krieg geben. Und der Zorn der Hexen, die über hunderte von Jahren im Höllenfeuer schmorten, wäre grenzenlos.

»Wie ist es gelaufen?«, fragte Minako, die mir und Jake ein Glas Wasser reichte. Ihr Blick verharrte auf meinen Haaren und ihr Mund klappte auf. »Warum ist dein Haar so kurz? Sag mir bitte nicht, dass du es Yuba gegeben hast!«

Als ich nickte, ballte sie ihre Hände zu Fäusten. Die Tätowierung zitterte auf ihrem Handrücken.

»Sie wollte mein Haar und das der Harpyie haben«, sagte ich tonlos und nippte an dem Wasser. »Im Gegenzug hat sie das Schriftstück für uns entschlüsselt. Jedenfalls zur Hälfte.«

»Zur Hälfte?« Maddox stieß wütend seinen Hinterkopf gegen die Wand. »Dieser dämlichen Hexe ist auch nicht zu trauen. Da serviert man ihr die Haare wie auf einem Silbertablett und sie haut euch trotzdem übers Ohr. Wenigstens stehen dir die kurzen Haare«, fügte er zwinkernd hinzu.

Ich winkelte meine Beine an. Mehr als ein müdes Lächeln brachte ich nicht über meine Lippen.

Minako beobachtete mich stumm und wandte sich dann an Jake, der vor dem Kamin hockte und mit dem Feuer spielte. Seine Miene war ausdruckslos.

»Dann spannt uns nicht so auf die Folter«, schimpfte sie. »Verratet uns, was ihr wisst.«

Jake schob mit einer Handbewegung die Glut von der einen zur anderen Seite. Er sah nicht auf als er sprach, doch jeder seiner Muskeln war zum Zerreißen angespannt. »Es geht um den schwarzen Rubin. Taran muss ihn gefunden haben.«

Schweigen.

Maddox stieß sich von der Wand ab und kam einige Schritte auf uns zu. »Das ist nicht wahr. Die Hexe muss euch belogen haben. Der schwarze Rubin ist ein Ammenmärchen.«

»Es ist kein Ammenmärchen«, unterbrach Jake ihn, während er weiterhin mit der Glut spielte. »Die Hexe mag vieles sein, aber eine Lügnerin ist sie nicht. Wir haben einen Handel mit ihr abgeschlossen. Sie spricht also die Wahrheit.«

Minako verschränkte ihre Finger ineinander, um das Zittern zu verbergen. »Wenn es den Rubin wirklich geben sollte und Taran ihn in seinem Besitz hat, dann ...«

»Ich glaube nicht, dass Taran den Stein hat«, besänftigte Maddox sie und strich ihr über den Arm. »Wir hätten es gemerkt, wenn ein dunkles Zeitalter angebrochen wäre.«

Ich legte mein Kinn auf die Knie und betrachtete meine Finger. »Wir glauben, dass es einen Zusammenhang gibt. Dort, wo der schwarze Rubin ist, müssten auch mein Vater und die anderen Eismagier sein. Warum und wieso, wissen wir nicht.«

»Wir müssen dem Hohen Rat davon berichten«, sagte Minako mit fester Stimme. »Die wissen, was zu tun ist.«

»Das ist unmöglich«, gab Jake zurück. »Yuba wird uns sonst nicht zu dem Ort führen. Sie ist die Einzige, die weiß, wo sich Taran, der schwarze Rubin und auch die Eismagier befinden. Eine andere Möglichkeit bleibt uns nicht.«

Maddox stieß ein lautes Knurren aus. Ich hätte schwören können, dass der Boden unter mir vibrierte. »Also sind wir auf die Hilfe der Hexe angewiesen? Was für eine gequirlte Scheiße.«

Jake kam auf die Beine. Das Kaminfeuer warf wirre Muster auf seinen Körper. »Wir werden in zwei Tagen aufbrechen. Yuba wird uns den Weg weisen, ob wir wollen oder nicht.«

»In zwei Tagen schon?« Minako verzog das Gesicht. »Wer von uns wird sie begleiten?«

Jake setzte sich neben mich auf das Sofa. Sein Blick ruhte auf mir, als er antwortete. »Wir werden jeden starken Magier brauchen. Wenn wir auf Dragoon stoßen, wird es einen Kampf geben. Und dann ist es wichtig, dass jeder weiß, was zu tun ist.«

Es wurde still im Raum. Nur das Knistern des Kamins war zu hören.

»Ich traue der Hexe kein Stück«, blaffte Maddox und brach das Schweigen. »Aber ich werde euch begleiten. Falls sie uns in eine Falle lockt, werde ich mich persönlich um sie kümmern.«

Minako ergriff seine Hand und lehnte ihren Kopf an seine Schulter. Ich sah ihr an, dass ihr der Plan missfiel, doch ihre Lippen blieben versiegelt.

Die nächsten Stunden sprachen wir über den morgigen Tag. Stumm lauschte ich dem Gespräch, während meine Gedanken um die Aufgabe kreisten, die vor uns lag.

Wir mussten nicht nur meinen Vater und die anderen Eismagier befreien, sondern auch den schwarzen Rubin zerstören. Und keiner von uns wusste, ob wir der Aufgabe gewachsen waren.

Stille Tränen bahnten sich den Weg über meine Wangen. Nach all den Jahren würde ich meinem Vater gegenüberstehen. Wie oft hatte ich mir gewünscht, ihn nur noch ein einziges Mal sehen zu dürfen. Noch einmal seine Stimme und sein Lachen zu hören. Meine Gebete sollten erhöht werden.

Halte nur noch wenige Tage durch, dann bin ich bei dir. Ich werde dich retten, Vater.

Als Jake und ich zwei Stunden später aus dem Arbeitszimmer gingen, fragte ich ihn leise: »Was passiert, wenn man sich nicht an einen Handel hält?« Diese Frage brannte mir auf dem Herzen, seit ich mit dem Seelenredner einen Handel eingegangen war.

Jake verstaute die Hände in den Hosentaschen. Seine Miene verdunkelte sich. »Geht man einen Schwur ein und hält sich nicht an die Abmachung, dann färbt sich die Seele schwarz und der betrogene Handelspartner verfügt sogleich über das Leben des anderen. Man wird zu einer lebendigen Puppe. Nicht oft verfallen die Betroffenen dem Wahnsinn und begeben sich in den Freitod, sofern es ihr Gebieter gestattet.«

Meine Augen weiteten sich. »Wäre mir das damals passiert, wenn ich ...«

»Ja«, antworte er knapp. Ein hartes Glänzen lag in seinen Augen. »Das wäre passiert, hättest du dich nicht an deinen Handel mit dem Dämon gehalten.«

Ich schluckte den Kloß in meinem Hals hinunter. Jake musste es bemerkt haben, denn er griff nach meinem Handgelenk und bedeutete mir, stehenzubleiben. Sanft strich er über meinen Arm und legte den Kopf schief.

»Maddox hat recht«, murmelte er und nahm eine weiße Strähne in seine Finger. »Kurze Haare stehen dir.«

Meine Wangen wurden warm. Es war das erste Mal, dass er mir seit dem Kuss nah war. Mein jämmerliches Herz hüpfte in meiner Brust, klammerte sich an seine Berührung.

Zu meiner Enttäuschung küsste Jake mich nicht. Er stand nur da und tröstete mich mit seiner Nähe. Ein Duft von tosenden Blättern und Regen hüllte mich ein, als ich meine Stirn gegen seine Schulter lehnte und die Augen schloss.

Er war wie ein Fels, gegen den ich mich lehnen konnte, der mich beschützen und halten würde, was auch immer geschah.

»Ruh dich aus, Eisprinzessin. Morgen ist ein wichtiger Tag«, flüsterte er nach einer Weile und strich mir zärtlich über die Wange, ehe er sich von mir löste.

Dann trat er an mir vorbei und lief durch den langen Korridor. Und mit jedem Schritt, den er sich von mir entfernte, nahm das bedrückende Gefühl in meiner Brust zu. Das Gefühl von Sehnsucht, Einsamkeit und Kälte.

***

Am nächsten Morgen ging ich gemeinsam mit Minako, Maddox und Jake in den Speisesaal. Dort erwarteten uns bereits die anderen Mitglieder.

Jake hielt mir die Hand hin, während wir auf die Anhöhe stiegen. Er positionierte mich neben sich. Hinter uns standen Minako und Maddox.

»Magier von Blizzard! Danke, dass ihr euch die Zeit für diese Versammlung nehmt«, rief Jake und deutete eine Verbeugung an. »Die vergangenen Wochen waren eine turbulente Zeit und ich möchte euch den Grund dafür nicht länger vorenthalten.« Er machte eine bedeutungsschwangere Pause. »Amis Vater – der beste Freund unseres Meisters – lebt!«

Ein Raunen ging durch den Saal. »Greg lebt?«, rief Edgar und sah von seinem Bier auf. »Das ist unmöglich!«

»Es ist wahr«, warf Jake ein. »Er wird mit anderen Eismagiern von der dunklen Gilde Dragoon festgehalten. Und nicht nur das. Dragoon ist wahrscheinlich im Besitz des sagenumwobenen schwarzen Rubins.«

Einigen Mitgliedern klappte der Mund auf, andere hielten geschockt den Atem an. »Der schwarze Rubin?«, rief ein Wassermagier aufgebraucht. Die Kreise und Wirbel schimmerten auf seiner Haut, als er auf den Tisch schlug. »Wenn das stimmen sollte, sind wir in großer Gefahr! Wir müssen dem Rat Bescheid geben. Die wissen, was zu tun ist!«

Jake schüttelte den Kopf. Seine Miene war unergründlich. »Das ist leider unmöglich. Die Hexe wird uns nur zu dem Ort führen, wenn wir den Hohen Rat nicht verständigen. Wir werden uns also an ihre Spielregeln halten müssen, damit wir Greg und die anderen Eismagier befreien können. Und auch, um Dragoon den schwarzen Rubin zu entreißen, ehe sie damit Schaden anrichten können.«

»Sprichst du etwa von der alten Hexe Yuba?«, stieß ein anderer Magier aus. In seinem Gesicht stand pure Angst. »Der kann man nicht trauen! Sie wird uns in eine Falle locken!«

»Es ist unsere einzige Chance«, rief ich. Alle Augen richteten sich auf mich, als hätten sie erst jetzt bemerkt, dass ich da war. »Verdammt, mein Vater wird festgehalten. Wer weiß, was Taran und seine Männer mit ihm und den anderen Eismagiern anstellen! Wir dürfen keine Zeit verlieren!«

»Das ist doch reinster Selbstmord«, rief der Nächste rein. Die Stimmen im Saal wurden lauter.

»Wir werden morgen früh aufbrechen«, übernahm Jake wieder das Wort. »Und wir werden mit großer Wahrscheinlichkeit auf Dragoon stoßen. Ich kann euch nicht zwingen, mitzukommen. Es liegt bei euch, ob ihr uns begleiten wollt. Es ist eure Entscheidung.«

Die Magier verstummten. Im Saal kehrte eine Stille ein, die mir wie ein Schlag in die Magengrube gleichkam. Niemand sagte etwas. In ihren Gesichtern konnte ich Angst und Zweifel ablesen. Und da wurde es mir bewusst.

Keiner würde mitkommen.

Das Schlimmste war, ich konnte es ihnen nicht einmal verübeln. Die Reise war gefährlich. Und vielleicht würde am Ende sogar jemand sein Leben verlieren.

Ich ließ die Schultern hängen und zog an Jakes Ärmel. »Es hat keinen Zweck, niemand wird sich freiwillig in solch eine Gefahr –«

»Das klingt nach Spaß«, rief Rosalie und erhob sich wie eine Königin von ihrem Platz. Sie reckte ihr Kinn anmutig in meine Richtung und grinste spitzbübisch. »Ich werde euch begleiten. Mit Taran habe ich sowieso noch eine Rechnung offen.«

»Ich werde auch mitkommen.« Ted stand ebenfalls auf. Die goldenen Piercings an seiner Augenbraue glänzten, als er mir zuzwinkerte.

Ich erstarrte. Tränen liefen mir die Wange hinunter. Meine Freunde würden sich in solch eine Gefahr begeben. Mir zuliebe. Sie standen hinter mir!

Die anderen Mitglieder sahen sich einander an. Und dann stand der Nächste auf. »Ich komme auch mit!«

»Ich auch!«

Immer mehr Magier erhoben sich, bis kein Einziger mehr auf seinem Platz saß. Fassungslos schlug ich mir die Hand vor den Mund.

Jake lächelte mich an. Seine Augen schimmerten vor Entschlossenheit.

»Ich wusste doch, dass auf euch Verlass ist«, sagte er und ballte die Hände zu Fäusten, in denen nun grüne Flammen lagen. »Also dann, Magier von Blizzard, meine Freunde, meine Familie. Lasst uns die Eismagier befreien und die Welt retten!«

***

»Was ist mit deinem Haar passiert?«, fragte Rosalie verwirrt, als sie einige Stunden später mein Zimmer betrat.

»Ach, das ist eine lange Geschichte«, murmelte ich und betrachtete mich im Spiegel. Mein weißes Haar ging mir nur noch bis zum Kinn. Ich hatte mich immer noch nicht an mein neues Spiegelbild gewöhnt.

»Schade, dann kann ich sie dir gar nicht mehr flechten«, sagte sie und zog eine Grimasse. »Du solltest sie dir aber noch begradigen lassen. Der Schnitt ist total schief. Als hättest du dir selbst die Haare geschnitten.« Sie hielt theatralisch ihren vernarbten Handrücken an die Stirn. »Es tut mir schon fast in den Augen weh.«

Meine Mundwinkel schossen in die Höhe. Rosalie nahm kein Blatt vor den Mund. »Danke, ich werde es mir merken.«

»Immer wieder gern«, zwitscherte sie und schlenderte zu meinen Pflanzen, die auf der Fensterbank standen.

Ich rieb mir den Oberarm, während ich nach den passenden Worten suchte. »Ich ... ich wollte mich noch für eben bedanken. Ich weiß nicht, ob die anderen Magier ohne deinen Enthusiasmus zugestimmt hätten.«

Rosalie nahm eine Orchidee in die Hand, die in voller Blüte stand. Zärtlich streichelte sie die weißen Blätter. »Ach, die anderen Magier haben nur einen kleinen Anstoß gebraucht, das war alles. Ich wünschte, ich könnte tatsächlich mitkommen.«

Mein Mund klappte auf. »Du kommst doch nicht mit? Wieso nicht?«

Sie seufzte. »Minako hat es mir verboten. Meine Verletzung ist noch immer nicht vollständig verheilt und ich wäre euch so nur ein Klotz am Bein.« Sie betrachtete weiterhin die Blütenblätter. »Ich soll mit ihr und einigen anderen Magiern hier bleiben, um die Gilde zu beschützen.«

Auch wenn ich traurig darüber war, dass sie mich nicht begleiten und mir zur Seite stehen würde, lächelte ich. »Dann pass gut auf die Gilde auf, solange wir fort sind.«

»Nichts leichter als das«, gab sie schnippisch zurück. »Und auf deine Pflanzen werde ich auch achtgeben.« Sie klemmte sich die Orchidee unter den Arm.

Natürlich. Ich unterdrückte ein Grinsen. Um meine Pflanzen machte ich mir tatsächlich keine Sorgen.

Rosalie ging an mir vorbei. »Ich werde wieder zu den anderen gehen. Kommst du mit?«

Ich schüttelte den Kopf und sah zu meinem Schreibtisch. »Ich habe noch etwas zu erledigen, bevor wir aufbrechen. Etwas, das ich schon viel zu lange vor mir hergeschoben habe.«

Rosalie folgte meinem Blick und nickte leicht. Sie verstand. »Alles klar, dann sehen wir uns morgen früh, wenn ihr aufbrecht.«

Mit diesen Worten – und meiner Orchidee in der Hand – verschwand sie aus meinem Zimmer. Einen Moment starrte ich die verschlossene Tür an, ehe ich tief Atem holte und mich an den Schreibtisch setzte.

Ich zog ein leeres Stück Pergament aus der Schublade und breitete es vor mir aus. Die Feder tunkte ich in die dunkelblaue Tinte. Und dann setzte ich die Spitze auf das Papier und schrieb los.

Ich schrieb und schrieb und schrieb. Die angestauten Worte flossen nur so dahin und meine Hand glitt wie von selbst von Zeile zu Zeile. Es fiel mir plötzlich so leicht wie das Atmen.

Ich füllte zehn Seiten und berichtete von allem, was mir auf der Seele brannte. Von meinen Freunden, meiner Magie, von Jake. Und ich erzählte von Dragoon, dem Seelenredner und der Harpyie.

Meine Kerze war bis zum Stumpf abgebrannt, als ich die letzte Seite faltete und mit dem Siegel von Blizzard verschloss. Ein Bändchen aus Garn hielt die Briefe beisammen und auf der obersten Seite verfasste ich die letzten Worte.

An dich, Myriam. An meine Mutter.

Kapitel 31

Aufbruch ins Ungewisse

Am Abend ging es ziemlich chaotisch zu. Jeder bekam eine Aufgabe zugeteilt, damit wir am nächsten Morgen pünktlich aufbrechen konnten. Es galt genügend Pferde aufzutreiben, die Klingen der Waffen zu schärfen und Proviant zu besorgen. Das Schwierigste war, dass niemand wusste, wie lange wir fort sein würden. Yuba war schlau genug, dieses Detail für sich zu behalten.

Jake unterrichtete derweil einige Auftraggeber und den Stadtrat über unsere Abwesenheit. Natürlich erzählte er ihnen nicht den wahren Grund, sondern tischte ihnen irgendeine Lüge auf, damit sie keinen Verdacht schöpften.

»Ich traue der verschrumpelten Hexe nicht über den Weg«, sagte Maddox beim Abendessen und stopfte sich die Fleischpastete in den Mund.

Ich lächelte und kostete von meinem Eintopf. »Ich auch nicht. Aber es ist unsere einzige Möglichkeit. Und wenn du dich nicht traust, kannst du ja hier bleiben.«

Maddox legte den Kopf in den Nacken und lachte aus vollem Halse. »Und dir den ganzen Spaß überlassen? Niemals.«

Ich schüttelte grinsend den Kopf. Seine Art war so leicht und unbeschwert. Er schien nicht besorgt zu sein wegen dem, was uns morgen bevorstand. Oder er ließ es sich nicht anmerken. Jedenfalls würde die Reise mit ihm nicht langweilig werden.

Ich sah zu Ted, der auf seinem üblichen Platz gegenüber von mir saß. Er war verdächtig still. Manchmal blickte er von seinem Teller auf, um verlegen zu Maddox zu schielen. In seinem Blick lag so viel Bewunderung, wie ich sie noch nie zuvor erlebt hatte. Und da fiel der Groschen.

»Ich glaube, ihr hattet noch nicht das Vergnügen«, sagte ich und blickte zwischen den beiden hin und her. »Ted, das ist Maddox. Er ist ein begabter

Erdmagier und der beste Freund von Jake. Und er trägt sein Gildenzeichen auf der *linken Brust.*« Die letzten Worte betonte ich so sehr, dass Ted misstrauisch seine Augen verengte. Das Grinsen auf meinen Lippen nahm dämonische Züge an, als ich auf ihn deutete. »Und Maddox, das ist Ted. Er ist ein Luftmagier und dein größter Bewunderer.«

Ted ließ augenblicklich seinen Löffel in die Suppe fallen. Heiße Brühe spritzte auf seine dunkelblaue Kluft, doch bevor die Flüssigkeit den Stoff berührte, wedelte er mit seiner Hand und beförderte die Spritzer wieder in seinen Teller.

Als Ted seine buschigen Augenbrauen zusammenschob und mich anfunkelte, glänzten seine Piercings.

Es war das erste Mal, dass ich ihn wütend erlebte. Wirklich und wahrhaftig wütend. Wenn Rosalie das sehen könnte ... Sie war dabei, die letzten Heilkräuter für unsere Reise zu pflücken.

»Du hast aber gute Reflexe. Gar nicht schlecht, für einen so jungen Burschen«, stieß Maddox lachend hervor und deutete auf den Suppenteller. »Dann darf ich mich geehrt fühlen, so einen talentierten Bewunderer zu haben. Auf gute Zusammenarbeit.« Er streckte Ted die Hand entgegen.

Ted zögerte einen Moment und schlug dann ein. »Auf gute Zusammenarbeit«, wiederholte er die Worte. Nun lag ein riesiges Grinsen auf seinen Lippen, doch als er den Kopf in meine Richtung neigte, warf er mir einen ›das zahl ich dir heim‹ Blick zu.

Ich klimperte unschuldig mit den Wimpern und widmete mich wieder meinem Abendessen. Schließlich hatte ich ihn damals gewarnt, dass ich das Rätsel um seine Tätowierung lösen würde.

Während ich ein Ei, Tomaten und Käse verputzte, sah ich mich um. Die Magier lachten und schwatzten miteinander. Es sah nicht aus, als würden wir morgen in eine Schlacht reiten. Oder in unseren Tod. Wer wusste schon so genau, was uns erwarten würde?

Doch ganz gleich, was kommen mochte, einer Sache war ich mir vollkommen bewusst. Ich würde meinen Vater retten und ihn zurück nach Hause bringen.

Zurück zu meiner Mutter.

Zurück zu mir.

***

Am nächsten Morgen versammelten wir uns am Fuß der Steintreppe. Dreißig Pferde warteten gesattelt und gestriegelt auf uns. Ihre Hufe klapperten auf der gepflasterten Straße, als sie ungeduldig auf der Stelle traten.

Der Schnee war geschmolzen und ich hatte Mühe, nicht in eine der vielen Pfützen zu treten. Ich hielt Ausschau nach Jake, konnte ihn aber nirgends entdecken. Einige Magier saßen bereits auf ihren Pferden, andere kamen gerade die Treppe herunter.

Auf einer pechschwarzen Stute saß die Hexe. Ihr blutroter Mantel war bis zum Hals zugeknöpft und die Kapuze hing ihr tief in die Stirn.

»Da seid ihr ja endlich«, krächzte sie verärgert, als wir vollzählig waren. Ihr Blick schweifte abschätzend über jeden einzelnen Magier. Als ihre trüben Augen auf mich fielen, trieften sie vor Spott. Ich hielt ihrem Blick stand.

»Das ist also Yuba«, flüsterte Ted über meine Schulter hinweg. »Wie unheimlich sie aussieht.«

»Ja, das ist sie«, zischte ich und verschränkte die Arme vor der Brust. »Wie sie leibt und lebt.«

Ted trat neben mich. »Meinst du wirklich, dass man ihr trauen kann?«

Ich wandte meinen Blick von Yuba ab und zuckte mit den Schultern. »Nein und ja. Sie ist hinterhältig, aber sie wird uns zu meinem Vater und den anderen Magiern führen.« *Hoffentlich,* fügte ich still in meinen Gedanken hinzu.

Ted sah nicht überzeugt aus. Er zupfte nervös an seiner dunkelblauen Kluft herum. »Was ist, wenn sie den Stein für sich behalten will? Wenn sie uns nur deshalb folgt?«

Ich schüttelte den Kopf. »Das würde keinen Sinn ergeben. Wäre das ihre Absicht, dann würde sie uns nicht zu dem Stein führen.«

»Auch wahr«, stieß Ted aus. Er spielte nachdenklich mit seinem Lippenpiercing. »Trotzdem traue ich ihr nicht über den Weg. Ich glaube, sie verfolgt auf dieser Reise ihre ganz eigenen Ziele.«

Seine Worte ließen mich erzittern, weil sie stimmen könnten. Die Hexe tat nichts ohne guten Grund.

»Was tuschelt ihr da hinten so lange herum?«, unterbrach uns Rosalie munter und ein wenig gereizt. Sie stand auf der untersten Stufe der Steintreppe. In ihren Armen hielt sie Fluffy, der uns entgegenjaulte. »Verabschiedet euch lieber von mir und dem kleinen Fellknäul.«

Ted warf mir noch einen vielsagenden Blick zu und schlenderte dann zu Rosalie. Ich folgte ihm.

»Rosa, schade, dass du nicht mitkommen kannst«, neckte er sie und kassierte einen Schlag auf den Arm.

»Du sollst mich nicht so nennen, *Tedchen*«, fluchte sie und zeigte ihm die Zähne. Dann sah sie zwischen ihm und mir hin und her. »Passt gut auf euch auf. Das ist mein Ernst! Ich bin ja nicht da, um euch aus der Scheiße zu ziehen. Vor allem du, Ami.« Sie machte eine theatralische Pause. »Dir gelingt es immer wieder, dich in gefährliche Situationen zu bringen. Du ziehst sie magisch an.«

»Das war doch nur ein oder zwei Mal«, lenkte ich ein.

Rosalie trat nah an mich heran. In ihrem Gesicht stand eine Entschlossenheit, die ich noch nie zuvor bei ihr gesehen hatte. »Tritt diesem Taran und seinen Männern gehörig in den Arsch! Versprichst du mir das?«

Ich konnte mir ein Grinsen nicht verkneifen. »Versprochen.«

Ich sah zu meinem vierbeinigen Freund und tätschelte seinen Kopf. »Und du stellst mir ja keinen Unfug an, hörst du?«

Fluffy wedelte mit dem Schwanz und Rosalie hielt ihn wie ein Baby von ihrem Körper, das die Windeln voll hatte. Sie fluchte. »Verdammt, du tust mir weh, wenn du dich freust!«

Ich lachte, weil ich genau wusste, wovon sie sprach. Als ich auf den Beutel in meinen Händen schielte, verkrampften sich meine Finger. Ich räusperte mich verlegen. »Rosalie, könntest du mir einen Gefallen tun?«

»Einen Gefallen?«, fragte sie überrascht und drückte Fluffy wieder an ihre Brust. »Kommt darauf an. Was soll ich tun?«

Ich holte tief Luft und hielt ihr den Beutel entgegen. Rosalie sah ihn verwundert an. »Könntest du die Briefe meiner Mutter überreichen? Es reicht völlig aus, wenn du sie einem Boten übergibst. Die Münzen findest du auf dem Tisch in meinem Zimmer.«

»In Ordnung«, sagte sie und nahm ihn mir ab. Auf ihren roten Lippen lag ein zartes Lächeln. Sie wusste von der Bedeutung meiner Bitte. Und wie viel Kraft es mich gekostet hatte, die Briefe zu schreiben.

»Danke«, murmelte ich. Rosalie war die Einzige, der ich diese Aufgabe anvertrauen würde.

Ein Kribbeln packte meinen Körper und brannte sich bis in mein Herz. Jake war da.

Ich sah über die Schulter hinweg direkt zu ihm. Er trug ebenfalls die pelzverbrämte Lederkleidung. Unter seinem Mantel hielt er die Klingen verborgen, so wie wir alle. Es war seine Anweisung, die Messergürtel versteckt am Körper zu tragen, damit wir nicht zu sehr auffallen würden, wenn wir durch die Stadt ritten.

Jake verabschiedete sich gerade von Minako, die einige Meter von uns entfernt stand. »Schicke meinem Vater eine Eule. Sag ihm, was vorgefallen ist und dass wir aufbrechen. Er soll wissen, was los ist, falls etwas schiefgeht. Ich trage die volle Verantwortung für mein Handeln.«

Minako flüsterte ihm etwas ins Ohr, das ich nicht verstand, und gab ihm erst einen Kuss auf die linke, dann auf die rechte Wange. »Lebewohl, bis wir uns wiedersehen. Sei es hier auf Erden oder im Himmel. *Luci la fate.*«

Ein Kloß bildete sich in meinem Hals, den ich schnell herunterschluckte. Sie hatte die Abschiedsworte gesagt, die sie sich stets vor einer Reise mit auf den Weg gaben.

Dasselbe sagte sie Maddox, der sie daraufhin fest in die Arme schloss und wie eine Prinzessin in die Luft hob. Die Armbänder an ihren Handgelenken klimperten bei der Drehung. Ihre Augen sahen nur in seine und dieser Blick war intimer, als eine Berührung je hätte sein können.

Als Maddox sie herunterließ, küsste er sie sanft auf die Stirn. »Ich bring dir was Schönes mit, wenn wir wiederkommen. Vielleicht den schwarzen Rubin.«

»Den sollst du zerstören, Mad, und mir nicht zum Geschenk machen.« Sie schüttelte den Kopf, aber auf ihren Lippen lag das schönste Lächeln, das ich je bei ihr gesehen hatte.

Einen Moment genoss sie noch die Wärme seines Körpers, ehe sie sich von ihm löste. Man konnte sehen, wie schwer ihr der Abschied fiel.

Seufzend wandte sie sich ab und fing meinen Blick auf. Am liebsten hätte ich mich in Luft aufgelöst. »Ich wollte nicht zusehen«, entschuldigte ich mich hastig.

»Ach, schon gut. Ich habe mich ja bloß von ihm verabschiedet«, beruhigte sie mich und fasste sich an einen Silberring, den sie hin- und herdrehte. »Ich würde euch gern begleiten und euch mit meiner Magie zur Seite stehen.«

Ich sah ihren gequälten Gesichtsausdruck. Dunkle Schatten bildeten sich unter ihren wunderschönen Augen. Leise flüsterte ich: »Komm doch mit.«

»Das geht leider nicht. Ich muss hier in der Gilde bleiben.« Sie schenkte mir eine feste Umarmung. Der Geruch von Zimt und Rosen hüllte mich ein. »Wenn alle gleichzeitig fortgehen, wer soll dann noch die Gilde beschützen?«

Da war etwas dran. Wenn alle gehen würden, wäre Blizzard eine Zielscheibe für andere dunkle Gilden und Verbrecher.

Minakos feuerrote Haare kitzelten meinen Hals. »Also bist du in der Abwesenheit von Jake die stellvertretende Meisterin?«

»So könnte man es sehen«, sagte sie und löste sich lächelnd von mir. Ich konnte Tränen in ihren Augen glitzern sehen, als sie Jake und Maddox dabei zusah, wie sie auf ihre Pferde stiegen. »Pass mir gut auf meine Jungs auf. Wir wissen ja, wie dickköpfig die beiden sein können. Bring sie mir heil wieder nach Hause, ja?«

Ergriffen nickte ich. »Wir kommen wieder, versprochen.«

Sie gab mir einen Kuss auf die Stirn. »Ich wünsche dir, dass du deinen Vater findest. Dass du ihn retten kannst.«

»Danke«, murmelte ich berührt. »Ich werde –«

Ein grelles Lachen hallte durch den Morgen und ließ mich verstummen. Als ich meinen Kopf zur Seite neigte, starrte Yuba uns genervt an. »Seid ihr endlich fertig mit euren herzergreifenden Verabschiedungen?«

Minako warf der Hexe einen Blick zu, bei dem mir die Adern gefroren.

Dann wandte sie sich seelenruhig an mich. »Vergiss nicht, was du mir versprochen hast.«

Ich nickte und stieg auf das letzte verfügbare Pferd – eine schneeweiße Stute mit einer langen, geflochtenen Mähne.

Ich tätschelte das Pferd, das allmählich unruhig wurde, während die Hexe weitere Befehle gab. »Der Feuerlord und ich werden vorausreiten. Und das übrige Fußvolk kann sich meinetwegen hinter uns ansammeln.«

Ich rollte mit den Augen. Die Hexe war so unausstehlich wie eh und je.

»Spuck nicht solch großkotzige Töne, du alter Geier«, rief ihr Maddox entgegen, der auf einem braunen Hengst saß. Das Fell des Tieres glänzte wie eine polierte Klinge. »Du wirst hier keine Befehle erteilen.«

»Alter Geier?«, wiederholte sie seine Worte mit einer tödlichen Gereiztheit. Dann murmelte sie etwas Unverständliches und zeigte ihm ihre fauligen Zahnstümpfe. »Willst du dich etwa mit mir anlegen, Erdmagier?«

»Liebend gerne«, gab Maddox knurrend zurück. »Darauf warte ich schon mein halbes Leben.«

»Hört auf euch zu streiten und lasst uns lieber aufbrechen«, unterbrach Jake seinen Freund und die Hexe mit fester Stimme. »Ihr braucht eure Kraft für die anstehende Reise!«

Enttäuscht blickte ich drein. Mich hätte wirklich interessiert, was für eine Magie die Hexe wohl beherrschte. Bislang hatte sie keinerlei Magie angewendet.

Jake trabte mit seinem Schimmel neben Yuba. Als er seinen Blick flüchtig über uns gleiten ließ, verharrte er einen Moment länger auf mir. Die grünen Augen brannten sich in meine. Mein Herz machte einen Satz, als er mir seine Hitze durch unsere Verbindung schickte.

»Für Blizzard«, rief er und trat dem Pferd in die Seite. Mit einem lauten Wiehern galoppierte es los.

Die anderen Magier jubelten und folgten ihm durch die Stadt.

Ted und ich ritten als Letzte los. Als ich meinen Blick über die Schulter warf, streckte Minako ihre linke Hand in die Höhe, sodass ich ihr Zeichen sehen konnte. Das Zeichen unserer Gilde. Und auch Rosalie streckte mir ihre Handfläche entgegen, wo der Phönix auf ihrer vernarbten Haut prangte.

Und von diesem Moment an wurde mir etwas klar. Was auch immer geschehen würde, die beiden standen hinter uns. Nein, alle aus Blizzard standen hinter uns. In den Fenstern erkannte ich die vielen Gesichter der anderen Magier, die in der Gilde geblieben waren und uns nachsahen.

Wir waren nicht nur Kameraden, die füreinander einstanden, nicht nur Freunde, die sich gegenseitig unterstützten.

Wir waren eine Familie.

***

Das Wetter war auf unserer Seite. Die nächsten zwei Tage regnete es kein einziges Mal und auch der Wind war mild und warm. Vielleicht war das ein gutes Zeichen, ein Omen für das, was uns noch bevorstand. Ich hoffte es jedenfalls. Ein bisschen Glück konnten wir alle gebrauchen.

Wir ritten in den Norden. Manchmal kamen wir an kleineren Dörfern und Siedlungen vorbei, doch die meiste Zeit führte uns die Hexe durch abgelegene Felder und weite Wiesen.

Als der Nachmittag in den Abend überging, machten wir Rast. Wir hatten uns an einer ruhigen, bewachsenen Stelle nahe einer Waldgrenze niedergelassen.

Ich saß am Lagerfeuer und starrte in die Flammen. Jake ging mir seit unserer Abreise aus dem Weg. Jedes Mal, wenn ich ihn ansprach, antwortete er mir einsilbig oder tat so, als hätte er plötzlich etwas Wichtiges zu tun. So ein Idiot.

Die Hexe streckte ihre Beine zum Feuer und strickte seelenruhig vor sich hin. Ich brauchte nicht zweimal hinzusehen, um zu erkennen, dass es kein gewöhnliches Garn war, das zwischen ihren knochigen Fingern lag.

Angewidert schnaubte ich. »Was machst du mit meinem Haar, Hexe? Dir eine Mütze stricken?«

»Vielleicht«, erwiderte sie mit honigsüßer Stimme und lächelte grausam. Ich wusste, dass sie mich bloß provozieren wollte und dass es mich nicht weiter interessieren sollte. Doch es störte mich. Gewaltig sogar.

»Warum bist du so geworden?«, fragte ich offen heraus. »Du hasst alles und jeden.« Mein Mund verzog sich zu einem schmalen Strich.

»Nicht jeden«, murmelte sie und ließ den Blick über Jake gleiten, der einige Meter von uns entfernt stand und sich mit einem Magier unterhielt. Ihre trüben Augen fielen wieder auf mich. »Du fragst, warum ich so geworden bin?« Sie schnaubte verbittert. »Weil die Welt, in der wir leben, grausam ist. Wenn dir etwas entrissen wurde, was dir lieb war, dann wirst du so wie ich. Und vertraue mir, Kindchen, der Tag wird kommen, an dem das geschieht. Vielleicht schon sehr bald.«

»Soll das eine Drohung sein?«, fauchte ich und sprang auf die Beine.

»Beruhig dich!«, wies Jake mich zurecht, der gerade ans Lagerfeuer trat. Er warf mir einen mahnenden Blick zu.

»Aber Jake, die Hexe –«

»Keine Widerrede«, sagte er streng. »Geh dich ein bisschen abkühlen.« Er machte eine gleichgültige Handbewegung in meine Richtung und wandte sich dann Yuba zu.

Mir blieb der Mund offen stehen. Jake hielt tatsächlich zu der Hexe? Ich machte auf dem Absatz kehrt und verließ die Feuerstelle. Aber nicht, ohne ihm noch einen finsteren Blick zuzuwerfen.

Ich spürte, wie Jake mir über unsere Verbindung ein Zeichen gab. Ich ignorierte ihn und stapfte über das Feld zu den großen Hügeln. Seinen Blick spürte ich zwischen meinen Schulterblättern. Mir war es gleich. Wenn er zu der Hexe hielt, nur damit sie zufrieden war, konnte er mir gestohlen bleiben.

Maddox lag im Gras, einen Arm unter seinen Kopf gestützt. Ich hockte mich neben ihn und folgte seinem Blick in den kirschroten Himmel. Die Sonne war gerade dabei, hinter der Berglandschaft zu verschwinden.

»Was glaubst du, wie lange unsere Reise noch andauern wird?«, fragte ich ihn, als ich mich langsam wieder beruhigt hatte.

Er streckte seine Füße aus und neigte seinen Kopf in meine Richtung. »Keine Ahnung, aber ich hoffe, wir sind bald am Ziel. Noch viel länger halte ich die nervtötende Hexe nicht aus.«

Da war er nicht allein. Ich wollte ihr jetzt schon an die Gurgel springen.

»Wie kommt es, dass du gar nicht bei Jake bist?«, frage er mich und steckte sich einen Grashalm in den Mund. »Sonst hockt ihr beiden doch auch ständig aufeinander.«

»Yuba nimmt Jake in Beschlag. Er ist der Einzige, mit dem sie reden möchte. Und da sie mich nicht ausstehen kann ...«

»Warum frage ich überhaupt? War ja klar, dass sie nicht einmal jetzt die Finger von ihm lassen kann.«

Ich umfasste krampfhaft das weiche Gras. »Was ist damals zwischen Jake und ihr vorgefallen? Ich meine vor zwei Jahren?«

Maddox richtete seinen Blick wieder auf den fröhlichen Himmel. »Die Hexe hatte schon immer ein Auge auf Jake geworfen. Seit sie vor etlichen Jahren in die Nähe der Stadt gezogen ist. Jake war noch klein, als ihre Augen ihn das erste Mal erblickten, aber glaube mir, schon damals gierte sie nach ihm.« Maddox schüttelte sich. »Vor zwei Jahren ging er zu ihr, um ein Schriftstück entziffern zu lassen. Und was sie von ihm als Gegenleistung verlangte, kannst du dir ja denken. Er musste ihr drei Tage zu Diensten sein. Drei volle Tage, in denen er nicht einen Augenblick aus der Hütte trat. Er war ihre Hure. Als Minako davon erfuhr, brachte sie ihre Hütte beinahe zum Einsturz.«

Angewidert verzog ich das Gesicht und schlug mit der Faust auf den Boden. »Diese verdammte Hexe!«

Ich hatte mir so etwas schon gedacht. Ich wusste, wie sehr sie ihn begehrte. Mich kostete es alle Kraft, nicht aufzuspringen und sie meine Fäuste spüren zu lassen.

»Wieso hat er so etwas über sich ergehen lassen?«, fragte ich aufgewühlt. Ich verstand es einfach nicht.

Maddox stützte sich auf die Ellenbogen. »Jake hatte es damals für mich getan. Meine Eltern wurden in ein anderes Gefängnis verlegt und der Hohe Rat rückte nicht mit der Sprache heraus, wo sie waren. Ich glaubte bereits, dass sie umgebracht wurden, als Jake dem Hohen Rat einen Besuch abstattete und ihnen ein verschlüsseltes Pergament stahl. Er ließ es von Yuba entschlüsseln und so erfuhr ich von dem Aufenthaltsort meiner Eltern.«

Dieser Idiot. Er würde alles für seine Familie tun. Sogar seinen Körper an so eine widerwärtige Hexe verkaufen.

Maddox seufzte tief. »Ich hatte keine Ahnung, was für einen Preis Jake für diese Information zahlen musste. Ich hätte es sonst niemals zugelassen.«

»Aber warum interessiert Yuba sich so für ihn?« Meine Stimme zitterte. Aus Wut oder Entsetzen, ich wusste es nicht.

Maddox spuckte den Grashalm aus. »Keine Ahnung. Ich schätze, es geht um seine Macht. Kein anderer Magier beherrscht die Magie der grünen Flammen. Aber wer weiß schon, was in der grausamen Hexe vorgeht.«

Die Minuten vergingen. Schweigend saßen wir im Gras, während ich über die Aufgabe nachdachte, die vor uns lag. Ich winkelte die Beine an und stützte mein Kinn auf die Knie. »Glaubst du, wir schaffen es, meinen Vater und die anderen zu befreien und den schwarzen Rubin in unsere Gewalt zu bekommen?«

»Natürlich schaffen wir das!«, sagte er und nahm seinen Blick vom Himmel. »Wir sind schließlich Magier von Blizzard. Und ich freue mich schon auf die Begegnung mit Taran. Beim letzten Mal konnte ich ihm keine Abreibung verpassen.«

Beim letzten Mal. Meine Stimme bebte bei der Erinnerung an ihn. »Meinst du, dass es einen Kampf geben wird?«

Maddox sah über das Tal hinweg. Seine Augen verweilten am glitzernden Horizont, als er mir antwortete. »Den wird es geben. Und er wird blutig.«

Kapitel 32

Nenn mir deine Wahrheit

Fasziniert bestaunte ich die Schönheit, auf die wir geradewegs zuritten.

Die Abendsonne fiel wie ein schimmerndes Kleid über die Bergkette und tauchte die Welt in ein glitzerndes Funkeln aus weißem, reinem Licht.

Ich wusste nicht, wann ich mir zuletzt die Zeit genommen hatte, so etwas Schönes zu bewundern. Seit sieben Tagen waren wir nunmehr unterwegs, ritten tagsüber durch Schluchten und Felder und schliefen nachts im Wald.

Ich kreiste mit den Schultern, um die Verspannung zu lösen, die sich von meinem Nacken bis zu meinen Fersen ausbreitete. Neben mir ritt Ted, der dasselbe Leiden zu beklagen hatte.

Wie weit es wohl noch bis zu meinem Vater war? Die Hexe hatte bislang nichts durchdringen lassen. Ted belauschte sie heimlich, doch sie gab keinerlei brauchbare Informationen von sich. Es war zum Haareraufen.

Mit jedem neu angebrochenen Tag schlug mein Herz wilder in meiner Brust. Und jedes Mal stellte ich mir dieselbe Frage: War heute der Tag, an dem ich meinen Vater endlich wiedersehen würde?

Als die Sonne dabei war unterzugehen, kamen wir in einem Dorf am Fuß eines Berges an. Häuser mit Strohdächern und verträumten Veranden tauchten vor uns auf.

»Hier werden wir rasten«, gab Jake bekannt und stieg von seiner Stute. Wir taten es ihm gleich und folgten ihm durch das Dorf. Als ich mein Pferd an einer Tränke festband, berührten wir uns flüchtig an der Schulter. Ein Lächeln umspielte seine Lippen.

Wir hatten seit dem Vorfall am Lagerfeuer nicht mehr miteinander gesprochen. Und auch das Band zwischen uns blieb unberührt.

Dabei hatte ich so viel zu sagen. Ich musste mich bei ihm entschuldigen. Ich verstand, dass er die Hexe nicht ungnädig stimmen wollte. Sie war schließlich diejenige, die uns zu dem Ort führte, an dem ich meinen Vater wiedersehen würde.

»Jake, es tut mir –« Ich stoppte mitten im Satz, als ich die Stimme der Hexe vernahm. Sie klang gereizt. »Feuerlord, hilf mir von meinem Pferd! Mit meinen müden Knochen schaffe ich es nicht von allein.«

Jake lächelte mich leicht an. »Wir reden später«, flüsterte er und richtete sich auf. Ich nickte und beobachtete ihn dabei, wie er zu Yuba ging. Die Hexe nutzte jede Gelegenheit aus, Jake an sich zu reißen, als wäre er einer ihrer geliebten Puppen. Eine Mischung aus Ekel und Wut kroch in jeden Winkel meines Körpers. Sie musste meinen Hass spüren, denn ihre Augen richteten sich auf mich. Abscheu spiegelte sich in ihren schwarzen Pupillen wider. Und Belustigung. Es bereitete ihr Vergnügen, mich zu reizen.

Es vergingen einige Sekunden, bis Jake die Hexe erreichte und sie ihm ihre volle Aufmerksamkeit zuteilwerden ließ. Ich drehte mich auf dem Absatz um, als Jake ihr vom Pferd half.

»Wenn Blicke töten könnten«, murmelte Ted, der seine Stute an einem nahegelegenen Baum anband. »Dann wärst du auf der Reise bereits hundert Tode gestorben. Die Hexe muss dich wirklich hassen. Niemand anderem schenkt sie so viel Aufmerksamkeit wie dir.«

Ich deutete mit dem Daumen nach hinten. »Da irrst du dich. Jake ist derjenige, den sie ständig in Beschlag nimmt.«

»Ja, das schon, aber ihre Blicke widmet sie dir. Gestern Nacht, als ich Wache schieben musste, habe ich etwas Interessantes mitbekommen«, flüsterte er, als wir den anderen Magiern über den weißen Kiesweg folgten. »Alle schliefen bereits, nur die Hexe strickte an der Feuerstelle und summte etwas vor sich hin. Es klang nach einem sehr alten Lied. Und während sie die Melodie fröhlich trällerte, lag ihr Blick auf dir.«

»Wie bitte?« Ich verzog angewidert das Gesicht. Hoffentlich gab es nicht mehr viele Nächte. Denn jetzt konnte ich in ihrer Gegenwart nie wieder ein Auge zu tun. So viel stand fest.

»Doch weißt du, was noch seltsamer war?«, sprach er weiter.

Ich schüttelte den Kopf, einerseits, um auf seine Frage zu antworten, andererseits, um den Ekel abzuschütteln, der auf meiner Haut klebte. Ted räusperte sich. »Ihr Blick war anders als eben. Sie wirkte …«, er suchte nach dem richtigen Wort, »erleichtert. Ja genau, sie wirkte erleichtert und zufrieden. Beinahe aufgeregt.«

Ich runzelte die Stirn. »Warum sollte sie mich so ansehen? Sie hasst mich.«

»Ich weiß, das ist ja gerade das Seltsame«, murmelte er leise, als die Magier um uns herum plötzlich stehenblieben. Ich starrte wie gebannt auf den Hinterkopf der Hexe, die einige Meter von uns entfernt war. Was führte sie nur im Schilde?

Noch bevor ich weiter darüber nachdenken konnte, stieg Jake auf das Geländer einer Veranda. Er hielt sich am Balken fest, während er seinen Blick über uns gleiten ließ. »Wir werden heute Nacht hier rasten. In diesem prächtigen Wirtshaus.« Er machte eine ausschweifende Geste auf das Bauernhaus, das hinter ihm lag. Die weiße Fassade glänzte in der Abendsonne. »Sogleich genügend Zimmer vorhanden sind.«

Er sprang spielerisch von der Brüstung und verschwand im Inneren des Gebäudes. Wir folgten ihm.

Das Gasthaus war liebevoll eingerichtet und größer, als es von außen den Anschein machte. Aus der lärmenden Schenke gingen mehrere Türen ab und eine Treppe am anderen Ende führte in die darüberliegende Etage.

Felle lagen zu unseren Füßen, während wir Jake durch den Flur folgten. Hinter einem hölzernen Tresen lächelte uns ein älteres Ehepaar entgegen. Jake deutete eine Verbeugung an, woraufhin die Frau entzückt aufquickte. »Wir würden hier gerne übernachten, wenn noch Zimmer frei sind«, sagte er gepflegt.

Der rundliche Wirt löste sich aus der Umarmung seiner Frau und klatschte begeistert in die Hände. »Was für tolle Nachrichten! Natürlich ist das möglich, doch sagt mir, wie viele Personen seid Ihr?«

»Zweiunddreißig Seelen«, antwortete Jake.

Der Wirt legte die Stirn in Falten. Seine Frau lächelte uns entschuldigend an. »Es tut mir leid, mein Herr. Aber so viele Zimmer stehen uns leider nicht zur Verfügung. Ich könnte Euch fünfzehn Zimmer anbieten und unser Dachgeschoss.«

Maddox trat neben Jake und beriet sich mit ihm. Dann nickten beide zufrieden.

»Dann würden wir Eure Räumlichkeiten gern in Anspruch nehmen«, ergriff Maddox das Wort.

»Aber natürlich«, sagte der Wirt begeistert. Er griff nach einer Dose und schüttete die kupferfarbenen Zimmerschlüssel auf den Tisch.

Jake drehte sich zu uns in die Menge und warf willkürlich einige Schlüssel in den Raum. Ich fing einen besonders kleinen, mit verschnörkeltem Kopf und von leichter Beschaffenheit. »Wir werden uns jeweils zu zweit ein Zimmer teilen. Sucht euch also einen Partner, der euch mit seinem Geschnarche nicht so auf den Senkel geht«, sagte er grinsend. Alle fingen an zu lachen. »Und ich lade euch selbstverständlich auf ein warmes Abendessen ein. Also stärkt euch ordentlich, trinkt und esst so viel ihr wollt!«

Nun ertönten Jubelrufe durch das Gasthaus und brachten das Geschirr in den Schränken zum Klirren.

Ich hingegen war wie versteinert. Krampfhaft überlegte ich, mit wem ich mir ein Zimmer teilen könnte.

Die meisten Magier schlossen sich bereits in Gruppen zusammen. Ich sah zu Ted. »Wir könnten uns doch zusammentun? Was meinst du?«

Auf Teds Gesicht breitete sich ein hinterhältiges Grinsen aus. Er griff schweigend nach meinem Handgelenk und zog mich durch die Menge.

»Was hast du vor, Ted? Wohin gehen –« Weiter kam ich nicht, denn da standen wir bereits vor Maddox und Jake. Die beiden waren in ein Gespräch vertieft und verstummten, als sie uns bemerkten. Fragend sahen sie uns an.

»Maddox, wollen wir uns ein Zimmer teilen?«, fragte Ted geradeheraus. »Dann könnten sich Ami und Jake zusammentun.«

Mir klappte der Mund auf und ich entriss ihm meine Hand. Ted wollte mich wohl auf den Arm nehmen! Doch das erwartete Gelächter blieb aus. Er meinte es ernst.

Maddox wackelte mit seinen Augenbrauen. »Na klar, warum nicht. Jake und Ami freuen sich sicherlich über ein bisschen Zweisamkeit, nicht wahr?«

Wie bitte? Meine Stimme vibrierte. »Ich würde aber lieber mit Ted in ein Zimmer –«

»Alles klar«, warf Jake ein und fischte mir den Schlüssel aus der Hand, ehe er ihn in seine Hosentasche steckte. Dann drehte er sich um und schritt den Flur entlang.

Völlig überrumpelt starrte ich ihm nach. Ted kicherte neben mir und Maddox wackelte immer noch mit seinen dämlichen Augenbrauen.

Jake sah über die Schulter. »Worauf wartest du, Eisprinzessin? Willst du den ganzen Abend dort herumstehen?«

Ich biss die Zähne aufeinander und stapfte ihm hinterher. Doch nicht, ohne Maddox und Ted einen Schlag gegen die Arme zu verpassen.

»Ich glaube, das haben wir verdient«, sagte Maddox grinsend und rieb sich den Arm.

»Nein, *Ami* hat es verdient«, erwiderte Ted stumpf.

Verstehe, das war die Rache, von der Ted sprach, weil ich ihn vor Maddox bloßgestellt hatte. Aber das hier war überhaupt nicht miteinander zu vergleichen! Ted konnte was erleben, wenn ich ihn das nächste Mal in die Finger bekam!

Die Stimmen hinter mir wurden leiser, als ich Jake die Treppe hinauf in den ersten Stock folgte.

Keiner von uns sagte ein Wort. Ich starrte wie gebannt auf seinen Rücken, beobachtete das Muskelspiel unter seiner Kleidung.

Ich sollte mir mit ihm ein Zimmer teilen. Das bedeutete, wir würden die ganze Nacht zusammen verbringen. Bei der Vorstellung errötete ich bis in den Haaransatz. Noch nie hatte ich mir mit einem Jungen ein Zimmer, geschweige denn ein Bett geteilt. Ob wir heute Nacht etwa …

Bei den Göttern.

Mein Herz hämmerte mit jedem Schritt, den wir über den Dielenboden taten. Am Ende des Flures blieben wir stehen. Jake drehte sich zu mir um und warf mir den Schlüssel entgegen. Er glitt mir aus den feuchten Händen.

Er beobachtete mich dabei, wie ich den Schlüssel aufhob. »Alles in Ordnung, Eisprinzessin?«, fragte er mit rauer Stimme. »Du wirkst so angespannt.«

»Es ist nichts«, log ich und versteckte meine zitternden Hände hinter dem Rücken. »Also, wo ist nun unser Zimmer?«

Jake deutete mit einer Kopfbewegung nach oben. »Du hast wohl den Dachboden erwischt.« Er griff nach einem Stab und angelte die Leiter herunter, die sich an der Decke befand.

Das Wort traf mich bis ins Mark. Dachboden. Gab es eine Sache, vor der ich mich noch mehr fürchtete als Kellergewölbe, dann waren es alte, staubige Dachböden.

Zu meiner Verwunderung kletterte Jake nicht die schmale Holzleiter hinauf, sondern kam auf mich zu. Lässig hob er einen Arm. »Du hast das Zimmer für dich. Ich werde heute Nacht draußen schlafen.«

Er wollte draußen schlafen? Hatte er etwa meine Aufregung gespürt? Oder wollte mir genügend Freiraum lassen? Mich hätte das beruhigen sollen und doch war ich … enttäuscht.

»Willst du nicht hierbleiben«, rutschte es mir heraus, als er bereits mehrere Meter den Flur entlanggegangen war. »Ich meine, warum sollst du als Einziger draußen schlafen? Das ist doch ungerecht.«

Ein breites Grinsen stahl sich auf seine Lippen, während er sich umdrehte und abwechselnd zu mir und der Dachluke sah. »Sag nicht, du fürchtest dich vor Dachböden.«

»Natürlich nicht«, erwiderte ich spöttisch. Jake hatte voll ins Schwarze getroffen.

Sein Lächeln nahm einen anderen Zug an, wurde rauer, gefährlicher. »Wenn du keine Angst hast, warum möchtest du dann, dass ich mit dir im Zimmer schlafe?«

»Es gibt keinen besonderen Grund«, murmelte ich und spürte die Hitze in meine Wangen steigen. Meine Worte kamen zu schnell, zu gepresst über meine Lippen. »Ich mache mir nur Sorgen um dich, das ist alles.«

»So, so. Du machst dir also Sorgen um mich.« Langsam, ganz langsam kam er auf mich zu. Ich wich zurück und spürte die raue Holzleiter an meinem Rücken. Seine Hände stützte er links und rechts von mir an den Stufen ab. »Bist du sicher? Es ist leichtsinnig, sich einen Feuermagier ins Bett zu holen.«

»Warum?« Meine Stimme klang atemlos.

Er trat so nah an mein Gesicht, dass ich seinen Atem spürte. Er streifte mit seinen Lippen meine Wange, als er flüsterte: »Weil Feuer Eis zum Schmelzen bringen kann.«

Mein Herz schlug ungleichmäßig, während ich auf seine Lippen starrte, die so verführerisch vor meinen schwebten. Jake wusste, wie sehr ich einen Kuss ersehnte. Er quälte mich mit voller Absicht, ließ mich zappeln.

Doch wenn er spielen wollte ...

»Und weißt du, was Eis alles kann?«, hauchte ich und beugte mich ebenfalls ein Stückchen vor. Sein Atem stockte, als ich leicht in sein Ohr blies. »Eis kann Feuer ersticken und auch die heißesten Flammen löschen.«

Für einen Moment erstarrte Jake und dann fing er an zu lachen. Herzhaft, laut und atemlos.

»Das klang aber nicht sehr erotisch«, sagte er grinsend und schob mich behutsam zur Seite, damit er die Leiter hinaufklettern konnte. Den Schlüssel fischte er mir wieder aus der Hand.

»Das sollte es auch nicht, Feuerlord«, sagte ich leichthin und folgte ihm die Stufen hinauf. »Es sah nur so aus, als könntest du eine Abkühlung gebrauchen.«

Er lachte wieder, schloss die Dachluke auf und stieß sie zur Seite. Als er oben ankam, reichte er mir seine Hand. Ich ergriff sie und ließ mich von ihm auf den Dachboden ziehen.

Vorsichtig sah ich mich um. Der Dachboden bestand aus einer winzigen Kammer, in der sich nur ein schmales Bett und eine alte Kommode befanden. Durch das kleine Fenster in der Dachschräge fiel mondbeschienenes Licht.

Es wirkte beinahe ... gemütlich.

»Dachböden sind doch nicht so schlimm, oder?«, fragte Jake scheinheilig. Seine Mundwinkel zuckten.

Meine Kehle wurde trocken. »Das eben ... Du wolltest mich bloß ablenken?«

Er zuckte gelassen mit den Schultern. »Es hat doch funktioniert, oder nicht?«

Das hatte es tatsächlich, aber das gab ich natürlich nicht zu. Ich betrachtete die Kammer erneut und dieses schmale kleine Bett, das von zwei Dachschrägen eingerahmt war.

Mein Herzschlag beschleunigte sich. Nicht einmal, wenn ich mich gegen die Wand presste, würde es genügend Abstand zwischen Jake und mich bringen. *Bei den Göttern.*

Er folgte meinem Blick. Ein leichtes Lächeln umspielte seine Lippen. »Überlegst du dir gerade, wie du mich verführen kannst, Eisprinzessin?«

»Natürlich nicht«, schoss es aus mir heraus. »Ich denke eher, dass *du* deine Finger nicht bei dir behalten kannst.«

»Keine Sorge, ich werde mich benehmen«, erwiderte er grinsend. »Solange du es auch kannst.«

Ich verpasste ihm einen Schlag gegen den Arm und er lachte. *Idiot.*

Er schlenderte zur Dachluke, während ich mich aufs Bett setzte. »Ich hole uns etwas zu essen. Irgendwelche Wünsche, Eisprinzessin?«

Als ich den Kopf schüttelte, verschwand er die Treppe nach unten. Ich war allein im Zimmer. Langsam beruhigte sich mein Herzschlag wieder. Nach mehreren tiefen Atemzügen streifte ich mir die Lederkleidung vom Körper. Als der Stoff zu Boden glitt, stand ich vor dem nächsten Problem. Einem riesigen Problem. Ich hatte kein Nachthemd dabei. Und in Unterwäsche konnte ich schlecht bleiben!

Panisch fiel mein Blick auf die Kommode. Und als ich die Schublade öffnete, konnte ich mein Glück kaum fassen. Darin befand sich eine zusammengelegte, weiße Tunika. Sie war weit geschnitten und reichte mir bis zu den Kniekehlen.

Ich wusste zwar nicht, wem die Kleidung gehörte, doch mir war es gleich. Alles war besser, als in Unterwäsche zu schlafen!

Nach wenigen Minuten hörte ich das Holz der Treppe ächzen. Ich kam Jake entgegen und nahm ihm das Tablett ab, auf dem sich einfache, aber köstlich riechende Speisen befanden.

Mein Magen knurrte und ich stellte das Tablett mitsamt der Wasserkaraffe auf das Bett. Einen Tisch gab es ja nicht.

Jakes Blick huschte kurz über meine Tunika, bevor er sich den Mantel abstreifte und sich neben mich setzte.

Ich öffnete den Deckel des Kochtopfs und lächelte bei den heißen Schwaden, die mir mein Gesicht wärmten. Jake griff nach der Kelle und verteilte den Eintopf auf zwei Teller. Dann reichte er mir einen.

Als ich den ersten Bissen nahm, konnte ich mir ein Seufzen nicht verkneifen. Es schmeckte köstlich und die Wärme breitete sich in meinem ganzen Leib aus. Gierig aß ich den Teller leer, noch bevor Jake seinen überhaupt angerührt hatte.

»Gar keinen Wein?«, fragte ich und deutete auf die glänzende Wasserkaraffe.

Er folgte meinem Blick. »Nein, wir müssen morgen fit sein. Yuba sagt es zwar nicht, doch ich erkenne es in ihren Augen. Wir müssen ganz in der Nähe sein.«

Mein Herz bekam einen Stich. Wir waren in der Nähe. In der Nähe von meinem Vater.

Als ich mich über die Fleischpastete hermachte, schweiften meine Gedanken ab.

»Woran denkst du?«, flüsterte Jake. Er ließ den Löffel sinken und betrachtete mich von der Seite.

»Ach, nicht so wichtig«, stieß ich hervor und riss mir ein Stückchen Brot ab. »Lass uns lieber weiteressen, bevor es kalt wird.«

Das war mit Abstand die schlechteste Ausrede, die ich je von mir gegeben hatte – Jake war ein Feuermagier und es war für ihn ein Leichtes, die Speisen zu erwärmen.

Er schien dasselbe zu denken, als er eine Augenbraue hob. Doch er wendete den Blick ab und tunkte seinen Löffel wieder in den Eintopf.

Schweigend aßen wir weiter. Als wir fertig waren, stellte Jake unsere Teller auf den Sekretär und setzte sich wieder neben mich aufs Bett. Er legte seinen Kopf schräg. Eine dunkle Strähne fiel ihm in die Stirn. »Möchtest du mir jetzt verraten, was dich bedrückt?«, flüsterte er sanft.

Ich sah die Entschlossenheit in seinen Augen und seufzte geschlagen. Er würde mich die ganze Nacht fragen, wenn ich nicht mit der Sprache herausrückte, da war ich mir sicher.

»Na schön«, murmelte ich und legte mir die Decke um die Schultern. Während ich den Dielenboden betrachtete, suchte ich nach den richtigen Worten. »Weißt du, ich frage mich die ganze Zeit, ob mein Vater mich überhaupt erkennen wird, wenn ich vor ihm stehe. Als er mich zuletzt sah, war ich neun Jahre alt. Nun bin ich neunzehn und eine erwachsene Frau.«

Jake sah zu der Kerze, die auf der Kommode flackerte. In seinen Augen spiegelte sich das Licht wie das Wasser auf einem mondbeschienenen See. »Dein Vater wird wissen, wer du bist, ganz gleich, wie viele Jahre auch vergangen sind. Eure Magie ist dieselbe und durch eure Verbindung werdet ihr euch blind erkennen.«

Meine Kehle wurde trocken. Jake hatte recht. Egal, wie sehr unser Aussehen sich verändert hatte, der Klang unserer Magie würde uns stets wissen lassen, wer wir sind.

»Danke«, flüsterte ich. Jake lächelte schief und streifte sich seine Lederschuhe von den Füßen. Als er sein Hemd aufknöpfte und nur noch mit nackter Brust neben mir saß, schaute ich verlegen zur Seite.

»Jake, was tust du da?«, fragte ich heiser.

Ein raues Lachen erklang. »Du hast mich doch schon so oft mit nackter Brust gesehen und trotzdem errötest du noch wie eine reife Tomate.« Demonstrativ ging er zur Kommode und hielt die Tomate von unserem Abendessen in die Höhe.

»Mach dich nicht über mich lustig«, schimpfte ich.

»Tue ich nicht. Es ist nur so komisch, weil es mir genauso ergeht.«

Ich blinzelte. Ihm erging es genauso? »Wie meinst du das?«, fragte ich verwirrt.

Jake fuhr sich durch sein Haar. Es sah aus, als würde er mit sich ringen. Schließlich setzte er sich nur mit seiner Hose bekleidet neben mich. Ich hatte Mühe, nicht auf seinen gebräunten Oberkörper zu starren, auf die herrliche Tätowierung, die harten Muskeln ...

»Eine Wahrheit für eine Wahrheit«, raunte er. »Ich beantworte dir die Frage, wenn du mir im Gegenzug auch eine beantwortest.«

Der Duft von Blättern und frischem Regen hüllte mich ein. Benommen zog ich am Saum meiner Tunika. »Dann möchte ich dich aber etwas anderes fragen.«

Als er nickte, nahm ich all meinen Mut zusammen. »Wieso konntest du mich am Anfang nicht leiden?«

Eine Stille breitete sich im Raum aus. Ich glaubte sogar, dass Jake aufgehört hatte zu atmen.

Er beugte sich vor und stützte seine Arme auf den Oberschenkeln ab. »Damals in der Kutsche ... Ich weiß noch, wie niedlich du ausgesehen hast, als du dir den Brief immer wieder durchlast.« Ein sanftes Lächeln glitt über sein Gesicht, während er unbeholfen auf seine Hände starrte. »Es war kein Zufall, dass wir uns begegnet sind. Ich kehrte gerade von einem Auftrag zurück, als ich plötzlich eine vertraute Magie spürte.«

»Die Magie meines Vaters«, flüsterte ich und biss mir auf die Unterlippe, als er nickte.

»Als Erstes dachte ich, er befände sich in der Kutsche. Doch anstelle von ihm fand ich ein Mädchen vor. Es war nicht schwer zu erraten, wer du warst. Ich wusste, dass er eine Tochter hatte. Und ich wollte dich hassen«, gestand er. »Ich wollte dich hassen, weil dein Vater mir meinen weggenommen hatte. Es war egoistisch von mir, weil du überhaupt nichts dafür konntest, das wusste ich.« Er streckte die Hand nach mir aus. Seine Fingerspitzen verweilten auf meiner Wange. »Aber wie sehr ich es auch versuchte, ich konnte dich einfach nicht hassen, Eisprinzessin.«

Sein Geständnis traf mich wie ein Schlag. Jake hatte mich nie gehasst.

Er beugte sich zu mir herüber. Die Matratze gab unter seinem Gewicht nach. »Und jetzt verrätst du mir eine Wahrheit. Verrate mir, was in deinem Herzen vorgeht, Eisprinzessin. Wenn du mich ansiehst, was fühlst du dann?«

Was ich fühlte? Ich öffnete meinen Mund, doch kein Ton kam mir über die Lippen.

Mehrere Herzschläge vergingen. Jake ließ seine Hand sinken. »Tut mir leid, ich bin dir zu nahe getreten.«

Mein Atem beschleunigte sich, als ich aufstand und mich an die Kommode lehnte. Ich brauchte Abstand, um die Worte zu sagen, die ich sagen wollte. Die Worte, die sich über Monate in mir angestaut hatten.

Ich holte tief Luft, ehe ich mit klopfendem Herzen sprach: »Ich frage mich, warum ausgerechnet du? Du bist das genaue Gegenteil von mir. Du bist das Feuer und ich bin das Eis. Du bist voller Wärme und durch mich strömt die Kälte.« Ich umklammerte meine Arme so fest, dass es schmerzte. »Du bist gemein und nervst mich seit unserer ersten Begegnung.«

»Eisprinzessin, ich –«

Ich schlug meine Hände flach auf die Kommode. »Ständig machst du dich über mich lustig und treibst mich mit deinen Bemerkungen in den Wahnsinn. Du bist ein perverser Idiot.«

Ich drehte mich um und starrte gegen die Wand. Tränen liefen mir über die Wangen, sammelten sich an meinem Kinn. »Also, warum muss ich ständig an dich denken? Seit ich dir das erste Mal begegnet bin, gingst du mir nicht mehr aus dem Sinn. Sag mir, warum bist du es, der mein Herz höher schlagen lässt? Warum ausgerechnet du?«

Ich hörte schwere Schritte auf dem Dielenboden und im nächsten Moment waren seine starken Arme um mich geschlungen. Ich lehnte meinen Kopf gegen seine Brust, spürte seinen schnellen Herzschlag an meinem Rücken.

»Dreh dich um«, flüsterte er nah an mein Ohr. »Bitte.«

Es vergingen einige Atemzüge, bis ich seiner Bitte nachkam. Ich sah auf den Boden.

»Schau mich an«, flüsterte er.

Ich schüttelte den Kopf. »Ich bin doch ganz verheult. Du solltest mich so nicht sehen.«

Jake lachte leise und seine Bauchmuskeln vibrierten. »Ich habe dich schon weinen sehen. Und auch weinen *gespürt*.« Er fing eine Träne auf, die über meine Wange lief.

»Wie ... wie meinst du das?«, stotterte ich.

Mein Atem stockte, als er meine Haarsträhne in seine Hand nahm und sie sich um den Finger wickelte. »Ich spüre es durch deine Magie, durch das Eis in dir«, murmelte er. »Wenn es dir schlecht geht oder du sauer bist, ist es so eisig, dass ich beinahe erfriere. Traurig wird dein Eis zu einer dünnen, zerbrechlichen Schicht. Verlegen wird es hauchzart. Wenn du glücklich bist, schmilzt es dahin.« Er hob zärtlich mein Kinn an und ich blickte in seine smaragdgrünen Augen. »Also versteck dich nicht, wenn du traurig bist. Bitte, versteck dich nicht vor mir.«

Ich blinzelte überrascht. Ich hatte ja keine Ahnung gehabt, was ich ihm alles durch unsere Verbindung mitteilte. Verdammt, ich war wie ein offenes Buch.

»Du hast meine Frage noch nicht beantwortet«, hauchte er. »Was fühlst du, wenn du mich ansiehst?«

»Du weißt es doch schon, nicht wahr? Durch unsere Verbindung«, sagte ich mit belegter Stimme. Das schiefe Grinsen auf seinen Lippen bestätigte meine Vermutung. Er wusste die ganze Zeit über, was ich für ihn empfand. Wahrscheinlich noch, bevor ich es selbst begriff.

Sein Mund öffnete sich einen Spalt, als wollte er etwas erwidern, doch er beugte sich vor und legte seine Lippen auf meine. Es war ein sanfter, zärtlicher Kuss, der mich benommen machte.

Seine Zunge drang in meinen Mund, liebkoste die meine mit kreisenden, stoßenden Bewegungen.

Hitze breitete sich in mir aus, schlug wie eine Welle über mir zusammen, während seine Küsse drängender und härter wurden. Er strich mein Haar zur Seite, fuhr mit seinen Fingerspitzen über meinen Nacken.

Ich stöhnte, als er seine Lippen von meinen nahm und an dem empfindlichen Punkt zwischen meinem Hals und meiner Schulter saugte. Sanft biss er in die zarte Haut. Ich erschauderte.

»Dein Eis, es zerfließt in meinen Händen«, raunte er auf meiner Haut und fuhr mit seiner Zunge über meine Kehle.

Ich krallte meine Finger in das Holz der Kommode, während seine großen Hände über meine Hüften strichen, immer weiter hinauf, bis zu der Rundung meiner Brüste.

Ich drückte meinen Rücken durch, drängte mich ihm entgegen. Ein heißer Schauer glitt über meinen Körper, bis zu meinem brennenden Schoß.

Mehr. Ich wollte mehr.

Wir steuerten auf das Bett zu, ohne die Augen oder Lippen voneinander zu nehmen. Blindlings fielen wir auf die Matratze. Ich lag auf dem Rücken, während Jake sich neben mich rollte. Gierig fuhr ich über seinen Oberkörper, tastete jede seiner harten Bauchmuskeln ab. Er atmete flach, war so erregt wie ich.

»Du musst mir sagen, wenn es dir zu viel ist. Wenn ich aufhören soll«, keuchte er an meinem Ohr. Seine Stimme war dunkel und rau.

Mehr als ein Nicken brachte ich nicht zustande, während ich vor Lust ertrank. Ich wollte mehr. So viel mehr.

Jake schnipste und die Kerzen im Zimmer erloschen.

»Warum machst du das Licht aus?«, fragte ich atemlos. Es dauerte einen Moment, bis ich mich an die Dunkelheit gewöhnt hatte.

Ein sinnliches Knurren erfüllte die kleine Kammer. »Weil ich deinen nackten Körper sehen möchte, nur in Mondschein gehüllt. Das stelle ich mir schon seit dem Tag vor, als ich dich im Kristallzimmer tätowiert habe.«

Ich blinzelte und zog ihn wieder an mich. Sein Daumen fuhr von meinem Hals zu meinem Schlüsselbein und im nächsten Moment glitt auch schon meine Tunika zu Boden.

Jake betrachtete meinen nackten Körper, ließ seinen Blick langsam von meinen Brüsten bis zu meinem Schoß gleiten.

»Du bist wunderschön«, hauchte er und entfachte eine Flamme auf seinem Zeigefinger. Er fuhr über meine Haut, umkreiste meine harten Brustwarzen.

Ich stöhnte und rekelte mich auf dem Bett, genoss die Berührungen, die er mir schenkte. Mit seinem Daumen streichelte er weiter meine Brust, während seine andere Hand über meinen flachen Bauch glitt, bis zu dem empfindlichen Punkt zwischen meinen Schenkeln.

Seine Finger streichelten mich, sanft und langsam. Mein Atem kam nur noch stoßweise und ich stöhnte genussvoll auf, rekelte mich auf der Matratze.

Ich wisperte seinen Namen, als er einen Finger in mich schob und mit stoßenden Bewegungen immer wieder in mich eindrang. Keuchend schlang ich meine Arme um seinen Hals und zog ihn an mich.

»Ich will dich spüren«, säuselte ich an seinem Ohr und zerrte an seiner Hose. Sein Finger glitt aus mir heraus und ich spürte seine Härte an meinem Bauch, als er sich über mich beugte.

Er knabberte an meiner Unterlippe. »Nicht«, raunte er atemlos. »Lass ... lass mich dich heute verwöhnen.«

Ich wollte widersprechen, wollte mich wieder an seinem Hosenbund zu schaffen machen, da glitt er bereits mit seinen Lippen über meinen Hals. Küssend bahnte er sich den Weg zu meinen Brüsten, saugte und knabberte an ihnen.

Ich rang nach Atem und spürte sein Lächeln auf meiner Haut, während sein Mund weiter über meinen Körper wanderte.

Seine Zunge umkreiste meinen Bauchnabel und glitt schrecklich langsam nach unten.

Tiefer.

Und tiefer.

In mir brannte alles und ich hielt es kaum noch aus.

Er küsste die Innenseiten meiner Schenkel, saugte an der zarten Haut.

Ich krallte mich in seine Haare, versuchte seinen Kopf dahin zu lenken, wo ich ihn haben wollte. »Bitte«, keuchte ich flehend.

Er lachte heiser zwischen meinen Beinen. Sein Daumen strich über meine empfindliche Stelle. »So gierig?«

Ich stöhnte und biss mir auf die Unterlippe, zitterte vor Verlangen. Er lachte erneut und dann fand seine Zunge den heißen Punkt zwischen meinen Schenkeln.

Ich wimmerte, vergrub meine Hände in den Kissen, drückte und rekelte mich in den Laken.

Seine Zunge neckte meine empfindliche Stelle, spielte und reizte sie, während seine Finger langsam in mich glitten.

Ich stöhnte, bog meinen Rücken durch und ertrank in einem Meer aus brennender Lust. Immer schneller und schneller stieß er in mich. Seine Finger füllten mich vollkommen aus.

Und als er ein weiteres Mal zustieß, fest und tief, mit seinen Lippen auf meinem Schoß, da fand ich stöhnend meinen Höhepunkt.

Einen Moment verharrten wir in der Position, ehe er mir einen Kuss zwischen die Schenkel hauchte und sich aufrappelte. Er ließ sich neben mich auf die Matratze fallen und zog mich in seine Arme. Mein Körper bebte noch von dem Genuss, den er mir gerade geschenkt hatte.

Er hielt mich, bis sich mein Atem langsam beruhigte.

Das Band zwischen uns brannte lichterloh und war so fest und unnachgiebig wie nie zuvor. Es war unzertrennlich.

An diesem Abend sagte keiner von uns beiden die drei magischen Worte. Doch wir konnten sie spüren. In jedem Herzschlag. In jedem Blick. In jedem Atemzug.

Überall.

Ich liebe dich.

Kapitel 33

Es geht um Leben und Tod, verdammt!

Ein Horn ertönte. Sein furchteinflößender Klang vibrierte in den Fenstern und Wänden.

Jake griff nach seinen Waffen, in seinen Händen loderte bereits eine Flamme. »Zieh dich an, sofort!«

Er brauchte mir nicht zu sagen, was der Ruf zu bedeuten hatte. Ich wusste es auch so.

Dragoon war hier.

Augenblicklich sprang ich aus dem Bett und zog mir meinen Kampfanzug an.

»Schnell«, forderte er mich auf, während er die Dachluke im Blick hatte.

Wir stürmten die Treppe hinunter. Gläser gingen ein Stockwerk unter uns zu Bruch.

Als wir die Eingangshalle erreichten, fror ich zwei Magier von Dragoon am Boden fest, während Jake einen dritten mit seinen Flammen ausschaltete.

Der Wirt hatte sich hinter seiner Theke verkrochen und dankte uns, als wir an ihm vorbeistürmten.

Draußen herrschte das reinste Chaos!

Überall kämpften Magier gegeneinander, kämpften mit Klingen und Magie. Schwerter klirrten, Blut spritzte. Schreie zerrissen die Luft und verstummten dann wieder.

Meine Beine wurden weich, doch Jake zog mich an den Rand des Dorfes, das nunmehr einem Schlachtfeld glich.

Ich sah Magier von uns und sah Magier von Dragoon. Es war ein wirres Durcheinander.

Ein Beben hallte durch die Straßen. Es war Maddox, der mit einer kleinen Handbewegung die Erde aus den Angeln riss. Er erledigte drei Magier mit einem Schlag.

Ich blickte mich panisch um. *Verdammt, wo war Ted?*

»Jake, Ami«, rief Maddox außer Atem und rannte zu uns.

»Was ist passiert?«, wollte Jake wissen und warf einen grünen Feuerball auf einen Mann, der sich uns mit erhobenem Dolch näherte.

»Dragoon hat uns aus einem Hinterhalt angegriffen. Unsere Wache konnte gerade noch das Horn blasen, bevor die dunkle Gilde aus ihrem Loch gekrochen kam und dieses Dorf befiel wie ein Schwarm hungriger Mücken.«

»Wo ist Ted?«, stieß ich hervor. Meine Stimme zitterte, so wie mein ganzer Körper.

Jake legte einen Arm um mich, um mir Halt zu geben. Maddox deutete mit einem Kopfnicken auf die andere Seite des Dorfes. Ein Windstoß schleuderte zwei Magier durch die Luft. Die Magie meines Freundes. Ted war wohlauf!

Jake sah zu mir, dann zu Maddox. »Bringe die Dorfbewohner in Sicherheit! Ami und ich werden versuchen, Dragoon etwas in Schach zu halten.«

»Nein«, krächzte die Hexe, die plötzlich neben uns stand. Ihr roter Umhang schimmerte wie das Blut, das den weißen Kies befleckte. »Ich werde euch zu dem Ort bringen, an dem Dragoon die Eismagier versteckt hält.«

Ich starrte sie fassungslos an. »Wir müssen zuerst die Dorfbewohner in Sicherheit bringen! Sie brauchen uns!«

»Dragoon ist abgelenkt«, erwiderte Yuba und sah sich um. »Eine bessere Gelegenheit, zu der Höhle zu gelangen, gibt es nicht.«

Eine Höhle also! In einer Höhle hielten sie meinen Vater gefangen! Mein Blick glitt zu den Bergen, jenseits des Dorfes. Vater …

»Aber wir können unsere Freunde nicht im Stich lassen. Und die Dorfbewohner –«

»Die Hexe hat recht«, unterbrach Maddox mich. Seine Stimme war ruhig. So ruhig, wie ich sie noch nie zuvor erlebt hatte. »Solange Dragoon abgelenkt ist, könnt ihr euch in die Nähe der Eismagier und des Rubins bringen. Wir schaffen das auch ohne euch!«

Ich konnte an Jakes Gesichtsausdruck erkennen, was er von der Idee hielt. Aber er sah seinen Freund an und nickte schließlich. »Du hast recht. Wir sind aus diesen Gründen hierhergekommen und müssen es nun durchziehen.«

»Maddox, verdammt. Du bist verletzt!« Ich deutete auf seine Kleidung. Minako würde es mir nie verzeihen, wenn ihm etwas zustoßen würde. Und ich mir auch nicht.

»Wie?« Maddox tastete seinen Körper ab. »Das ist nicht mein Blut«, sagte er stumpf. Sein Mund verzog sich zu einer Linie. »Und jetzt beeilt euch, ihr müsst hier weg. Den Rest übernehmen wir. Geht und lasst euch nicht entdecken!«

Jake legte ihm die linke Hand auf die Schultern – die Hand des Herzens – und nickte stumm.

»Kommt schnell«, lockte die Hexe ungeduldig und lief bereits los. »Wir dürfen keine Zeit verlieren.«

Meine Beine verharrten auf der Stelle, wollten sich nicht rühren. Jake griff nach meinem Handgelenk. Wie benommen zog er mich durch das Schlachtfeld, wehrte hier und dort Magier ab, die sich uns entgegenstellen wollten. Die Hexe lief voraus und war flinker, als ich es erwartet hätte.

Ein Magier ließ einen Wasserstrahl auf uns zukommen. Reflexartig fror ich ihn ein. Er fiel zu Boden und zersprang in tausend Einzelteile.

»Komm, wir müssen weiter«, sagte Jake, als ich noch auf das Eis starrte. Er zog mich weiter hinter Yuba her, die uns einige Schritte voraus war.

Sie führte uns durch ein Wäldchen und blieb schließlich vor einer Felswand stehen, die zu einem gigantischen Berg gehörte. Die Bergspitze endete in den Wolken und ein gleißender Wasserfall fiel mittig herab. Es sah aus, als würde der Himmel weinen.

Yuba berührte den Felsen und murmelte etwas in einer alten Sprache. Eine unsichtbare Treppe brüstete sich vor uns auf. »Schnell, wir dürfen keine Zeit verlieren!«, drängte sie.

Wir liefen die Stufen hinauf und der Wasserfall teilte sich wie ein Vorhang in der Mitte. Unter uns hörte ich die Magie, die Klingen und die

Schreie, die auf dem Schlachtfeld tobten. Ich traute mich nicht, hinunterzusehen.

In Gedanken betete ich zu den Göttern, betete, dass meine Freunde überleben würden.

»Kommt schnell, kommt schnell«, gurrte Yuba ungeduldig und verschwand in der Dunkelheit.

Ich sah Jake an, der mir zunickte. Und dann betraten wir das Innere der Höhle.

Jake entfachte ein Feuer in seiner Hand, während wir Yuba folgten, die einige Meter vorauslief. Unser angestrengter Atem hallte durch die feuchten Wände, als wir uns immer tiefer in die Höhle wagten.

Die Hexe lief zielstrebig durch das Labyrinth. Sie war schon so weit voraus, dass ich sie nicht mehr sehen konnte. »Wir haben Yuba verloren«, flüsterte ich und drückte Jakes Hand.

»Yuba, wo seid Ihr?«, rief er durch die Höhle.

»Hier drüben bin ich«, trällerte sie. Ihre Stimme kam aus allen Richtungen und doch aus keiner bestimmten. Hatte sie uns in eine Falle gelockt? Panisch sah ich mich um, aber ich erkannte nichts. Nur Steine und Wege, die sich vor uns auftürmten und tiefer in die kalte Dunkelheit führten.

»Zeigt Euch!«, rief Jake knurrend, woraufhin ein krächzendes Lachen durch die Höhle hallte. »Geht einfach weiter. Immer weiter geradeaus. Dann seid ihr am Ziel euer Wünsche.«

»Wir sollten umdrehen«, flüsterte Jake mir zu. »Die verfluchte Hexe hat uns hereingelegt.«

Als er sich umdrehen wollte, spürte ich etwas. Ich blieb wie angewurzelt stehen, während Jake versuchte, mich zum Weitergehen zu bewegen. Er zog an meinem Handgelenk. »Was ist los? Wir müssen hier raus!«

Ich brachte keinen Ton heraus, spürte nur die Magie. Diese vertraute Magie, die ich seit meiner Kindheit kannte.

Ich folgte ihrem Ruf.

»Wohin rennst du, verdammt?!«, rief Jake mir hinterher.

»Komm mit, schnell!« Zu mehr war ich nicht imstande, als ich wie eine

Besessene durch die Höhle lief. Jakes Flamme leuchtete schwach hinter mir und vor mir lag nichts als Schwärze. Doch ich brauchte kein Licht, um den Weg zu finden, den Weg, der mich zu meinem Vater führte.

Als das Gefühl in mir so stark war, dass es beinahe schmerzte, bog ich ein letztes Mal um die Ecke und betrat einen riesigen beleuchteten Raum.

»Vater, bist du –« Die Worte blieben mir im Halse stecken, als ich erkannte, was vor mir lag.

Eis.

Es erstreckte sich meterweit von dem Boden bis zur Decke, nahm die Hälfte der Höhle für sich ein. Es war das Eis meines Vaters.

Tränen sammelten sich in meinen Augen, während ich mich langsam darauf zubewegte. Ich zögerte einen Moment und legte dann meine Handfläche auf die spiegelglatte Oberfläche.

Meine Lippen zitterten und ich presste sie fest zusammen. Ich spürte meinen Vater in diesem Eis, spürte sein Lächeln, seinen warmen Blick.

Aber ... wie war das möglich?

Jake stellte sich neben mich, berührte das Eis mit seinen Fingerspitzen. Seine Augen weiteten sich. Er brauchte nichts zu sagen, denn er spürte es ebenfalls.

Was hatte das alles zu bedeuten? Und wo steckte mein Vater? Weder er noch die anderen vermissten Magier waren hier. Und von Dragoon fehlte auch jede Spur.

Als ich durch das Eis blickte, stockte mein Atem. »Da ist etwas in dem Eis eingeschlossen«, rief ich und deutete mit meinem Zeigefinger auf die Stelle. Ein schwarzer Edelstein schlummerte in dem Eis meines Vaters.

Jake wurde blass und trat einen Schritt nach hinten. »Das würde ja bedeuten –«

Ein grausames Lachen hallte durch die Höhle. Erschrocken sahen wir uns um. Spinnennetze zogen sich wie Adern an den feuchten Wänden entlang. Nein, es waren keine Spinnennetze, sondern Haare. Dicke, weiße Haare von Eismagiern.

Und noch bevor ich einen weiteren Gedanken fassen konnte, schossen die Haare auf Jake zu und wickelten sich um seinen Körper.

Er kniete augenblicklich, während die Haare seine Arme auseinanderzogen und ihm die Kehle zuschnürten. Er sah aus wie eine lebendige Marionette.

»Verflucht«, keuchte er. Seine Stimme klang erstickt.

»Jake!«, schrie ich und war mit zwei Schritten bei ihm. Ich zerrte an den Fesseln, riss und zog an ihnen, aber sie lösten sich nicht. Im Gegenteil, sie zogen sich fester zusammen und schnitten ihm in die Haut. Blut tropfte von seinen Handgelenken.

»Lauf weg«, stöhnte er. Sein Gesicht war schmerzverzerrt.

»Auf keinen Fall!« Ich versuchte, das Haar mit einer Klinge zu durchtrennen. Es gelang mir nicht. Das Haar gab einfach nicht nach. Was war das für ein verfluchter Mist?!

»Verbrenn die Haare!« Meine Worte überschlugen sich. »Verbrenn sie!«

»Das bringt nichts«, schnurrte die Hexe neben mir. »Das Haar neutralisiert Elementarmagie. Solange es ihn umwickelt, kann er kein Feuerchen entzünden. Toll, nicht wahr?«

Ich wirbelte herum und packte sie am Kragen. »Du miese Hexe, du hast ihm das angetan! Mach ihn sofort los! Ansonsten wird dir gleich sehr kalt werden.«

Yuba lachte und schüttelte den Kopf. »Nein Kindchen, *du* lässt *mich* los. Ansonsten werden wir sehen, wie leicht doch ein menschlicher Körper reißen kann, wenn man zu doll an ihm zieht.«

Sie drohte damit, Jake umzubringen? In ihren Augen erkannte ich, dass ihre Drohung ernst gemeint war.

Ich ließ meine Hände sinken und ballte sie zu Fäusten. Hass erfüllte jeden einzelnen Gedanken in mir.

»Taran, dieser miese Betrüger. Er hat mich tatsächlich hereingelegt«, krächzte Yuba, während sie sich in der Höhle umsah. »Aber wie dem auch sei.« Sie wedelte mit ihrer knochigen Hand und wandte sich wieder an mich. »Du bist hier, Kindchen. Und das ist alles, was zählt.«

Ich knurrte und sah zu Jake, der immer bleicher wurde. »Befreie ihn, sofort!«

»Oh, das werde ich, aber erst, wenn du mir einen kleinen Gefallen getan hast. Denn dein Vater hat etwas in seinem Besitz, das ich haben möchte.« Ihre hinterlistigen Augen glitten zum Eis und verharrten an der Stelle, hinter der sich der Stein befand. »Der schwarze Rubin. Ich möchte ihn wiederhaben.«

»Dann zerstör das Eis doch selbst«, zischte ich.

Ihre Augen verzogen sich zu schmalen Schlitzen. »Glaube mir Kindchen, wenn ich es könnte, hätte ich dich nicht hierherlocken müssen.«

Ich erstarrte. Es war doch eine Falle. Die Hexe hatte uns hierhergelockt, damit ich das Eis für sie zerstörte.

Zwischen zwei schnellen Herzschlägen wog ich unsere Chancen ab. Vielleicht würden Maddox und die anderen kommen? Und vielleicht bekam er die Fesseln gelöst, die Jake gefangen hielten!

Yuba schnalzte mit der Zunge. »Ich erkenne deinen Blick. Du versuchst, auf Hilfe zu hoffen. Aber Kindchen, das wird nicht geschehen.« Ihre Lippen zuckten vor Vergnügen. »Ich habe Unmengen an Schutzzaubern ausgesprochen, um diesen Ort zu schützen. Euch zwei wird niemand finden!«

Als ihre schwarzen Fingernägel über das Eis kratzten, wollte ich mich schon auf sie stürzen, aber Jakes erstickte Laute brachten mich zur Vernunft.

Sie würde ihm wehtun, sobald ich sie angriff. Ich spürte, wie schwach Jake wurde, spürte es über unsere Verbindung.

Sie ging zu Jake und streichelte ihn an der Wange. »Es tut mir leid, mein schöner Feuerlord. Ich habe dich immer begehrt, doch wenn deine Freundin nicht kooperiert, muss ich dir wohl oder übel die Arme ausreißen, dann die Beine und schließlich deinen Kopf.«

»Geh weg von ihm!«, schrie ich. Meine Stimme bebte und mir rauschte das Blut in den Ohren.

Sie ließ von ihm ab und verdrehte die Augen. »Du magst nicht gerne teilen, was? Aber wenn du nicht das tust, was ich von dir verlange, wird er nicht mehr lange am Leben sein.«

Ich presste die Zähne aufeinander. »Du bist ein Monster.«

»Lieber bin ich das Monster als ein wehrloses, dummes Menschlein.«

Mit wütendem Blick deutete ich zu dem Eis. »Was hast du mit meinem Vater gemacht?! Wo … wo steckt er?«

Sie runzelte die Stirn. »Du verstehst es immer noch nicht?«

Als ich mit zusammengebissenen Zähnen den Kopf schüttelte, stöhnte sie. »Es ist zu viel, um dir alles zu erklären. Ich werde dir die wichtigsten Dinge *zeigen.*« Sie stand blitzartig vor mir und zog eine goldene Münze hervor, die sie gegen meine Stirn presste. Ein tiefer Schmerz durchfuhr meinen Körper, meine Seele und mein Herz. Ich schrie.

»Viel Vergnügen in der Vergangenheit«, rief sie mir zu, während meine Welt in einem Schleier aus grauer Dunkelheit verschwand und mich mit sich riss.

Kapitel 34

Ewige Magie

Mit einem Ruck erwachte ich. Ich schlug die Augen auf und starrte in eine Welt, bestehend aus einem grau-weißen Schleier.

Orientierungslos blickte ich mich um. Ich stand inmitten eines Schlachtfeldes. Abgeschlagene Gliedmaßen flogen durch die Luft und landeten auf den anderen leblosen Körpern, die sich zu Hunderten vor meinen Füßen türmten.

Mein Puls raste und ich war wie versteinert, während um mich herum der Krieg tobte. Ich wollte weglaufen, wollte fliehen, doch meine Beine gehorchten mir nicht.

Verflucht, wo war ich hier? Träumte ich?

Dann blitzte es auf und ich befand mich vor einem riesigen, abgebrannten Scheiterhaufen. Einer von Abertausenden, die sich über Wiesen und Wälder bis zum blutroten Horizont erstreckten. Der weiße Rauch stieg in den Himmel empor und in der Asche erkannte ich verkohlte Körper.

Mein Atem stockte, als ich die pechschwarzen Leichen betrachtete. Ihre Münder waren weit aufgerissen und ihre Gliedmaßen in unnatürliche Stellungen verdreht. Sie starben eines qualvollen Todes, waren am lebendigen Leib verbrannt worden.

Es tut mir leid, Schwestern. Die honigsüße Stimme kam aus meinem Kopf und doch war es nicht meine eigene. *Ich werde euch befreien. Und gemeinsam werden wir diese Welt niederbrennen, mit all ihren Magiern und Menschen. Wir werden uns rächen an jeder einzelnen Seele, die am Leben ist, während ihr Höllenqualen erleidet!*

Ich blickte auf meine Hände, die mir ebenfalls nicht gehörten. Sie zitterten. Plötzlich erinnerte ich mich wieder daran, was die Hexe mit mir gemacht hatte. Und ein Wort brannte sich in mein Gedächtnis.

Vergangenheit.

Ich war tatsächlich in der Vergangenheit! Alles wirkte verschwommen, so als würde die Erinnerung verblassen und das, was einst geschehen war. Sogar die Luft roch abgestanden, modrig und alt.

Wieder blitzte es auf und dann befand ich mich an einem dunklen Ort. Es war eine Höhle.

Die Hexe versteckte sich listig hinter einem Felsen und wartete auf etwas. Ich versuchte mich von ihr loszureißen, aus diesem Albtraum zu erwachen, aber ich konnte nicht. Ich konnte weder meine Augen verschließen noch aufwachen oder wegrennen. Ich sah durch die Augen der Hexe, hörte ihre Gedanken in meinem Kopf, als wären es meine eigenen. Sogar ihren Hass spürte ich auf meiner Haut.

Schlagartig wurde mir etwas bewusst. Es war *ihre* Vergangenheit, in die sie mich geschickt hatte. Und in diesem Moment kreisten ihre grauenvollen Gedanken einzig und allein um den Stein, der sich irgendwo in dieser Höhle befinden sollte. Der schwarze Rubin.

Und wir waren nicht allein. Ein Wesen lauerte am anderen Ende der Höhle. Ich konnte nicht erkennen, was es war, doch ich spürte seine Anwesenheit wie tausend Stiche. Sein Körper war nachtschwarz, verschmolz mit der Dunkelheit und den Schatten. Sein Atem war ruhig und flach – kaum wahrnehmbar. Die Kreatur lag auf der Lauer, so wie Yuba, die sich an den Felsen drückte und in Richtung des Höhleneingangs spähte.

Plötzlich hörte ich Schritte, die sich uns näherten. Zwei Schatten wurden an die Wand des Höhleneingangs geworfen.

Die Hexe sprang beinahe vor Freude in die Luft, so froh war sie über die beiden Gestalten, die sich in die Höhle wagten. Aber angesichts der Kreatur, die am anderen Ende lauerte, verhielt sie sich ruhig und unscheinbar. Nur ihre spitz gefeilten Nägel krallte sie vor Aufregung in den Stein, während sie zum Höhleneingang starrte.

Die Schatten an den Wänden wurden größer und dann tauchte die Erste der beiden Gestalten auf.

Ich erkannte ihn sofort, auch wenn keine Narbe sein Gesicht prägte und kein graues Härchen auf seinem Kopf zu sehen war.

Es war Meister Jiji. Er wirkte um Jahrzehnte jünger. Auf seinem Gesicht lag ein breites Grinsen. Er nuschelte etwas Unverständliches und lachte daraufhin herzhaft.

Und dann hörte ich eine Stimme, die ich schon mein ganzes Leben kannte. Eine Stimme, die mir vorsang, wenn ich traurig war, die mich zum Lachen brachte, als ich hinfiel und die mir Geschichten über Blizzard erzählte, wenn ich nicht einschlafen konnte. Eine Stimme, bei der ich dachte, sie nie wieder hören zu können.

Tränen sammelten sich in meinen Augen, als ich ihn um die Ecke biegen sah.

Meinen Vater.

Die Wärme, die ich in diesem Moment verspürte, war im hintersten Winkel meines Herzens eingesperrt gewesen. Und nun brannte sie lichterloh und in den schönsten Farben dieser Welt.

Mein Vater, er war es wirklich! Er sah noch genauso aus, wie ich ihn in Erinnerung hatte: weißes, längliches Haar, ein paar Falten um die Augen und einen warmen, liebevollen Gesichtsausdruck.

Ich versuchte, auf ihn zuzulaufen, doch die Hexe rührte sich nicht von der Stelle. Sie hockte immer noch hinter dem Felsen – die tödlichen Nägel ausgefahren und ihre Haare in Position gebracht, falls man sie entdecken würde.

Sie war wie eine Spinne, die auf ihre Beute wartete. Was hatte sie vor?

Mein Vater und Meister Jiji traten mit wachsamen Schritten ins Innere der Höhle. Beide waren bis an die Zähne bewaffnet und trugen schuppenartige Kampfkleidung.

»Weißt du was?«, sagte mein Vater und blieb stehen. Seine Stimme ließ mich immer noch lächeln. Sie war wie Musik in meinen Ohren. »Ich denke gerade an mein kleines Mädchen.«

»Unsere Kinder wachsen schnell, nicht wahr?«, sagte Meister Jiji wehmütig.

»Zu schnell«, antwortete mein Vater leise und ließ die Schultern hängen. »Meine Kleine ist schon so groß geworden. Und ich erlebe so vieles nicht mit, weil ich ständig unterwegs bin. Ich bin ein grausiger Vater.«

Mein Herz zog sich bei seinen Worten zusammen. *Das stimmt nicht! Du bist ein großartiger Vater!*

Meister Jiji schlug ihm auf den Rücken. Der Klang vibrierte in den Höhlenwänden. »Vergiss nicht, warum du unterwegs bist«, sagte er aufmunternd. »Nun ist dein Mädchen noch klein und wünscht sich ihren Vater, aber irgendwann wird sie es verstehen, vertrau mir. Bei Jake ist das nicht anders.« Er lächelte und fuhr sich durch sein dunkles Haar. Eine Geste, die ich von Jake kannte. »Er hat nur Unfug im Kopf und jammert mir vor jedem Auftrag die Ohren voll, dass ich nicht fortgehen soll. Doch gleichzeitig trainiert er hart. Seine magische Kraft übertrifft bereits jetzt die der meisten Magier. Er wird in meine Fußstapfen treten, Aufträge erledigen und Gutes in dieser Welt vollbringen. Er wird mich übertreffen, in allen Bereichen.«

Ich sah etwas in Meister Jijis Augen glitzern. Er wischte sich eine Träne mit dem Handrücken davon. »Verflucht, jetzt werde ich sentimental. Lass uns lieber auf den Auftrag konzentrieren und das Mädchen suchen gehen, das sich hier verirrt hat.«

Sie waren auf der Suche nach einem Mädchen? An diesem Ort?

Der dunkle Schatten schlug seine Lider auf. Mit seinen gelben, echsenartigen Augen fixierte er die ahnungslosen Männer an, die sich ihm unbewusst näherten – seine Beute.

Und dann wurde mir alles klar. Es war eine Falle. Eine Falle, die die Hexe ausgelegt hatte.

Die Kreatur am anderen Ende der Höhle musste der Drache sein. Der Drache, der meinem Vater damals das Leben nahm. Oder auch nicht. Ich war verwirrt, so verwirrt.

Mein Herz bekam einen Stich, als mich eine dunkle Vorahnung beschlich. Was ist, wenn der Seelenredner nicht die Wahrheit gesprochen hatte? Wenn er mich belogen hatte? Dann würde ich ... meinen Vater ... heute sterben sehen.

Hysterisch versuchte ich ihm über unsere Magie ein Zeichen zu geben, ihn irgendwie zu warnen. Doch so sehr ich es auch versuchte, es gelang mir nicht.

Die Hexe jubelte innerlich und freute sich darüber, dass die beiden hergekommen waren. Ihre Gedanken widerten mich an.

Es war grausam zu sehen, wie etwas passierte, wenn man nicht eingreifen konnte.

Ich wollte ihnen helfen, wollte es so sehr, doch ich konnte nicht. Ich war nutzlos, weil ich nicht echt war. Weil ich ein Geist in der Vergangenheit war, gefangen in dem Körper der Hexe, die meinen Vater auf dem Gewissen hatte.

»Spürst du es auch?«, fragte mein Vater leise. Meister Jiji nickte. »Irgendeine dunkle Magie strömt aus dieser Höhle.«

Der Höhlenboden vibrierte, als der Drache sich aus der Dunkelheit löste.

Ich hielt die Luft an. So ein monströses Wesen hatte ich noch nie zuvor gesehen. Sein stählerner Körper, seine ledrigen Schwingen und die scharfen Krallen – er war nicht nur tödlich. Er *war* der Tod.

Und er entschied, ob er sich Zeit lassen würde oder ob es schnell ginge. Doch ich war mir sicher, dass er heute spielen würde, genüsslich langsam und bis zum bitteren Ende. *Bei den Göttern!*

Seine nachtschwarzen Schuppen schienen unversehrt zu sein. Entweder hatte es noch nie einer geschafft, ihn ernsthaft zu verletzen, oder aber er hatte sich all die Jahre in dieser Höhle verkrochen. Vielleicht war er unbezwingbar.

Er öffnete sein Maul und entblößte eine Reihe messerscharfer Zähne. Jeder einzelne Zahn hatte die Größe einer todbringenden Klinge.

Mein Vater ließ sein Eis durch die Hände gleiten, bereit zuzuschlagen. Meister Jiji verwandelte sich in ein Monster mit schwarzen Klauen und einer langen Mähne. Gemeinsam stürmten sie auf den Drachen zu.

Ein Kampf entfachte. Mein Vater und Meister Jiji kämpften Seite an Seite gegen das Ungetüm, setzten all ihre Kräfte ein. Doch jeder Schlag prallte an den harten Schuppen des Drachens ab. Nach wenigen Minuten rangen sie nach Atem.

»Irgendetwas stimmt hier nicht«, knurrte mein Vater. »Der Drache ist viel zu stark.«

»Stimmt, und ich habe kaum noch magische Kraft übrig«, keuchte Meister Jiji atemlos. Im nächsten Moment traf der Drache ihn mit einer Klaue im Gesicht. Er johlte vor Schmerzen auf und verwandelte sich wieder in seine

Menschengestalt zurück. Stöhnend hielt er sich das Gesicht. Es war voller Blut.

Ich schrie, als der Drache sich auf den verwundeten Meister stürzte und mein Vater dazwischen sprang.

Und dann passierte alles ganz schnell, sodass ich nicht einmal Luft holen konnte, als der Drache sein Maul aufriss und meinen Vater mit Haut und Haaren verschlang.

Ich schrie und schrie und schrie, doch kein Laut drang aus meiner Kehle.

Mein Vater war tot.

Ich hatte mir immer gewünscht zu erfahren, wie er damals gestorben war. Doch so hatte ich es nicht gewollt. Zuzusehen und nichts ausrichten zu können, war grausamer als alles andere. Und der Seelenredner hatte gelogen. Er hatte mich belogen und ich war darauf hereingefallen. Ich war dumm, so unsagbar dumm.

Meister Jiji versuchte es allein, griff schreiend und wutentbrannt an, doch der Drache war zu stark. Und so lief er aus der Höhle und brachte sich in Sicherheit, bevor der Drache auch ihn verschlingen konnte.

Die Hexe kratzte wütend mit ihren schwarzen Fingernägeln über den Felsen. Ich hörte ihre boshaften Gedanken, wie sie meinen Vater und den Meister verfluchte. Sie wollte gerade hinter dem Stein hervorkriechen und sich aus der Höhle schleichen, da gab der Drache seltsame Geräusche von sich.

Sein Brüllen klang erstickt und schmerzverzerrt. Die Hexe lugte an dem Felsen vorbei und beobachtete den Drachen, der sich gegen die Höhlenwand schmiss. Ein paar Steine lösten sich von der Decke und fielen hinab. Beinahe hätte ein Felsbrocken die Hexe getroffen, doch auch nur fast. Denn sie sprang schnell zur Seite und brachte sich außer Gefahr.

Erstaunt betrachtete Yuba das Schauspiel, das sich vor ihr ergötzte – die dunklen Schuppen des Drachens verfärbten sich, wurden hell und weiß. Dann riss sie ihre Augen weit auf, während uns der gleiche Gedanke durch den Kopf schoss.

Die Verfärbung an seinen Schuppen, das war ... Eis.

Der Drache fror Gliedmaße für Gliedmaße ein, bis er nur noch eine Statue aus purem, glänzendem Eis war. Ein Schnipsen hallte durch die Höhle und das Eis zersprang in tausend Teile.

Als sich das aufwirbelnde Eis senkte und die Luft wieder klar wurde, erstarrte Yuba. Grund dafür war mein Vater, der inmitten der Überreste stand. In seinen Händen hielt er einen schwarzen Edelstein.

Ich atmete erleichtert auf. Er hatte es geschafft, er hatte es tatsächlich geschafft! Mein Blick fiel auf den Stein. Drachen bewachten ihre Beute, solange sie lebten. Und der Rubin hatte dem Drachen ein unnatürlich langes Leben geschenkt. Ein Leben, das durch die Hand meines Vaters nun sein Ende fand.

Yuba kroch hinter dem Felsen hervor und kam gefährlich langsam auf ihn zu. Sie schlich sich an ihn heran, wie eine Raubkatze an eine ahnungslose Hirschkuh.

Ich wollte ihn warnen, schrie und rief ihm zu, doch kein Laut drang aus meiner Kehle.

Yuba kam immer näher. Nun konnte ich sogar schon den Phönix auf seinem Unterarm deutlich erkennen und die vielen Verletzungen, die ihn zum Taumeln brachten. Mein Vater spürte die Gefahr und wich aus, als die Hexe sich auf ihn stürzte.

»Yuba«, keuchte er mit schmerzverzerrtem Gesicht. Und obwohl er blutüberströmt war, lag ein breites Grinsen auf seinen Lippen. »Wie schön, dich hier anzutreffen. Ausgerechnet in der Höhle, in die du uns geschickt hast, um nach einem *Kind* zu suchen. Nun, der Auftrag ist wohl erledigt.« Er lachte und hustete. Aus seinem Mundwinkel trat Blut. Er konnte sich nur mit Mühe auf den Beinen halten.

Ich spürte, wie die Hexe sich ihrer Sache sicher war, wie sie wusste, dass mein Vater kein ernsthafter Gegner mehr war. Wenn sie wüsste …

»Wie ist es möglich, dass du noch lebst«, fragte sie mit zuckersüßer Stimme. »Die Magensäure des Drachens hätte dich töten müssen.«

Mein Vater lachte wieder. »Nicht, wenn ich meine Haut mit Eis schütze. Und den Drachen von innen heraus zu erledigen war ein Kinderspiel.« Er hustete erneut und wischte sich das Blut an der Schulter ab.

»Wie auch immer, du hast etwas, das mir gehört«, sagte sie und schielte gierig zu dem Rubin. »Gib es mir und ich werde dein Leben verschonen.«

»Ach, meinst du den Klunker hier?« Er warf ihn mehrmals in die Höhe und jonglierte mit ihm. »Ich glaube, er fällt mir gleich aus der Hand.« Doch ich hörte in ihren grauenvollen Gedanken, dass er diesen Stein nicht kaputt kriegen würde – niemand konnte das. Keine Magie und keine Gewalt auf Erden wären dazu in der Lage.

Mein Vater bemerkte, dass die Hexe nicht beunruhigt wirkte. »Was ist das für ein Edelstein?«, fragte er zögerlich. »Es geht eine bösartige Aura von ihm aus.«

»Dann denk mal genau nach«, krächzte sie spöttisch.

Mein Vater hielt den Stein in der Hand, betrachtete ihn und dann verstand er. Seine Augen weiteten sich und ein Ausdruck trat in sein Gesicht, der voller Entsetzen war. »Das ist der schwarze Rubin. Yuba, was hast du damit vor?«

»Was wohl? Ich werde meine Schwestern zurückholen, deren Seelen in diesem Stein gefangen sind und im Höllenfeuer schmoren müssen. Ich werde sie befreien und zurück in diese Welt beschwören. Und dann werden wir alle Städte, Dörfer und Gilden niederbrennen. Kein Leben wird verschont bleiben.«

»Warum?« Mein Vater und ich keuchten gleichzeitig auf. Doch ich hörte ihre grauenvollen Worte, noch bevor sie diese ausgesprochen hatte. Mir lief es kalt den Rücken herunter.

Rache. Sie wollte Rache üben, für die Qualen, die ihre Schwestern erlitten hatten.

Weitere Bilder ihrer Vergangenheit blitzten in ihren Gedanken auf. Und auf einmal ergab alles einen Sinn.

Die Hexe war alt. Sehr alt. Und das Schlachtfeld, auf dem sie einst gestanden hatte, war der große Krieg gewesen. Als er verloren war, hatte sie zugesehen, wie ihre Schwestern gestorben waren. Wie sie auf den Scheiterhaufen brannten und ihre Seelen in dem ewigen Höllenfeuer schmorten, während sie die einzige Überlebende war.

Denn sie war die Anführerin der fünf Hexenzirkel. Die Stärkste von allen, die als einzige in der Lage gewesen war, dem Tode zu entkommen.

Niemand ahnte von ihrer Existenz, denn ihre Schwestern hatten sie bis zum Schluss nicht verraten. Egal, wie grausam Hexen auch sein mochten, sie waren loyal.

Und nun verstand ich, was es mit den Puppen auf sich hatte. Jede Puppe stand für eine ihrer gefallenen Schwestern, die sie im Krieg verloren hatte.

Die Hexe zuckte nicht einmal mit der Wimper, als mein Vater versuchte, den Stein zu zerstören. Nein, die Hexe wusste, dass es unmöglich war.

Mein Vater knurrte, griff nach der Fackel, die am Boden lag und humpelte los. Immer tiefer in die Höhle, um Zeit zu gewinnen.

Yuba rollte mit den Augen, verschränkte ihre Hände hinter dem Rücken und ging ihm gemütlich hinterher. Es wirkte wie ein Spaziergang, nicht wie eine Verfolgungsjagd.

»Erstaunlich, dass du dich noch auf den Beinen halten kannst«, gurrte sie. Ihre Schritte hallten durch die Höhle.

Mein Vater lachte, während er seinen Dolch in den Stein drückte. »Ach weißt du, es gibt Schlimmeres, als von einem Drachen gefressen zu werden. Dich zum Beispiel, du hässliches Ungetüm.«

Hässlich. Das Wort hallte in ihr hundertfach wider. Ihre Lippen verzogen sich zu einem schmalen Strich. In ihren Gedanken zuckten die Bilder ihrer Jugend auf. Sie war hübsch gewesen, früher einmal. Blondes, gewelltes Haar, eine kecke Nase und hohe Wangenknochen. Doch die neunhundert Jahre hatten auch sie alt, schwach und hässlich werden lassen.

»Gib ihn endlich her und verrecke«, krächzte sie gekränkt. »Du gehst mir allmählich auf die Nerven, Magier.«

Mein Vater schleifte sich in eine Sackgasse und blieb stehen. Langsam drehte er sich um. »Heute ist dein Glückstag Yuba, denn einen Wunsch davon erfülle ich dir.« Er legte die Hände übereinander. Im selben Moment sprach er die Worte: »In ewiges Eis, so hülle mich ein. Nimm meinen Körper, als wäre er dein. Mein Geist soll wachen, für alle Zeit, so verwandle ich mich, in das ewige Eis.«

Und dann wirbelten Eiskristalle durch die Luft und schossen in alle Richtungen. Yuba konnte sich gerade noch außer Reichweite bringen, ehe das Eis auch sie verschlungen hätte.

Der Wind trug seine letzten Worte zu mir herüber, leise und zart wie eine Frühlingsbrise. *Lebewohl Ami.*

Nein. Nein. Nein. Nein.

Mein Herz zersprang. Meine Welt zerbrach. Er hatte sich vor meinen Augen in das ewige Eis verwandelt.

Yuba geriet in Panik, als sie den schwarzen Rubin inmitten der Eisschicht sah. Sie rammte ihre Hände dagegen, kratzte mit ihren Nägeln über die spiegelglatte Oberfläche, doch nichts geschah. Das Eis trug nicht einmal die kleinste Kerbe davon. Sie versuchte es erneut, versuchte, an den Stein zu kommen, der in seinem Inneren schlummerte – es gelang ihr nicht.

Außer Atem sank sie zu Boden, ihren Blick auf den schwarzen Rubin geheftet, der zum Greifen nah und doch in unerreichbarer Ferne lag.

Dann schrie sie, brüllte ihren Zorn in die Welt hinaus. Und ich ... ich weinte. Weinte und verstand, dass mein Vater für diesen Edelstein sein Leben gegeben hatte. Und seine Seele nun eingesperrt war.

Für alle Zeit.

Dann waren die Bilder nur noch schemenhafte Muster. Die Hexe, wie sie über Monate versuchte, das Eis zu zerstören – mit Stahl, Feuer und Magie. Wie sie Dragoon damit beauftragte, Eismagier zu entführen. Ich sah Bilder aufblitzen, wie sie den Magiern die Haare abschnitt und im nächsten Atemzug die Kehlen durchtrennte. Einige Gesichter erkannte ich. Auch Clara und der kleine Eismagier waren unter den Toten, die ihr Leben geben mussten, weil sie das Eis nicht zerstören konnten.

Und ich sah, wie die Hexe endlich dem Rätsel auf die Schliche kam.

Um das Eis zu zerstören, brauchte sie ... mich. Ich war die Einzige, die dazu in der Lage war. Denn durch meine Venen floss dieselbe Magie wie die meines Vaters.

Ich war der Schlüssel, den die Hexe all die Jahre gesucht hatte. Für den sie gemordet hatte.

Und ich war ihr in die Falle gelaufen.

Kapitel 35

Folge meiner Stimme

Jakes erstickte Laute brachten mich wieder in die Realität zurück.

Ich brauchte einige Herzschläge, bis ich wieder zu mir kam. Ich lag auf dem kalten Boden der Höhle. Mein Körper zitterte von dem, was ich eben erlebt hatte.

Das Lachen der Hexe drang an mein Ohr. »Bist du endlich von deiner Zeitreise zurück?«, hauchte sie mir voller Belustigung entgegen. »Wie war es, den Tod deines Vaters hautnah mitzuerleben?«

»Du Miststück, du hast meinen Vater auf dem Gewissen!« Mein Atem ging flach und ich rappelte mich auf die Beine. »Und alle anderen. So viele Eismagier, die wegen dir sterben mussten!«

Sie lachte schrill und hob einen knochigen Finger. »Dein Vater hat sich selbst für diesen Weg entschieden. Keiner hat ihn gezwungen, sich zu opfern.« Sie seufzte theatralisch. »Damit hat er mir eine Menge Ärger bereitet. Ohne seinen sinnlosen Tod hätten die anderen Eismagier nicht sterben müssen. Du siehst, eigentlich ist er an alledem schuld.«

Ich wollte ihr an die Gurgel springen, doch sie schnipste sofort mit den Fingern und Jake stöhnte schmerzhaft auf. »Komm mir zu nahe und der schöne Feuerlord muss dafür büßen.«

Ich verharrte mitten in der Bewegung. Die Hexe hatte mich in der Hand und das wusste sie genau. *Verflucht!*

Sie streichelte Jake die Wange, als wäre er ihr Schoßhündchen. Und ich verstand ihre Faszination für ihn. Er war der Einzige, der dem Höllenfeuer standhalten konnte. Das Höllenfeuer, welches die Hexe mehr fürchtete als den Tod.

Und mir war bewusst, dass sie Taran damit beauftragt hatte, Fluffy zu töten. Das Puzzle fügte sich zusammen und ergab nun endlich ein Bild – ein grausames Bild.

Ich verschränkte die Arme vor der Brust und lächelte sie scheinheilig an. »Zeig deine wahre Gestalt, Yuba, Anführerin der fünf Hexenzirkel.«

»Was?«, keuchte Jake erstickt.

Yuba lachte und verwandelte sich augenblicklich. Mir blieb der Mund offen stehen, während ich sie betrachtete. Es war, als wäre sie aus einem Alptraum entsprungen. Das Fleisch an den Wangen war zerfetzt, die Nase zertrümmert und ihr linkes Auge bestand nur noch aus einer leeren Höhle.

Ich erschauderte. Ihr Äußeres passte nun zu ihrem Inneren. Genauso scheußlich und verdorben.

»Mir wurde im Krieg alles genommen« fing sie an zu erzählen. »Nicht nur die Seelen meiner Schwestern, sondern auch der Großteil meiner Macht steckt in dem schwarzen Rubin.« Geistesabwesend tätschelte sie das Eis. Ihr Blick haftete auf dem Stein, der darin verborgen lag. »Mir blieb nur mein langes Leben, aber auch ich alterte. Der Hohe Rat brachte den Rubin an einen sicheren Ort und löschte durch einen Zauber alle Erinnerungen an ihn. Keiner wusste, wo er sich befand, denn sie kannten die Gefahr, die sich mit dem Wissen barg. Ein Gedankenleser hätte ihnen die Information ganz einfach entlocken können. So wie auch ich es vorhatte.« Sie schnaubte verbittert. »Ich suchte Jahrhunderte nach dem Stein, bis mir ein Buch in die Hände fiel. Es war ein Buch aus der alten Zeit. Und da wusste ich, warum der Hohe Rat all die Bücher verbrennen ließ. Denn in einem von ihnen verbarg sich des Rätsels Lösung. Ein mächtiger Drache, der in dieser Höhle lebte, wachte über ihn. Und den Rest der Geschichte kennst du ja.« Sie wedelte mit ihrer Hand, die nur noch aus Knochen bestand. Ihre Lippen kräuselten sich. »Dein Vater besiegte den Drachen und hüllte den Stein in ewiges Eis.«

»Mein Vater hat mich all die Jahre wegen einer Lüge alleingelassen?«, knurrte Jake erstickt. Seine Augen flammten zornig auf. »Du verdammtes Hexenweib –«

Sie schnalzte mit der gespaltenen Zunge. »Mein Liebster, früher warst du nicht so herablassend. Und ich hatte es tatsächlich in Erwägung gezogen, dich am Leben zu lassen, doch jetzt?« Es sprossen weitere Haare aus den

Wänden und schlangen sich um ihn. Sein Gesicht färbte sich blau, als die Stricke seine Kehle würgten. Er erstickte.

»Aufhören, verdammt!«, flehte ich. Tränen brannten sich in meine Augen. »Ich tue es ja schon. Aber lass Jake am Leben!«

Sie riss ihren Kopf zu mir herum. »Braves Mädchen«, schnurrte sie und lockerte den Strick um Jakes Kehle. Er hustete und rang nach Atem. Sie lächelte so breit, dass jeder faulige Zahn zu sehen war. »Man braucht nur die richtige Motivation und schon geht es.«

»Du meinst Erpressung.«

»Sieh es mal so: Wenn du den Eiszauber auflöst, wird Jake am Leben bleiben. Dein Vater ist doch sowieso schon tot.«

Mein Vater lebte, jedenfalls seine Seele. Ich konnte sie spüren, wie sie gefangen war in dem ewigen Eis. Doch das behielt ich für mich.

»Nein«, stöhnte Jake. Seine Arme waren schon blutig von den Haaren, die in seine Haut schnitten. »Tu es nicht ... lauf weg ...« Die letzten Worte kamen nur noch gebrochen über seine vor Schmerz verzogenen Lippen.

»Sei still, mein Schöner«, ermahnte Yuba ihn mit honigsüßer Stimme und kam dann auf mich zu. »Los Mädchen, worauf wartest du noch? Wir haben nicht ewig Zeit.«

Ich sah zu Jake. »Du verschonst sein Leben. Sobald ich das Eis zerstört habe, lässt du seine Fesseln verschwinden.«

»So viele Bedingungen?«, zischte sie gereizt. Dann hob sie ihre knorpeligen Schultern. »Aber von mir aus. Ich werde den Haarzauber von ihm lösen, sogleich das Eis zerstört ist.«

Ich biss die Zähne zusammen und ignorierte Jake, der mir über unsere Verbindung eine kleine Flamme schickte. Sie war beinah so kalt wie meine Eismagie.

Tu es nicht, schrie er mir förmlich entgegen. *Lauf weg.*

Ich verstand, dass er nur das Richtige tun wollte. Die Welt vor dem Unheil schützen, das sich über uns zusammenbrauen würde, sobald der schwarze Rubin erst einmal befreit wurde. Aber ich würde Jake unter keinen Umständen sterben lassen. Für mich war weglaufen keine Option, auch wenn das bedeutete, dass der Rubin in die Hände der Hexe gelangt. Ich konnte seiner Bitte nicht nachkommen. Ich würde nicht sein Leben opfern. Ich konnte einfach nicht.

Als Yuba ungeduldig mit der Zunge schnalzte, nickte ich. »Abgemacht.«

»Dann ist ja alles geklärt«, schnurrte sie wie ein Kätzchen. »Und nun an die Arbeit, Kindchen. Bist du zu langsam, kann es passieren, dass du deinen Feuerlord nicht in einem Stück zurückbekommst.«

Ich fletschte die Zähne und unterdrückte mein Verlangen, die Hexe erneut anzugreifen. Sie würde Jake bloß noch mehr verletzen. Mit schweren Schritten trat ich an das Eis heran.

Ich legte beide Handflächen auf die spiegelglatte Oberfläche. Das Gesicht meines Vaters lag über meinen Gedanken. Und er lächelte.

Ich atmete tief ein, konzentrierte mich auf seine Wärme. Auf sein Lächeln. Auf ihn.

Das Eis unter meinen Finger vibrierte und im Geiste umarmte ich ihn ein letztes Mal. Es war ein Abschied. Ein Lebewohl.

Mit einem lauten Knall zersprang das Eis. Mein Innerstes. Und meine Welt.

»Sei frei«, flüsterte ich unter Tränen. »Danke für alles, Vater.«

Tausend schimmernde Kristalle funkelten in der Luft und glitten sanft zu Boden. Und inmitten des zersplitterten Eises lag der schwarze Rubin. Die Macht, die aus ihm strömte, legte sich wie Nadelstiche auf meine Haut.

Das grauenvolle Lachen der Hexe hallte in der Höhle hundertfach wider. Im selben Moment verschwanden die Schlingen um Jakes Körper. Ich fing ihn auf, ehe er zu Boden sacken konnte. Sein Gesicht lag in meinen Händen. »Jake. Bitte, sag doch etwas.«

Er war ganz kalt. »Jake, verdammt.«

Und dann spürte ich eine Hitze, die aus seinem Inneren kam, die ihn wärmte und wieder etwas Farbe in sein Gesicht zauberte.

»Eisprinzessin«, flüsterte er. Tränen aus Erleichterung liefen mir die Wangen herunter. Ich drückte seinen lauwarmen Körper an meine Brust.

»Du machst mich ganz nass«, sagte er lachend und hustete dann.

Ein Windstoß, so zart wie ein warmer Sommerregen, glitt durch die Höhle. Und auch wenn ich niemanden sah, wusste ich, welches Geschöpf vom Himmel herabgestiegen war.

Es war ein Engel. Und er nahm die Seele meines Vaters mit. Er würde endlich Frieden finden. Er war frei.

»Endlich«, rief die Hexe aus vollem Halse. »Endlich bist du mein!«

Sie steuerte auf den Rubin zu, doch noch bevor sie ihn erreichte, flog etwas durch die Luft und schoss direkt auf sie zu.

Es war ein Blitz. In seinem Kern schimmerte eine unbändige Glut.

Die Hexe schrie auf und sank zu Boden. In ihrem Leib steckte bis zum Ansatz ein Dolch. Das rote Auge aus Höllenfeuer starrte mich an. Mir stockte der Atem.

»Habt ihr mich vermisst?«, fragte eine raue Stimme belustigt.

Ich wirbelte herum und blickte direkt in Tarans grinsendes Gesicht. Er stand am Höhleneingang und sah genauso aus wie bei unserer letzten Begegnung: blondes, kurzes Haar, goldene Augen und ein dämonisches Grinsen auf den Lippen.

»Was machst du hier?«, brachte ich heiser hervor. Neben mir verkrampfte sich Jake.

Tarans Blick rutschte von mir zu Jake und dann zu der Hexe. »Ich habe euch den Arsch gerettet.«

Jake hievte sich auf die Beine und rieb sich seinen Hals. Frische Würgemale zeichneten sich auf seiner Haut ab. »Du hast uns nicht gerettet.«

»Das sehe ich aber anders. Die Hexe hätte euch beide vernichtet.« Er betrachtete seinen weißen Handschuh. »Sieh es als Schuldbegleichung für das, was ich Minako damals angetan habe. Damit wären wir quitt.«

Als Schuldbegleichung? Ich blinzelte überrascht. Hieß das etwa, dass er Schuldgefühle hegte für das, was damals passiert war?

Jake sagte nichts. Kein einziges Wort. Er schien darüber nachzudenken.

Mein Blick huschte zu Yuba. Aus ihrer Wunde trat grünes, dickliches Blut. Hexenblut. Und es breitete sich um ihren reglosen Körper aus.

Sie war tot.

Ihr ausgestreckter Arm war auf den Rubin gerichtet, der nur wenige Meter von ihr entfernt lag. Ihr ganzes Leben war sie auf der Suche nach ihm gewesen und nun war all das Morden, all das Quälen umsonst. Sie würde ihn niemals in ihren Händen halten können.

Die borstigen Haare schwammen in ihrem Blut. Ich hasste die Hexe, ich hasste sie von ganzem Herzen. Und doch war mir der Anblick zuwider. Ich empfand keine Freude an ihrem Tod, keine Genugtuung. Nur Mitleid für all diejenigen, dessen Leben sie beendet hatte.

Ich sah wieder zu Taran, der immer noch am Höhleneingang verharrte. Sein Blick klebte auf mir, als er sagte: »Ich hatte keine Ahnung, wozu die Hexe euch brauchte und ganz speziell dich, Ami. Ich hatte einige wilde Theorien aufgestellt, aber die Wahrheit übertrifft bei weitem alles.« Er lächelte amüsiert. »Wer konnte denn schon ahnen, dass dein Vater nicht von einem Drachen getötet wurde. Jake, tut mir leid dir mitteilen zu müssen, dass dein Vater wohl all die Jahre ganz umsonst nach ihm gesucht hat. Nicht schön, wenn man zu dieser Erkenntnis kommt, nicht wahr?«

»Du mieser Bastard«, knurrte Jake. Jedes Wort war reines Gift.

»Schon gut, schon gut. Kein Grund, gleich ausfallend zu werden. Sieh es positiv, wenigstens kennst du nun die Wahrheit.« Taran setzte ein aalglattes Lächeln auf. Als würde ihm diese Tatsache Genugtuung verschaffen.

»Also gehörten wir zu deinem Plan, hinter das Geheimnis von Yuba zu kommen«, stellte ich bitter fest. Die Erkenntnis traf mich wie ein Schlag.

Taran zupfte seinen weißen Handschuh zurecht. »So ist es! Ich habe der Hexe das Schriftstück geraubt und es dann von euch finden lassen.« Er lachte und seine Augen glühten wie flüssiges Gold. »Die Hexe war wirklich dumm. Glaubt ihr ernsthaft, dass ich euch dieses Schriftstück überlassen hätte, wenn ich mir nicht sicher gewesen wäre, dass ihr damit zu Yuba geht und sie es für euch entschlüsselt? Ihre Spur zu verfolgen stellte sich jedoch als schwieriger heraus. Sie war hinterlistig und verstand es, sich unsichtbar zu machen. Doch eurer Gilde zu folgen war ein Leichtes. Wir hielten gebührend Abstand, damit ihr uns nicht bemerkt. Und nun sind wir hier.«

»Aber wie hast du es geschafft, hier hereinzukommen?«, fragte ich atemlos. »Die Hexe sprach von einem Zauber, der diesen Ort geheim hält.«

»Du meinst den Schutzzauber?« Taran lachte kehlig. »Den habe ich mit einem einzigen Blitz in Fetzen gerissen, so wie auch damals den Bannkreis im Schattenwald.«

Ein bitteres Lachen kam über meine Lippen. »Du warst es also tatsächlich. Du hast mir mit der Harpyie geholfen. Wieso?«

Er zuckte mit den Schultern. »Dir zu helfen war ein kleiner Preis, den ich gezahlt habe, um hierherzukommen. Dein Blut war übrigens köstlich.«

Ich knurrte. »Wieso hast du mich nicht entführt, so wie es dir beauftragt wurde?« Mein Blick lag wieder auf der Hexe, die mit ausgestrecktem Arm nach dem Rubin griff und ihn doch niemals berühren würde.

»Weil ich wusste, dass ich niemals an diesen Ort gelange, wenn ich dich an den Hexenabschaum übergebe. Sie hätte dich schneller aus meiner Reichweite verfrachtet, als ich atmen könnte. Erpressung wäre eine Möglichkeit gewesen, aber sind wir mal ehrlich, das wäre ziemlich blutig ausgegangen. Und ich wollte nicht so enden wie dein Feuerlord, mit ihren Haaren an meiner Kehle, unfähig meine Magie anzuwenden.« Er warf Jake einen abschätzigen Blick zu. »Wir sind euch den ganzen Weg bis hierher gefolgt, weil wir wussten, dass die Hexe etwas versteckt hält. Etwas von größter Bedeutung. Und dass sie dich für ihre Zwecke mehr benötigt als alle anderen Magier zuvor. Und siehe da, dort im Dreck liegt der wohl mächtigste Edelstein unserer Zeit, den ich mir jetzt holen werde.«

»Und dann?«, keuchte ich. »Möchtest du wirklich die Hexen befreien, die unser aller Tod bedeuten könnten? Auch dein eigener! Was ergibt das für einen Sinn?«

Er legte den Kopf schräg. »Vielleicht, vielleicht auch nicht. Wer weiß das schon. Vielleicht hänge ich ihn mir auch einfach um den Hals oder stelle ihn in mein Regal. Macht sich bestimmt gut zwischen all den anderen Juwelen.«

Seine Antwort war so absurd, dass sie schon wieder zu ihm passte. Ich schüttelte den Kopf. »Das kannst du vergessen, der Rubin geht nirgendwo hin. Erst wirst du es mit uns zu tun bekommen.«

Doch er wirkte nicht eingeschüchtert. Ein schiefes Lächeln glitt über sein boshaft schönes Gesicht. »Ich wäre enttäuscht, wenn es nicht so wäre, meine Teure.«

Er trat einen Schritt auf uns zu, hinter ihm sammelten sich seine Lakaien an – wie Ratten, die aus ihren Löchern krochen, scharrten sie sich um ihn. Sie jubelten begeistert.

Als Taran einen weiteren Schritt auf uns zukam, blieb er abrupt stehen. Er fixierte Yubas Leichnam.

Die Seele der Hexe verließ wortwörtlich ihren Körper, stieg wie eine dampfende Gischt hinauf zur Decke. Und dann spürte ich es. Das beklemmende Gefühl, das ich bloß zweimal in meinem Leben verspürt hatte – der Seelenredner war gekommen. Nein, nicht nur einer, sondern so viele, dass die Höhle in vollkommene Dunkelheit gehüllt war.

»So sieht man sich wieder«, hallte es in meinem Kopf. Die dunkle Stimme gehörte dem Seelenredner. »Du hast die Seele deines Vaters gerettet, Menschlein. Hut ab.«

Wie Schemen der Dunkelheit flogen immer mehr Dämonen über unsere Köpfe hinweg. Es war, als bestünde die Höhle nur noch aus Seelenrednern, die die Seele der Hexe zerfetzen wollten.

Jeder spürte ihre Anwesenheit, denn keiner sagte etwas. Taran verfolgte fasziniert das Schauspiel, so als hätte er auch noch nie gesehen, wie eine Seele verschlungen wurde.

»Deine Chance, Menschlein«, flüsterte der Dämon mir mit seiner eisigen Stimme zu. Und ich verstand. Sofort schickte ich Jake ein Zeichen durch unsere Verbindung.

Eins, zwei, drei.

Wir stürzten uns gleichzeitig auf den Rubin. Um uns herum bildeten wir eine Mauer aus beißenden Flammen und massivem Eis. Jake regelte die Temperatur so, dass er mein Eis nicht zum Schmelzen brachte, während wir uns auf den Boden hockten. An seinem Hals und an den Handgelenken konnte ich die Striemen erkennen, die die Haare auf seiner Haut hinterlassen hatten. Ich schluckte die Wut hinunter und nahm den Rubin in die Hand.

Er war federleicht, doch ich spürte die Schwere, die Tiefe und die Macht, die in ihm verborgen lag.

Tarans Stimme drang gedämpft zu uns durch. »Nicht schlecht, aber es wird euch nichts nützen. Der Stein kann nicht zerstört werden.«

Ein Blitz schlug gegen mein Eis, doch er durchdrang die Mauer nicht. Und auch der Nächste prallte an der glatten Oberfläche ab. Wie lange konnte unsere Magie gegen seine ankommen?

»Eisprinzessin«, flüsterte Jake. Seine Stimme klang noch immer erstickt. »Wir müssen den Stein zerstören.«

Ich nickte knapp und übergab ihm den Rubin. Er zog seinen Dolch hervor und holte aus. Die Wucht seines Schlages rammte den Stein in den Boden, doch er trug nicht den kleinsten Kratzer davon.

Jake schnaubte und warf seinen Dolch auf den Boden. Dann bearbeitete er den Stein mit seinen Flammen. Eine Kleinstadt hätte bei der Hitze in Schutt und Asche gelegen, doch nicht der Rubin. Die Hexe hatte recht, man konnte ihn nicht zerstören. »Jake, hör auf, es funktioniert nicht.«

Er versuchte es erneut, preschte mit Hitze und mit Klingen auf ihn ein. Dabei ließ er kurz das Flammenmeer um uns herum aus dem Sinn und sofort ging ein Stück meiner Mauer zu Bruch. Eis bröckelte auf uns nieder. »Jake, verdammt!«

Seine Flammen waren sofort wieder oben. Sanft griff ich nach seiner Hand. »Es … es hat keinen Sinn.« Ich strich mit meinem Daumen über seine Haut. »Ich weiß, dass es nicht geht. Ich habe es im Kopf der Hexe gesehen.«

Er hielt inne. Sein Blick sprühte Funken, als er meine Hand behutsam auf meinen Schoß legte. »Wir geben nicht auf! Es muss eine Möglichkeit geben! Nichts auf dieser Welt währt ewig, auch nicht dieser Stein.« Jakes Stimme war entschlossen, sein Blick ernst. Eis rieselte auf uns herab. Lange würde unsere Magie nicht mehr standhalten. Und dann war alles vorbei. Wir waren zu geschwächt, um etwas gegen Taran und seine Gilde ausrichten zu können.

Wieder hüllte er den Stein in grünem Feuer ein, schlug seine Klinge auf die schwarze Oberfläche. Und wieder passierte nichts.

»Hör auf.« Meine Augen waren voller Tränen. Als er nicht reagierte, packte ich seine Schultern. »Jake, es geht nicht!«

Er schüttelte den Kopf, als wollte er meine Worte nicht wahrhaben. Erschöpft sank er auf die Knie, die Hände kraftlos auf den Boden gestützt.

Ich nahm den Stein an mich, drehte und wendete ihn. Er sah immer noch makellos aus, hatte nicht einmal die kleinste Kerbe davongetragen.

Und ich wusste, dass es eine Möglichkeit gab, wie der schwarze Rubin unschädlich gemacht werden konnte.

Ich musste denselben Weg einschlagen wie mein Vater. Ich musste selbst zu Eis werden, um den Stein vor Taran und der Welt zu schützen.

Und weil ich keine Kinder hatte, konnte meine Magie niemals gebrochen werden. Meine Seele würde auf ewig hier an diesem Ort verweilen, gefangen in dem ewigen Eis. Ich war mir dessen bewusst und trotzdem ... ich würde diesen Weg gehen. Damit alle anderen leben konnten, musste ich sterben. Es war die richtige Entscheidung.

Ich dachte an jeden, der mir etwas bedeutete. In meinem Geist sah ich sie: Minako, Rosalie, Ted, Maddox, Fluffy, Mutter. Und noch so viele weitere Menschen. Ich spürte, wie mein Vater hinter mir stand und mir seine Hand auf die Schulter legte. Er würde mich auf diesem Weg begleiten.

Und ich war froh, dass Jake bei mir war. Dass sein Gesicht das Letzte sein würde, was meine Augen sahen, bevor ich mich in ewiges Eis auflöste.

»Danke für alles.« Ich lächelte ihn an. Seine Augen waren mit Tränen gefüllt, als ich meine Hände über Kreuz nahm und die Worte sprach, die für diesen Zauber notwendig waren: »In ewiges Eis, so hülle mich ein. Nimm meinen Körper, als wäre er –«

Jake riss mir den Stein aus den Händen. Ich blinzelte perplex. »Jake, was tust du da? Gib ihn mir zurück. Ich muss –«

»Du musst gar nichts«, sagte er mit bebender Stimme. »Und du wirst dich sicher nicht opfern!«

»Es gibt keine andere Lösung! Der Rubin kann nicht zerstört werden!« Ich schrie ihm jedes Wort entgegen. Er wusste selbst, dass es die einzige Möglichkeit war. Er wusste es und doch wollte er es nicht wahrhaben.

»Jake, bitte«, flehte ich. »Gib ihn mir zurück.«

Er schüttelte unnachgiebig den Kopf. »Denk an diejenigen, die du zurücklässt! Wenn dir dein Leben schon egal ist, dann denke an die Menschen, denen du etwas bedeutest. Du kannst dir nicht so einfach dein Leben nehmen. Das lasse ich nicht zu!«

»Jake …« Mein Herz wurde schwer. »Sieh es doch endlich ein.«

»Nein!« Er machte keine Anstalten, mir den Rubin zurückzugeben. Um uns herum wurde der Druck höher, der auf unsere Mauer ausgeübt wurde. Bald war unsere Magie erschöpft. Und dann war alles zu Ende.

»Jake verdammt, es ist unsere einzige Chance!«

»Warum? Weil die Hexe es gesagt hat? Weil die Legenden das besagen?« Er atmete tief ein. »Ich scheiß auf die Legenden! Auf alles, was besagt, dass du dir das Leben nehmen musst. Es wird eine andere Möglichkeit geben.«

»Und die wäre? Jake, wir haben keine Zeit mehr.«

Wir durften nicht länger zögern. Wenn Taran den schwarzen Rubin erst einmal an sich gerissen hatte, wussten wir nicht, was passieren würde. Wahrscheinlich würde er die Macht an den Höchstbietenden verhökern.

Wie viele würden sterben, wenn die Hexen befreit wurden? Daran wollte ich nicht einmal denken. Mein Leben für das von Abertausenden. Das war ein fairer Preis.

»Wir werden unsere Kräfte bündeln, Eisprinzessin«, stieß Jake plötzlich aus. »Du weißt doch noch, was ich dir über die Quelle der Magie erzählt habe?«

Wie konnte ich das vergessen. Wir hatten an dem Tag das erste Mal in seinem Trainingsraum geübt. *Du musst dir die Magie wie einen tiefen Ozean vorstellen. Es kommt darauf an, ob du bloß an der Oberfläche treibst oder den Sand auf dem Grund des Meeres berührst. Schwimme in die Tiefen und du erreichst das Vollkommene.*

»Wir sollen bis zu dem Grund unserer Magie tauchen, richtig? Aber nicht einmal das würde ausreichen, Jake!« Wieder schlug ein Blitz in unsere Mauer ein. Eis bröckelte auf uns nieder.

»Vertrau mir.« Er sah mich flehend an und umfasste meine Hände. »Vertrau mir und verbünde deine Kräfte mit meinen.«

Meine Lippen bebten. »Ich weiß nicht einmal, wie man seine Kräfte verbündet, Jake. Und wenn ich all meine magische Kraft aufgebraucht habe, kann ich das ewige Eis nicht mehr beschwören und –«

»Vertrau mir, Eisprinzessin.« Er sagte es in solch einer Ruhe, während um uns herum das Chaos herrschte. »Halte dich an unserem Band fest und folge meiner Stimme, während du auf den Grund deiner Magie schwimmst. Wir werden den Rubin gemeinsam zerstören. Wir können es schaffen.«

Die Sekunden vergingen, in denen wir uns nur ansahen. Und als ich in seine Augen blickte, die leuchteten und strahlten und so voller Liebe waren, da begriff ich. Ich vertraute in seine Worte. In seine Stärke. In ihn.

»Gemeinsam«, flüsterte ich und legte meine Hände in seine.

»Gemeinsam«, erwiderte er lächelnd. Er drückte mir einen Kuss auf die Lippen.

Ein Abschied? Ein Wiedersehen? Das wusste keiner von uns beiden, doch in diesem Moment waren wir so verbunden wie noch nie. Unsere Herzen schlugen denselben Takt, unser Blut floss mit der gleichen Geschwindigkeit und unsere Seelen sangen dieselbe liebliche Melodie. Wir dachten dasselbe, fühlten dasselbe.

Wir waren eins.

Dann lösten wir uns in einem Meer aus Flammen und Kälte auf. Er war das Feuer. Ich war das Eis. Und zusammen waren wir alles.

Mit einem lauten Knall explodierte der schwarze Rubin.

Die Wucht der Magie schoss durch die Höhle – so gewaltig, dass ich glaubte, sie würde mich zerreißen. Die Luft und die Erde vibrierten. Alles vibrierte unter dieser mörderischen Macht, die nun für immer versiegt war.

Ich wurde von Jake weggerissen und gegen die Wand geschleudert. Weit entfernt hörte ich Schreie, während ich auf dem Boden kauerte und Blut schmeckte. Riesige Felsbrocken lösten sich von der Decke und stürzten hinab.

Meine Augen wurden schwer, so wie mein Körper, der sich nicht mehr rührte. Ich hatte all meine magische Kraft verbraucht, all meine Energie.

Steh auf, rief mir eine Stimme zu. *Steh auf und lebe.*

War es die Stimme von Jake? Ging es ihm gut? Über unsere Verbindung spürte ich nichts. Kein Feuer, keine Wärme.

Ich sagte seinen Namen, flüsterte ihn zwischen dem Staub und den Trümmern, die auf mich niederregneten, flüsterte ihn wie ein Gebet.

Dann war alles schwarz.

Kapitel 36

Unsere Zeit

Ich erwachte bei Sonnenschein und blickte auf einen Strauß duftender Rosen, der neben mir in einer Vase steckte. Eine sanfte Brise wehte durch das geöffnete Fenster des Krankenzimmers und strich mir über die Wangen.

Bis auf meinen Kopf, der höllisch schmerzte, schien ich unversehrt zu sein.

Meine Mutter saß an meinem Bett, die Finger mit meinen verschränkt. Als ich zu ihr aufsah, flossen Tränen über ihr Gesicht.

Schweigend sahen wir einander an. Ich hatte meine Mutter acht Monate nicht gesehen. Sie sah verändert aus. Der strenge Zopf war verschwunden und die langen, braunen Haare flossen zügellos über ihre Schultern. In ihren Augen lag etwas Neues. Ich brauchte einen Moment, bis ich begriff, was es war. Ein Funkeln.

»Hast du meine Briefe bekommen?«, fragte ich vorsichtig und versuchte mir meine Aufregung nicht anmerken zu lassen.

»Jeden einzelnen«, antwortete sie und fiel mir um den Hals. »Ich bin so froh, dass es dir gutgeht.«

Ich vergrub mein Gesicht in ihren Haaren. Tränen stiegen mir in die Augen. »Es tut mir leid, dass ich weggelaufen bin. Ich wollte dich nicht verletzen.«

Einen Moment hielt sie die Luft an. »Als deine Freundin mich aufsuchte, um mir die Briefe zu überreichen, wollte ich sie zunächst nicht annehmen«, gestand sie leise. Ihre Stimme zitterte bei jedem Wort. »Ich war wütend, weil du dich all die Zeit nicht gemeldet hast. Doch deine Freundin sagte mir, was für ein Glück ich hätte, so eine starke Tochter zu haben. Und dass ich die Briefe lesen soll und dann verstehen würde.«

Das hatte Rosalie gesagt? Sie war wirklich eine Freundin, auf die ich mich immer verlassen konnte. Wenn eine gegen meine Mutter ankam, dann sie.

Ein Kloß bildete sich in meinem Hals. »Ich konnte Vater nicht retten. Ich konnte ihn nicht zurückbringen.«

Meine Mutter löste sich aus der Umarmung und strich mir eine Strähne aus dem Gesicht. Ein sanftes Lächeln umspielte ihre Lippen. »Meister Jiji hat mir alles erzählt. Gregs Seele hat endlich Frieden gefunden. Sie ist frei. Deinetwegen.«

Ich brachte nur ein Nicken zustande. Die Seele meines Vaters war von einem Engel davongetragen worden. Und ich wusste, dass er in Sicherheit war, dass er seinen Frieden gefunden hatte.

»Wo ist Jake?«, schoss es aus mir heraus, als meine Erinnerungen zurückkehrten. »Ich muss sofort zu ihm! Ich muss wissen, ob es ihm gutgeht!«

Meine Mutter deutete auf den Sessel am Ende des Zimmers. Ich richtete mich auf und blickte in Jakes schlafendes Gesicht. Ein Glück, er schien unversehrt zu sein. Nur die Abdrücke, die die Haare auf seiner Haut hinterlassen hatten, prangten an seinem Hals und an seinen Armen. Es waren Male, die er für immer tragen würde.

»Er hat an deinem Bett gewacht und ist nicht von deiner Seite gewichen«, sagte sie sanft.

Im gleichen Moment strich mir eine Wärme über die Haut. Und als ich den Blick hob, leuchteten mir smaragdgrüne Augen entgegen. Ein schiefes Lächeln glitt über seinen Mund, als er sich von dem Sessel erhob.

Meine Mutter ging auf Jake zu und blieb mit verschränkten Armen vor ihm stehen. Er verbeugte sich tief vor ihr. »Sehr erfreut. Ich bin Jake und bin –«

»Ich weiß, wer du bist«, warf sie ein und musterte ihn von Kopf bis Fuß. »Du bist der Junge, der meiner Tochter den Kopf verdreht hat.«

Seine Augenbrauen schossen in die Höhe und er sah sie einen Moment unverwandt an. Ich presste die Lippen zusammen, weil ich sonst gegrinst hätte. Ich hatte Jake noch nie sprachlos erlebt.

Bevor er die richtigen Worte fand, schloss ihn meine Mutter in die Arme. »Danke, dass du auf sie aufgepasst hast. Dass du sie mir zurückgebracht hast.«

»Gerne«, sagte er sichtlich überrumpelt und fasste sich verlegen an den

Hals, als sie sich von ihm löste. Dann trat sie wieder an mein Bett heran, mit einem Lächeln auf den Lippen, wie ich es lange nicht mehr erlebt hatte.

»Ich lass euch beide mal allein«, flüsterte sie und drückte meine Hand. Vielleicht war es die Art, wie sie mich anlächelte oder wie ihre Augen funkelten und strahlten. Aber ich wusste, dass ich sie zurückhatte. Meine Mutter, wie sie vor dem Tod meines Vaters gewesen war. Lachend, mitfühlend und … glücklich.

Die Tür fiel ins Schloss. Jake und ich waren allein im Krankenzimmer. Ohne nachzudenken hievte ich mich aus dem Bett und fiel ihm um den Hals. Im wahrsten Sinne des Wortes, denn meine Beine waren weich wie Pulverschnee.

Er fing mich auf und legte seine Lippen auf meine. Unsere Küsse waren salzig und feucht von meinen Tränen und als wir uns voneinander lösten, hielt er mich eine Zeit lang im Arm.

»Du lebst«, sagte ich. Meine Stimme zitterte. »Ich bin so froh, dass es dir gutgeht.«

»Und ich bin froh, dass du endlich aufgewacht bist«, erwiderte er und strich mir mit dem Daumen über mein Kinn. »Du warst fast eine Woche bewusstlos.«

»Eine Woche?« Mein Atem stockte. »So lange war ich weggetreten?«

Er nickte gequält. Und da bemerkte ich die tiefen Schatten unter seinen Augen. Er hatte sich um mich gesorgt.

»Wie kann es sein, dass wir überlebt haben?«, fragte ich zögerlich. »Ich weiß nur noch, dass wir den Rubin zerstört haben und daraufhin die Höhle eingestürzt ist.«

Jake strich über meinen Rücken. Sein Blick wurde ernst. »Maddox konnte mit seiner Magie den Einsturz der Höhle für einige Sekunden aufhalten. Dadurch wurden nicht nur wir gerettet. Etliche Mitglieder von Dragoon sind ebenfalls entkommen. Taran ist auch geflohen, aber das soll heute kein Thema sein.«

»Habe ich meinen Namen gehört?« Maddox lehnte an der Tür, neben ihm standen Minako und Ted.

Minako stürmte auf mich zu und schlang die Arme um mich. »Ami, dir geht es gut. Den Göttern sei Dank.«

Ich erwiderte ihre Umarmung, meine Lippen bebten. »Mir geht es gut, dank euch!«

Ich löste mich von ihr und sah zu Maddox. »Wie habt ihr uns gefunden? Die Höhle war doch mit Schutzzaubern versehen.«

Er klopfte auf Teds Schulter und grinste. »Das haben wir meinem größten Fan zu verdanken! Er hat euch mit seinem Super-Gehör gefunden.«

Beeindruckt sah ich zu Ted, der sich verlegen über die Glatze strich. »Ach, das war keine große Sache. Zum Glück kamen wir noch rechtzeitig.«

»Ihr hattet wirklich großes Glück«, sagte Maddox mit fester Stimme. »Ihr lagt beide nah am Eingang, so konnten wir euch schnell herausziehen, bevor alles zusammengekracht ist.«

Fragend runzelte ich die Stirn. Ich konnte mich noch gut daran erinnern, dass Jake weit von mir weggeschleudert wurde. Und ich wusste, wie tief wir uns im Inneren der Höhle befunden hatten. Das ergab keinen Sinn, außer ...

»Wurde auch langsam Zeit, dass du aus deinem Schlaf erwachst«, sagte Rosalie grinsend, die mit Fluffy im Arm das Krankenzimmer betrat.

Als Fluffy uns erblickte, sprang er herunter und umkreiste Jake und mich mit wedelndem Schwanz. Ich ging lachend in die Hocke und begrüßte meinen Freund. Er schleckte mir mehrmals über die Hand, während ich seinen Kopf streichelte.

Dann richtete ich mich auf und wandte mich an Rosalie. »Du hast meiner Mutter die Briefe persönlich überreicht. Ich danke dir«, flüsterte ich.

»Kein Problem«, erwiderte sie leichthin. Ein warmer Ausdruck trat in ihr Gesicht. »Und jetzt weiß ich auch, woher du deine Sturheit hast.«

Grinsend sahen wir einander an. Ich hatte in Rosalie meine engste Freundin gefunden. Eine, der ich alles anvertrauen konnte, die mir immer zur Seite stehen würde. Die sich sogar gegen meine Mutter auflehnte.

»Aber eins würde ich gerne wissen«, sagte Minako und fasste sich an ihren Ellenbogen. »Welches Motiv hatte die Hexe? Wieso wollte sie die Welt ins Chaos stürzen?«

Maddox legte den Kopf schräg. »Lasst mich raten: Es war Rache.« Minako warf ihm einen mahnenden Blick zu.

»Was denn?«, sagte er grinsend und zuckte mit den Schultern. »Rache ist einer der Gründe, warum jemand Grausames begeht. Liebe, Eifersucht, Rache, Macht und Gier.«

Ich musste lachen, weil Maddox ins Schwarze getroffen hatte. Ted spielte mit seinem Lippenpiercing, das in der Sonne funkelte wie ein goldener Diamant. »Es muss grauenvoll sein, mit einem hasserfüllten Herzen zu leben.«

»Die Hexe besaß kein Herz«, stieß ich hervor. »Aber ich frage mich, wieso wir den Rubin zerstören konnten. Mein Vater hatte es damals nicht geschafft. Selbst die Hexe war von seiner Unzerstörbarkeit überzeugt.«

»Ich glaube, es lag daran, dass dein Vater dem Stein über zehn Jahre die Energie entzogen hat«, murmelte Minako nachdenklich. »Ansonsten wäre es nicht möglich gewesen.«

Mein Vater hatte nicht nur den Rubin versiegelt, er hatte ihn sogar geschwächt? Ich war wieder den Tränen nahe. Mein Vater war ein Held!

Rosalie schnalzte mit der Zunge und riss mich aus meinen Gedanken. »Da das nun geklärt wäre und Ami aus ihrem Schönheitsschlaf erwacht ist, können wir ja endlich mit den Vorbereitungen für das Fest beginnen.«

»Ein Fest? Was für ein Fest?«, fragte ich heiser.

Minako grinste. »Lass dich überraschen.«

***

Am darauffolgenden Tag versammelten sich alle Magier von Blizzard im Speisesaal. Wir feierten ausgelassen und tanzten, bis uns schwindelig wurde.

Und als die Nacht in den Morgen überging, trat ich auf den Balkon und sah der aufgehenden Sonne dabei zu, wie sie mit ihrem Licht die Dunkelheit vertrieb.

Eine milde Brise küsste mein Gesicht, der Duft von Wildblumen zog mir in die Nase, während ich am Geländer lehnte und auf die Stadt blickte.

Taran war entkommen und viele seiner Anhänger ebenfalls. Sie würden weiterhin im Namen der Gesetzlosen rauben, zerstören und morden. Aber die Seele meines Vaters war frei. Er würde endlich Frieden finden und das war alles, was in diesem Augenblick zählte. Jetzt ... Heute ...

Ich spürte Jake, der hinter mir stand – der immer hinter mir stehen würde. Der mir überallhin folgen würde, sogar bis in die Unendlichkeit.

Jake umfasste meine Hüften und zog mich dicht an sich. »Dein Vater ist eine Legende. Der Mann, der unsere Stadt und ganz Glossoria gerettet hat.« Er küsste mich sanft auf die Unterlippe. »Und nun kommt deine Zeit.«

»Unsere Zeit«, korrigierte ich ihn und schlang meinen Arm um seine Taille.

Während ich die Wärme genoss, die er mir schenkte, flüsterte ich leise: »Vielleicht hat Taran doch kein so schlechtes Herz.«

»Vielleicht«, antwortete er und blickte auf die Stadt, die in einem goldenen Licht erstrahlte. Er wusste, wovon ich sprach. Nur Taran konnte es gewesen sein, der uns aus dem Inneren der Höhle gezogen hatte. Er hatte uns das Leben gerettet, eine andere Erklärung gab es nicht.

Schweigend standen wir auf dem Balkon, sahen unseren Freunden dabei zu, wie sie tanzten und lachten. Wie sie lebten. Wir waren dankbar für jeden Augenblick, den wir mit ihnen erleben durften.

Ich weiß nicht, was die Zukunft für uns bereithält. Aber eins weiß ich genau: Wir sind Magier von Blizzard.

Und gemeinsam können wir alles erreichen.

ENDE

Danksagung

Ich weiß gar nicht, wo ich anfangen soll, denn es gibt so viele Menschen, bei denen ich mich bedanken möchte!

Henning, ich danke dir für deine aufrichtige Liebe und deine unerschütterliche Unterstützung. Du warst der Erste, der mein Manuskript gelesen hat und an mich glaubte. An mich und meinen Traum, ein Buch zu schreiben. Du gibst mir das Gefühl, dass nichts unerreichbar ist. Dass ich alles schaffen kann, alles, was ich mir erträume.

Luisa, du bist nicht nur meine engste Freundin, sondern auch die beste Schreibverbündete, die man sich wünschen kann! Ich bin so froh, dass wir diese verrückte Reise gemeinsam gehen.

Khien, du bist nicht nur mein bester Freund (unsere Freundschaft stand bereits in den Sternen, da bin ich mir sicher), sondern auch der beste Zuhörer! Ich danke dir für die Abende, an denen ich dir von Blizzard erzählen durfte.

Meine Familie: Danke für eure unentwegte Unterstützung bei allem, was ich tue. Ihr steht immer hinter mir und das bedeutet mir alles!

Das gesamte Team von Dark Diamonds. Vielen, vielen Dank, dass ihr meiner Geschichte eine Chance gegeben habt und sie bei euch ein Zuhause fand. Durch euch wurden meine Träume wahr. Ihr seid die Besten!

Und einen riesigen Dank an meine Leser, die mir schon während des Wettbewerbes ihre Unterstützung entgegengebracht haben. Danke, dass ihr an meine Geschichte geglaubt habt. Ohne euch wäre das nicht möglich gewesen.

DARK
DIAMONDS
Jeder Roman
ein Juwel
fantastisch
romantisch
faszinierend
sinnlich
dramatisch
Das Imprint für New Adult Fantasy
www.darkdiamonds.de

Von Feenhügeln und anderen Wundern

Raywen White
Mystic Highlands
Band 1: Druidenblut
Softcover
ISBN 978-3-551-30105-5

Als Rona Drummond auf einen versteckten Brief ihres Cousins stößt, beschließt die Studentin eine Reise nach Schottland zu wagen, um mehr über ihre ursprüngliche Heimat und ihre Ahnen zu erfahren. Schon lange hat sie das wilde Hochland und die weiten Wiesen vermisst. Doch mit was für einer Augenweide Rona tatsächlich konfrontiert wird, findet sie erst am Flughafen in Inverness heraus. Vor ihr steht Sean, ein athletischer, tätowierter Schotte, der einfach nur zum Umfallen gut aussieht. Und genau der ist es, der Rona auf ihre Ausflüge quer durch Schottland begleitet. Dabei sorgen merkwürdige Ereignisse dafür, dass sie einem dunklen Familiengeheimnis näher kommen, das nicht nur Ronas bisheriges Leben, sondern auch ihre aufkeimenden Gefühle für Sean in ein ganz anderes Licht stellt …

www.darkdiamonds.de

Dark Diamonds
Jeder Roman ein Juwel.

Dark Diamonds
Ein Imprint der CARLSEN Verlag GmbH
September 2019

Lektorat: Loretta Chaikaoporng
Umschlagbild: shutterstock.com / © conrado / © agsandrew /
© Triff / © Yongyut Kumsri
Umschlaggestaltung: formlabor
Satz und Umsetzung: readbox publishing, Dortmund
Druck und Bindung: CPI Books GmbH, Birkach
ISBN 978-3-551-30199-4
Printed in Germany
www.carlsen.de/darkdiamonds

Alle Bücher im Internet: www.carlsen.de